계원담총

桂苑談叢

계원담총

충후한 기운과 고상한 울림

이승규 지음

정민 · 최한영 · 왕연 외 옮김

성균관대학교
출 판 부

목차

서설

1. 『계원담총』에 대하여

『계원담총(桂苑談叢)』은 일제 강점기 교육자이자 한학자였던 이승규(李昇圭, 1882~1954)의 저술이다. 한국 역대 한시의 주요 작가와 작품을 모두 107개 항목에 걸쳐 흥미로운 예화와 함께 소개한 한문 시화(詩話)이다. 현재 증손인 이원혁 선생이 소장한 필사본 86면이 남아 전한다.

필자가 이승규에 대해 관심을 갖게 된 것은 그가 쓴 『정다산전(丁茶山傳)』이 계기가 되었다. 몇 해 전 인사동 김영복 선생을 찾아갔다가 한문으로 인쇄된 『정다산전』을 처음 보았다. 흥미를 느껴 그에 대해 조사하던 중, 그가 충남 보령 출신이고 보령문화원에서 자료 수집과 조사가 진행 중이라는 전언을 들었다. 2022년 봄 보령문화원 한홍호 사무국장을 통해 보령문화원에서 그간 펴낸 이승규 관련 자료를 구해 보았다.

이 중 2016년 보령문화원에서 펴낸 『보령문화』 제25집(보령문화연구회)에 향토 사학자 이덕영 선생이 쓴 「이승규 선생의 계원담총 이야기 소개」란 글이 있었고, 이덕영 선생의 후의로 『계원담총』의 사본과 잡지에 실린 이선생의 초역을 입수할 수 있었다. 다시 원본의 소재를 수소문하여 마침내 저자 이승규 선생의 증손 이원혁 선생이 소장한 원본과 이

이승규(가족사진 중에서 추출·보정·편집 김춘호)

桂苑談叢　李昇圭允若著

余贈韓運塘崇錫序云詩者所以歌詠性情也得其正者爲善
耳遺事貴切屬對貴穩鍊字貴老給聲貴高而憶歸於血
脈勳盪首尾渾成近來詩有二獎不叙易于逕遂彫鏤失之
佻巧全篇中尺爭一暇警拔取青娓白有句毎章所以去古
日遠
詩之大有閑於風教者何也心有所感則發於咏歎辭氣忠厚
惻怛言之者無罪聞之者足爲鑑戒故耳近世詩人深得此旨者
其惟李山雲亮淵乎安城郡民偶得一暇以爲貴物供官厨作
饌太守嘗高甘之記于官簿後有尹安邑者以爲此郡多産饌貴
納毎戸一暇然安邑原不産饌民無以應求以雞代饌遂約

『계원담총』 표지(왼쪽)와 첫 면(오른쪽)

승규의 한시집『간암만록(艮庵謾錄)』등 여타 집안에 전해오던 자료들을 일별할 수 있었다.

이렇게 읽어보게 된『계원담총』은 뜻밖에 내용이 알찼고, 처음 보는 내용도 적지 않았다. 시를 평가하는 관점은 개성이 뚜렷했고, 시각 또한 대단히 균형 잡혀 있는 수준 높은 내용이었다. 이에 제자들과 독회를 꾸려『계원담총』을 본격적으로 읽어나가기 시작했다. 귀한 자료를 제공해주시고, 제자들과 함께 진행한 현장 답사를 안내해주신 이원혁 선생께 감사드린다. 아울러 보령문화원의 한홍호 사무국장과 이덕영 선생의 후의에도 깊이 감사드린다. 이와 함께 한국연구원에서 독회 지원을 받게 된 것도 든든한 힘이 되었다.

시화는 구한말 이후 일제 강점기로 접어들면서 신문 잡지 등 여러 지면을 통해 이전 시기보다 한층 활발하게 창작되었다. 1909년 신채호가『대한매일신보』에 연재한『천희당시화(天喜堂詩話)』를 비롯해, 안택중(安宅重)의『동시총화(東詩叢話)』, 최영년(崔永年)의『시가총화(詩家叢話)』, 정만조(鄭萬朝)의『용등시화(榕燈詩話)』, 이건창(李建昌)의『영재시화(寧齋詩話)』등이 잇달아 신문 지상에 연재되었고, 잡지를 통해서도 최영년의『매하시화(梅下詩話)』, 김원근(金瑗根)의『조선고금시화(朝鮮古今詩話)』, 홍명희(洪命熹)의『역일시화(亦一詩話)』, 유인식(柳寅植)의『대동시사(大東詩史)』등이 인기 속에 연재되었다.

당시 많은 시화들이『동인시화』,『소화시평』등 이전 시기 시화에서 발췌 인용하여 재편집한 수준에 머문 데 반해,『계원담총』은 저자 특유의 관점이 분명하게 살아 있고, 새로운 내용의 소개가 많아 시화사에서 높은 가치를 지닌다. 특히 18세기 문단의 남인과 북학파 시인, 19세기와 20세기 초 시인에 대한 저자의 관심과 애정을 보여주고 있는 자료가 폭넓게 수록되어 있다. 지면 연재의 형식을 거치지 않고 순한문으로 쓰인 독립 저술이어서, 전통 시대 시화의 저작 전통을 유지한 점 또한 주목할 만하다.

책 제목 『계원담총』은 한시 문단의 여러 작가와 작품 및 고사를 총합한 이야기 묶음이란 의미이다. '계원(桂苑)'은 종로구 계동(桂洞)에 있던 자신의 처소를 나타내기도 하지만, 신라 최치원의 『계원필경집(桂苑筆耕集)』의 용례에서 알 수 있듯 문원(文苑), 즉 문단(文壇)의 뜻도 담긴 중의적 표현으로 사용되었다.

이 글에서는 저자의 생애와 저술에 대해 살펴보고, 『계원담총』의 구성과 내용을 살핀 뒤, 시화사적 자료 가치에 대해 정리해보기로 한다.

2. 이승규의 생애와 저술

이승규는 본관이 전주(全州)로, 자가 윤약(允若), 호는 창동(滄東), 간암(艮菴) 또는 남곡(藍谷)이다. 1882년 9월 25일, 충남 보령군 주산면 증산리(속칭 시루뫼) 245번지에서 주계(珠溪) 이사욱(李思彧, 1848~1922)의 장남으로 태어났다.

어려서부터 부친에게서 한학을 익혔고, 20대 초반에 상경하여 성균관에 입학하였다. 1904년 성균관 여러 인사들의 시문을 수록한 『반거잡록(泮居雜錄)』(안대회 교수 소장)을 보면 북재(北齋)의 유생 중 취선(取選) 9인의 명단 가운데 그의 이름이 나온다. 당시 성균관 남재(南齋)의 반수

복원된 이승규의 생가

이승규의 무덤(충남 보령군 주산면 소재)

(班首)는 단재 신채호였다.

이승규는 성균관 입학 후 일제의 국권 침탈을 목도하며 근대 학문과 민족운동의 필요성을 절감했고, 재학 당시 훗날 독립운동가로 활동한 김창환(金昌煥), 이시영(李始營)과 교유하였다. 1905년 11월 을사늑약으로 국권을 빼앗기자 이승규는 이시영 등 민족 지도자들과 같이 신민회와 상동청년회에 가입하여 국권회복운동의 전면에 나섰다. 또 1909년 12월 친일 단체인 일진회가 고종과 통감(統監)에게 '합방상주문(合邦上奏文)'과 '한일합방청원서(韓日合邦請願書)'를 제출한 것에 분개하여, 배동현(裵東鉉), 김창환, 오상근(吳祥根), 조규수(趙奎洙), 이용태(李用台), 노익형(盧益亨), 김진호(金鎭浩), 이수영(李遂榮) 등과 일진회의 만행을 성토하는 글을 발표, 배포하여 항일 투쟁에 나서기도 했다. 1910년 5월 29일에는 기호흥학회 회관에서 시세(時勢)를 토론하는 모임을 주관하였다.

한일합방 후 독립운동의 해외 기지를 건설하기 위해 이동녕(李東寧), 이시영, 김동삼(金東三), 김창환 등과 만주 통화현에서 한국사관학교(신흥무관학교 전신) 설립에 참여, 1년가량 함께하다가 경제적 어려움으로 고향에 돌아왔다. 당시 신민회원들이 추진하던 학교설립운동의 일환으로 아우인 이항규(李恒圭)와 함께 지역 유지들과 힘을 모아 주산면 야룡리에 1911년 5월 4년제 소학교인 옥성학교(玉成學校)를 설립하였다. 이후 서울과 만주 지역의 독립운동가들과 교류하며 군자금 조달 및 비밀 정보 수집을 위해 만주, 상해 등지를 오가며 조국 독립을 위한 활동을 계속하였다.

1920년 4월 1일 《동아일보》가 창간되자 기자로 입사하여 언론 활동을 통한 민족의식 고취에 힘썼다. 1920년 7월에는 보성학교 교사로 자

이승규의 《동아일보》 창간 10주년 축사(1930년 4월 1일자)

리를 옮겼고, 1921년 12월 3일 휘문의숙에서 임경재(任環宰), 최두선(崔斗善), 장지영(張志暎), 권덕규(權悳奎), 이규방(李奎昉), 신명균(申明均) 등과 함께 조선어의 정확한 법리(法理)를 연구하는 학술 단체인 '조선어연구회(조선어학회 전신)'를 설립하였다. 이 단체는 기관지인 『한글』을 간행하고, 한글날의 전신인 '가갸날'을 제정하였으며, 강연회 및 연구 발표회 개최를 통해 우리말 수호에 앞장섰다.

1922년에는 휘문학교로 자리를 옮겨 후진 양성과 조선어연구회 및 집필 활동을 활발하게 진행하였다. 1927년 3월 19일 총독부에서 주최한 중등교원 일본학사시찰단에 참여하여 일본을 다녀왔고, 1930년 2월 1일에는 한문교원회(漢文敎員會)를 대표하여 중앙고보 교사 이광종(李光鍾)과 함께 총독부에서 편찬한 『신편고등조선어급한문독본(新編高等朝鮮語及漢文讀本)』의 오류를 지적한 교정서(校正書)를 가져가 수정을 요구하기도 하였다.

한편 1931년 10월 5일 친일 성향의 조선유림연합회(朝鮮儒林聯合會)

설립 총회에 총재의 자격으로 참여하였고, 1936년부터 1939년까지 조선총독부 직속 명륜학원 강사를 겸직하였다. 1942년과 43년에는 총독부에서 펴내는 기관지였던 『경학원잡지(經學院雜志)』에 「조선시학고(朝鮮詩學考)」를 잇달아 발표하는 등 그간과 조금 다른 행보를 보였다.

하지만 구체적으로 드러난 친일 행적은 찾아볼 수 없으며, 경학원 내 친일 세력과도 오래잖아 결별의 수순을 밟았다. 그의 한시집 『간암만필(艮庵謾筆)』에 수록된 한시 「경학원본당기안인식(經學院本黨寄安寅植)」에는 경학원의 핵심 인물이었던 친일파 안인식(安寅植, 1891~1969) 등이 유언비어로 남을 함정에 빠뜨리는 일만 일삼고 있어 이 시로 경고하려 한다는 내용이 있다.

그는 해방 후 1946년 3월 11일에 열린 전조선문필가대회(全朝鮮文筆家大會)에 추천 회원으로 참여하였다. 1947년 4월 30일에는 전국유교연맹을 결성하면서 부위원장으로 활동하였다. 1947년 휘문학교 교감 재직 중 재학생 간의 싸움으로 한 학생이 사망하는 사고가 발생하여 전 교사가 사직키로 함에 따라 25년간 봉직한 휘문학교를 그만두었다. 이후 1947년부터 1950년 6.25 발발 때까지 서울시립농과대학에서 교수로 재직하며 후진을 양성하였다. 6.25사변 이후 귀향하였고, 1954년 3월 1일 73세를 일기로 세상을 떠서 증산리 선영에 안장되었다.

그는 문필가이자 시인으로 신문 지면을 통해 한국 한시의 아름다움을 지속적으로 소개했고, 초기 국권 회복과 독립운동 및 조선어연구회를 통한 한글 연구에도 헌신하였다. 또한 평생을 교육자로 후진 양성에 힘을 쏟았다.

이제 이승규가 남긴 저술에 대해 알아볼 차례다. 그는 다양하고 풍부한 저술을 남겼다. 먼저 '창동시집(滄東詩集)'이란 부제가 달린 『간암만록(艮庵謾錄)』에 240제 347수의 자작 한시를 남겼다. 또 필사본『계원담총』 뒤에도 『간암만록』이란 같은 제목 아래 30제 41수의 한시가 따로 남아 있다.

시화로는 이 책에서 완역한 『계원담총』이 대표작이고, 이밖에 『동양시학원류(東洋詩學源流)』와 『대동시화집성(大東詩話集成)』이 있다. 따로 『계산시화(桂山詩話)』, 『시단금설(詩壇金屑)』, 『일사시화(逸史詩話)』 등의 3종 시화를 신문 연재 형식으로 집필하였다.

교과서로는 『중학한문독본(中學漢文讀本)』(박문서관, 1920)이 있다. 보성고보 교사 시절인 1920년에 이광종(李光鍾)과 함께 지었다. 일제 강점기 이후 한문 교과서의 기준이 된 의미 있는 책자이다.

『동양시학원류』는 영남대학교도서관 도남장서 중에 프린트본(전체 76면)이 전한다. 이밖에 국사편찬위원회 전자사료관에도 전라남도 강진군 성전면 월남리 이효환이 소장하고 있던 같은 책의 이미지가 올라와 있다. 책 표지 뒷면에 명륜전문학교생도 신체검사표가 붙어 있는 것으로 보아, 이 책은 1936년 이후 명륜학원 강사로 출강할 당시 학생들을 가르치기 위한 교재로 마련된 것임을 짐작케 한다. 순 한문으로 기름종이에 철필로 써서 등사한 책자이다.

제1편은 '중국시학'이고, 제2편은 '조선시학고(朝鮮詩學考)'이다. '조선시학고'는 다시 시학배태시대(삼국), 시학진보시대(통일신라), 시학발흥시대(고려 전기 및 중기), 시학정음시대(詩學正音時代)(고려 후기), 시학극성시대(조선 전기), 시학혁명시대(조선 후기), 시학쇠미시대(조선 말기)로 나누어 서술하였다. 각각 시대를 간략하게 개관하고, 작가의 약전과 대표작을 소

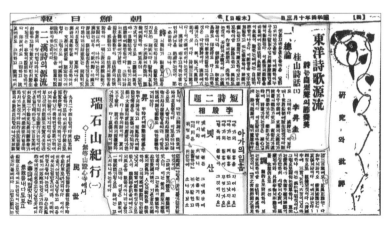

《조선일보》에 연재된 『계산시화』 제1회(1929년 10월 3일자)

개한 후, 끝에 자신의 평을 붙였다.[1]

「조선시학고」는 나중에 『경학원잡지(經學院雜誌)』 44호, 47호, 48호에 나누어 연재하였다. 또 시학배태시대 부분은 만주제국 건국 10주년을 기념하여 편집 출간한 『반도사회와 낙토만주』(1943년)에 국문으로 번역 수록되었다. 『대동시화집성』은 아직 실물을 보지 못해 자세한 내용은 언급하기 어렵다.

『계산시화』는 《조선일보》에 1929년 10월 3일부터 12월 8일까지 53회에 걸쳐 연재하여, 당시 큰 호평을 받았던 시화이다. 매회 여러 항목의 내용을 담고 있어, 칙수로는 150여 칙에 달하는 방대한 분량이다. 연재 타이틀이 '동양시가원류(東洋詩歌源流)'인데서 알 수 있듯, 이 연재는 후에 교재 형식으로 바뀌어 위 『동양시학원류』로 다시 정리되었다. 『계산시화』는 이 책의 초고 단계에 해당한다. 표제의 '계산(桂山)'은 계원(桂

---

1 이종묵, 「일제 강점기 한문학 연구의 성과」, 『한국한시연구』 13, 2005, 421~445면.

苑)과 마찬가지로, 당시 자신이 살고 있던 종로구 계동(桂洞)에서 따온 명칭이다. 처음 한시의 원류에 대한 논의로 시작해서 고대부터 조선 중기까지의 한시를 뽑아서 통시적으로 서술하였다. 구체적 작품의 선별과 감상 등은 『소화시평』 등 역대 시화에서 따온 내용이 적지 않다. 『계원담총』과는 겹치는 내용이 많지 않은 별도의 저작이다.

『시단금설』은 역시 《조선일보》에 1939년 5월 11일부터 1940년 2월 29일까지 30회 분량으로 연재되었던 글이다. 『계산시화』를 연재한 뒤 10년 만에 다시 썼다. 1회 정지상을 시작으로 이규보, 이숭인, 이제현, 단종, 서거정, 김종직, 홍유손, 박효인, 홍마천, 손순효, 이현, 박은, 이행, 표연말 등 여러 시인의 시와 귀신의 시나 명승지에 얽힌 시 등을 주제별로 갈래 지워 소개하였다. 일화 중심으로 명작의 탄생 현장과 이에 대한 감상을 수록하였다. 『계산시화』와는 보유적(補遺的) 성격의 자매편에 해당한다.

『일사시화』는 《조선일보》에 1940년 6월 28일부터 8월 1일까지 10회에 걸쳐 연재한 글이다. 제목 그대로 '일사(逸史)' 즉 역사 기록에서 누락된 흥미로운 내용을 수록하였다. 처음 1회에서 6회까지는 중종의 초비 단경왕후(端敬王后) 신씨(愼氏)의 슬픈 사연을 상세하게 소개하였다. 7·8회는 단종과 남효온에 얽힌 이야기를, 9·10회는 이공린(李公麟)의 기이한 꿈에 얽힌 사연을 풀었다. 긴 호흡을 생각했던 듯한데 중간에 무슨 사정에서인지 연재가 짧게 중단되었다.

이렇게 볼 때 이승규는 특별히 시화 방면에 큰 성과를 남겨 일제 강점기 1930년대 시화사에서 우뚝한 존재감을 드러냈다. 안대회는 『한국시화사』(성균관대학교출판부, 2024)에서 이승규의 『계원담총』 등의 시화서를 소개하면서, "18세기 이후 근대 시단을 분석하고 평가한 일제 강점기 중후반 학자 가운데 한시사 이해에 가장 높은 수준을 보여준 학자"[2] 로 높게 평가한 바 있다. 나머지 시화 자료들에 대해서도 지속적인 소개 작업이 이루어지기를 희망한다.

이밖에 이승규는 한문 교재의 모범적 사례로 꼽히는 『중학한문교본』과 한문 문장 작성법을 논한 『한문작문요결(漢文作文要訣)』을 편찬하였고, 이와 별도로 명청대의 명문을 간추려 정리한 『명청문(明淸文)』을 따로 남겼다. 모두 앞선 『동양시학원류』와 함께 휘문고보 교사와 명륜학원 강사로 재직할 당시 학생들을 위한 교재로 엮은 책들이다. 특별히 『한문작문요결』은 철필로 인쇄한 프린트본으로, 한문 작문의 여러 요소들을 고려해 총론과 '논자구단락법(論字句段落法)', '논문장지필요(論文章之必要)', '논작문지기승전합법(論作文之起承轉合法)'으로 장을 나눠 논하였고, 각 장절에는 예시문과 평문을 곁들였다. 1936년에는 선조인 이덕온(李德溫)의 문집 『귀촌집(龜村集)』을 정리하여 간행하였다.

그의 산문 중에는 『정다산선생전(丁茶山先生傳)』과 『이충무공전(李忠武公傳)』이 단연 눈길을 끈다. 『정다산선생전』은 한문 12쪽 분량의 활자 인쇄된 소책자인데, 간기에는 1931년 4월 30일에 동아사인쇄소(東亞社印刷所) 발행으로 되어 있다. 이듬해인 1932년에는 『이충무공전』도 출판하려 했던 듯, 총독부 검열본의 사본이 후손가에 남아 있다. 원래 제목은 『조선제일영웅이충무전(朝鮮第一英雄李忠武傳)』으로 1932년 3월 29일자 검열인이 찍혀있고, 표지에 '원고 매수 20매'라는 표기가 보인

---

2 안대회, 『한국 시화사』 중 제5장 「현대 시화사」 참조.

『중학한문독본』 표지와 속표지

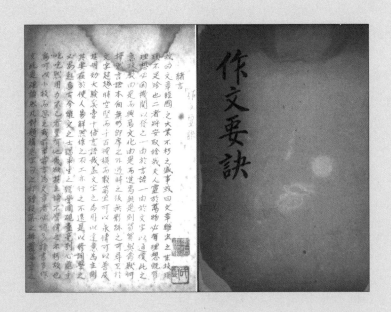

『작문요결』 표지와 첫면

丁茶山先生傳

丁若鏞傳

完山李昇圭允若著

丁若鏞字美庸號茶山押海人牧使載遠子也　英祖壬
午六月十六日生于廣州之斗尺里自幼穎悟出語已驚
長老七歲作詠山詩其父見而奇之曰此兒分數甚明後
必通曆法算數旣長見李星湖遺書大有所感動常語
人曰余之大夢多從星湖私淑中覺來　正廟癸卯中增
廣生員試謝恩于宣政殿　上特命擧顔問年幾何對曰
二十二歲　上愛其妙學富敕賞不置此若鏞最初風
期之親也若鏞在太學　上問中庸四七理氣之辨退溪

『정다산전』의 표지와 첫 면

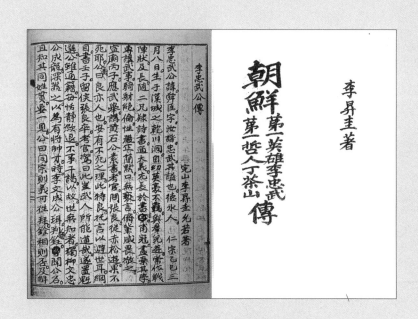

李昇圭著

朝鮮第一英雄李忠武
第一哲人丁茶山傳

李忠武公傳

完山李昇圭允若著

『조선제일영웅이충무전』 일제 검열본 표지와 첫 면

다. 첫 장에는 다른 책에서 오려 붙인 충무공의 초상과 널리 알려진 충무공의 한시 한 수를 적었다. 둘째 장에는 거북선 그림과 충무공의 '서해어룡동(誓海魚龍動), 맹산초목지(盟山草木知)'란 구절을 써놓았다. 이어 붓으로 쓴 원고가 실려 있다. 본문 중 일본 장수를 '적추(敵酋)'로 적은 대목 등에는 어김없이 삭제 표시와 함께 '삭제'인이 상단에 찍혀 있다.

하지만『이충무공전』은 검열의 고비를 넘기고도 끝내 출간되지는 못하였다. 저자 자신이 이 두 편의 산문에 대해 큰 자부를 가졌던 듯『한문작문요결』에 예시문으로 전문을 수록하기까지 하였다. 이밖에 1940년 조광사(朝光社)에서 펴낸『조선명인전(朝鮮名人傳)』(전3책) 중 문익점, 박지원, 이제현, 정약용, 정지상, 황희 등 6인의 한글 전기가 그의 집필이다.

3.『계원담총』의 구성과 내용

『계원담총(桂苑談叢)』은 한문 필사본으로 모두 107개 항목을 86면에 걸쳐 정리한 내용을 담았다. 다만 이 책은 최종 완성본이 아닌 교정본이어서 중간 중간 수정한 부분과 교정 표시가 많다. 항목 상단에는 책으로 다시 묶을 때 순서 교체를 염두에 둔 듯 여기저기 숫자를 적어두었다. 또 삭제 표시와 삭제 원고 위에 교체 원고를 덧붙여둔 곳도 있다. 상단에 본문에 추가할 내용을 적어둔 부분도 적지 않다.

이 책에서는 저자가 위치 변경을 정확히 지적해둔 항목과 기타 내용 교정 사항을 반영하여 바로잡았다. 또 중간 64쪽과 65쪽 사이에 한 장이 통째로 뜯겨져나갔다. 그 결과 이 책의 85칙과 86칙 사이에 있었던 두 항목의 맥락을 알 수가 없게 되어, 부득이 삭제하였다. 위치 배열을 나타낸 표시는 주제별로 연대순 배열을 염두에 두고, 고려시대부터 시대 순으로 내려오는 구성을 교정에 반영하려 한 듯하다. 하지만 일관되게 순서를 맞출 수가 없어 이 책에서는 원래의 필사 순서에 따라 배열하였다. 그 결과 수록 작가의 시대에 따른 배열에 일관성이 없고, 다소 혼란스러운 책이 되었다. 저자는 이를 시대 순으로 맞춰 새로 정리하려 했던 듯하나, 임의로 저자의 뜻을 촌탁하여 목차를 변개할 경우, 더 큰 혼란이 야기될 듯하여 훗날의 연구에 미루기로 하였다.

이제 『계원담총』의 구성과 내용에 대해 살펴보기로 하자. 크게 이승규의 시론 또는 시관에 해당하는 내용과 자료 배열상의 특징과 경향 등으로 나누어 검토하겠다.

1) 시관(詩觀)과 평시의 기준

제1칙에서 이승규는 자신의 글인 「증한연당영석서(贈韓蓮塘英錫序)」를 인용하여 글머리를 열었다.

시(詩)라는 것은 성정(性情)을 노래하고 읊조리는 것이니, 그 바름을 얻은 것이라야 좋은 것이 될 뿐이다. 일에 대해 설명함은 간결함을 귀하게 여기고, 대구[屬對]를 이룸은 온당한 것을 귀하게 여긴다. 글자를 단련함은 노련함을 귀하게 여기고, 소리의 울림은 고상함을 귀하게 여긴다. 그러나 모두 혈맥이 살아 움직이고 수미(首尾)가 온전히 이루어짐에 귀결되어야 한다. 근래의 시는 두 가지 병폐가 있다. 평탄하게 서술함은 갑작스레 이루는 것에서 잘못되고, 아로새김은 경박한 기교에서 잃고 만다. 전체 작품 안에서 단지 한 연(聯)의 빼어남만을 다투다보니 '청(靑)'을 가지고 '백(白)'에 견주느라 구절만 있고 전체 글이 없게 되어, 이 때문에 옛날과의 거리가 날로 멀어지게 되었다.

시를 하나의 생명체로 보아 성정지정(性情之情)을 얻은 바탕 위에 견사(遣事)와 속대(屬對), 추자(錘字)와 결향(結響)이 제각기 온당함을 얻어야 함을 주문했다. 서사는 간결하게, 대구는 온당하게, 글자는 노련하게, 소리가 고상하게 놓여야 비로소 한 편의 시가 혈맥이 살아 움직이고 수미가 갖추어져 생명력을 부여받게 된다. 하지만 근대의 한시를 보면 서둘러 이루려다가 너무 밋밋해지고, 재주를 부리려다 기교에 빠지고 마는 문제점이 있다고 지적했다. 또 전체 작품의 연결과 구성을 따지지 않고, 한 연(聯)의 공교로움만 다투느라 전편의 완성도를 잃고 마는 것도 문제라고 했다. 이를 통해 자신이 『계원담총』에서 시를 선별한 기준을 비교적 명확히 제시하였다.

또 제18칙에서는 평시(評詩)의 어려움에 대해 이렇게 꼽았다.

옛사람의 시를 평하는 데는 다섯 가지 어려움이 있다. 첫째는 고금의 풍격과 가락이 변한 것이고, 둘째는 작자의 성격이 저마다 다른 것이다. 셋째는 처한 바의 정경(情境)이 각기 다른 것이고, 넷째는 옛사람이 뜻을 깃들여 깊이 감춰둔 곳을 뒷사람이 말미암아 간파할 수 없는 것이며, 다섯째는 취하고 버리는 주견이 같지 않은 점이다. 이렇듯 다섯 가지 어려움이 있는데도 경솔하게 붓을 내려 단정 지어 말한다면, 참람하지 않으면 망령되게 될 것이니, 경계하지 않을 수 있겠는가?

시를 평하는 데 염두에 두어야 할 다섯 가지 측면을 말한 내용이다. 첫째는 시대별로 풍조가 일정하지 않은 것이다. 각 시대마다 그 시대 특유의 취향이 있으므로, 지금의 취향으로 옛 시를 함부로 재단해서는 안 된다. 반대의 경우도 마찬가지다. 둘째는 작가별 개성의 차이다. 저마다 장단점이 있고, 색깔이 다르기에 한 가지 기준을 들이대어서는 안 된다. 셋째는 각각의 시편이 지어진 정황이 다른 점이다. 그때 그 의경 속에 놓여보지 않고서 주관 판단에 따라 멋대로 평가할 수 없다. 넷째는 옛 시의 감춰진 행간을 뒷사람이 헤아리기 어렵다는 사실이다. 당시 무언가 뜻이 있어 한 말을 문면 그대로 받아들이면, 쌍방의 감수에 큰 차이가 발생한다. 다섯째는 취사선택의 기준이 같지 않은 점이다. 이를 고려하지 않을 경우 평가 또한 달라지고 만다.

저자의 이 같은 시관과 평시의 다섯 가지 요소들은 『계원담총』 전체의 기술에서 일관되게 적용되고 있다. 제8칙에서 김창협이 이규보의 시를 혹평하고 조선시대 박은과 비교 논단한 것을 인용하면서, 각자의 풍격과 개성이 달라 우열로 갈라 말할 수 없다고 본 것이나, 제11칙에서 역대 왕소군(王昭君) 관련 시의 높고 낮음을 평가하면서 시격의 높고 낮음이나 구절의 호불호 또는 왕소군 원한 묘사의 핍진성만을 논해 시를 평가해서는 안 되며, 나라를 바라보는 깊은 뜻을 놓쳐서는 안 된다는 견해를 피력한 것 등이 그렇다. 끝에 자신이 지은 시를 나란히 놓아 득의의 뜻을 보인 점도 흥미롭다.

또 제13칙에서 시대를 달리하여 이제현, 신위, 조수삼의 유서시(柳絮詩)를 나란히 보이거나, 제16칙에서 기러기를 소재로 한 여러 사람의 시를 비교하여 그 미묘한 차이를 비교해 보이고, 제26칙에서는 이정의 시를 차운한 제가의 시를 함께 보여 우열을 따지기도 했다. 이러한 기술 방식은 비슷한 작품 간의 우열 비교를 통해 평시의 미묘한 지점을 전달코자 한 저자의 의도를 잘 보여준다.

제2칙에서는 시의 풍교(風敎) 공능에 대한 견해를 이양연의 시를 통해 예시해 보였고, 제14칙은 시에서 표절을 금기시하는 이유를 구체적 예시를 끌어와 보임으로써 시 짓기의 어려움을 설명하였다. 제15칙은 '우동(偶同)' 즉 우연히 같게 된 구절들을 자신의 작시 경험을 토대로 비교 분석하였다. 이승규는 중간 중간 자신의 견해를 과감하게 제시하는 것을 마다하지 않았다. 제17칙에서 송강 정철을 애도한 권필의 시를 소개하면서, 구절의 순서를 바꿔 제시해 원시와의 비교를 제안하기도 했다.

시화의 화제는 한 항목을 통해 그다음 항목으로 이어지는 연속성을 추구했다. 제19칙에서 김상헌의 시격을 말하고 나서, 제20칙에서 안동 김씨 육창(六昌)을 소개하고, 제21칙에서는 그중 김창흡의 일화를 소개하는 경우가 이에 해당한다. 하나의 화제에서 비슷한 토픽으로 꼬리에 꼬리를 무는 방식으로 연결 짓는 경우가 적지 않게 보인다. 또 옛 시화에 흔히 등장하는 소재도 그대로 끌어와 쓰지 않고, 이와 상반되거나 연결되는 예화를 잇댐으로써 저자 특유의 색깔을 입히려 하였다.

2) 조선 후기 및 근대 시단을 바라보는 시선

『계원담총』은 전체적으로 일관된 순서를 갖추지는 못하였으나, 큰 주제마다 이를 잘 보여주는 제가 시인의 풍격과 대표작을 시대 순으로 예시하여, 시사(詩史)를 통시적으로 살피려 한 저자의 의도를 읽을 수 있다. 특별히 인용한 매 작품 끝에 단 작가의 촌평은 간결하면서도 핵심을 명확히 짚어내어 평자의 균형 잡힌 선시와 시평의 안목을 잘 보여준다. 하지만 『계원담총』의 자료적 가치는 평자의 균형 잡힌 시선과 높은 수준의 안목 외에 조선 후기와 근대 및 당대 시단에 대한 충실한 보고를 담고 있는 데서 더 빛난다. 옛날이 아닌 근현대 시단에 집중하는 태도는 이전 시기의 시화와는 결을 크게 달리하는 부분이다.

이규보(8칙)나 이제현(13칙) 등 고려조 시인에 관한 언급이 없지는 않으나, 모두 독립 항목이 아닌 조선조 시인과의 비교에서 잠깐 언급되었을 뿐이다. 그밖에 박은(5칙), 최립(6, 7칙), 이안눌(7칙), 이항복(9칙), 박홍미(10칙), 권필(17칙), 김상헌(19칙), 김창흡(21칙), 유몽인(22칙), 이희지(25칙), 이정(26칙), 이호민(27칙), 김귀영(28칙), 윤휴(29칙), 이명한(30칙), 오도일(31칙), 정유길(33칙), 채팽윤(35칙), 이광려(38칙), 차천로(86칙), 차운로(87칙), 조신준(88칙), 임창택(89칙) 등 조선 중·후기 시인에 얽힌 일화와 시를 소개하고 있지만, 어디까지나 시화의 중심 맥락을 후기와 근현대 쪽에 두어서 『계원담총』에서 역점을 둔 지점을 분명하게 드러냈다.

조선 후기의 대표적 시인으로는 남상교(12칙), 정약용(24칙), 이광려(38칙), 이언진(39, 40칙), 이용휴(40, 41칙), 박지원(42칙), 이단전(43칙), 정초부(44칙), 신위(48칙), 안정복(49칙), 임정(50칙), 허필(51칙), 이희사(52칙), 채제공(54칙), 정범조(55칙), 강세황(57칙), 이기진(58칙), 이덕무(61칙), 유득공(62

칙), 박제가(63칙), 이서구(64칙), 김정희(65칙), 이명오(66칙), 정상관(67칙), 이학규(68칙), 이황중(69칙), 이만수(70칙), 홍의호(70칙), 홍석주(70칙), 조수삼(71칙), 이상적(72칙), 강위(73칙) 등을 망라하였는데, 18세기 문단에서는 특별히 남인 계열 문인에 대한 관심이 눈에 띄게 두드러지고, 북학파 박지원, 이덕무, 유득공, 박제가, 이서구에 대해서도 주목하였다.

나아가 근현대 시단 쪽에서는 김택영(46, 74, 81칙), 홍기주(75칙), 정기우(76칙), 이중하(77칙), 여규형(78칙), 이근수(79칙), 이건창(80칙), 황현(82, 83칙), 이기남(84칙), 윤희구(85칙), 한재렴(90칙), 박문규(91칙), 백응현(92칙), 백기진(92칙), 이기(94칙), 이건방(94, 95칙), 정만조(96칙), 정병조(97칙), 조병건(98칙), 박풍서(99, 100칙), 김영한(99, 101칙), 이범세(99, 102칙), 박치형(103칙), 보윤(104칙), 신좌모(106칙), 정현덕(107칙) 등의 대표작을 소개하였다. 근현대의 여러 명가를 망라하여 근현대 시단의 성황을 촘촘하게 보여주고자 한 것으로 보인다.

그 인물 구성으로 보면 역대 시화에서 다루지 않았던 재야의 시인을 소개하려 애쓴 흔적이 뚜렷하다. 근대의 명가 중에서는 김택영과 황현에 주목했고, 당대에서는 정만조, 김영한, 이범세, 박풍서를 특기했다. 그의 한시집 『간암만록』에 풍부하게 남아 있는 이범세 등과의 교유시를 보면 특히 이범세의 시품과 인품을 평가하고 있는 것을 알 수 있다.

3) 기타 자료 구성상의 특징

이밖에 중간 중간 시의 풍교적 효용(2칙), 표절(14칙)과 우동(偶同)(15칙), 시와 재앙의 관계(23칙), 신분이 천한 시인들(45칙), 역대 제가 시평(47칙),

당론의 폐해가 시에 미친 영향(59칙) 등의 소재를 삽입하여 책 전체의 흐름이 자칫 작가와 작품의 나열에 그치지 않도록 한 번씩 글의 호흡을 묶어주는 배치가 눈에 띈다.

때로 특정 시인의 장시나 긴 연작을 일괄 소개한 항목도 있다. 제39칙에서는 이언진의 「해람편」 전편을 인용했고, 이어 제40칙에서 이언진을 조문한 이용휴의 시 여섯 수를 통째로 인용하여 이언진에 대한 저자의 애정을 감추지 않았다. 잘 알려지지 않은 긴 작품을 소개하기도 하였는데, 제12칙 남상교의 「유서팔영(柳絮八咏)」은 그 아들 남종삼이 천주교 문제로 죄를 얻는 바람에 세상에 잊혀진 점을 말하며 특별히 소개하는 뜻을 밝혔다.

여러 사람의 역대 한시평을 수록한 대목도 흥미롭다. 가장 먼저 제46칙에서 김택영의 평가를 길게 수록하여, 여기에 기우는 뜻을 보였다. 김택영은 고려 이제현을 으뜸으로 꼽은 뒤에 조선조 선조·인조 연간의 시인들을 높이고, 영조 이후 이용휴 부자와 북학파 4대가의 시를 높였으며, 이후 신위로 이어진 큰 흐름을 정통으로 내세웠다. 이같은 관점에 저자 또한 많은 부분 동의한 것으로 보인다. 이후 시화 속에 나열된 시인의 흐름이 겹치는 지점이 적지 않다. 이어 제47칙에서는 조운흘, 이행, 황정욱, 허균, 최해, 최립, 김창협, 장유, 양경우 등의 제가 시평을 나열한 뒤, "보는 바가 저마다 달라 어느 하나가 옳다고 할 수가 없다"면서 감상자의 균형 잡힌 안목이 필요할 뿐이라고 말하였다.

제48칙에는 신위의 「동인논시절구」 24수를 소개하였는데, 작품에 달린 주석은 원래의 것을 간략하게 축약하였다. 당시 널리 알려지지 않았던 자료여서, 이를 통해 한국 한시의 흐름을 통시적으로 제시하려 한 의도를 읽을 수 있다. 이승규는 작품 소개를 마친 뒤 "위아래 천년의 사이를 종횡으로 변론한 것이 마치 노련한 관리가 옥사를 판결한 것과 같았다. 배우는 자가 마땅히 깊이 살펴야 할 것이다"라고 높이 평가하였다.

시를 평가하는 기준에서 당파 색에 크게 좌우되지 않은 점도 주목할 만하다. 제59칙에서 이승규는 "우리나라는 당론이 둘로 갈린 뒤로부터 같으면 무리 짓고 다르면 공격하는 생각이 마침내 고질을 이루어, 터럭을 불어가며 흠결을 찾느라 힘을 남기지 않았다. 숙종과 경종의 연간에 이르러서는 더더욱 참혹함이 극심하였다"고 적고, 유학뿐 아니라 시문에서도 다를 바가 없었다고 적었다.

제60칙에서는 이덕무, 유득공, 박제가, 이서구 등 사가(四家)의 시가 옛 습속을 깨고 새로운 견해를 냈다면서 선조와 인조 이후로 시인들이 모두 당시만을 답습하였는데, "저 사가라 하는 사람들은 이같은 병통을 깊이 알았기 때문에 별도로 기괴하면서도 새로운 시체를 갖추어, 송명과 청나라의 사이를 드나들면서 저마다 일가의 말을 이루었으니, 쇠미한 시대에 우렁차게 시를 잘 지은 사람이라 하겠다"고 높였다. 다만 그러면서도 18세기 남인 시단을 이끈 여러 사람의 시문에 대해 특별히 작정하고 소개하였다. 이를 통해 사가 시와 남인의 시를 18세기 시단의 새로운 두 경향으로 이해하는 관점을 드러내었다.

4. 마무리

이상 살핀 대로 이승규의 『계원담총』은 근대 시기 시화사의 끝자락에서 제출된 시화 중 단연 탁월한 안목과 균형 잡힌 시야를 제시한 수작이다. 선시(選詩)에서 저자 특유의 시선이 살아 있는데다, 널리 알려지지 않은 시인과 시, 다양한 소재와 일화를 소개함으로써 시단의 흐름을 한눈에 볼 수 있도록 한 배열이 돋보인다. 매 작품 끝에 남긴 작품평에서도 저자 특유의 색깔이 드러난다. 세밀한 분석과 평가는 후속 연구에 미루기로 한다.

특별히 조선 후기에서 근현대에 이르는 시기에 활동했던 주요 시인을 망라하여 당색에 얽매이지 않는 균형 잡힌 시각을 보여준 점을 높이 평가한다. 한시의 미학 가치가 퇴조하던 시기에 전통적 미감과 안목으로 펼쳐 보여준 한시사 정리는 그래서 더 가치가 높다.

이승규는 『계원담총』 외에도 『동양시학원류(東洋詩學源流)』와 『대동시화집성(大東詩話集成)』, 『계산시화(桂山

이승규의 친필(『예기』에서 따온 구절이다)

詩話)』, 『시단금설(詩壇金屑)』, 『일사시화(逸史詩話)』 등의 시화 관련 저술을 풍부하게 남기고 있다. 이들 자료는 상동성을 띠기도 하고 전혀 다른 면모를 보여주기도 한다. 다른 자료 또한 지속적으로 발굴하고 정리함으로써 그의 저술 활동을 큰 흐름에서 조망할 필요가 있다는 생각이다. 이 자료의 출간을 계기로 이승규에 대한 관심과 연구가 이어지기를 기대한다.

2024년 1월 행당 서실에서

정민

참고문헌

안대회, 『한국 시화사』, 성균관대학교출판부, 2024.

안대회, 『조선 후기 시화사』, 소명출판, 2000.

이덕영, 「이승규 선생의 계원담총 이야기 소개」, 『보령문화』 제25집, 보령문화연구회, 2016,
269~320면.

이종묵, 「일제 강점기 한문학 연구의 성과」, 『한국한시연구』 13, 2005, 421~445면.

이철원, 「보령 주렴산 3.1만세운동의 주역 이철원 자서전」, 『애향』 제23집, 보령문화원, 2019,
99~194면.

황의천, 『보령의 인물』, 보령문화원, 2015.

계원담총

❋

일러두기

1. 후손가에 소장되어 있는 이승규의 『계원담총(桂園談叢)』친필 필사본을 저본으로 하여 우리
   말로 옮겼다.
2. 항목의 분류는 저본에 바탕을 두고 길이가 너무 길거나 내용이 달라지는 것은 분절하여 모두
   107항목으로 정리했다.
3. 저본에는 단락별 제목이 없으나 독자의 이해를 돕기 위해 항목별 주요 내용을 드러내는 소제
   목을 붙였다.
4. 저본 곳곳에 상단 메모 및 중간의 수정과 추기(追記)가 들어 있다. 본문을 수정하거나 추가한
   내용이 대부분이고 일부 교감 표시도 있다. 추가 내용은 본문에 포함시키고, 상단 메모로 추
   가된 내용임을 각주에 밝혔다. 교감 표시도 모두 반영하고 각주에서 교감 내용을 자세하게
   밝혔다.
5. 수록된 시는 문집 원본이나 다른 자료와 대조하여 교감주를 달았고, 오자인 경우 바로잡고
   그 근거를 각주에서 밝혔다.

1

시의 원류와 근래 시의 병폐

내가 「연당(蓮塘) 한영석(韓英錫)에게 준 서(序)」에서 말했다.

"시(詩)라는 것은 성정(性情)을 노래하고 읊조리는 것이니, 그 바름을 얻은 것이라야 좋은 것이 될 뿐이다. 일에 대해 설명함은 간결함을 귀하게 여기고, 대구〔屬對〕를 이룸은 온당한 것을 귀하게 여긴다. 글자를 단련함은 노련함을 귀하게 여기고, 소리의 울림은 고상함을 귀하게 여긴다. 그러나 모두 혈맥이 살아 움직이고 수미(首尾)가 온전히 이루어짐에 귀결되어야 한다. 근래의 시는 두 가지 병폐가 있다. 평탄하게 서술함은 갑작스레 이루는 것에서 잘못되고, 아로새김은 경박한 기교에서 잃고 만다. 전체 작품 안에서 단지 한 연(聯)의 빼어남만을 다투다보니 '청(靑)'을 가지고 '백(白)'에 견주느라[1] 구절만 있고 전체 글이 없게 되어, 이 때문에 옛날과의 거리가 날로 멀어지게 되었다."

---

1 '청(靑)'을 가지고 '백(白)'에 견주느라: 구절마다 대우(對偶) 형식을 취하는 데 지나치게 치중한다는 뜻이다.

2

시의 풍교적 효용성과 이양연의 시

시가 크게 풍교(風敎)[1]에 관계됨이 있는 것은 어째서인가? 마음에 느끼
는 바가 있으면 읊조려 탄식하기 마련인데, 말의 기운이 충직하고 두터
우며 구슬프므로 말한 자가 죄가 없고 듣는 자는 거울삼아 경계로 삼
기에 충분할 뿐이다. 근세의 시인 중에서 이 뜻을 깊이 얻은 자는 다만
산운(山雲) 이양연(李亮淵)[2]이 아닐까 한다. 안성군(安城郡)에 사는 백성
이 우연히 게 한 마리를 얻어, 귀한 물건으로 여겨 관청의 주방에 바쳐
반찬으로 만들게 하였다. 태수가 맛보고서 달게 여겨 관청의 장부에 적
어두었다. 뒤에 안성 읍에 군수로 온 자가 이 고을에 게가 많이 난다고
여겨 매 집마다 게 한 마리를 바치게끔 하였다. 하지만 안성 읍에는 원
래부터 게가 나지 않았다. 백성들이 요구에 응할 수 없자 닭을 가지고
게를 대신하여 마침내 상례(常例)가 되었다. 이양연이 안성 고을을 지나
가다가 느낌이 있어 시[3]를 지었다.

---

1 풍교(風敎): 정치를 통한 교화를 가리킨다. 『시경』 대서(大序)에 "윗사람은 풍으로 아랫사람을
교화하고, 아랫사람은 풍으로 윗사람을 풍자하되, 비유하는 글을 사용하여 완곡하게 규간하
므로, 말하는 이는 죄가 없고 듣는 이는 경계할 수 있기 때문에 풍이라 한다〔上以風化下, 下以
風刺上, 主文而譎諫, 言之者無罪, 聞之者足以戒, 故曰風〕"라고 하였다.
2 이양연(1771~1856): 조선 후기의 시인이다. 본관은 전주(全州), 자는 진숙(晉叔), 호는 산운 또
는 임연재(臨淵齋)이다.

태수가 게 한 마리 거두는 것이	太守賦一蟹
백성을 피폐케 하진 못하리.	未足爲民瘠4
게가 변해 닭 한 마리 되고 나서는	一蟹化一鷄
만 마리 닭 팔도에서 죽게 되었네.	萬鷄凋八域
진실로 임금님께 바친다 하면	苟然充王廚
밭 가는 소라도 안 아까우리.	耕牛吾不惜

말의 기운이 충후하고 소리의 울림이 고상하면서도 고아하여, 읽으면 저절로 사람을 감동시킨다. 그 뒤에 염방사(廉訪使)가 순시 차 안성 읍에 왔다가 우연히 이 시를 보고는 크게 감동하는 바가 있어, 혁파할 것을 엄하게 명하여 이 폐단이 마침내 끝나게 되었다. 시가 풍속의 교화와 관계되는 것이 이와 같다.

---

3 시: 규장각 소장 『한객건연집(韓客巾衍集)』 본 『임연당별집(臨淵堂別集)』 등에 「蟹鷄苦」라는 제목으로 실려 있고 제목 아래 이런 주석이 보인다. "경기도 광주에는 전례에 해계전(蟹鷄錢)이 있었는데, 한 마을에서 매해 이십 지(支)를 바치다가 해마다 증가하여 오십 지에 이르렀다. 을해년(1815) 유수 정(鄭) 아무개가 50을 20으로 줄이고 집집마다 그것을 부과했더니 또 해마다 늘어서 30까지 올라갔다. 을미년(1835)에 정승 홍석주(洪奭周)가 이 시를 듣고 그 세금을 특별히 면제해주었다. 태안에도 이런 세금이 있었는데 계묘년(1843)에 어사 정기세(鄭基世)가 또한 이 시를 듣고 영원히 없애버렸다〔廣州舊例, 賦蟹鷄錢, 一里二十支, 歲增至五十. 乙亥留守鄭某, 減五十爲二十, 而乃戶賦之, 又歲歲增至三十. 乙未洪相奭周, 聞此詩, 特除之. 泰安亦有此稅, 癸卯御史鄭基世, 亦聞此詩, 永除之〕." 박동욱, 『눈 내린 길 함부로 걷지 마라』, 소명출판, 2021, 220~221쪽 참고.

4 民瘠: 『계원담총』에는 "瘠民"으로 되어 있으나 『임연당별집』에 따라 바로잡았다.

3
이양연의 딱다구리와 널다리 시

이양연이 딱따구리를 노래한 시[1]는 이렇다.

딱따구리야 나무를 쪼지 말아라	啄木休啄木
고목이 반 너머 텅 비었구나.	古木餘半腹
비바람이 어이해 두렵잖으랴	風雨寧不畏[2]
나무가 꺾어지면 네 집도 없지.	木摧爾無屋

대개 외척들이 나라를 그르침을 풍자한 것이다.
또 널다리〔板橋〕를 읊은 시[3]에서 말했다.

어떤 이 다리 위에 올라와서는	有[4]人橋上來
다리 아래 흐르는 물 굽어보누나.	俯臨橋下水
뜬 인생 웃으며 말하는 사이	浮生笑語間

---

1 딱따구리를 노래한 시: 『임연당별집』에 「啄木」이라는 제목으로 실려 있다.

2 畏: 『임연당별집』에는 "憂"로 되어 있다.

3 널다리〔板橋〕를 읊은 시: 『임연당별집』에 「板橋分韻」이라는 제목으로 실려 있다. 『임연백시(臨淵百詩)』 권두에는 「板橋分韻得水字」로 되어 있다.

4 有: 『임연당별집』에는 "遊"로 되어 있다.

흐르는 물 쉼 없이 떠나간다네.　　　　　　　　　流水去無已

모두 전아(典雅)하면서도 깊이가 있어 읊조릴 만하다.

4

금강산 시의 수작

금강산은 기이한 봉우리가 괴이하고 변화무쌍하여 온갖 형상을 두루 갖추어 사람으로 하여금 휘황찬란하여 눈길을 빼앗기게 만드니 참으로 천하의 장관이다. 고금의 문호와 시인들이 모두 한차례 보기를 원하여, 저마다 시와 문을 가지고 그 참된 형상을 묘사한 것이 손가락으로 이루 꼽을 수조차 없다. 하지만 전할 만한 것은 실로 적으니, 어찌 그 산의 기특한 기운에 빼앗긴 바가 되어 그런 것이 아니겠는가. 기문(記文)은 마땅히 농암(農岩) 김창협(金昌協)[1]을 으뜸으로 꼽아야 한다. 시에 이르러서는

꼿꼿한 천만 봉이 눈처럼 서 있는데 　　　　　　　雪立亭亭千萬峰
바다 구름 열리자 옥부용이 드러나네.[2] 　　　　　海雲開出玉芙蓉

뭇 봉우리 근심 겨워 소리가 날 듯 　　　　　　　衆峰悄欲響
종소리 정양루(正陽樓)에 울려 퍼지네.[3] 　　　　　鍾動正陽樓

---

1 김창협(1651~1708): 자는 중화(仲和), 호는 농암(農巖)·삼주(三洲), 본관은 안동(安東)이다. 과거에 장원급제하여 요직을 두루 거쳤으나 기사환국 때 아버지 김수항(金壽恒)이 사사(賜死)되자 벼슬에서 물러나 학문에만 전념했다. 저서로『농암집』등이 있다. 1671년 8월 금강산을 유람한 뒤「동유기(東遊記)」와「동정부(東征賦)」를 지었다.

텅 비어 긴 밤이 아예 없더니 　　　　　　虛白無長夜

석양이 영롱하게 지고 있구나. 　　　　　玲瓏有夕陽

밤새도록 텅 비어 새벽이 올 듯하고 　　　　五夜虛明長欲曙

네 계절 뒤흔들려 가을이 쉬 오누나. 　　　四時搖落易爲秋

여러 구절들이 모두 실경을 모사하였으니, 다 훌륭한 작품이다. 하지
만 모두 능호관(凌壺觀) 이인상(李麟祥)4이 지은

온 세상 맑음 다퉈 밝은 달 쏟아내고 　　　萬瀨爭涵明月寫

천 봉이 변화하여 구름 되어 날아갈 듯.5 　　千峯欲化霽雲飛

---

2 꼿꼿한 … 드러나네: 권근(權近, 1352~1409)의 『양촌집(陽村集)』 권1에 수록된 「금강산(金剛
山)」의 1, 2구이다. 전문은 이렇다. "꼿꼿한 천만 봉이 눈처럼 서 있는데, 바다 구름 열리자 옥
부용이 드러나네. 신광은 으리으리한 바다 간직하고, 맑은 기운 서려서려 조화가 뭉치었네. 험
준한 멧부리는 조도에 다다르고, 그윽한 골짜기엔 신선이 숨어 있네. 동쪽을 유람하다 정상에
오르고자, 홍몽세계 굽어보며 가슴 한번 열어 보자〔雪立亭亭千萬峯, 海雲開出玉芙蓉. 神光蕩漾
滄溟近, 淑氣蜿蜒造化鍾. 突兀岡巒臨鳥道, 淸幽洞壑祕仙蹤. 東遊便欲凌高頂, 俯視鴻濛一盪胸〕."

3 뭇 봉우리 … 울려 퍼지네: 김창흡(金昌翕, 1653~1722)의 『삼연집(三淵集)』 권9에 수록된 「有
期不至」 중 1, 2구이다. 전문은 이렇다. "뭇 봉우리 근심 겨워 소리가 날 듯, 종소리 정양루에
울려 퍼지네. 잎 지자 스님을 입정에 들고, 높은 구름 손님과 함께 머무네. 아양의 거문고도 적
막하구나, 성궐엔 달빛만 아득하도다. 우뚝히 계수 덤불 기대어 서서, 숨은 기약 마침내 시름
만 늦네〔千峰愁欲響, 鐘動正陽樓. 落木僧歸定, 高雲客與留. 峩洋琴寂寂, 城闕月悠悠. 偃蹇憑叢
桂, 幽期竟晩愁〕." 정양루는 금강산 정양사(正陽寺) 경내에 있는 헐성루(歇惺樓)이다. 이 일대
에서 금강산 일만 이천 봉이 한눈에 보인다고 한다.

4 이인상(1710~1760): 본관은 전주(全州), 자는 원령(元靈), 호는 능호관(凌壺觀) 또는 보산자
(寶山子)이다. 시서화에 모두 능해 삼절(三絶)로 불렸고 인장(印章)도 잘 새겼으나 증조부가
서출(庶出)이었던 탓에 높은 벼슬을 지내지 못했다. 「송하독좌(松下獨坐)」, 「송하관폭도(松下
觀瀑圖)」 등의 유작과 문집 『능호집(凌壺集)』 등이 전한다.

이라고 한 구절이 고상하고 미묘하며 빼어나서 입신의 경지를 형용
한 것에는 미치지 못한다.

---

5 온 세상 … 날아갈 듯: 『능호집』 권1에 수록된 「천일대(天一臺)」의 3, 4구로, 1737년에 금강산
을 유람한 뒤 남긴 시이다. 전문은 이렇다. "붉은 놀 흩어지고 골짝은 아득한데, 해 지자 높은
누대 바람 옷깃 가득하다. 일만 여울 밝은 달을 절로 품어 쏟아내고, 천봉은 갠 구름으로 변해
날리어 가려는 듯. 태을진군 연꽃 띄워 오는가 싶더니만, 마고가 바다 보고 돌아감은 믿지 않
네. 근심스레 장송 기대 생각만 한없는데, 거문고는 저 멀리 북산 위에 있구나[丹霞吹散洞天
逈, 日落危臺風滿衣. 萬瀨自含明月瀉, 千峰欲化霽雲飛. 稍疑太乙浮蓮至, 未信麻姑看海歸. 悄倚
長松無限思, 瑤琴遠在北山巍]." 천일대는 정양사의 서남쪽에 있는 봉우리로 전망이 아름답기
로 유명하다. 『능호집』과 『계원담총』 수록본 간에 글자 차이가 있다.

5

박은과 허난설헌의 시격

우리나라의 시가(詩家)는 남자의 경우 읍취헌(挹翠軒) 박은(朴誾)[1]을 으뜸으로 일컫고, 부인의 경우 난설헌(蘭雪軒) 허(許)씨[2]를 제일로 꼽는다. 박은은 입에서 나오면 문장을 이루어 아로새겨 꾸미지 않아도 기격(氣格)이 혼연하여 자연스러웠다. 허난설헌은 맑고 고우면서도 표일(飄逸)하니 신선처럼 해맑아 속된 기운이 조금도 없었다. 박은은 두보(杜甫)와 비슷하고 허난설헌은 이백(李白)에 가까우니 모두 시가 중에 윗길이 된다. 하지만 박은은 26세에 사화(士禍)를 만나 죽었고[3] 허난설헌은 27세에 병으로 세상을 떴으니, 모두 서른을 넘기지 못하고 요절하였다. 만약하늘이 그들에게 수명을 빌려주었다면, 그 성취를 어찌 헤아릴 수 있겠는가? 이제 각각 한두 수를 들어 그 표범의 무늬[4]를 보이고자 한다. 박

---

1 박은(1479~1504): 본관은 고령(高嶺), 자는 중열(仲說)이고 읍취헌은 호이다. 조선 중기 해동강서파(海東江西派)의 대표 시인으로 꼽힌다. 저서로『읍취헌유고(挹翠軒遺稿)』가 있으며, 훗날 정조는 그를 조선 제일의 시인으로 꼽고 유고에 어제(御製) 서문을 써주었다.

2 난설헌 허씨(1563~1589): 본관은 양천(陽川), 본명은 초희(楚姬), 난설헌은 호이다. 세상을 떠난 뒤 동생 허균(許筠)에 의해 명나라에서 시집이 간행되기도 했다. 유고『난설헌시집(蘭雪軒詩集)』이 있다.

3 박은은 26세에 사화(士禍)를 만나 죽었고: 박은은 1504년(연산군 10) 갑자사화에 연루되어 사형을 당했다.

4 표범의 무늬: '管中窺豹斑'의 준말로 대롱 구멍으로 표범을 볼 때 보이는 무늬, 즉 사물의 일부분을 뜻한다.

은의 「영보정(永保亭)」 시[5]는 이렇다.

지세는 푸득푸득 날개를 칠 듯하고	地如撲撲[6]將飛翼
누정은 흔들흔들 거룻배를 놓아둔 듯.	樓似搖搖不繫篷
북쪽 보매 구름 산이 어이 끝이 있겠는가	北望雲山欲何極
남쪽 오니 장한 산천 이곳 가장 웅장하다.	南來襟帶此爲雄
바다 기운 안개 짓자 인하여 비 뿌리고	海氣升[7]霧因成雨
물결 기세 하늘 덮어 절로 바람 이는구나.[8]	浪勢飜天自起風
어둠 속에 새 울음이 들려오는 것만 같아	暝裏如聞鳥相叫
앉은 사이 경물 온통 텅 빈 것을 깨닫노라.	坐間渾覺境俱空

웅혼하고 원만하며 시원스러워 두보로 하여금 옷깃을 여미게 할 만하다. 허난설헌의 「규원(閨怨)」 절구 2수[9]는 이렇다.

비단 띠 비단옷에 눈물 자국 쌓이니	錦葉[10]羅衣積淚痕
한해살이 방초(芳草)는 왕손을 원망하네.[11]	一年芳草怨[12]王孫

---

5 「영보정(永保亭)」 시: 『읍취헌유고』 권3에 수록된 「營後亭子」이다. 영보정은 충청남도 보령 수군절도사영(水軍節度使營) 석성 내에 있었다.

6 撲撲: 『읍취헌유고』에는 "拍拍"으로 되어 있다.

7 升: 『읍취헌유고』에는 "作"으로 되어 있다.

8 북쪽 보매 … 바람 이는구나: 『계원담총』에는 함련(頷聯)과 경련(頸聯)의 순서가 뒤바뀌어 있으나 문집에 따라 바로잡았다.

9 「규원(閨怨)」 절구 2수: 『난설헌시집』에 같은 제목으로 실려 있다. 『계원담총』과는 글자 차이가 있다.

10 葉: 『난설헌시집』에는 "帶"로 되어 있다.

요쟁(瑤箏)으로 강남곡13 연주를 마치고는　　　　　　瑤琴14彈罷江南曲

비가 배꽃 때리는데 대낮에 문을 닫네.　　　　　　雨打梨花晝掩門

달뜬 다락 가을 가니 옥병풍 허전한데　　　　　　月樓秋盡玉屏空

서리진 갈대 물가 저녁 기러기 내려앉네.　　　　　霜打蘆洲下暮鴻

요슬(瑤瑟) 한 곡 다 타도록 사람은 보이잖고　　　　瑤瑟一彈人不見

들 방죽엔 연꽃이 시들어 지는구나.　　　　　　藕花零落野塘中

깨끗하면서도 맑고 고와 이백의 「동정호」 시15와 서로 맞겨룰 만하다.

---

11 왕손을 원망하네: 이 구절은 당나라 왕유(王維)의 고시(古詩) 「송별(送別)」에 "봄풀은 해마
다 푸른데, 왕손은 한번 가서 돌아오지 않는다〔春草年年綠, 王孫歸不歸〕", 또 『초사(楚辭)』
회남소산(淮南小山)의 「초은사(招隱士)」에 "왕손이 집을 나가서 돌아오지 않으니, 봄풀이 돋
아나 무성하게 자랐다〔王孫遊兮不歸, 春草生兮萋萋〕"라는 등의 구절을 참고한 것이다.

12 怨: 『난설헌시집』에는 "恨"으로 되어 있다.

13 강남곡: 악부(樂府) 상화가사(相和歌辭)의 곡명으로 「강남채련곡(江南採蓮曲)」이라고도 한
다. 멀리 떨어져 있는 부부가 서로 그리워하는 등 남녀의 상사(相思)를 노래하는 내용이 대
부분이다.

14 琴: 『난설헌시집』에는 "箏"으로 되어 있다.

15 이백의 「동정호」 시: 이백의 「遊洞庭湖」 5수를 말한다.

6

최립 시의 굳센 풍격

간이(簡易) 최립(崔岦)[1]은 한갓 문장으로 당시에 으뜸일 뿐 아니라 시율 또한 굳세고 씩씩한 데다 운치가 있어 황정견(黃庭堅)과 진사도(陳師道) 의 구법(句法)을 얻었으니[2] 어찌 목릉(穆陵) 시절의 여러 사람들이[3] 능히 미칠 바이겠는가? 다만 당시의 풍기가 오로지 당시풍을 숭상한 까닭 에 최립의 시를 아는 자가 드물다. 하지만 이무기와 지렁이가 서로 섞여 있으니 어찌 능히 쇠를 두드려 금을 만드는 솜씨[4]에 미칠 수 있겠는가? 그가 지은 시 「망경루(望京樓)에 올라」[5]는 이렇다.

맑은 가을 장한 누대 시험 삼아 살펴보니	淸秋目力試樓雄
간밤에 부슬대던 변방 비도 막 그쳤네.	昨夜纔收塞雨濛
먼 들판 저 너머로 팔각(八角) 지붕 날 듯하고	八角勢飛遙野外
허공중에 오층 누대 그늘에 잠겼구나.	五層陰結半空中
까마귀 길을 따라 찬 해와 부딪치고	烏鴉一道衝寒日
집집마다 다듬이소리 늦바람에 들려온다.	砧杵千家響晚風
동쪽 보며 고향 생각 서쪽으론 갈 길 염려	東憶故國[6]西念路
이때에 굽어보며 다들 같은 정 품었네.	此時臨眺摠情同

    웅혼하면서도 굳세고 씩씩하여 마치 강한 쇠뇌가 과녁을 뚫고도 굳센 기세가 그치지 않는 것만 같다. 목릉 문단의 여러분 가운데에서 이러한 기백을 지닌 사람이 과연 몇 사람이나 될는지 알지 못하겠다.

---

1 최립(1539~1612): 본관은 통천(通川), 자는 입지(立之), 호는 간이(簡易)·동고(東皐)이다. 1577년, 1581년 두 차례에 걸쳐 종계변무를 위해 중국에 다녀왔다. 초(草)·목(木)·화(花)·석(石) 40여 종을 소재로 한 시부(詩賦)가 유명하고 송설체도 일가를 이루었다. 저술로는 문집 『간이집(簡易集)』과 『십가근체시(十家近體詩)』, 『한사열전초(漢史列傳抄)』 등의 시학서(詩學書)가 있다.

2 황정견과 … 얻었으니: 황정견(1045~1105)과 진사도(1053~1101)는 북송(北宋)을 대표하는 시인이다. 최립을 두 사람에 견준 평은 『광해군일기』 4년 7월 11조에 실린 최립의 졸기(卒記)와 장유(張維)가 지은 「간이당집서(簡易堂集序)」에서 그대로 가져왔다.

3 목릉 시절의 여러 사람들: 목릉은 조선 선조(宣祖) 대를 가리킨다. 목릉성세(穆陵盛世)라고 불릴 만큼 문화가 융성했다. 백광훈(白光勳), 이달(李達), 최경창(崔慶昌) 등 삼당시인(三唐詩人)을 필두로 권필(權韠), 이안눌(李安訥) 등 뛰어난 문인들이 나왔으며 최립 또한 이 시기에 활약했다.

4 쇠를 두드려 금을 만드는 솜씨: 본래 고대 방사(方士)의 술법으로 전하여 기존의 언어를 고쳐 훌륭하게 만드는 작법을 뜻한다. 황정견의 「答洪駒父書」에 "옛날에 문장을 잘한 사람은 진실로 만물을 도야했다. 비록 옛 사람의 진부한 말을 취해다가 한묵에 넣었다 해도 마치 영단(靈丹) 한 알과 같았으니, 철을 두드려 금을 만든 것이다[古之能爲文章者, 眞陶冶萬物, 雖取古人之陳言入於翰墨, 如靈丹一粒, 點鐵成金也]"라고 했다.

5 「망경루에 올라」: 『간이집』 권6에 수록된 「望京樓次韻」이다. 망경루는 요양성 백탑사(白塔寺)에 있는 누대이다.

6 故國: 『간이집』에는 "鄕園"으로 되어 있다.

7

이안눌과 최립의 시격 비교

동악(東岳) 이안눌(李安訥)[1]의 「통군정(統軍亭)」[2] 시는 이렇다.

유월이라 용만(龍灣)[3] 땅에 장맛비 개이니	六月龍灣積雨晴
이른 새벽 혼자서 통군정(統軍亭)에 올랐다네.	平明獨上統軍亭
아득한 큰 들에는 하늘 기운 떠 있고	茫茫大野浮天氣
굽이굽이 긴 강물은 땅의 형세 갈랐구나.	曲曲長江裂地形
우주의 백 년 인생 사람은 개미 같고	宇宙百年人似蟻
만 리의 산하건만 나라는 부평일세.	山河萬里局[4]如萍
돌아온 학 서쪽으로 날아가는 모습 보니	忽看歸[5]鶴西飛去
요양 땅의 옛 성씨가 정가(丁哥)[6]가 아닐는지.	疑是遼東舊姓丁

---

1 이안눌(1571~1637): 본관은 덕수(德水), 자는 자민(子敏), 호는 동악(東岳), 시호는 문혜(文惠)
   이다. 1599년 정시문과에 을과로 급제하여 동래부사, 담양부사, 형조판서 등을 역임했다. 저
   서로『동악집(東岳集)』 26권이 있다.
2 「통군정」 시:『동악집』 권2에 수록된 「登統軍亭」 2수 중 제1수이다. 1601년(선조 34) 진하사(進賀
   使) 정광적(鄭光積)의 서장관으로 북경을 다녀올 때, 의주의 통군정을 지나다가 지은 것이다.
3 용만(龍灣): 의주(義州)의 별칭이다.
4 局:『동악집』에는 "國"으로 되어 있다.
5 歸:『동악집』에는 "白"으로 되어 있다.
6 정가(丁哥): 요동(遼東)의 정령위(丁令威)로, 선술(仙術)을 배워 학으로 변해 하늘로 올라갔다
   한다.

세상 사람들이 장대하고 드넓다고 일컬어 고금에 회자되었다. 내 생각으로는 경련(頸聯)과 결구(結句)를 온전히 거두지 못하여, 열어놓기만 하고 닫지는 못해 장법(章法)을 이루지 못하였다. 이는 바로 탕자(蕩子)나 유녀(遊女)가 한갓 겉을 꾸미지만 막상 그 속을 두드려보면 취할 만한 것이 없는 것과 같다. 간이 최립의 「요양성(遼陽城)」 시7는 이러하다.

성 위의 높은 누대 그 형세 아슬하니	城上高樓勢若騫
계단 한 번 밟을 때마다 넋이 한 번 놀라누나.	危梯一踏一驚魂
먼 하늘 끝나도록 산은 아예 보이잖고	遙空自盡無山地
엷은 안개 나무 있는 마을에서 피어난다.	淡靄多生有樹村
북쪽으로 장안 보며 나그넷길 가늠하고	北極長安知客路
봄바람 부는 삼짇날에 고향 동산 생각하네.	東風上巳憶鄕園
괜한 근심 첩첩 쌓여 떨치기가 어려우니8	閑愁萬疊抛難得
지는 해에 한 통 술을 마셔야 할 모양일세.	料理斜陽酒一樽

그 담긴 뜻이 빼어나고 체격(體格)이 엄정하니, 동악의 시에 견줘보면 어느 것이 낫고 어느 것이 못한지 보는 사람이 마땅히 절로 알게 될 것이다.

---

7 「요양성(遼陽城)」 시: 『간이집』 6권 정축행록(丁丑行錄)에 「삼월 삼짇날 요양성의 망경루(望京樓) 위에 오르다[三月三日, 登望京樓, 遼陽城]」라는 제목으로 실려 있다.

8 괜한 근심 … 어려우니: 『간이집』에는 이 구절이 "일만 가닥 괜한 근심 어이해 막으리오[閑愁萬緒那禁得]"라고 되어 있다.

8

이규보와 박은의 시격 비교

내가『농암잡저(農巖雜著)』[1]를 보니 이렇게 말하였다.

"이규보(李奎報)의 시는 동방에서 명성을 떨친 지가 오래이다. 여러
선배들 또한 모두 그를 밀어 미칠 수 없다고 여겼다. 대개 그 재주와
힘이 민첩한 데다 축적된 것이 풍부하고도 해박하여, 한 때에 다른
이가 미치지 못하였다. 또 능히 표현을 직접 지어 앞선 이를 답습하
지 않는 것을 훌륭하게 여겼으니, 또한 시인의 재주가 있었다고 말할
만하다. 하지만 그 학식은 비루하고 기상은 용렬하여 격이 낮고 가
락이 잡스러우며, 말은 잗달고 뜻은 번잡하였다. 어느 한 마디도 맑
고 시원스러우며 고상하고 옛스러워 툭 트인 구석이 없었다. 그런데
도 그가 뻐기어 스스로 기뻐하며 남들이 말하지 못한 표현이라고 여
긴 것은 엄우(嚴羽)가 말한 '저열한 시마(詩魔)가 폐부에 들어간 자'[2]

---

1 『농암잡저』: 김창협의 『농암집』 권34에 실려 있다. 이어지는 내용은 그 내용을 간추린 것이다.
2 엄우(嚴羽)가 말한 … 들어간 자: 송(宋)나라 엄우의 『창랑시화(滄浪詩話)』「시변(詩辨)」의
   다음 구절을 인용한 것이다. "시를 배우는 사람은 식견을 위주로 하여 입문(入門)을 바르게 하
   고 뜻을 높이 세워야 하니, 한(漢), 위(魏), 진(晉), 성당(盛唐)의 시인을 스승으로 삼아야지 개
   원(開元), 천보(天寶) 연간 이후의 인물이 되어서는 안 된다. 스스로 위축되고 물러나면 저열
   한 시마가 폐부에 갈 것이니 이는 뜻을 높이 세우지 않았기 때문이다〔夫學詩者以識爲主, 入門
   須正, 立志須高, 以漢魏晉盛唐爲師, 不作開元天寶以下人物, 若自退屈卽有下劣詩魔入其肺腑之
   間由立志之不高也〕."

에 해당한다."

그러고 나서 그의 시 가운데에서 가장 좋지 않은 몇 구절을 열거하고는, 시골 학동들의 『백련초해(百聯鈔解)』에 나오는 구절에 불과하다고 여겼다. 그 아래에서는 또 읍취헌 박은의 시 중에서 가장 훌륭한 몇 구절을 취하여 대비하고는

"이규보의 문집 가운데서 어찌 이와 비슷한 말을 한 구절이라도 얻겠는가?"

라고 하였다.

내가 두 사람의 시를 살펴보니, 대개 이규보는 기세가 웅장하고 박은은 운치가 고상하며 이규보는 시상이 빼어나고 박은은 우뚝이 굳세었다. 이규보는 새로운 표현을 많이 썼고 박은은 노련하고 익숙한 표현을 즐겨 썼다. 각자 절로 하나의 대가(大家)를 이루었으니 왕발(王勃)과 노조린(盧照隣)의 앞뒤를 결정하기란 쉽지가 않은 법[3]이다.

하지만 이규보의 시 중에

약은 구름 지는 해를 깜빡 속이고	點雲欺落日
사나운 돌 미친 물결 가로막았네.[4]	狠石捍狂瀾

---

3 왕발(王勃)과 … 쉽지가 않은 법: 우열을 가리기 어렵다는 뜻으로, 양형(楊炯)이 "나는 노조린의 앞에 있기엔 부끄럽고 왕발의 뒤에 있기엔 수치스럽다〔吾愧在盧前, 恥居王後〕"라고 한 데서 온 말이다. 양형·왕발·노조린은 초당(初唐)시대의 뛰어난 시인으로, 낙빈왕(駱賓王)과 함께 초당사걸(初唐四傑)로 불렸다.

4 약은 구름 … 가로막았네: 『동국이상국전집』 권6 「八月七日黎明, 發龍潭寺, 明日泛舟龍浦, 過洛東江泊犬灘, 時夜深月明, 迅湍激石, 靑山蘸波, 水極淸澈, 跳魚走蟹, 俯可數也, 倚船長嘯, 肌髮淸快, 洒然有蓬瀛之想, 不覺沈痾頓釋, 江上有龍源寺, 寺僧聞之, 出迎於江上, 固請入寺, 予辭之, 邀僧至船上, 相對略話, 因題二首」 중 제2수의 함련이다.

빽빽한 잎 시든 꽃은 봄 뒤에도 남아 있고　　　　　　密葉翳花春後在

엷은 구름 새는 햇살 빗속에도 밝구나.[5]　　　　　　薄雲漏日雨中明

　와 같은 구절은 오묘하면서도 해맑아 박은의 시집 가운데에서 찾아
보더라도 많이 얻을 수가 없다.

5　빽빽한 잎 … 밝구나: 『동국이상국전집』 권2 「夏日卽事 二首」 중 제2수의 3, 4구이다.

9
이항복의 시격과 기상

백사(白沙) 이항복(李恒福)[1]은 시격(詩格)이 웅장하고 풍부하며 호방하여 대가의 경지를 잃지 않았다. 하지만 공업에 가려진 바가 되어 세상에서 그 시를 일컫지 않는다. 「선우의 야연도에 제하다」 시[2]는 이렇다.

사냥 마친 음산(陰山)[3]에 달빛이 흐릿한데	陰山獵罷月蒼蒼
일천의 철기(鐵騎)는 밤 서리를 밟고 온다.	鐵騎[4]千羣夜踏霜
장막 안 호가(胡笳)[5]의 두세 소리 박자 맞춰	帳裏胡笳三兩拍
술동이 앞 좌현왕(左賢王)[6]이 일어나 춤추누나.	樽前起[7]舞左賢王

당나라 때 시가와 몹시 비슷하다. 뒤에 북청(北靑)으로 귀양 갈 때, 길

---

1 이항복(1556~1618): 자는 자상(子常), 호는 백사, 필운(弼雲)이다. 임진왜란 때 병조판서로 활약했으나 광해군 때 인목대비 폐모론에 반대하다 북청(北靑)으로 유배되어 죽었다. 저서에 『백사집(白沙集)』, 『북천일기(北遷日記)』, 『사례훈몽(四禮訓蒙)』 등이 있다.

2 「선우의 야연도에 제하다」 시: 『백사집』 권1에 「單于夜宴圖」라는 제목으로 수록되었다.

3 음산(陰山): 지금의 내몽고(內蒙古) 자치구의 남쪽부터 동북쪽 내흥안령(內興安嶺)까지 뻗은 산맥으로, 흉노족의 웅거지였다.

4 騎: 『백사집』에는 "馬"로 되어 있다.

5 호가(胡笳): 조선 후기에 쓰인 관악기로 서역에서 한나라를 거쳐 전래되었다.

6 좌현왕(左賢王): 흉노의 최고 지위 귀족에 대한 봉호(封號)이다.

7 起: 『백사집』에는 "醉"로 되어 있다.

이 함흥을 지나게 되었다. 관찰사 아무개가 그의 근심을 풀어주려고 음식을 장만하여 정성껏 대접하였다. 늙은 기생을 시켜 술시중을 들게 하며 남몰래 이렇게 약속하였다. "네가 능히 이상공(李相公)으로 하여금 슬피 울게 할 수 있다면, 내가 천금(千金)을 주리라." 기생이 온갖 구슬픈 노래를 불러 그를 울게 하려 했지만, 백사는 조금도 낯빛이 흔들리지 않았다. 이에 기생이 제갈량(諸葛亮)의 「출사표(出師表)」[8]를 한 차례 낭송하자 백사가 눈물을 주르륵 흘리며 시를 지었다.

함관(咸關) 땅 늙은 기생 머리털 실 같은데	咸關老妓髮如絲
취한 뒤 미친 듯이 두 「출사표」 노래한다.	醉後狂歌二出師
읽다가 '국궁진췌(鞠躬盡瘁)'[9] 구절에 다다르니	讀到鞠躬盡瘁句
쫓겨난 신하 눈물 두 줄기 떨어지네.	逐臣有淚兩行垂

그 순수한 충정과 나라를 근심하는 마음이 소리와 시로 드러나는 것이 이와 같다.[10]

---

8 「출사표(出師表)」: 중국 삼국시대 촉한(蜀漢)의 재상 제갈량이 북벌(北伐) 전쟁을 앞두고 임금에게 올린 표문(表文)이다. 전후(前後) 두 편으로 이루어져있다.

9 국궁진췌(鞠躬盡瘁): 「후출사표(後出師表)」의 한 구절로 나라를 위해 몸과 마음을 다 바친다는 뜻이다.

10 이 시화는 『창해시안(滄海詩眼)』과 『삼명시화(三溟詩話)』 등에는 함흥 기생 가련(可憐)과 관양(冠陽) 이광덕(李匡德, 1690~1748)의 일화로 되어 있다. 『관양시집(冠陽詩集)』권1「題贈咸興老妓詩軸 二首」중 제1수의 원문은 이렇다. "함관의 여협은 머리 온통 푸른데, 취한 뒤 소리 높여 두 출사표 부르누나. 노래가 '초려삼고'라는 말에 다다르자, 쫓겨난 신하 맑은 눈물 만 줄기 드리우네〔咸關女俠滿頭綠, 醉後高歌兩出師, 唱到草廬三顧語, 逐臣淸淚萬行垂〕." 『관양시집』, 『창해시안』 및 『삼명시화』, 『계원담총』 사이에 글자 차이가 있다.

10

박홍미 시의 풍격과 시참

관포(灌圃) 박홍미(朴弘美)[1]의 시부(詩賦) 여러 편은 맑고 담박하면서도 우아하고 순수하여, 애써 금을 아로새기고 색채를 늘어놓는 것을 공교롭게 여기지 않았다. 읽어 보면 순정하여 남는 맛이 있다.[2] 그가 지은 「계림회고(鷄林懷古)」 시[3]는 이렇다.

계림 땅 남은 자취 찾을 길 아득하니	鷄林遺事渺難憑
온통 모두 쓸쓸하여 흥망을 느끼누나.	極目蕭條感廢興
일천 년 옛 나라에 물은 흘러 가버리고	流水一千年舊國
마흔여덟 왕릉은 찬 안개에 잠겨 있네.	寒烟四十八王陵
해묵은 첨성대엔 주린 까마귀 모여 있고	瞻星臺古飢烏集

---

1 박홍미(1571~1642): 본관은 경주(慶州), 자는 직재(直哉) 또는 군언(君彦), 호는 관포(灌圃). 장유(張維)·이식(李植)·정홍명(鄭弘溟) 등과 함께 문명을 떨쳤다. 『관포집(灌圃集)』 3권 2책이 있다.

2 관포 박홍미 … 남는 맛이 있다: 이상의 평은 홍경모(洪敬謨)의 「관포선생문집서(灌圃先生文集序)」에서 가져왔다. 원문은 이렇다. "詩賦諸編, 冲澹雅馴, 不屑屑以鏤金錯采爲工, 我用我法, 一洗庸音, 讀之醲醲有餘味."

3 「계림회고(鷄林懷古)」 시: 『관포선생문집』 권 상(上)에 실린 「동경회고. 택당에게 드리다〔東京懷古, 呈澤堂〕」이다. 이유원(李裕元 1814~1888)의 『임하필기(林下筆記)』「춘명일사(春明逸史)」편 회고시(懷古詩) 조에도 「동경회고시(東京懷古詩)」라는 제목으로 실려 있으나, 『계원담총』 수록본과는 글자 차이가 크다.

반월성 빈터에는 들 사슴이 오르누나.　　　　　　半月城空野鹿登

막막한 들판은 가을 풀에 덮여 있고　　　　　　　漠漠平郊秋草合

석양 스님 끊긴 다리 외로이 건너가네.　　　　　　斷橋孤渡夕陽僧

전체 작품이 웅혼하여 계림을 회고한 근체 율시의 으뜸이 된다. 다만 결구(結句)의 기상이 지나치게 처량하니, 그 후손이 끊긴 것은 시인의 시참(詩讖)이라 하겠다.

11

역대 왕소군 시의 고하

당나라와 송나라, 고려와 조선의 시인들이 왕소군(王昭君)[1]을 읊은 것이 몹시 많다. 비록 시격에 높고 낮음이 있고 구절이 좋고 나쁨은 있지만 국가의 큰 계획을 살피지 아니하고 그저 왕소군의 원한만 묘사하였다. 이 때문에 그 담긴 뜻이 마치 한 틀에서 나온 것과 같으니 시인이 정견(政見)에 어둡기가 이와 같다. 왕안석(王安石)이 홀로 여러 사람의 선택과 달리 이렇게 읊었다.

한나라 은혜 절로 얕고 오랑캐 은혜 깊으니	漢恩自淺胡恩深
인생의 즐거움은 마음 앎을 귀히 보네.	人生樂在貴知心

나대경(羅大經)[2]이 이 구절을 평하여 말하였다.

"실로 서로 알아주지 않는다고 하여 신하가 그 임금을 배반하고 아내가 남편을 버릴 수 있는 것인가?"

주자 또한 이치에 어긋나고 도리를 해쳤다고 평하였다 한다. 아계(鵝

---

1 왕소군: 중국 한나라 원제(元帝) 때의 궁녀로 이름은 장(嬙)이고 소군(昭君)은 자이다. 흉노와의 친화 정책을 위해 흉노왕 호한야선우(呼韓邪單于)에게 시집갔다.

2 나대경: 송(宋)나라 사람으로 호가 학림(鶴林), 자가 경륜(景綸)인데 사적은 자세하지 않다. 저술로 『학림옥로(鶴林玉露)』가 있다.

溪) 이산해(李山海)[3]가 가만히 왕안석의 뜻을 취하여서 왕소군을 읊은 절구 두 수를 지었다. 시[4]는 이렇다.

삼천의 궁녀들이 중문 속에 갇혀 있어	三千粉黛鎖重門
지척서도 지존을 뵈올 길 아예 없네.	咫尺無由拜至尊
그때에 이역에 보내지지 않았다면	不是當年投異域
한나라 궁전에서 왕소군을 누가 알리.	漢宮誰識有昭君

세간의 은정이야 정해진 것 원래 없어	世間恩愛元無定
오랑캐 땅 반드시 타향이라 할 순 없네.	未必氈城是異鄕
어이해 깊은 궁궐 외론 달빛 짝하여	何似深宮伴孤月
일생토록 임금 곁에 못 가봄만 하겠는가?	一生難得近君王

이 두 수가 명비(明妃)[5]로 하여금 고민을 풀게 할 만하다. 하지만 시라는 것은 마음의 소리거늘 어찌 이처럼 상식에 어긋나는 말을 짓는단 말인가?[6]

산운 이양연이 절구 한 수를 지었는데, 시[7]는 이렇다.

---

3 이산해(1539~1609): 본관은 한산(韓山). 자는 여수(汝受), 호는 아계(鵝溪), 종남수옹(終南睡翁)이며 시호는 문충(文忠)이다. 저서로 『아계집(鵝溪集)』이 있다.

4 시: 『아계유고』 권4에 수록된 「王昭君」 3수 연작 중 제3수이다.

5 명비(明妃): 왕소군을 가리킨다. 진(晉)나라 사마소(司馬昭)의 휘(諱)를 피해 이렇게 불렸다.

6 이상 왕안석과 이산해의 시는 『소화시평』 하권 6칙을 인용한 것이다. 하지만 이승규는 인용 순서를 바꾸고 이산해의 시에 『소화시평』과는 다른 자신의 평을 따로 달았다.

7 시: 『임연당별집』에 「王昭君」이라는 제목으로 실려 있다.

한나라에 터럭만큼 이롭다 해도	一毫利於漢
만 번 죽음 이내 몸은 사양 않아요.	萬死妾不[8]辭
부끄럽다, 옛 궁궐 내 동무들이	却羞故宮伴
나를 두고 연지[9]라고 부르는 것이.	呼我作閼氏

첫 구에는 애틋한 충성과 애모의 정을 그렸고, 결구는 처량하게 구슬피 원망하는 생각을 드러냈다. 공과 사를 모두 다 하였고 체재를 두루 갖추었으니 고금의 소군을 노래한 것을 압도할 만하다. 나 또한 절구두 수를 지었는데 시는 이렇다.

소군 멀리 시집가며 붉은 단장 울음 우니	昭君遠嫁泣紅粧
천년토록 비파곡이 부질없이 애를 끊네.[10]	千載琵琶枉斷腸
만약에 일만 군사 갑옷 풀게 한다 하면	若使萬軍齊解甲
한궁에서 일개 궁녀 어이해 아꼈으리.	漢宮何惜一嬪嬙

---

8 不: 『임연당별집』에는 "何"로 되어 있다.

9 연지: 선우의 황후를 부르는 말이다. "흉노가 그 아내의 이름을 연지라고 하였다. 연지는 연지(燕支)와 음이 같으니 그 아내를 연지처럼 사랑한다는 말이다. … 흉노 지방에는 언지(焉支)라는 산이 있는데, 산 전체가 연지처럼 붉은 빛깔로 되었다. 이도 역시 부인의 얼굴에 바를 만한 까닭에 산 이름을 언지라고 했다 한다〔匈奴名其妻曰閼氏. 閼氏與燕支同音, 言可愛如燕支也. … 匈奴中有山名焉支, 其色如燕支, 而亦可爲顔色, 故名焉〕."『성호사설』제5권「만물문(萬物門)」'연지(胭脂)'에 자세하다.

10 천년토록 … 애를 끊네: 이 구절은 당나라 두보(杜甫)가 왕소군의 고적을 회고하며 쓴 「詠懷古跡」세 번째 수 가운데 "천년의 비파곡은 오랑캐 말로 지었어도, 원한은 노래 속에 분명하게 논해졌네〔千載琵琶作胡語, 分明怨恨曲中論〕"에서 따온 말이다. 『고금사문류취(古今事文類聚)』속집 권22에 "왕소군이 처음 흉노 땅에 가는 길에 근심하고 원망하여 마침내 말 위에서 비파를 타며 그 한을 부쳤다. 지금까지 전해져 「소군원(昭君怨)」이라 부른다〔王昭君, 初適匈奴, 在路愁怨, 遂於馬上彈琵琶, 以寄其恨, 至今傳之, 謂之昭君怨〕"라는 내용이 보인다.

일 나기 전 재앙 없앰 가장 좋은 계책이니　　　　　　　　銷禍未形籌最奇

그림이 미인 운명 그르쳤다 하지 마오.　　　　　　　　　莫言鉛墨誤蛾眉

한나라 사위 대대로 신하 되어 복종하니　　　　　　　　漢甥世世來臣服

모연수(毛延壽)[11]가 붓 적실 때 이미 조짐 드러났네.　　已兆毛生染筆時

이는 앞사람이 미처 말하지 못한 것이니, 보는 이가 어떻게 여길지 모르겠다.

나중에 들으니 『숭양기구집(崧陽耆舊集)』에 실린 영내(寧耐) 조신준(曺臣俊)[12]의 시에 이런 것이 있다고 한다.

억울하게 모연수를 죽게 했으니　　　　　　　　　　　枉殺毛延壽

그림 그린 붓에도 신이 있구나.　　　　　　　　　　　丹青筆有神

음산(陰山) 땅 소멸시켜 없앤 뒤에야　　　　　　　　陰山消削後

그림 속의 사람이 바로 보이리.　　　　　　　　　　　政見畫中人

이 한 수가 내 시의 뜻과 똑같은데 옛사람이 내 마음을 먼저 얻은 것을 깊이 다행스럽게 생각한다.

11　모연수(毛延壽): 한(漢)나라의 궁실 화가로 원제(元帝)는 그가 그린 후궁의 초상화를 보고 시중들게 할 후궁을 골랐다. 모든 궁녀가 모연수에게 뇌물을 바쳤으나 왕소군만은 바치지 않아 모연수는 그녀를 못생기게 그렸다. 뒤에 흉노가 미인을 요구할 때 원제가 초상화를 보고 가장 못생긴 왕소군을 골랐는데, 그녀가 떠날 때 보니 후궁 중에 가장 미인이어서 원제는 모연수를 사형에 처하였다.

12　조신준(1573~?): 본관은 가흥(嘉興). 자는 공저(公著), 호는 영내(寧耐)·무비(無悶)이다. 관직이 장연부사에 이르렀다. 찬술로 『송도잡기(松都雜記)』, 저술로 『영내유고(寧耐遺稿)』가 있다.

12

남상교의 「유서팔영」 시

우촌(雨村) 남상교(南尙敎)[1]는 시격이 맑고 곱고 빼어나서 근세의 시인으로 견줄 이가 드물다. 그가 지은 시문이 몹시 많았는데, 그의 아들 종삼(鍾三)이 천주교로 죄를 얻어 그 집안이 적몰(籍沒)되었으므로 세상에 전함이 없으니 무척 안타까워 할 만하다. 그가 지은 「유서팔영(柳絮八咏)」은 사람들의 입에 회자되어, 동시대의 시인 가운데 자하(紫霞) 신위(申緯),[2] 초연(蕉硯) 한배영(韓培永),[3] 소하(小霞) 신명준(申命準),[4] 대산(對山) 강진(姜溍),[5] 반무(半畝) 이인규(李人圭), 학단(學丹) 윤치련(尹致璉), 하상(荷裳) 조운경(趙雲卿)[6] 같은 이들이 모두 그 시에 화운하여 세간에선

---

1 남상교(1784~1866): 본관은 의령(宜寧), 자는 문숙(文叔), 호는 우촌(雨村) 또는 삼수당(三秀堂)으로 남이우(南履佑)의 아들이다. 1827년(순조 27)에 북경에서 영세를 받고 천주교에 입교했으며, 양자로 들인 동생 남탄교(南坦敎)의 아들 남종삼(南鍾三)도 따라서 입교하였다. 병인박해(1866) 때 남종삼이 서대문 밖에서 처형되자 옥중에서 순교하였다.

2 신위(1769~1845): 본관은 평산(平山), 자는 한수(漢叟), 호는 자하(紫霞)이다. 1812년 진하겸주청사(進奏兼奏請使)의 서장관(書狀官)으로 연행하였다. 시서화에 능하여 삼절(三絶)로 불렸으며 특히 시에 있어서는 김택영이 그를 조선 제일의 대가라 평한 바 있다. 저서로『경수당전고(警修堂全藁)』,『신자하시집(申紫霞詩集)』이 있다.

3 한배영(?~1838): 조선 후기의 시인으로 신위와 교유했다.『경수당전고』에 그와 창수한 시가 여럿 남아 있다.

4 신명준(1803~1842): 본관은 평산(平山). 초명은 명한(命漢), 자는 정평(正平), 신위의 서장자(庶長子)로 호는 소하(小霞)이다. 서화(書畫)에 능했으며 헌종 때 음성현감(陰城縣監)을 지냈다.

유서팔가(柳絮八家)[7]로 일컬었다. 하지만 모두 우촌의 원래 시에는 미치지 못한다. 이제 그 시 전체를 아래와 같이 기록한다.

뜻 없는 듯 정이 많아 갔다간 다시 오니	無意多情去復回
쏜살같은 계절 차례 가만히 재촉하네.	驂驔節序暗中催
풍류는 장랑(張郎)의 젊은 시절[8] 떠올리고	風流尙憶張郎少
제품(題品)은 사씨 딸의 재주[9] 진작 거쳤다네.	題品曾經謝女才
주렴 밖 기운 볕에 푸른 풀 향기롭고	簾外斜陽薰碧草

---

5 강진(1807~1858): 본관은 진주(晉州), 자는 진여(進汝), 호는 대산으로 강세황(姜世晃, 1713~1791)의 증손자이다. 시로 문명(文名)이 있었으며 검서관(檢書官)을 지냈다. 1833년 진위겸진향사(陳慰兼進香使)의 정사(正使) 이지연(李止淵)을 따라 연행하였다. 저서로『대산집(對山集)』이 있다.

6 조운경(1800~?): 본관은 풍양(豊壤), 자는 우서(禹瑞), 호는 하상(荷裳)·소당(蘇堂)이다. 1847년(헌종13) 문과에 급제했고 1853년(철종 4) 진하겸사은사(進賀兼謝恩使)의 서장관으로 연행하였다.

7 유서팔가(柳絮八家): 관련 문헌으로 필사본『유서팔가(柳絮八家)』가 현전한다(성균관대 존경각 소장). 우촌의 원시(原韻) 8수를 필두로 신위 18수, 조운경 8수, 한배영 6수, 신명준 6수, 강진 5수, 이인규 6수, 윤치련 10수가 실려 있다. 이현일,「우촌 남상교 시 연구」,『한국한문학회』42, 한국한문학회, 2008, 393~394면.

8 장랑의 젊은 시절: 장랑은 남북조(南北朝)시대 남제(南齊) 사람 장서(張緖)를 가리킨다. 오군(吳郡) 오현(吳縣) 사람으로 일찍부터 청간(淸簡)하기로 알려졌으며 문재(文才)가 있었다. 무제(武帝)가 촉(蜀)에서 바친 버들을 영화전(靈和殿) 앞에 심어두고 "이 버들은 풍류스럽기가 장서(張緖)의 젊었을 때와 같다"라고 말하였다.

9 사씨 딸의 재주: 사씨 딸은 진(晉)나라 왕응지(王凝之)의 아내 사도온(謝道蘊)을 가리킨다. 진나라 때 태부(太傅)를 지낸 사안(謝安)이 아들과 조카들을 모아 놓고 시문을 논하다가 눈이 몰아치자 "백설이 분분한 것이 무엇과 같으냐?[白雪紛紛何所似]"라고 물으니, 조카 호아(胡兒)가 "공중에 소금을 뿌리는 것에 견줄 만하다[撒鹽空中差可擬]"라고 했는데, 도온이 "버들솜이 바람에 날린다는 표현만 못합니다[未若柳絮因風起]"라고 하므로 사안이 웃으며 즐거워했다는 고사에서 가져왔다.

강남 땅 비가 오니 황매(黃梅) 시절 가까웠다.[10]	江南雨候近黃梅
앓고 난 뒤 봄 바라기 온통 아른거리는데	病餘春望渾成纈
괜한 근심 또 보내도 눈에 가득 다시 오네.	又送閒愁滿眼來

나직이 한번 돌아 사람 옷에 붙더니만	低回一霎點人衣
바람에 또 속아서 기댈 곳을 잃었구나.	又被風欺失所依
묵은 인연 있는 듯이 거미줄에 붙었다가	似有宿緣蛛胃住
정이 너무 많은 제비 툭 치자 돌아가네.	劇多情緒燕捎歸
버들개지 깔린 길에 몰래 와도 뉘 아낄까	密來糝逕誰相惜
잘못 흙탕 떨어지자 일이 이미 글렀구나.	誤落黏泥事已非
늙은 나무 부질없이 아득한 한 품고 있어	故樹空含無限恨
안개 실도 너울너울 저도 따라 날려 하네.	烟絲款款欲隨飛

날릴 땐 아지랑이 뭉치면 먼지 같아	飃似遊絲滾似塵
갠 하늘 어둑하매 사람 시름 자아내네.	晴天黯黯正愁人
「백설가(白雪歌)」[11]와 같은 가락 없다고 하지 마오	莫言白雪無同調
그래도 부평초에 후신(後身)을 의탁하리.[12]	也有浮萍托後身
겹겹의 성 넓은 길을 구슬피 바라보니	九陌重城空悵望

---

10 강남 땅 … 가까웠다: 매실이 누렇게 익는 초여름에 내리는 장맛비를 황매우(黃梅雨)라고
   한다.
11 「백설가」: 전국시대 초(楚)나라의 가곡(歌曲)으로 곡조가 고아하고 심오했다고 한다.
12 부평초에 후신(後身)을 의탁하리: 중국 삼국시대 위(魏)나라 하안(何晏)의 시 「言志」 중 "원
   컨대 부평초로 다시 태어나, 맑은 못에 이내 몸을 의탁하려네[願爲浮萍草, 托身寄淸池]"라
   는 구절을 따온 것이다.

붉고 푸른 남은 꽃에 마음 온통 상한다네.	餘紅剩翠各傷神
그 풍정을 보통의 화초와는 못 견주니	風情不比閒花草
죽도록 미친 듯이 이 한 봄을 보내누나.	抵死顚狂送一春

이슬에 하마 젖어 뜰 이끼에 잠을 자고	已經沾露宿庭苔
갑작스레 바람 끌려 술잔에 스치누나.	特地牽風拂酒杯
나는 벌에 붙는 것[13]은 참으로 근심 겨워	黏落仰蜂眞懊惱
무리지어 나는 나비 함께 배회하는구나.	團飛群蝶共徘徊
가대(歌臺)와 무사(舞榭)를 나풀나풀 지나더니	歌臺舞榭悠揚過
나그네 한 규방 정을 알기라도 한다는 듯.	旅恨閨情領略來
온 시내 꽃다운 풀 변함없이 푸르러서	芳草一川依舊綠
해마다 하방회(賀方回)의 애간장이 끊어지리.[14]	年年腸斷賀方回

색도 향도 아닌 것이 일종의 봄이거니	非色非香一種春
마음껏 춤춰 날자 풍신이 절로 인다.	盡情飛舞自風神
남쪽 오매 목화솜이 좌중을 놀래키고[15]	南來吉貝眞驚座
가을 온 뒤 갈대꽃을 멋대로 흉내 내네.	秋後蘆花謾效嚬

---

13 나는 벌에 붙는 것: 당나라 두보의 「獨酌」에 "나는 벌 버들솜에 붙어 있고, 줄지은 개미 떼 고목 배나무 오르네〔仰蜂黏落絮, 行蟻上枯梨〕"라는 구절에서 왔다.

14 해마다 하방회(賀方回)의 애간장이 끊어지리: 해당 구절의 원문 상단에 다음과 같은 주석이 달려 있다. "방회는 하주(賀鑄)의 자(字)이다. 황정견이 진관(秦觀)의 죽음을 슬퍼하며 지은 시 「하방회에게 부치다〔寄賀方回〕」에 '강남의 단장구(斷腸句)를 지을 줄 아는 사람 인간 세상에 오직 하방회만 남았도다' 하였다〔方回, 賀鑄字. 黃庭堅詩, 解作江南斷腸句, 人間惟有賀方回〕." 강남의 단장구란 하주의 사패(詞牌)인 「청옥안곡(靑玉案曲)」에서 "채색 붓을 들어서는 새로 단장구를 짓네〔彩筆新題斷腸句〕"라고 한 데서 왔다.

배태(胚胎)를 잠시 빌려 마침내 우화(羽化)[16]하고 　　　暫借胚胎終羽化

형질을 굳이 구해 모륜(毛倫)[17]이 되었구나. 　　　强求形質是毛倫

산중의 십우(十友)[18]를 그 누가 평가하리 　　　山中十友誰評定

붉고 푸름 아끼는 사람들이 우습구나. 　　　可笑憐紅愛綠人

인간 향해 이별가를 부름이 익숙터니 　　　慣向人間管別離

어이해 경박하게 또 가지를 떠나는가. 　　　爲何輕薄又辭枝

영고(榮枯)와 취산(聚散)이야 어쩔 수 없다지만 　　　榮枯聚散應無奈

상하와 동서는 기약할 수 없는 것을. 　　　上下東西未可期

바람이 건듯 불어 향그런 꿈 이미 깨니 　　　香夢已驚風陣陣

실실이 내리는 비 악연(惡緣)인양 두려워라. 　　　惡緣生怕雨絲絲

화치(花癡)[19]가 다만 홀로 구슬퍼함 있으니 　　　花癡獨有閒怊悵

---

15 남쪽 오매 목화솜이 좌중을 놀래키고: '진경좌(陳驚座)' 고사를 이용한 표현이다. 후한(後漢) 때 열후(列侯) 중에 명성이 있는 진준(陳遵)이 있었고 또 동명이인인 진준이 있었다. 사람들이 모인 자리에 진준이 온다 하니 사람들이 다들 전자인 줄 알고 놀라 영접했는데 성명만 같은 다른 진준이었다. 버들솜이 목화솜과 비슷하다는 것을 재치 있게 표현했다.

16 우화(羽化): 원래 번데기가 날개 달린 나방으로 변태하는 것을 가리키는 말인데, 번잡한 세상일에서 떠나 즐겁게 지내는 상태나 사람이 신선이 되어 하늘로 올라가는 것, 술에 취하여 도연(陶然)한 모습 등 다양한 의미로 쓰인다.

17 모륜(毛倫): 『중용장구(中庸章句)』 제33장 중 『시경』에 '덕은 가볍기가 터럭과 같다'라고 했는데 터럭도 오히려 비교할 만한 것이 있으니[毛猶有倫], '상천의 일은 소리도 없고 냄새도 없다'는 말이어야 지극하다 할 것이다'라는 구절에서 나온 말이다. 여기서는 윗 구절 우화(羽化)의 대우로 '모류(毛類)'를 가리키기 위해 쓴 듯하다.

18 산중의 십우(十友): 송(宋)나라 증단백(曾端伯)은 열 종류의 꽃을 십우(十友)로 정하고 각각 어떤 벗인지 이름 붙였다. 계수나무 꽃[桂花]은 선우(仙友), 해당화(海棠花)는 명우(名友), 연꽃[荷花]은 정우(淨友), 도미(荼蘼)는 운우(韻友), 서향(瑞香)은 수우(殊友), 치자(梔子)는 선우(禪友), 매화(梅花)는 청우(淸友), 납매(臘梅)는 기우(奇友), 유란(幽蘭)은 방우(芳友), 국화(菊花)는 가우(佳友)이다.

필 때는 안 보이다 질 때만 보여설세.	不見開時見落時
미친 마음 참회하여 마침내 적막하니	懺盡狂心竟寂寥
꽃받침을 버려두고 마음껏 소요하네.	捨他根蒂任逍遙
잠든 넋 깨고 나도 마침내 꿈만 같고	眠魂已覺終如夢
춤추는 자태 가볍지만 요염하진 아니하다.	舞態雖輕不是腰
바쁜 것은 인연이요 한가함은 성품이니	忙卽因緣閒卽性
뉘 이끌어 찾아오고 뉘 불러 떠나갈까.	來誰勾引去誰招
만약에 잠깐 만에 바람 불어 돌아와도	縱令頃刻風吹返
온통 푸른 잎새 위에 옛 가지를 못 찾으리.	萬綠難尋舊着條

헤어보니 나와 너는 서로 참 잘 맞아서	算來吾與汝相宜
정서는 어지럽고 시는 얽맴 없구나.	撩亂情緒漫浪詩
서성의 역로 길에 일천 그루 곧게 섰고	驛路西城千樹直
남쪽 언덕 술집에는 한 줄로 드리웠네.	酒家南陀一行垂
하루 보냄 마치도 한 해 같은 때를 만나	正當送日如年處
또 꽃 봄이 안개와 비슷한 시절20이라.	又是看花似霧時
아무런 일도 없이 섬돌에 홀로 서서	獨立閒階無個事

---

19 화치(花癡): 꽃을 너무 좋아하여 꽃에 미친 사람을 가리킨다.

20 꽃 봄이 안개와 비슷한 시절: 두보의 「한식 이튿날 배 안에서 짓다[小寒食舟中作]」 중 "봄 물결에 떠운 배 하늘 위인 듯하고, 노년의 꽃구경은 안개 속인 듯해라[春水船如天上坐, 老年花似霧中看]"라는 구절을 따왔다.

21 정만조(1858~1936): 본관은 동래(東萊), 자는 대경(大卿), 호는 무정이다. 변려문(騈儷文) 등 시문에 뛰어났으며 글씨를 잘 썼다. 저서로 『무정존고(茂亭存稿)』, 『무정존고부유(茂亭存稿補遺)』, 『은파유필(恩波濡筆)』 등이 있다.

허공 향해 잡아 보고 허공 향해 불어본다.   向空捉得向空吹

무정(茂亭) 정만조(鄭萬朝)[21] 선생이 일찍이 이렇게 말했다.

"고금에 버들개지를 읊은 것이 얼마나 많겠는가. 하지만 마땅히 우촌 남상교의 시를 밀어 일등으로 삼는다."

진실로 그러하다.

13

이제현, 신위, 조수삼의 버들솜 시

익재(益齋) 이제현(李齊賢)[1]이 버들솜을 읊어 이렇게 말하였다.[2]

갠 날 어지러이 깊은 후원 떨어져도 晴日欲迷深院落

작은 연못 봄 물결은 일렁이지 않는다네. 春波不動小池塘

자하 신위의 시[3]는 이렇다.

가는 허리 봄바람이 뜨거워질 겁을 먹고 纖腰却怕春風[4]熱

이 한때에 솜옷을 조금씩 벗는구나. 漸[5]脫綿衣此一時

추재(秋齋) 조수삼(趙秀三)[6]의 시[7]는 이렇다.

---

1 이제현(1287~1367): 고려후기 정당문학, 정승을 역임한 문인. 1314년(충숙왕 1년) 연경의 만권
  당에 머물면서 원의 유명한 학자·문인들과 교유하며 학문과 식견을 넓혔다. 성리학 도입에 공
  이 컸고 시·사에 뛰어나 고려 한문학을 한 단계 끌어올렸다는 평가를 듣는다. 저서로 『익재
  집』이 있다.

2 이제현 … 말하였다: 『동문선』 권15에 수록된 「楊花」 중 3, 4구이다.

3 시: 『경수당전고』 권24에 실린 「和南雨村柳絮」 10수 가운데 제1수의 7, 8구이다.

4 風: 『계원담총』에는 "雲"으로 되어 있다.

5 漸: 『계원담총』에는 "解"로 되어 있다.

황금을 다 흩으니 그 나머진 우스워서　　　　　　　　　　黃金散盡餘輕薄

흰머리로 돌아와선 또 다시 떠나누나.　　　　　　　　　　皓首歸來又別離

　이제현은 신영(神穎)하고 신위는 준일(俊逸)하고 조수삼은 호방하니 저마다 그 묘함을 다하였다.

6　조수삼(1762~1849): 본관은 한양(漢陽), 초명은 경유(景濰), 자는 지원(芝園)·자익(子翼), 호는 추재(秋齋)·경원(經畹)이다. 여항시인으로 이름을 날렸으며 저서로『추재집(秋齋集)』이 있다.

7　시:『추재집』권6에 실린「和對山詠柳絮」의 5, 6구이다.

14
표절을 범한 옛 시구절

시가에서는 표절을 가장 꺼린다. 하지만 옛사람도 종종 이러한 폐단이 있었다. 어찌 그 의사가 뜻하지 않게 같아진 것이 아니겠는가? 자하 신위의 「패강별(浿江別)」[1]이란 시의 기구(起句)는 이러하다.

빠른 가락 잔 재촉해 이별 생각 많아지니	急管催觴離思多
마셔도 안 취하고 노래도 되질 않네.	不成沈醉不成歌

말의 뜻이 절재(節齋) 김종서(金宗瑞)[2]의 다음 구절[3]과 서로 비슷하다.

강머리서 전송함에 이별 한을 못 가누니	送客江頭別恨多
관현(管絃)조차 끊기어서 노래를 못 이루네.	管絃凄斷不成歌

---

1 「패강별(浿江別)」: 『신자하시집』 권1에 「서경에서 정지상의 시에 차운하다〔西京次鄭知常韻〕」라는 제목으로 실려 있다.

2 김종서(1383~1453): 조선 초기의 문인으로 본관은 순천(順天), 자는 국경(國卿)·국정(國禎), 호는 절재(節齋)이다. 1433년 함길도관찰사(咸吉道觀察使)가 되어 육진(六鎭)을 개척한 뒤 오랫동안 북방을 지켰다. 좌의정으로 있던 1453년 계유정난 때 두 아들과 함께 살해되었다.

3 다음 구절: 『신증동국여지승람』 권51 「평안도」에 김종서의 시로 소개되어 있다.

간이 최립의 「고목(枯木)」 시의 결구(結句)[4]는 이렇다.

이끼로 꽃을 삼고 덩굴로 잎 삼으니   苔蘚作花蘿作葉

조물주가 내버리지 않은 줄을 알겠구나.   還知造物未全捐

말의 뜻이 매월당(梅月堂) 김시습(金時習)[5]의 다음 구절[6]과 서로 비슷하다.

봄이 와도 마음 없음 하늘 또한 애석하여   春至無心天亦惜

등나무로 잎을 삼고 이끼로 꽃 삼았네.   敎藤爲葉蘚爲花

시의 조예를 가지고 논하자면, 신위가 김종서보다 낫고 최립이 김시습보다 뛰어나다. 하지만 또한 표절했다는 비난을 면하지 못하였으니 시 짓기의 어려움을 알 만하다.

---

4 최립의 … 결구(結句): 『간이집』 권6에 「銀臺二十詠, 己未春, 有直赴殿試之命, 于時以新恩, 故注書李靑蓮公出題韻, 令急製以呈」 중 제2수 「고목(枯木)」의 7, 8구이다.

5 김시습(1435~1493): 조선 초기의 문인으로 본관은 강릉(江陵), 자는 열경(悅卿), 호는 매월당(梅月堂)·청한(淸寒)·동봉(東峯)·벽산청은(碧山淸隱)·췌세옹(贅世翁) 등이다. 생육신의 한 사람이며 저서로 『매월당집』과 『금오신화』 등이 있다.

3 다음 구절: 『매월당시집』 권14에 수록된 「고목(枯木)」의 7, 8구이다.

15

우연히 같게 된 옛 시 구절

자하 신위가 일찍이 이렇게 말했다.[1]

"옛사람과 지금 사람의 시 중에 뜻하지 않았는데 같게 된 것이 있다. 내가 연경(燕京)에 갈 때에 회령령(會寧嶺)에서 시구 하나를 얻었는데, 시구는 이러하다.

희고 푸르게 얽힌 너머 하늘은 드리웠고	天垂繚白縈靑外
단사(丹砂)와 옻칠 속에 가을이 들었구나.	秋入丹砂點漆中

스스로 아름답다고 생각하였다. 뒤에 육유(陸游)의 『방옹집(放翁集)』을 보니, 이런 구절[2]이 있었다.

희고 푸르게 얽힌 너머 하늘은 드리웠고	天垂繚白縈靑外
사람은 붉고 푸른 그 가운데 있구나.	人在駮紅炰綠中

---

1 이하 내용은 『경수당전고』 1책 『奏請行卷』 「會寧嶺」 시에 보이며, 소개된 구절은 이 시의 함련이다.

2 육유의 … 이런 구절: 송나라 육유의 「新築山亭戲作」 시의 3, 4구이다.

이 두 구절은 모두 유주(柳州) 유종원의 산수기(山水記)에 나오는 말을 쓴 것인데,3 내 경우는 유종원과 두보에게서 제재를 취해왔을 뿐이다.4 뒷사람들은 틀림없이 표절이라고 말하겠지만 나는 실로 우연히 뜻하지 않게 같아진 것이었다. 시 뒤에 덧붙여 적어, 시경(詩境)이 혹 능히 옛사람에 이르렀음을 스스로 기뻐한다."

경술년(1910) 가을에 나 또한 요동(遼東)을 지나다가5 시를 지었는데, 시는 이렇다.

가을이라 목숙(苜蓿) 살쪄 호마(胡馬)가 튼튼한데　　　　苜蓿秋肥胡馬健

찬 수루(戍樓)에 깃발이 밤중에 나부낀다.　　　　　　　旌旗夜動戍樓寒

스스로 빼어난 표현이라고 여겼다. 뒤에 둔산(鈍山) 정인서(鄭寅書)6에게 이 시를 외워 보이니, 그가 이렇게 말했다.

"자앙(子昻) 조맹부(趙孟頫)의 시에

가을이라 목숙 높고 융마(戎馬)는 건장한데　　　　　　苜蓿秋高戎馬健

3　이 두 구절은 … 쓴 것인데: 두 구절이 모두 유종원의 「始得西山宴游記」 중 "푸른 산이 감돌고 흰 물이 굽이쳐, 밖으로 하늘과 닿았다〔縈靑繚白, 外與天際〕"와 「袁家渴記」 중 "어우러진 붉은 빛과 나부끼는 푸른 빛〔紛紅駭綠〕"이라는 구절에서 따왔다는 뜻이다.

4　내 경우는 … 취해왔을 뿐이다: 유종원의 「始得西山宴游記」 중 일부 구절과, 두보의 「北征」 중 "산열매 자잘한 것이 많은데, 도처에 생겨서 상수리 밤과 섞였네. 혹은 붉기가 단사와 같고, 혹은 검기가 옻칠 같아라〔山果多瑣細, 羅生雜橡栗. 或紅如丹砂, 或黑如點漆〕"라는 구절을 따왔다는 뜻이다.

5　경술년(1910) … 지나다가: 이승규는 1909년 12월 김창환(金昌煥), 배동현(裵東鉉) 등과 함께 일진회를 성토하는 글을 발표하고 이듬해 독립운동 기지를 건설하고자 만주로 떠나 봉천성(奉天省) 추가촌(鄒家村)에 정착했다.

강호에 날 짧아져 흰 갈매기 서늘쿠나.7   江湖日短白鷗寒

라고 하였소. 그대의 시가 이것을 답습한 것이 아닙니까?"

내가 겸손하게 사례하였다. 하지만 내가 또한 실제로 조맹부의 시를
보지는 못했고 뜻이 우연히 합치되었던 것이다. 대저 경계와 마주하여
정을 묘사할 때, 지금과 옛날의 느낌이 같다 보니 이따금 부합하는 지
점이 있게 마련이어서, 또한 반드시 이것을 깊이 나무랄 것은 못 된다.

---

6 정인서(?~?): 정인형(鄭寅衡, 1875~?)의 동생으로 연희전문학교 강사로 일했다.『삼천리』제
   10호(1930년 11월 1일자) 기사「新進學者 總評(一), 延禧專門學校 敎授層」는 정인서를 이렇게
   소개했다. "강사급으로는 鄭寅書, 李法銘, 鄭寅變, 李允宰 등 諸氏들이 잇스니 鄭寅書강사는
   이들 중에 제일 오래되엿다. 漢學에 능한 분으로 支那上古史와 東洋帝國史를 연구하엿스며 일
   즉이 淸州 高普의 暢託敎員으로 근무한 일이 잇섯고 大正 14년도부터 延專에서 강사로 잇게
   되엿다. 위가 약하야 항상 안색이 조치 못하며 인력거를 타고 출근하는 일도 한두번이 아니
   다. 극히 온순하고 침착한 성격을 가저 동양사 강의에 잇서서는 학생들의 인기를 혼자 독점하
   고 잇다. 더군다나 街學性이 업는 그의 소박한 학구적 태도에는 누구나 조흔 인상을 갓는다."
7 가을이라 … 서늘쿠나: 조맹부의「和姚子敬秋懷」중 경련으로 전문은 이렇다. "풍진 속에 머
   리 긁어 귀밑머리 짧아졌고, 천지간에 몸담고서 한 선비가 잇네. 중원의 인물은 왕맹(王猛)을
   그리워하고, 강좌의 공명은 사안(謝安)에게 부끄럽네. 가을이라 목숙(苜蓿) 높고 융마(戎馬)
   는 건장한데, 강호에 날 짧아져 흰 갈매기 서늘쿠나. 돈 없어 금잔 술을 함께 마실 수 없는데,
   어찌 근심 속에서 잠시 즐기겠는가〔搔首風塵雙短鬢, 側身天地一儒冠. 中原人物思王猛, 江左功
   名愧謝安. 苜蓿秋高戎馬健, 江湖日短白鷗寒. 金尊綠酒無錢共, 安得愁中卻暫歡〕."

16

여러 기러기 시의 고하

선배가 기러기를 읊은 것에는 느낌이 일어남을 인하여 자신의 생각을 깃들인 것이 많았다. 예를 들어 송곡(松谷) 이서우(李瑞雨)[1]의 「수안도 (睡雁圖)」[2] 시는 이렇다.

흰 모래 눈과 같고 달빛은 서리인데	明沙如雪月如霜
갈대꽃에 홀로 기대 깊은 잠이 들었구나.	獨倚蘆花一睡長
운려(雲侶)가 번거롭게 재촉하지 않아도[3]	雲侶不須煩喚促
뒤늦게 날아가서 형양(衡陽)까지 이르겠네.[4]	後飛猶得到衡陽

---

1 이서우(1633~1709): 본관은 우계(羽溪). 자는 윤보(潤甫), 호는 송곡(松谷)이다. 숙종조 남인 문단의 종장(宗匠)으로 예문관제학을 지냈다. 저서에 『송파집(松坡集)』이 있다.

2 「수안도」 시: 『송파집』 권7에 「睡鴈」이라는 제목으로 실려 있다.

3 운려가 … 않아도: 운려는 '소운려(嘯雲侶)'의 준말로 야생 원숭이라는 뜻이다. 당나라 손각 (孫恪)의 부인 원씨(袁氏)가 본래 협산사(峽山寺)의 원숭이였는데, 사람으로 변해 살다가 협산 사 원숭이들이 울며 부르는 소리를 듣고 시 한 수와 옥반지를 남긴 채 도로 원숭이가 되어 돌 아간 고사가 있다. 이를 두고 소식(蘇軾)의 시 「협산사(峽山寺)」에 "가인은 검옹(劍翁)의 자손 이거니, 잠시 인간 세상에 유희하였지. 홀연히 들원숭이 떠올리고는, 시 한 수에 옥반지만 남 기었구나[佳人劍翁孫, 游戲暫人間. 忽憶嘯雲侶, 賦詩留玉環]"라는 구절이 있다. 여기서는 돌 아오라고 재촉하지 않아도 제 갈 곳으로 간다는 뜻으로 썼다.

4 형양까지 이르겠네: 중국 형산(衡山)의 남쪽에는 회안봉(回雁峯)이 너무 높아서 기러기가 넘 어가지 못하고 이곳에서 겨울을 나다가 봄에 다시 북쪽으로 돌아간다고 한다.

농암 김창협의 「밭에 있는 기러기 떼를 읊다」[5]라는 시는 이렇다.

해를 따라 만 리 길을 가는 기러기	萬里隨陽鴈
서리 앞서 북쪽 변방 떠나왔구나.	先霜發北邊
갈대 물고 먼 길을 근심하면서	含蘆愁遠道
이삭 쪼려 찬 밭에 내려앉았네.	啄穗下寒田
그림자에 그물인가 의심을 하고	顧影頻疑網
소리 듣곤 활시윈가 잘못 겁먹네.	聞聲誤怯弦
아마득히 높은 하늘 날던 그 뜻이	冥冥九霄意
마침내 벼 이삭에 붙들리다니.	終被稻粱牽

추금(秋琴) 강위(姜瑋)[6]의 「기러기 소리를 듣고」[7]라는 시는 이렇다.

어이해 구차하게 벼 이삭을 먹겠다고	區區豈爲[8]稻粱計
봄가을로 남북 가니 너를 어이 하리오.	春北秋南奈爾何[9]
저 하늘이 네 뜻처럼 드넓음을 아끼노니	只愛天[10]空如意濶

---

5 「밭에 있는 기러기 떼를 읊다」: 『농암집』 권1에 같은 제목으로 실려 있다.

6 강위(1820~1884): 본관은 진양(晉陽), 자는 중무(仲武), 호는 추금·고환당(古懽堂) 등이다. 민노행(閔魯行, 1777~?)과 김정희(金正喜, 1786~1856)에게 배웠다. 1880년과 1882년 수신사(修信使)를 수행하여 두 차례 일본을 다녀왔고 두 번의 연행과 수신사 귀국 중 상해(上海)·천진(天津)을 경유하면서 청나라 문인과도 교유했다. 참신하고 개성 있는 시로 유명했다. 『고환당집(古懽堂集)』 등이 전한다.

7 「기러기 소리를 듣고」: 『고환당수초시고(古懽堂收艸詩稿)』 권2에 「道中聞鴈有感」라는 제목으로 실려 있는데, 『계원담총』과 글자 차이가 크다.

8 區區豈爲: 『고환당수초시고』에는 "豈爲區區"로 되어 있다.

9 春北秋南奈爾何: 『고환당수초시고』에는 "秋來春去奈忙何"로 되어 있다.

흙탕 속의 날은 적고 구름 속의 날은 많네.   在泥日少在雲多

송곡 이서우는 곤궁하여 나아가기 어려운 뜻을 담았고, 농암 김창협은 참소를 근심하고 비방을 두려워하는 뜻을 보였으니, 모두 세속에 얽매임을 면치 못하였다. 추금 강위에 이르러서는 높이 날아 멀리 가며 홀로 가고 홀로 와서 훌쩍 티끌세상을 벗어난 생각을 볼 수가 있다.

---

10 天: 『고환당수초시고』에는 "寒"으로 되어 있다.

17

정철을 애도한 권필의 시

송강(松江) 정철(鄭澈)[1]은 평생토록 풍류가 질탕하여 사안(謝安)의 동산
(東山)과 같은 흥취[2]가 있었다. 그가 세상을 떠나자 석주(石洲) 권필(權
韠)[3]이 그 무덤을 지나다가 느낌이 있어 절구 한 수를 지었다. 시[4]는 이
러하다.

빈산에 잎은 지고 부슬부슬 비 내리니	空山落木雨蕭蕭
상국의 풍류가 이렇듯 적막쿠나.	相國風流此寂寥
슬프다 한잔 술 되올리기 어려워라	惆悵一盃難更進
지난날 그 노래가 바로 오늘 아침일세.[5]	昔年歌曲卽今朝

---

1 정철(1536~1593): 본관은 연일(延日), 자는 계함(季涵), 호는 송강이다. 1561년 진사시와 이듬
해 별시 문과에 장원급제한 뒤, 좌의정을 지내던 1591년 광해군의 책봉을 건의했다가 선조(宣
祖)의 노여움을 사 유배를 떠났다. 임진왜란이 일어나자 경기도 체찰사 등을 역임한 다음, 물
러나 강화에 우거하다가 세상을 떠났다. 시문집 『송강집(松江集)』과 가사집 『송강가사』가 전
한다.
2 사안의 동산과 같은 흥취: 진(晉)나라 사안이 젊은 시절 회계(會稽) 땅 동산(東山)에 은거하
다가, 마흔이 넘어 벼슬길에 나아가 삼공(三公)에 이르렀다는 고사에서 가져온 말이다.
3 권필(1569~1612): 본관은 안동(安東), 자는 여장(汝章), 호는 석주이다. 정철의 문인으로 임진
왜란 때 명나라 사신을 응접하면서 문명을 떨쳤다. 광해군 때 「궁류시(宮柳詩)」를 지어 전횡을
일삼던 광해군의 비(妃) 유씨(柳氏)의 아우 유희분(柳希奮)을 풍자했다가 혹독한 고문을 받고
세상을 떠났다. 저서로 『석주집(石洲集)』이 있다.
4 시: 『석주집』 권7에 「過鄭松江墓有感」이라는 제목으로 수록되어 있다.

목이 메어 비장함이 마치 변치(變徵)의 소리[6]를 들은 것 같으니 참으로 걸작이다. 그러나 내 생각에 첫 1구는 경물을 묘사함이 처량하고 참담하나 힘을 너무 지나치게 썼다. 제2구 이하로는 사실을 기술한 데에 지나지 않아 첫 구의 기백에 능히 부응하지 못하니, 바로 강한 쇠뇌의 끝[7]일 뿐이다. 먼저 사실을 기술하고 나중에 경물을 묘사하여, 결구에 천 근의 필력을 싣는 것이 더 나을 듯하다.

옛날의 그 노래가 바로 오늘 아침이니	昔年歌曲即今朝
상국의 풍류가 이렇듯 적막쿠나.	相國風流此寂寥
슬프다 한잔 술 되올리기 어려운데	惆悵一盃難更進
빈산에 잎은 지고 부슬부슬 비 내리네.	空山落木雨蕭蕭

만약 이렇게 고친다면 마땅히 훨씬 더 나을 듯하다. 망령되이 어리석은 견해를 펴서 훗날 대방가(大方家)의 논의가 정해지기를 기다리겠다.

---

5 지난날 … 아침일세:『석주집』원문에 "공이 일찍이 단가를 지어, 죽은 뒤에 그 누가 한 잔 술을 권하겠는가 하는 뜻을 말했다〔公嘗有短歌, 道死後誰勸一杯酒之意〕"라는 주석이 있다. 이는 정철이「장진주사(將進酒辭)」에서 "한잔 먹새 그려 또 한잔 먹새 그려"로 시작하여, "무덤 위에 잔나비 파람 불제야 뉘우친들 어이 하리"라 노래한 것을 두고 한 말이다.

6 변치(變徵)의 소리: 변치는 칠음(七音)의 하나로 옛 악률(樂律)에서 궁(宮)·상(商)·각(角)·치(徵)·우(羽) 오음(五音)의 '치(徵)'보다 반음이 낮은 것이다. 애잔하고 서글픈 음조를 뜻한다.

7 강한 쇠뇌의 끝: 아무리 힘이 세도 형세가 바뀌고 시간이 흐를수록 힘이 떨어진다는 뜻이다. 한나라 무제 때 한안국(韓安國)이 흉노 정벌을 반대하면서 "강한 쇠뇌라도 끝에 가서는 힘이 노(魯)나라에서 나는 얇은 비단조차 못 뚫는다〔彊弩之末, 力不能入魯縞〕"라고 한 일이 있다. 『한서(漢書)』「두전관한전(竇田灌韓傳)」.

18

옛 시 평가의 어려움

옛사람의 시를 평하는 데는 다섯 가지 어려움이 있다. 첫째는 고금의 풍격과 가락이 변한 것이고, 둘째는 작자의 성격이 저마다 다른 것이다. 셋째는 처한 바의 정경(情境)이 각기 다른 것이고, 넷째는 옛사람이 뜻을 깃들여 깊이 감춰둔 곳을 뒷사람이 말미암아 간파할 수 없는 것이며, 다섯째는 취하고 버리는 주견이 같지 않은 점이다. 이렇듯 다섯 가지 어려움이 있는데도 경솔하게 붓을 내려 단정 지어 말한다면, 참람하지 않으면 망령되게 될 것이니, 경계하지 않을 수 있겠는가?

긴 성의 한 면은 넘실넘실 강물이요 　　　　　　長城一面溶溶水

큰 들의 동편에는 점점이 산이로다. 　　　　　　大野東頭點點山

이 두 구절은 고려 때 장원(壯元) 김황원(金黃元)이 부벽루(浮碧樓)[1]에 올라 지은 것이다. 생각이 다하여 능히 작품을 완성하지 못하고 통곡하며 누각을 내려왔다. 세상에서는 평양의 승경(勝景)을 이 두 구절로 다하였다고 말하니, 천 년토록 다시 한 구절도 보태는 자가 없었다.

---

1 부벽루: 고려 초 영명사(永明寺)의 남헌흥화상(南軒興和尙)이 평양 을밀대(乙密臺) 아래에 세운 누각. 부벽루라는 이름은 고려 예종(睿宗)이 이안(李顏)에게 명하여 지었다고 한다.

유독 연암 박지원은 이렇게 말했다.

"좋은 구절이 아니다. '용용(溶溶)'은 큰 강의 형세가 아니요, 동쪽 머리의 점점의 산은 멀어봤자 40리에 불과할 따름이니 어찌 큰 들이라 일컬을 수 있겠는가?"[2]

내가 『사림(辭林)』을 찾아보니, 용용을 "물이 성대한 모양[水盛貌]"[3]이라고 풀이해 놓았다. 무릇 경물의 형상이 깊고 넓은 것을 모두 용용이라고 하니, 백거이의 시에 "위수의 물 푸르게 넘실거리고[渭水綠溶溶]"[4]라고 하였다. 그렇다면 대동강만 어찌 홀로 용용이라는 글자를 쓰지 못하겠는가? 또 큰 들이라고 한 것은 백 리나 천 리의 일정한 한계가 있는 것이 아니니, 평평하게 우거져 아득히 먼 곳이라면 모두 뜻에 따라 쓸 수 있을 뿐이다. 평양의 동편에다 '대야(大野)'라는 두 글자를 쓰는 것이 어찌 안 되겠는가?

창강(滄江) 김택영(金澤榮)이 또 이 구절을 평하여 이렇게 말했다.

"예로부터 훌륭한 시는 대부분 허와 실을 서로 배합하는 데 있다. 김황원의 이 시 같은 것은 두 구절이 실경(實景)이어서 살아 있는 운치가 전혀 없다. 어찌 훌륭하다고 하기에 족하겠는가?"[5]

---

2 이상 김황원의 시구부터 박지원의 평까지는 『열하일기(熱河日記)』 「관내정사(關內程史)」 7월 25일 기사의 일부를 가져와 재구성한 것으로 보인다. 원문은 이렇다. "世傳金學士黃元登浮碧樓, 得句曰: '長城一面溶溶水, 大野東頭點點山.' 因苦吟意涸, 痛哭下樓. 說者謂平壤之勝, 兩句盡之, 千載更無添一句者. 余常以此謂非佳句, 溶溶非大江之勢, 東頭點點之山, 遠不過四十里耳, 烏得稱大野哉?"

3 물이 성대한 모양: 본래 용(溶)자의 풀이이다. 용용(溶溶)은 '물결이 이는 모양[波貌也]', '넓고 큰 모양[廣大貌]'이다.

4 위수의 물 푸르게 넘실거리고: 백거이의 시 「화주에 머무르며 원 우승에게 주다[旅次華州贈袁右丞]」의 첫 구절이다.

뭇 화살이 온통 모여 거의 몸에 온전한 살점이 없을 지경이니, 어찌 이처럼 심하게 트집을 잡고 흠집을 찾는단 말인가? 무릇 시의 좋은 곳은 명사의 위아래로 동사와 형용사를 잇대어 쓴 것이 좋으냐에 달려 있을 뿐이다.

오초(吳楚)는 동남으로 툭 트여 있고　　　　　　　吳楚東南坼
건곤(乾坤)은 밤낮으로 떠서 있구나.6　　　　　　乾坤日夜浮

이 구절은 그 정신이 "탁(坼)"과 "부(浮)"란 두 동사에 달려 있다. 그래서 악양루(岳陽樓)의 빼어난 구절이 되었다.

5　예로부터 … 족하겠는가?: 김택영의 평은 『소호당시집(韶濩堂詩集) 정본(定本) 권1 을해고 (乙亥稿)』 중, 「위사 이근수가 장차 평양으로 관찰사 조공을 만나러 가다가 내게 들러 시를 요 구하기에, 마침내 장구 15수를 지어 다고 아울러 이영재 학사에게 부치다. 학사가 앞서 위사 를 전송한 시가 있어서이다[李韋史根洙, 將之平壤, 見觀察使趙公, 過余徵詩, 遂賦長句十五首塞 之, 兼寄李寧齋學士, 學士先有送韋史之作]」중 제13수에 붙은 짧은 글에서 인용하였다. 원문 은 이렇다. "古今平壤詩至多, 而尙無一篇能盡其景槩者. 高麗金狀元黃元作兩句曰, '長城一面溶 溶水, 大野東頭點點山', 思竭不能成篇. 今俗或以此爲平壤第一傳神句, 此不過村學堂中所論之流 傳者也. 自古詩之佳品, 多在於虛實相配, 如黃元此詩兩句, 皆實全無活趣, 其何足爲工哉? 惟鄭 司諫知常別淚年年添綠波一絶, 金三淵昌翕盃行星漢流一律, 最爲佳作. 然鄭只寫豔情, 金只寫讖 景, 而皆未及於全體之景槩, 其亦難哉!"

6　오초(吳楚)는 … 떠서 있구나: 두보의 시 「등악양루(登岳陽樓)」의 3, 4구이다. 두보가 말년에 난을 피해 떠돌다가 호남성(湖南省) 악양(岳陽)에 머물 때 지은 시로 전문은 이렇다. "옛날에 동정의 물 들었더니만, 이제야 악양루에 올라 보았네. 오초는 동남으로 툭 트여 있고, 건곤(乾 坤)은 밤낮으로 떠서 있구나. 친한 벗 한 글자 소식도 없고, 늙고 병든 이 몸은 외론 배 위에. 관산 북쪽 중원 땅엔 전쟁 중이라, 난간 기대 눈물만 줄줄 흘린다[昔聞洞庭水, 今上岳陽樓. 吳 楚東南坼, 乾坤日夜浮. 親朋無一字, 老病有孤舟. 戎馬關山北, 憑軒涕泗流].” 『두소릉집(杜少陵 集)』 권22에 실려 있다.

배꽃은 뜰에 지고 달빛은 넘실넘실　　　　　　　　梨花院落溶溶月

연못엔 버들개지 바람은 담담하네.[7]　　　　　　　柳絮池塘淡淡風

이 구절에서는 '용용'과 '담담(淡淡)'이란 두 형용사를 잇대어 쓴 것이 훌륭하여 묘품(妙品)이 된다고 일컬었다. 김황원의 시가 이 시와 더불어 똑같은 격조인데 어찌 홀로 살아 있는 운치가 없다고 나무란단 말인가? 아! 작자가 스스로 고심한 것을 평자가 다르게 보니, 또한 곤혹스럽지 않겠는가?

---

7 배꽃은 … 담담하네: 북송(北宋)의 안수(晏殊)가 지은 「우의(寓意)」 시의 함련이다.

19

중국인이 경복한 김상헌의 시격

청음(淸陰) 문정공(文正公) 김상헌(金尙憲)[1]은 시격(詩格)이 고아(高雅)하고 빼어나 중국인들이 크게 경복(敬服)하는 바가 되었다. 명나라 천계(天啓) 연간[2]에 사신의 명을 받들어 명나라로 들어갈 때 요(遼)·계(薊) 지방은 길이 막힌지라 등주(登州) 쪽으로 노정을 잡았다. 추평(鄒平) 사람 화동(華東) 충정공(忠定公) 장연등(張延登)[3]이 자기 집에 머물게 하고 청음의 시 한 권을 세상에 공간(公刊)하였다. 청나라 시인 어양(漁洋) 왕사정(王士禛)[4]이 「논시절구(論詩絶句)」 32수를 지었는데, 위로 위진(魏晉) 시대부터 아래로 명청(明淸)시대에 이르기까지 고금의 시 가운데 명가(名家)를 지극하게 선별하여 각각 절구 한 수씩을 지어 이를 감탄하고 칭찬하였다. 그중 제29수는 이러하다.

---

1 김상헌(1570~1652): 본관은 안동(安東). 자는 숙도(叔度)이고 호는 청음(淸陰)·석실산인(石室山人)·서간노인(西磵老人)이다. 부제학, 대사헌, 예조판서 등을 역임하였다.

2 천계(天啓) 연간: 명(明) 희종(熹宗)의 연호. 1621~1627년.

3 장연등(1566~1641): 명(明)나라 산동(山東) 추평(鄒平) 사람으로 자는 제미(濟美), 호는 화동(華東)이다. 태복시경(太僕寺卿), 우도어사(右都御史), 공부상서(工部尙書) 등을 역임했다.

4 왕사정(1634~1711): 청(淸)나라 산동(山東) 제남(濟南) 신성(新城) 사람으로 자(字)는 이상(貽上), 호는 완정(阮亭)·어양산인(漁洋山人)이다. 벼슬이 형부상서(刑部尙書)에 이르렀다. 본명이 사진(士禛)이나 옹정제(雍正帝)의 휘(諱)를 피하여 사정(士正)으로 고쳤다. 건륭제 때 사정(士禛)이라는 이름을 내렸다.

소고사(小姑祠)엔 엷은 구름 보슬비 흩뿌리고	淡雲微雨小姑祠
팔월이라 국화 곱고 난초는 시들었네.5	菊秀蘭衰八月時
조선서 온 사신의 말 기억하고 있으니	記得朝鮮使臣語
동국이 참으로 시를 안다 할 만하다.	果然東國解聲詩

이를 중국 역대의 시가(詩家) 가운데 나열하여, 이로 말미암아 청음의 시명이 천하에 떨치게 되었으니 어찌 이다지도 성대한가. 하지만 우리나라 시문 중의 훌륭한 작품으로 중국 대가(大家)의 숲에 나란히 설 수 있는 것이 어찌 홀로 청음 한 사람 뿐이겠는가? 중국에서 간행되지 않았으므로 어양이 두루 살펴보지 못한 것일 뿐이다. 다만 어양이 취한 청음의 시는 원본에서 '엷은 구름 가벼운 비[淡雲輕雨]', '고운 국화 빼어난 난초[佳菊秀蘭]'라 한 것과는 조금 다른 점이 있다. 어찌 어양이 약간 고쳐서 윤색한 것이 아니겠는가?

---

5 소고사(小姑祠)엔 …시들었네: 김상헌이 연행 시에 지은 「次吳晴川大斌韻」 세 수 중 제1수 「廟島停舟」의 제1, 2구이다. 소고사는 등주(登州)의 섬에 있던 사당의 이름이다. 이승규는 원래의 구절이 "佳菊秀蘭"이라고 하였지만, 문집에는 "佳菊衰蘭"으로 되어 있다. 이 시의 글자 문제는 왕사정이 『어양시화(漁洋詩話)』에서 언급한 바 있으며 한치윤(韓致奫)의 『해동역사』 「인물고(人物考)」 김상헌 조, 이덕무의 「청비록(淸脾錄)」 왕완정(王阮亭) 조 등에도 관련 내용이 보인다.

20

안동 김문 육창六昌 시의 성대함

우리나라 인물의 성대함은 안동 김씨를 으뜸으로 일컫는다. 청음(淸陰)
김상헌 이후로 문장과 훈업(勳業)이 대대로 인재가 없던 적이 없었다. 몽
와(夢窩) 김창집(金昌集)¹에 이르러서는 더더욱 몹시 창대하여 형제 여섯
사람이 모두 남긴 문집이 있다.

　몽와가 일찍이 사람들에게 이렇게 말했다.

　"내 글 중에 훌륭한 작품이 있으면 사람들은 틀림없이 '둘째 아우 김
창협(金昌協)에게서 솜씨를 빌렸다'라고 하고, 내 시 중에 절묘한 작
품이 있을 경우 사람들은 반드시 '셋째 아우 김창흡(金昌翕)에게서
솜씨를 빌렸다'라고들 한다. 내가 시든 문이든 지을 수가 없네 그려."

　대개 당시에 시문(詩文)의 명수가 모두 자기 집안에 있음을 뽐낸 것
이다.

　인현왕후의 장례 때에, 신하들이 저마다 만사(挽詞)를 지어 올리니
수레 하나에 가득 찼다. 수상 약천(藥泉) 남구만(南九萬)²이 여러 사람의
만사를 살펴볼 적에 인산(因山)이 막 출발하려 하는지라 여러 가지 일

1　김창집(1648~1722): 본관은 안동(安東), 자가 여성(汝成), 호가 몽와이다. 1684년 공조좌랑으
　로서 정시문과에 을과로 급제하여 삼정승을 역임했다. 저서에 『국조자경편(國朝自警編)』, 『몽
　와집(夢窩集)』 등이 있다.

을 챙기는데 정신이 없어서, 만사의 뜻이 좋고 나쁨을 살필 겨를이 없다 보니 그저 지은이의 성명만 살피고 지나갔다. 몽와의 시에 이르자 곁에 있던 재상 한 사람이 말했다.

"이것은 틀림없이 그 아우인 김창흡이 대신 지은 것일 게요."

약천이 특별히 이를 살펴보니, 그 제 2수[3]에 이렇게 말하였다.

송나라엔 인종(仁宗) 황제 거룩하지만	宋有仁宗聖
요화궁(瑤華宮) 일[4] 지금도 부끄럽다네.	瑤華事愧今
공손히 부인 도리 어기지 않아	巽非虧地道
다시금 임금 마음 보게 되었지.	復乃見天心
빛나는 옥 술잔을 처음 올리고	玉瓚光初薦
왕후(王后) 복장[5] 장중하게 다시 임했네.	黃裳儼再臨
갠 하늘 갑자기 달이 지더니	晴空俄落月
계전(桂殿)[6]에 긴 그늘 맺혀 있구나.	桂殿結長陰

약천이 탄복하며 말했다.

---

2 남구만(1629~1711): 본관은 의령(宜寧), 자가 운로(雲路), 호가 약천 또는 미재(美齋)이다. 숙종조의 환국(換局) 정국에서 벼슬이 영의정에 이르렀다. 저서에 『약천집(藥泉集)』, 『주역참동계주(周易參同契註)』 등이 있다.

3 제2수: 『삼연집』 권7에 수록된 「인현왕후 만사. 맏형님을 대신하여 짓다[仁顯王后挽詞 代伯氏]」 중 제2수이다.

4 요화궁(瑤華宮) 일: 북송(北宋) 인종(仁宗)이 상미인(尚美人)을 총애하여 곽(郭) 황후를 폐하고 요화궁에 거처하게 한 사건을 가리킨다. 얼마 뒤 곽 황후를 불러들였으나 미처 궁에 들어오기 전에 곽 황후는 병이 들어 세상을 떠나고 말았다.

5 왕후(王后) 복장: 원문의 "黃裳"은 적처(嫡妻) 또는 왕후의 정위(正位)를 의미하는 말로 쓰인다.

6 계전(桂殿): 왕후가 머무르는 궁을 가리키는 말이다.

"작자는 절로 그 사람이 있는 법이니 참으로 빼어난 가락이다."

삼연의 시가 사람들에게 중히 여겨짐이 이와 같았다.

21

김창흡의 청심루 시에 얽힌 이야기

삼연(三淵) 김창흡(金昌翕)[1]은 여러 대에 걸쳐 참혹한 화를 겪어[2] 벼슬길에 나아가고자 하지 않았다. 언제나 떨어진 갓과 거친 베옷 차림으로 아름다운 산수 사이에서 노닐며, 시를 읊조리면서 자적하였다. 때문에 그 시의 품격이 높고 아득하고 드넓고도 예스러워 절로 우리나라의 한 대가를 이루었다.

한번은 여강(驪江) 청심루(淸心樓)에서 노닐 적에,[3] 마침 시인 수십 명이 누각 위에서 자리를 벌여놓고 술상을 차려 서로 권하며 시를 읊조리는 소리가 낭랑하였다. 삼연이 곧장 자리로 들어가 말했다.

"빨리 술통을 기울여 내 목마른 목구멍을 적셔주시오."

그러면서 여러 사람의 동정을 살폈다. 다들 이렇게 말했다.

---

1 김창흡(1653~1722)은 본관은 안동, 자는 자익(子益), 호는 삼연이다. 벼슬에 나아가지 않고 은거하면서 유학에 전념하여 학자로 이름을 떨쳤다. 저서로 『삼연집(三淵集)』, 『심양일기(瀋陽日記)』 등이 있다.

2 김창흡은 … 화를 겪어: 김창흡의 아버지 김수항은 기사환국(己巳換局)으로 1690년 사사되었다. 또한 신임사화(辛壬士禍)로 맏형 김창집과 그 아들 김제겸(金濟謙, 1680~1722), 손자 김성행(金省行, 1696~1722)까지 3대가 죽임 당했다.

3 여강(驪江) 청심루(淸心樓)에서 노닐 적에: 여강은 경기도 여주 일대의 남한강을 가리키며, 청심루는 여주 객관(客館) 북쪽 남한강가에 있었던 누각이다. 김창흡은 1688년 남한강 일대 충북 지역을 여행하고 그 여정을 「단구일기(丹丘日記)」로 남겼다.

"정한 약속이 대단히 엄하니, 시 짓는 사람이 아니고는 감히 맛볼 수가 없소."

삼연이 말했다.

"내 비록 성률(聲律)은 알지 못하나, 감히 원운을 보여주시기를 청합니다."

여러 사람이 우습게 보는 기색으로 짐짓 대답하여 "그러시구려"라고 하였다. 삼연이 그 자리에서 입으로 불러 말했다.[4]

이호(梨湖)[5]에서 노를 젓자 사방 산 나직한데	擊汰梨湖山四低
황려강(黃驪江) 형세 멀고 풀은 우거졌구나.	黃驪遠勢草萋萋
청심루 북쪽에는 파사성(婆娑城)[6]의 그림자요	婆娑城影淸樓北
백탑(白塔)의 서편에선 신륵사(神勒寺)[7]의 종소리라.	神勒鐘聲白塔西
신마(神馬) 자취 쌓인 바위[8] 물결이 침노하고	積石波侵[9]神馬迹
이릉(二陵)[10]에 봄이 오매 두견새가 우는구나.	二陵春入子規啼

---

4 그 자리에서 … 말했다: 『삼연집』 권4에 수록된 「여강(驪江)」이다.

5 이호(梨湖): 옛 여주의 이포(梨浦) 나루를 가리킨다. 지금의 여주시 금사면 이포리이다.

6 파사성(婆娑城): 신라 파사왕(婆娑王) 때 축조된 산성으로, 여주 이포 나루에서 2㎞쯤 내려가 강 건너 동쪽에 있는 파사산 정상의 능선을 따라 조성되어 있다.

7 신륵사(神勒寺): 남한강 동쪽 기슭 봉미산(鳳尾山)에 있는 사찰이다. 원효가 창건한 것으로 전해지며, 1472년(성종 3)에 중수하였고 이듬해 정희왕후가 이름을 보은사로 고쳤다. 이곳에서 고려 때의 고승 나옹화상(懶翁和尚)이 입적(入寂)하였다.

8 신마(神馬) 자취 쌓인 바위: 여강 가에는 마암(馬巖)이라는 바위가 있는데, 황마(黃馬)와 여마(驪馬)가 물에서 나왔다는 전설이 있다. 『신증동국여지승람』 권7 「경기 여주목」조 참조.

9 侵: 『계원담총』에는 "沈"으로 되어 있으나, 『삼연집』에 따라 바로잡았다.

10 이릉(二陵): 세종과 소헌왕후(昭憲王后)의 능인 영릉(英陵), 효종과 인선왕후(仁宣王后)의 능인 영릉(寧陵)을 아울러 이른다.

박은(朴訔)과 이색(李穡)의 글재주도 부질없네 　　　　翠翁牧老空文藻

이 같은 풍광을 함께 하지 못하다니. 　　　　　　如此風光不共携

여러 사람이 크게 놀라며 말했다.

"그대는 자익(子益)이 아닙니까?"

자익은 삼연의 자였다. 삼연이 말했다.

"성명이야 물을 게 있소?"

그리고는 곧장 누각을 내려가 강을 건너 가버렸다. 여러 사람이 서로 돌아보며 머쓱하였으니, 결구(結句)에 기롱하여 나무라는 뜻을 머금었기 때문이었다.

혹은 이렇게도 말한다. 삼연이 강을 건너면서 이 시를 낭랑하게 읊으며 흡족해하는 뜻이 있었다. 한 배에 탄 촌 늙은이가 곁에 있다가 물었다.

"그대의 시가 무어라 하였소? 나를 위해 한번 외워주시구려."

삼연이 마음 가득 흔쾌하여 그를 위해 한 차례 외워주었다. 촌 늙은이가 말했다.

"그대 시의 함련(頷聯)은 지리를 기록한 것에 불과하여 살아 움직이는 뜻이 전혀 없으니 몹시 좋지 않소. 고치는 것이 좋겠구려."

삼연이 크게 놀라 성명을 묻자, 촌 늙은이가 말했다.

"자기의 성명은 말하지 않는 자가 어째서 남의 성명을 묻는 겐가?"

그리고는 곧장 배에서 내려 돌아보지도 않고 떠나가버리니, 삼연이 오래도록 머쓱하였다.

22

유몽인의 시격

어우(於于) 유몽인(柳夢寅)[1]은 문장과 기절로 한 시대를 복종시키니, 당대의 문호(文豪)와 시인 보기를 마치 안중에 없는 듯이 하였다. 그가 조금 허락한 사람은 다만 간이(簡易) 최립(崔岦) 한 사람뿐이었다. 월사(月沙) 이정귀(李廷龜)[2]가 대제학(大提學)을 그만두면서 어우를 천거하여 자신을 대신하게 하였다. 어우가 월사에게 편지를 써서 이렇게 말했다.[3]

"지난해에 흉년이 들었을 때 아이들이 떡을 다투다가 돌아가기에, 나아가 살펴보니 콧물이 끈적끈적하더군요. 저는 강호에서 지내면서 한가해 일이 없어 지난해에는 『좌전(左傳)』을 읽었고 올해에는 두시(杜詩)를 읽고 있습니다. 이것으로 서로를 지켜 남은 생애를 보내면 충분합니다. 늙은 것이 어찌 아이들과 콧물 묻은 떡을 다툴 수 있겠습니까?"

---

1 유몽인(1559~1623): 본관은 고흥(高興), 자는 응문(應文), 호는 어우이다. 1589년(선조 22) 증광 문과에 장원으로 급제하고 벼슬이 한성부 좌윤에 이르렀다. 문집 『어우집(於于集)』과 야담집 『어우야담(於于野談)』이 있다.

2 이정귀(1564~1635): 본관은 연안(延安), 자는 성징(聖徵), 호는 월사이다. 1590년(선조 23)에 증광 문과에 병과로 급제하여 대제학·우의정·좌의정 등을 역임했다. 문집으로 『월사집(月沙集)』이 있다...

3 어우가 … 이렇게 말했다: 아래는 『어우집』에 수록된 「월사에게 바치는 편지〔奉月沙書〕」를 인용한 것이다.

마침내 나아가지 않았다. 그 교만하고 뻣뻣하기가 이와 같았다.

일찍이 중국에 사신을 갈 때,[4] 만류장(萬柳莊)[5]에 들러 고시(古詩) 한 편[6]을 남기고 떠났다. 돌아올 때 보니 만류장의 주인이 이미 판(板)에 새겨서 문미(門楣)에 걸고는 푸른 깁으로 감싸 두었다. 그의 시가 중국 사람에게 추중을 입음이 이와 같았다.

광해군(光海君) 때 벼슬하여 참판이 되었다. 인조가 반정(反正)함에 미쳐 어우가 온 가족을 데리고 양주(楊州)에 있는 서산(西山)으로 들어가서 살았다. 두 임금을 섬기지 않겠다는 뜻을 내보인 것이었다. 보개산(寶蓋山)을 유람하며 그 절의 벽에 제한 시[7]는 이렇다.

일흔 살 먹은 늙은 과부가	七十老孀婦
홀로 살며 빈방을 지키고 있네.	單居守空壼
여사(女史)[8]의 시를 익히 외우고	慣誦女史詩
임사(姙姒)[9]의 교훈도 자못 안다네.	頗知姙姒訓

---

4 중국에 사신을 갈 때: 유몽인은 1609년(광해군1) 성절사 겸 사은사로 대명사행을 다녀왔다.

5 만류장(萬柳莊): 영평부(永平府) 동문 밖, 지금의 허베이(河北)성 노룡현(盧龍縣)에 있는 별장이다. 광록경(光祿卿) 이원(李瑗)이 만년을 보낸 곳으로 유명하며 노룡팔경(盧龍八景) 중 하나로 꼽힌다.

6 고시(古詩) 한 편: 『어우집』 권2에 수록된 「만류장에 쓰다[題萬柳莊]」이다.

7 그 절의 벽에 제한 시: 『어우집(於于集)』 권2에 수록된 「보개산 사찰의 벽에 쓰다[題寶蓋山寺壁]」로, 일명 「상부시(孀婦詩)」로 알려져 있다. 인조반정 직후 역모에 동참했다는 혐의를 받았을 때 이 시가 광해군에 대한 지조를 지키겠다는 뜻으로 해석되어 처형당했다.

8 여사(女史): 궁중(宮中)의 일을 기록하는 여관(女官), 혹은 어진 여자의 사적을 적은 글.

9 임사(姙姒): 주(周)나라 때 태임(太姙)과 태사(太姒)를 아울러 가리키는 말로 현모양처의 대명사다. 태임은 왕계(王季)의 비(妃)로 문왕(文王)을 낳았고, 태사는 문왕의 비(妃)로 무왕(武王)과 주공(周公)을 낳았다.

주위 사람 시집가라 권유하면서	傍人勸之嫁
남자 얼굴 무궁화처럼 잘생겼다고.	善男顏如槿
흰머리로 젊은 모습 꾸미려 하면	白首作春容
연지분이 부끄럽지 아니하겠나.	寧不愧脂粉

그 시에 담긴 뜻이 굳세어 곧고 기운이 높고도 예스러워 천년의 절조
(絶調)라 할 만하다.

뒤에 훈신(勳臣)이 그가 옛 임금을 복위하려 하였다고 무고하여 체포
되었다. 장차 추국청(推鞫廳)에 가면서 기생 은개(銀介)를 시켜 술을 따
르게 하고 시를 지어 이렇게 말했다.[10]

성 가득 벼슬아치 봄나들이 모였는데	滿城冠蓋[11]擁春遊
미인은 잔 멈추고 「백주(柏舟)」[12]를 읊는구나.	玉手停盃咏柏舟
장사 홀연 장검을 지니고 일어나선	壯士忽持長劒起
취중에 늙은 간신 머리를 찍으려네.	醉中當斫老奸頭

준엄하여 범하기 어려운 기상이 있다.

---

10 시를 지어 이렇게 말했다: 『어우집』 권2에 수록된 「남산에서 은개의 가사를 듣고 추국청으
로 가며[南麓聽銀介歌辭仍赴推鞫廳]」이다. 『계원담총』에서는 이 시를 인조반정 이후 지은
것으로 기록했으나 실제로는 1618년(광해군 10)에 이조 참판으로 추국청에 가며 지은 것이
다. 관련 사건이 『광해군일기』 10년 4월 8일 조 기사에 자세하다.

11 冠蓋: 『어우집』에는 "花柳"로 되어 있다.

12 「백주(柏舟)」: 『시경』 「용풍(鄘風)」의 편명으로, 남편을 잃은 공강(共姜)이 재가하지 않겠다
는 뜻을 밝히는 내용이다.

양양(襄陽)을 지나던 도중에 시13를 지었는데, 시는 이렇다.

가난한 여인 북 놀리며 눈물이 뺨에 가득　　　　　貧女鳴梭淚滿腮

낭군 위해 겨울옷을 지으려 한 것일세.　　　　　　寒衣初欲爲郞裁

세금 독촉 관리에게 아침나절 끊어 주니　　　　　今朝14裂與催租吏

한 관리 가자마자 또 한 관리 찾아오네.　　　　　一吏纔歸一吏來

관리 된 자라면 마땅히 한 통을 베껴 써서 벽 위에 걸어두어야 할 것
이다.

---

13 시: 『어우집』 권1에 수록된 「양양 도중에〔襄陽途中〕」이다.
14 今朝: 『어우집』에는 "朝來"로 되어 있다.

23

재앙을 막는 시와 부르는 시

시는 재앙을 불러올 수도 있고 또한 재앙을 막을 수도 있다. 어찌 때에
유리하고 유리하지 않음이 있고 운명에 다행스러움과 다행스럽지 않음
이 있어서 그런 것이 아니겠는가? 수나라 설도형(薛道衡)¹이 "빈 들보에
제비 진흙 떨어지누나〔空樑落燕泥〕"²라는 구절을 지었는데, 양제(煬帝)가
이를 빼앗으려 하였으나 응하지 않자 마침내 그를 죽여버렸다. 당나라
유정지(劉廷芝)³가 「백두옹을 슬퍼하다〔悲白頭翁〕」라는 시를 지었다. 그
의 장인인 송지문(宋之問)이 자기의 작품으로 만들려 하였으나 주지 않
자 흙주머니로 눌러서 죽여버렸다.⁴ 고려 때 정지상(鄭知常)이 "임궁〔琳

---

1 설도형(540~609): 중국 수나라 하동(河東) 분음(汾陰) 사람으로 자는 현경(玄卿)이다. 문장
  과 재능으로 당시 이름이 높았다. 양제(煬帝)가 즉위하자 「고조문황제송(高祖文皇帝頌)」을 올
  렸는데, 양제는 이 시에 지난 왕조를 찬미하고 현 왕조를 헐뜯는 뜻이 숨어 있다고 미워하여
  사사했다. 저서로 후세 사람이 편집한 『설사례집(薛司隸集)』이 있다.

2 빈 들보에 … 떨어지누나: 설도형의 시 「석석염(昔昔鹽)」 중 한 구절이다.

3 유정지(651~680 추정): 이름을 유희이(劉希夷)라고도 한다. 중국 당(唐)나라 여주(汝州) 사람
  으로 자는 연지(延之) 또는 연지(庭芝)이다. 대표작으로 「종군행(從軍行)」, 「채상(采桑)」, 「춘일
  행가(春日行歌)」, 「춘여행(春女行)」 등이 있다. 『전당시(全唐詩)』 권82에 시가 수록되어 있다.

4 당나라 유정지가 … 죽여버렸다: 「백두옹을 슬퍼하다」는 『전당시(全唐詩)』 권82에 수록된
  「代悲白頭翁」을 가리킨다. 송지문이 이 시 가운데 '봄마다 피는 꽃 변함없건만 해마다 사람은
  늙어가누나〔年年歲歲花相似, 歲歲年年人不同〕'라는 구절을 빼앗기 위하여 유정지를 죽였다
  는 전설이 있다. 『전당시화(全唐詩話)』 속편(續編)에 보인다.

宮)에서 범어를 마치고 나니, 하늘빛 유리처럼 깨끗해졌네〔琳宮梵語罷, 天色淨琉璃〕"라는 구절을 지었다. 김부식(金富軾)이 갖고자 하였지만 주지 않자 마침내 시기하여 죽여버렸다.5 도은(陶隱) 이숭인(李崇仁)은 「오호도(嗚呼島)」 시6를 지었는데, 정도전(鄭道傳)의 시기를 입어 마침내 모해를 당하였다.7

본조에 들어 석주 권필이 "대궐 버들 푸르고 꾀꼬리 어지러이 나는데〔宮柳青青鶯亂飛〕"8라는 구절을 지어 광해군의 미움을 받아 고문을 당해 죽었다.9 취송(醉松) 이희사(李羲師)10가 「고불고(苽不苦)」 시를 짓고 나서 당로자(當路者)의 미움을 사서 종신토록 곤경에 처하였다.11 이 같은 예는 너무도 많아서 일일이 다 들 수가 없다. 이는 모두 시로 인해 재앙을 불러온 경우이니, 경계하지 않을 수 있겠는가. 자하 신위의 「만월대(滿月臺)」 시12는 이렇다.

---

5 고려 때 정지상이 … 죽여버렸다: 이규보의 『백운소설(白雲小說)』에 보인다.

6 「오호도(嗚呼島)」 시: 제(齊)나라 전횡(田橫)의 의기(義氣)를 노래한 시로, 전횡이 한신(韓信)에게 패하여 부하들과 오호도로 들어가 항거한 일을 다루었다.

7 이숭인은 … 모해를 당하였다: 서거정(徐居正)의 『동인시화(東人詩話)』에 보인다.

8 대궐 버들 … 나는데: 『석주집』 권7에 수록된 「임숙영의 삭과 소식을 듣고〔聞任茂叔削科〕」 중 첫 구이다. 『석주집』에는 "宮柳青青花亂飛"라 되어 있어 글자에 차이가 있다.

9 권필이 … 고문을 당해 죽었다: 『연려실기술(燃藜室記述)』을 비롯한 다양한 문헌에서 보이는 일화이다.

10 이희사(1728~1811): 자는 덕중(德中) 또는 덕중(德仲), 호는 취송(醉松) 또는 갈선처사(葛山處士), 본관은 전의(全義). 저서로 『취송시(醉松詩)』, 『취송시고(醉松詩稿)』가 있다.

11 취송 이희사가 … 곤경에 처하였다: 『취송시고』 권2에 「瓜不苦」라는 제목과 함께 자주(自注)에 위 시화가 보인다. 원문은 다음과 같다. "旱災孔棘, 自上有閔旱之敎, 有一相曰: '奏食瓜不苦, 旱不至甚矣.' 上笑曰: '卿之家人, 豈以苦瓜進卿, 此不足爲驗也.' 蓋欲諂而語甚苟且, 佞亦不及古人."

12 「만월대」 시: 『경수당전고』 6책 『숭연록(崧緣錄)』에 실린 「만월대회고(滿月臺懷古)」 중 제1수이다.

대업 세워 삼한 땅을 하나로 통일하여	大業三韓一統來
자손에게 맡겼으나 재주 아님 어이하리.	子孫付托奈非才
대궐을 뒤흔들며 사병(私兵)이 난입터니	宮闈震盪家兵入
범패(梵唄) 소리 차고 맑다 불국(佛國)이 열리었네.	叭唄凄淸佛國開
당진(唐鎭)의 번신(藩臣)들은 발호함이 많았건만13	唐鎭勳名多跋扈
진(晉)나라 안제(安帝)는 서글픔만 부쳤다네.14	晉安尊位寄悲哀
번화했던 지난 자취 찾을 데 아예 없고	繁華往跡無尋處15
만월대 앞에는 푸른 이끼 돋았구나.	滿月臺前生綠苔

다섯 번째 구절은 분명하게 조선 태조가 일을 제멋대로 행한 것을 가리킨다. 아첨하는 자가 이것을 가지고 모함을 했더라면 자하가 어찌 위태롭지 않았겠는가? 그가 화를 면한 것은 요행이었을 뿐이다.

---

13 당진(唐鎭)의 … 많았건만: 진(鎭)은 당나라 때 변방을 지키던 군의 일종이다. 당나라 때 각 지역의 번신(藩臣)들이 발호하여 왕권을 뒤흔들어 당나라가 결국 패망하고 말았다는 뜻이다.

14 진(晉)나라 … 부쳤다네: 진(晉) 안제(安帝)는 어리석어 말도 하지 못하고 사리분별도 못하는 바보 황제였다. 여기서는 임금이 전혀 임금답지 못해 고려가 결국 패망에 이르렀다는 의미로 썼다.

15 無尋處: 『경수당전고』에는 "無人間"으로 되어 있다.

24

재앙을 멈춘 정약용의 시

다산(茶山) 정약용(丁若鏞)이 강진에 귀양 온 것이 19년이 되자, 스스로 틀림없이 이곳에서 죽을 것으로 생각했다. 이때 죽리(竹里) 김이교(金履喬)가 다산과는 묵은 교분이 있었다. 그도 남쪽으로 유배 와있다가, 이때 용서받아 돌아가게 되어 적소로 다산을 찾아왔다. 손을 잡고 눈물을 흘리다가 작별에 임해 다산에게 말했다. "그대가 내게 줄 한 마디 말이 없겠는가?" 다산이 마침내 김이교가 지니고 있던 부채를 가져다가 율시 한 수를 써서 주었다. 시1는 이렇다.

역정(驛亭)의 가을비에 사람 전송 더뎌지니	驛亭秋雨送人遲
절역에서 서로 찾음 다시 누가 있겠는가.	絶域相尋2更有誰
반자(班子)가 신선 됨을 어이해 바라겠나	班子登仙那可望3
이릉(李陵)의 돌아옴은 마침내 기약 없네.4	李陵歸漢竟無期

---

1 시: 『여유당전서』 시집 권5에 수록된 「송별(送別)」이다. 『계원담총』과는 글자에 차이가 있다.
2 尋: 『여유당전서』에는 "憐"으로 되어 있다.
3 望: 『여유당전서』에는 "羨"으로 되어 있다.
4 반자(班子)가 … 기약 없네: 반자는 후한(後漢) 때 반초(班超, 32~102)로, 그는 이역(異域)에서 공을 세워 정원후(定遠侯)에 봉해졌다. 이릉(?~BC.74)은 한 무제(漢武帝) 때 장군으로 흉노를 치러 갔다가 투항하여 끝내 한나라로 돌아오지 못하고 그곳에서 죽었다.

대유사(大酉舍)5서 글 짓던 날 여지껏 생각나니	尙思6酉舍揮毫日
경신년(1800)의 임금 죽음7 어이 차마 말하겠나.	忍說庚年墜釼時8
몇 떨기 시누대에 달도 지는 새벽에	苦9竹數叢殘月曉10
고향 땅 돌아보면 눈물만 뚝뚝 지네.	故園回首淚垂垂

　김이교가 서울로 돌아와 부채를 소매에 넣고 한 집안인 풍고(楓皐) 김
조순(金祖淳)을 찾아갔다. 이때 김조순이 바야흐로 정권을 잡고 있었는
데, 김이교가 가져간 부채에 쓴 시를 보고는 구슬피 남쪽을 바라보다가
수레를 재촉하여 대궐에 들어가 임금께 아뢰어, 즉시 용서받아 돌아오
게 되었다. 시가 재앙을 그치게 하는 데에도 대단한 힘이 있음이 또 이
와 같다.11

5　대유사(大酉舍): 규장각의 부속 건물이다.

6　尙思: 『여유당전서』에는 "莫忘"으로 되어 있다.

7　경신년(1800)의 임금 죽음: 정조의 승하를 말한다. 원문의 "추일(墜釼)"은 제왕의 죽음을 뜻하
　　는 '궁검거추(弓劍遽墜)'의 줄임말이다. 황제(黃帝)가 신선이 되어 용을 타고 하늘로 올라갈 때
　　활과 검을 떨어뜨렸다는 고사에서 왔다.

8　時: 『여유당전서』에는 "悲"로 되어 있다.

9　苦: 『계원담총』에는 "枯"로 되어 있으나 『여유당전서』에 따라 바로잡았다.

10　殘月曉: 『여유당전서』에는 "他夜月"로 되어 있다.

11　이상 김이교와 정약용의 시화는 역사적 사실과 거리가 있다. 김이교는 남쪽 변방이 아
　　닌 함경북도 명천부에 유배되었으며, 1806년 해배되었다. 김이교의 동생 김이재(金履載,
　　1767~1847)가 강진 근처 고금도에 유배되었다가 1805년에 풀려났으며, 그 또한 정약용과 가
　　까운 사이였으므로 김이교가 아닌 김이재와의 일화로 추정된다.

25

이희지의 시재

응재(凝齋) 이희지(李喜之)[1]는 판서 이사명(李師命)[2]의 아들이다. 어려서
부터 시에 재능이 있었고 특별히 칠언절구에 뛰어나 당시 작가들이 감
탄하며 감상하는 바가 되었다. 경종 임인년(1722)에 「속영정행(續永貞
行)」 때문에 형을 당하여 죽었다.[3] 그가 지은 작품이 세상에 많이 전하
지 않아 사람들이 모두 애석하게 여겼다. 그의 「강상잡시(江上雜詩)」는
이렇다.

문밖의 봄 강물은 옷 물들 듯 초록인데	門外春江綠染衣
강물 위 한 척 배는 돌아갈 줄 모르누나.	乘流一棹自忘歸
흰 갈매기 나처럼 한가하진 않아서	白鷗未必閒如我

---

1 이희지(1681~1722): 본관은 전주, 자는 사복(士復), 호가 응재이다. 저서로 『응재집』이 있다.

2 이사명(1647~1689): 본관은 전주, 자는 백길(伯吉), 호는 포암(蒲菴)이다. 학문과 문장이 뛰어
났는데, 특히 시를 잘 지어 김창흡(金昌翕)과 명성이 나란했다. 1682년(현종 13)에 진사가 되어
이후 형조판서, 병조판서 등을 역임했다. 기사환국 때 사사되었다.

3 「속영정행」 때문에 형을 당하여 죽었다: 「속영정행」은 무능한 임금과 그 주변의 비리를 풍자
한 한유(韓愈)의 「영정행」을 모방하여 지은 노래로, 경종을 비방하는 내용이다. 목호룡(睦虎
龍, 1684~1724)은 이희지가 이 노래를 짓고 경종을 시해하려 했다고 지목하였다. 추국 과정
에서 이희지는 이 시를 이천기(李天紀, ?~1722)가 지었다고 주장했으나 장형을 받아 죽었다.
『경종실록』 2년 4월 17일 기사에 이 시가 실려 있다.

낚시터 곁에서 종일 고기 엿보누나.   盡日窺魚傍釣磯

물가 집에 닭은 울고 밤은 새벽 향하는데   水舍鷄鳴夜向晨

버들가지 바람 일자 나루엔 달 빗겼네.   柳梢風動月橫津

어부의 노랫소리 강 양편서 들려와도   漁歌[4]只在江南北

온통 모두 갈대꽃뿐 사람은 뵈지 않네.   一色蘆花不見人

모두 우아하고 깨끗해서 아낄 만하다.

---

4 歌: 『계원담총』에 "家"로 되어 있으나 『청비록(淸脾錄)』에 따라 바로잡았다.

26

이정 시의 차운작

탄은(灘隱) 이정(李霆)[1]은 왕실과 가까운 친족으로 시와 글씨, 그림이 모두 신묘한 경지에 들었으므로 세상에서 삼절(三絶)로 일컫는다. 그의 조카 구촌(龜村) 이덕온(李德溫)[2] 또한 시문으로 세상에 이름이 났다. 모두 멋지고 훌륭한 공자이다. 같은 시기에 시인 손곡(蓀谷) 이달(李達)[3]이 자주 그 문하에서 노닐며 창수(唱酬)한 것이 많았다. 이정의 「강상시(江上詩)」는 이렇다.

광릉진(廣陵津) 나루에는 물이 푸르고　　　　　　　　水碧廣陵津

광릉의 나무엔 꽃이 붉구나.　　　　　　　　　　　花紅廣陵樹

나그네 십 리 길 가는 도중에　　　　　　　　　　行人十里程

날 저물고 푸른 산엔 비가 내린다.　　　　　　　日暮蒼山雨

---

1 이정(1554~1626): 본관은 전주(全州), 자는 중섭(中燮), 호는 탄은(灘隱)이다. 세종의 현손이며 익주군(益州君) 이지(李枝)의 아들이다.

2 이덕온(1562~1635): 본관은 전주(全州), 자는 사화(士和), 호는 구촌(龜村)이다. 임영대군(臨瀛大君) 이구(李璆)의 현손이자 호남군(湖南君) 이뇌(李雷)의 아들이다. 저서로 『구촌집(龜村集)』이 있다.

3 이달(1539~1612): 본관은 홍주(洪州), 자는 익지(益之), 호는 손곡·서담(西潭)·동리(東里) 등이다. 저서로 제자 허균이 엮은 『손곡집』이 있다.

이덕온이 차운한 시는 이렇다.

먼 하늘에 저녁볕 새어나오고	遠天漏夕暉
저편 물가 안개 나무 흐릿하구나.	極浦迷烟樹
강가의 늙은이는 도롱이 쓴 채	一蓑江上翁
비 오는 외론 배에 저물녘 섰네.	暝立孤舟雨

이달이 차운한 시는 이렇다.

자던 백로 가을 모래 내려앉으니	宿鷺下秋沙
저녁 매미 강 나무서 울어대누나.	晚蟬鳴江樹
마름 부는 바람 타고 배를 모는데	驅舟白蘋風
서쪽 연못 빗줄기에 꿈을 깨누나.	夢落西潭雨

대개 이정은 강가의 봄 경치를 묘사하였고, 이덕온은 강가의 비 오
는 광경을 그렸으며, 이달은 강가의 가을 풍경을 읊었으니 저마다 그 운
치를 다하였다. 그 뒤에 백곡(栢谷) 김득신(金得臣)[4]이 그 운을 차운하여
시를 지었다.[5]

─────────

4 김득신(1604~1684): 자는 자공(子公), 호는 백곡(栢谷)·구석산인(龜石山人), 본관은 안동(安
東)으로 김치(金緻)의 아들이다. 저서로 『백곡집』·『종남총지(終南叢志)』 등이 있다.
5 그 뒤에 … 시를 지었다: 『백곡집(栢谷集)』 권1에 수록된 「귀정(龜亭)」 중 제1수이다. 이 부분
은 상단에 작은 글씨로 되어 있는데, 본문과 이어지는 내용이므로 본문으로 포함하였다.

지는 해 백사장에 내려앉으니　　　　　　　落日下平沙

새가 자려 먼 나무에 깃드는구나.　　　　　宿禽投遠樹

가는 이 저물녘 나귀 타고서　　　　　　　歸人晩騎驢

앞산에 오는 비를 다시 겁내네.　　　　　　更怯前山雨

　이 시의 결구는 이정의 시와 더불어 담긴 뜻이 똑같다. 하지만 이정
은 '겁(怯)'이라는 글자를 쓰지 않고도 겁이 나는 정이 저절로 드러났으
니 마침내 김득신이 한 자락을 양보해야 한다.

27

임진왜란 때 이호민의 시

임진왜란 때, 임금의 수레가 용만(龍灣)에 이르니 앞에는 압록강이 있고 뒤에는 굳센 적이 있었다. 임금과 신하 상하가 모두 황망하여 거조를 잃고서 어찌할 바를 몰랐다. 오봉(五峰) 이호민(李好閔)[1]이 시[2]를 지어 말했다.

전쟁통에 그 누가 노래자(老萊子)의 옷 입으랴[3]	干戈誰着老萊衣
인간 세상 온갖 일에 뜻만 점차 시들하다.	萬事人間意漸微
지세는 난자도(蘭子島)[4]서 어느새 다하였고	地勢已從蘭子盡
한양으로 돌아가는 행인은 뵈지 않네.	行人不見漢陽歸
임금 마음 착잡하여 강물에 임하시고	天心錯莫[5]臨江水

---

1 이호민(1553~1634): 본관은 연안(延安). 자는 효언(孝彦), 호는 오봉(五峯)·남곽(南郭)·수와(睡窩)이다. 1584년(선조 17)에 별시문과에 을과로 급제하여 사관(史官), 응교, 전한 등을 역임했다. 1592년(선조 25) 임진왜란 때 이조좌랑에 있으면서 왕을 의주까지 호종했다.

2 시: 『오봉집(五峯集)』 권4에 수록된 「용만의 행재소(行在所)에서 하삼도의 군병이 한성으로 진격한다는 소식을 듣고[龍灣行在, 聞下三道兵進攻漢城]」이다.

3 전쟁통에 … 옷 입으랴: 춘추시대 노래자(老萊子)는 일흔 나이에 색동옷을 입고 부모 앞에서 재롱을 부리며 기쁘게 했다. 전하여 노래자의 옷을 입는다는 것은 부모에게 효도하고 봉양한다는 뜻이다.

4 난자도(蘭子島): 압록강에 있는 하중도이다.

5 莫: 『오봉집』에는 "漢"으로 되어 있다.

조정 논의 처량쿠나 석양을 마주했네.   廟算凄涼對夕暉

들자니 남도(南道) 병사 근래 승기(勝機) 탔다는데   聞道南兵近乘勝

언제나 세 번 이겨6 한양을 수복할지.   幾時三捷復王畿

강개하고도 비장하여 흥관군원(興觀群怨)7의 뜻을 깊이 얻었다. 5, 6
구는 특별히 명언(名言)이니, 비록 두보로 하여금 이 경우에 놓이게 하
더라도 어찌 이보다 더 낫겠는가? 당시에 어가(御駕)를 호종(扈從)하던
여러 신하가 이 시를 보고 눈물을 떨구지 않는 자가 없었으니 진실로
까닭이 있다.

---

6 세 번 이겨: 연전연승을 뜻하는 '삼전삼첩(三戰三捷)'을 가리킨다. 『송사(宋史)』 우고전(牛皋
傳)에 "우고가 극악한 적 양진을 노산에서 토벌하였는데, 세 번 싸워 세 번 이기자 적당이 무
너져 흩어졌다[皋討劇賊楊進於魯山, 三戰三捷, 賊黨奔潰]"라고 하였다.

7 흥관군원(興觀群怨): 공자가 말한 시의 네 가지 효용이다. 『논어(論語)』 「양화(陽貨)」에 "너희
들은 어찌하여 시를 배우지 않느냐? 시는 의지를 흥기시키며, 시정(時政)을 관찰할 수 있게 하
며, 사람들과 어울리게 하며, 화를 내지 않고도 원망할 수 있게 한다[小子何莫學夫詩? 詩可以
興, 可以觀, 可以群, 可以怨]"라고 했다.

28

김귀영의 칠보시[1]

동원(東園) 김귀영(金貴榮)[2]이 선조 때 응제시(應製詩)로 새 기러기를 읊었는데 일곱 걸음 만에 지어 마침내 일등을 차지했다. 그 시는 이렇다.

가을 강에 서리 지자 거울 수면 열렸는데	霜落秋江鏡面開
하늘 끝 무리 지어 무심코 돌아왔네.	羣飛天末等閒廻
볕을 따름 곡식을 구하러 감 아니요[3]	隨陽不是求粱去
물가 따라 주살 피해 오는 줄을 알겠도다.[4]	遵渚應知避繳來
저문 구름 붉은 나무 소리 끊겼다 이어지고	紅樹暮雲聲斷續
찬 달빛 푸른 물결 그림자 서성인다.	碧波寒月影徘徊
돌아갈 때 장안의 밤 가까이 가지 마오	歸時莫近長安夜

---

1 이 항목은 본래 다음 29항목 중간에 덧대어져 있다. 따로 빼서 28항목으로 두었다.

2 김귀영(1520~1593): 본관은 상주(尙州), 자는 현경(顯卿), 호는 동원(東園)이다. 1547년(명종2) 문과에 급제하여 예조판서, 병조판서, 우의정 등을 역임하고 지중추부사(知中樞府事)에 이르렀다.

3 볕을 … 아니요: 두보의 「同諸公登慈恩寺塔」 중 "그대는 양지 찾는 기러기 보았나, 각자 곡식 찾는 꾀가 있다네(君看隨陽雁, 各有稻粱謀)"라는 구절에서 나온 표현으로 보인다.

4 물가 따라 … 알겠도다: 『시경(詩經)』 「구역(九罭)」 중 "기러기가 날아감에 물가를 따르니, 주공(周公)이 돌아감에 장소가 없으랴(鴻飛遵渚, 公歸無所)"라는 구절에서 나온 표현으로 보인다.

일만 집 다듬이 소리 너를 재촉하리니.　　　　　　　萬戶淸砧爲爾催

전편이 자연스러워 그 재주와 정감이 풍부하고 아름다움을 볼 수
있다.

29

윤휴의 독창적인 재주

백호(白湖) 윤휴(尹鑴)[1]는 타고난 재주가 기특하고 우뚝하였다. 특별히 경학에 조예가 깊었는데, 무릇 책을 읽거나 의리를 따질 때 옛사람을 답습하지 않았다. 어떤 안건에 대해 판단할 때 독창적인 견해로 쪼개어 풀이하니, 앞선 사람이 미처 펴지 못한 바를 많이 펼쳐, 비루한 선비의 사사로움에 치우친 견해를 깨뜨리고 자유롭게 연구하는 길을 열었다. 만약 그의 학설이 세상에 행해졌더라면 우리 동방의 학문이 어찌 부패하여 문드러짐이 요즘과 같음에 이르렀겠는가? 불행히도 주자학을 맹종하는 자들에게 걸려든 바가 되어 마침내 형벌을 받아 죽임을 당하였으니,[2] 이것은 학계의 지극히 참혹한 재앙이요 후세 사람의 지극한 불행이라, 어찌 애통함을 이길 수 있겠는가. 그의 「누항시(陋巷詩)」[3]는 이렇다.

---

1 윤휴(1617~1680): 본관은 남원(南原), 자는 희중(希仲), 호는 백호·하헌(夏軒)이다. 대사헌·성균관 좨주(祭酒)·이조판서 등을 지냈다. 저서에 『백호집(白湖集)』, 『독서기(讀書記)』, 『주례설(周禮說)』, 『중용설(中庸說)』 등이 있다.

2 불행히도 … 죽임을 당하였으니: 윤휴는 주자(朱子)의 학설과 사상을 비판, 반성하는 독자적 학문체계를 수립하고, 기해예송(己亥禮訟) 때 참최설(斬衰說)을 주장하여 서인(西人)과 대립했다. 그 결과 경신출척(庚申黜陟) 때 유배되었다가 끝내 사사(賜死)되었다.

3 「누항시(陋巷詩)」: 『백호전서』 권2에 수록된 「우연히 읊다(偶吟)」이다.

명철하여 의관 쓴 선비 된 몸인지라   明哲[4]衣冠士子身

누항의 단사(簞食)로도 가난함 꺼리잖네.   簞瓢陋巷不嫌[5]貧

만국에 구름 걷혀 달빛을 같이 보고   雲開萬國同看月

천 집에 꽃이 피니 함께 봄을 만났구나.   花發千家共得春

소옹(邵雍)[6]의 시 속에는 기상이 넘쳐나고   邵子唫中多氣像

주돈이(周敦頤)[7]는 취중에도 천진을 즐겼다네.   濂溪醉裏樂[8]天眞

이제껏 큰 은자는 저자 속에 있었거니   從來大隱皆城市

어이 굳이 외진 물가 낚싯대를 드리울까.   何必投竿寂寞濱

그가 가난을 편히 여기고 도를 즐거워한 뜻을 얼핏 떠올려볼 수 있다.

---

4 哲:『계원담총』에는 "着"으로 되어 있으나 문집에 따라 바로잡았다.

5 嫌:『백호전서』에는 "憂"로 되어 있다.

6 소옹(1011~1077): 송(宋)나라 때의 경학가이다. 자는 요부(堯夫), 호는 안락와(安樂窩) 또는
  백원(百源), 시호는 강절(康節)이다. 저서에『격양집(擊壤集)』,『황극경세서(皇極經世書)』등이
  있다.

7 주돈이(1017~1073): 송나라 때의 유학자이다. 정호(程顥),정이(程頤) 형제의 스승으로, 도가
  사상(道家思想)의 영향을 받아 새로운 유교이론을 창시했다. 저서에『태극도설(太極圖說)』,
  『통서(通書)』등이 있다.

8 樂:『백호전서』에는 "足"으로 되어 있다.

30

이명한이 놀란 강백년의 시

설봉(雪峰) 강백년(姜栢年)[1]은 시문이 모두 훌륭하여 전할 만한 것이 많다. 일찍이 곡산(谷山) 부사로 나갔다. 백주(白洲) 이명한(李明漢)[2]은 훈척(勳戚)으로 또한 시문에 능하였는데, 이때 황해도관찰사였다. 섣달그믐을 맞아 관하의 각 고을 수령을 선화당(宣化堂)에 모이게 하여 제석시(除夕詩)를 지었다. 강백년 또한 참여하였는데 그가 지은 시[3]의 경련(頸聯)은 이렇다.

내년에도 오늘 밤이 없는 것은 아니지만   非關來歲無今夜

인정이 가는 해를 애석해해서일세.   自是人情惜去[4]年

이명한이 이를 보고 몇 번이나 읊조리며 크게 칭찬하였다. 그 뒤로

---

1 강백년(1603~1681): 본관은 진주(晉州), 자는 숙구(叔久), 호는 설봉·한계(閑溪)·청월헌(聽月軒), 시호는 문정(文貞)이다. 문과중시에 장원급제한 뒤 동부승지, 예조참판 등을 지냈다. 문집에 『설봉집(雪峰集)』, 『한계만록(閑溪謾錄)』 등이 있다.

2 이명한(1595~1645): 본관은 연안(延安), 자는 천장(天章)이고, 호는 백주(白洲), 시호는 문정(文靖)이다. 대사헌, 이조판서, 예조판서 등을 역임했다. 저서로는 『백주집(白洲集)』이 있다.

3 시: 『설봉유고(雪峯遺稿)』 권 4에 수록된 「당시 고적의 제야 음을 차운하여[次唐詩高適除夜韻]」이다.

4 去: 『설봉유고』에는 "舊"로 되어 있다.

자주 시로 창수함이 있었고 사귐의 정의(情誼)가 더욱 친밀하였다. 이명한이 강원도관찰사로 자리를 옮기게 되자 조정에 요청하여 강백년을 회양(淮陽) 군수로 옮기게 하였다. 그 땅이 가까워 쉬 만나볼 수 있기 때문이었다. 공문서를 처리하는 여가에 금강산을 구경하기로 약속하였는데, 도중에 강백년이 시[5]를 지었다.

백 리 길에 사람 소리 들리지 않고	百里無人響
산 깊어 새소리만 들리는구나.	山空[6]但鳥啼
스님 만나 앞길을 물어보고는	逢僧問前路
스님 가자 길이 다시 헷갈리누나.	僧去[7]路還迷

이명한이 손으로 무릎을 치면서 크게 칭찬하며 말했다. "내가 마땅히 공을 위해 길을 안내하는 승려가 되겠네." 대개 추천하여 이끌려는 뜻을 보인 것이다. 그 뒤로 강백년은 그에게 힘입어 조정에서 현달하게 되었다.

---

5 시: 『설봉유고』 권 4에 수록된 「금강산 가는 길에〔金剛道中〕」이다.

6 空: 『설봉유고』에는 "深"으로 되어 있다.

7 去: 『설봉유고』에는 "過"로 되어 있다.

31

임금이 아낀 오도일의 시재

서파(西坡) 오도일(吳道一)[1]은 재주가 질탕하여 약관의 나이에 시명(詩名)이 크게 떠들썩하였다. 그는 주량이 몹시 대단하여 대여섯 말을 마실 수 있었다. 한번은 술에 취해 연로(輦路)[2]에 누워 정신을 차리지 못하니, 숙종 임금의 어가가 왔는데도 코 고는 소리가 우레와 같았다. 숙종께서 부축하여 일으키라 명하고 이렇게 하교하셨다.

"네 재주가 크게 쓰일 만한데 어찌 술에 빠져 이처럼 스스로를 해친단 말인가? 이제부터는 마땅히 술 마시는 것을 경계하도록 하라."

오도일이 은혜에 감격하여 마음에 새겨 절대로 술을 마시지 않았다. 나중에 병조판서가 되어 내병조(內兵曹)에서 숙직하는데 갑자기 술을 하사하라는 명[3]이 있었으니 대개 예로부터 내려온 관례였다. 오도일이 바로 이렇게 읊었다.[4]

---

1 오도일(1645~1703): 본관은 해주, 자는 관지(貫之), 호는 서파(西坡)이다. 1673년 문과에 급제한 뒤 병조판서에 이르렀고 문장에 뛰어나 동인삼학사(東人三學士)로 불렸다. 저서로 『서파집(西坡集)』이 있다.

2 연로(輦路): 임금이 거둥하는 길을 가리킨다.

3 술을 하사하라는 명: 원문의 "宣醞"은 나라에 경사가 있거나 신하의 노고를 치하하거나 상을 당한 신하를 위로할 때 임금이 신하에게 내려주는 술 및 음식을 말한다.

4 오도일이 … 읊었다: 『서파집』권8에 수록된 「이날 밤 입직 중에 임금께서 특별히 베푸신 술과 음식을 받고 느낌을 적다[是夜直中, 伏蒙特宣內醞御膳, 志感]」이다.

세 해를 깊이 새겨 언제나 경계하여	三年銘鏤戒常存
국화를 마주해도 술 마시지 않았었네.	縱對黃花不對樽
서성(西省)의 달밤에 대궐 술을 내리시니	宮醞特宣西省月
이 몸이 깨고 취함 모두 임금 은혜일세.	此身醒醉摠君恩

술 마시기를 경계한 것은 그를 아껴서였고 술을 내린 것은 그를 총애해서였다. 신하가 임금에게 특별한 은혜를 입음이 이와 같았으니, 그가 온 힘을 다해 나라를 위해 죽으려는 마음이 어찌 저절로 생겨나지 않겠는가? 시 또한 정취가 있고 맛도 있으며 체재가 있어 몹시 볼 만하다. 그밖에,

매운 서리 하인 아인 손이 곱았고	霜嚴僮指直
빙판 위 말발굽은 위태롭구나.5	氷滑馬蹄危

벼랑 위 높은 누각 떨어질 듯 매달렸고	崖擎高棟懸疑墜6
층층 난간 물 감돌아 둥실둥실 떠 있구나.7	水抱層欄漾欲8浮

와 같은 구절들은 모두 뛰어나고 맑고 높아 청나라의 수원(隨園) 원매(袁枚)9에 가깝다 하겠다.

---

5 매운 서리 … 위태롭구나: 『서파집』 권2에 수록된 「파주 가는 길[坡州途中]」 중 3, 4구이다.

6 墜: 『서파집』 원문에는 "墮"로 되어 있다.

7 벼랑 위 … 떠있구나: 『서파집』 권6에 수록된 「거듭 삼척에 오다[重到眞珠]」 중 5, 6구이다. 진주(眞珠)는 강원도 삼척(三陟)의 옛 이름이다.

8 欲: 『서파집』 원문에는 "似"로 되어 있다.

9 원매(1716~1797): 전당(錢塘) 사람으로 자는 자재(子才), 호는 간재(簡齋) 또는 수원(隨園)이
다. 성령설(性靈說)을 주장하여 복고주의 사조에 반대한 청나라의 대표 문인이다. 저서에 『수
원시화(隨園詩話)』가 있다.

32

나그넷길을 읊은 작자 미상의 명구들

세상에는 성명은 전하지 않는데 시만 전하는 것이 있다. 대부분은 비루하고 천박해서 족히 취할 만한 것이 없다. 하지만 나그네의 괴로움을 읊은 시로

| 고향 꿈 아득한데 물소리가 울리니 | 鄕[1]夢悠揚鳴暗水 |
| 나그네 시름 어지럽다 찬별만 반짝이네.[2] | 羈愁歷亂耿寒星 |

라고 한 것이나, 새벽길을 가며 지은 시 중에

| 비 내리듯 서리 지니 기러기 어딜 가나 | 霜如雨下雁何去 |
| 하늘가에 달 걸려도 쉼 없이 닭이 운다.[3] | 月在天涯鷄不休 |

와 같은 구절은 한없이 스산하고 한없이 감개에 잠겨 설령 두보라 하

---

1 鄕: 『청장관전서』에는 "歸"로 되어 있다.

2 고향 꿈 … 반짝이네: 이덕무(李德懋)의 『청장관전서(靑莊館全書)』 권11에 수록된 「나그네 회포[旅懷]」라는 시의 경련(頸聯)이다.

3 비 내리듯 … 닭이 운다: 김택영의 『소호당집(韶濩堂集)』 권8 「잡언(雜言) 6 병진년(1916)[雜言六 丙辰]」에도 작자 미상의 시로 소개되어 있다.

더라도 옷깃을 여밀 터이니, 어찌 오활한 유자나 못난 선비가 저 혼자 불평을 내뱉는 것과 능히 비슷할 수 있겠는가? 누가 지은 것인지 알지 못해 애석하다.

창강(滄江) 김택영(金澤榮)[4]이 연행을 가는 영재(寧齋) 이건창(李建昌)[5]을 전송하며 지은 시는 이렇다.

사방 온통 별 떴는데 들판에서 닭은 울고	四面星辰鷄動野
온 강 눈보라에 말은 배에 오르리.[6]	一江風雪馬登舟

비록 좋은 작품이기는 해도 이미 제2층으로 떨어지고 말았다.

---

4 김택영(1850~1927): 본관은 화개(花開), 자는 우림(于霖), 호는 창강(滄江)이다. 저서로『한국역대소사(韓國歷代小史)』,『한사경(韓史綮)』,『교정삼국사기(校正三國史記)』 등이 있고 시문집으로『창강고(滄江稿)』,『소호당집(韶濩堂集)』이 있다.

5 이건창(1852~1898): 본관은 전주(全州), 자는 봉조(鳳朝, 鳳藻), 호는 영재(寧齋)이다. 저서로는『명미당집(明美堂集)』,『당의통략(黨議通略)』 등이 있다.

6 사방 온통 … 배에 오르리:『소호당집(韶濩堂集)』권1에 수록된「장단(長湍) 객사에서 교리 영재 이건창이 연경으로 사신 간 행차를 생각하며[長湍旅舍憶李校理寧齋【建昌】使燕之行]」의 함련(頷聯)으로, 1874년 지은 것이다.

33

정유길의 충후한 시격과 일화

임당(林塘) 정유길(鄭惟吉)[1]은 성품이 중후하고 담박한지라 사람들이 그가 기뻐하거나 성내는 것을 보기 힘들었다. 비록 지위가 경상(卿相)에 이르렀어도 진실하기가 마치 들일 하는 늙은이나 시골 노인과 같았다. 시또한 화락하고 평이하면서도 돈후하여 결코 막히거나 정체된 뜻이 없었다. 그의 「극성(棘城)에 제사를 내리다」[2]라는 시는 이렇다.

성조(聖朝)라 마른 뼈도 은혜에 적셔지니	聖朝枯骨亦沾恩
해마다 향불이 변방까지 내려오네.	香火年年降塞垣[3]
제사 마쳐 단 오르니 비바람 잦아들고	祭罷上壇風[4]雨定
흰 구름 바다인 양 앞마을에 자욱하다.	白雲如海滿前村

---

1 정유길(1515~1588): 본관은 동래(東萊), 자는 길원(吉元), 호는 임당(林塘)이다. 교리와 직제학 등을 거쳐 도승지, 대제학을 역임하였다. 저서에 『임당유고(林塘遺稿)』가 있다.

2 「극성(棘城)에 제사를 내리다」: 『임당유고』 하(下)에 같은 제목으로 수록되어 있다. 극성은 황해도 황주(黃州)에 있는 진명(鎭名)으로 병란을 자주 겪은 지역이다. 날이 흐릴 때면 귀신이 나타나 원통함을 호소하거나 전염병이 번져서 지역 백성들이 많이 죽어갔으므로 나라에서 여단(厲壇)을 만들어 매년 봄가을로 제를 지냈다.

3 垣: 『임당유고』에는 "門"으로 되어 있다.

4 風: 『임당유고』에는 "雷"로 되어 있다.

「몽뢰정춘첩(夢賚亭春帖)」 시[5]는 이렇다.

앞선 조정 늙은 판서 터럭 희게 세었는데	白髮先朝老判書
한가하든 바쁘든 분수 따라 편안하네.	閑忙隨分且安居
어옹(漁翁)은 봄 강물이 따뜻하다 알려주며	漁翁報道春江暖
꽃 시절 오기 전에 쏘가리를 올리누나.	未到花時薦[6]鱖魚

그가 조정에 있을 때 청화(淸華)하던 기상을 떠올려보게 한다.

한번은 병조판서일 때 집에 있는데, 문 지키는 군졸이 경계를 엄히
하여 함부로 들어오는 자가 없었다. 때가 마침 가을날이라 대문과 뜨락
이 말쑥하였다. 공이 함께 이야기를 나눌 사람이 없어 한가롭게 사방
벽의 도서를 살펴보다가 한 구절을 얻었다.

책 쌓인 벽 고요하고 가을은 소슬한데	圖書壁靜秋蕭瑟

그러나 그 대구(對句)를 얻지 못해 온 방을 서성이며 읊조리기를 끊
이지 않았다. 문 지키는 병졸 하나가 청하며 말했다.

---

5 「몽뢰정춘첩(夢賚亭春帖)」 시: 이수광(李睟光)의 『지봉유설(芝峯類說)』 권15 「夢寐」에 "정유
　길이 일찍이 꿈속에서 '꿈이 노조와 함께 강 하늘로 들어간다[夢隨魯鳥入江天]'라는 구절을
　얻었다. 후에 정자를 동호에 축조하여 이름을 몽뢰정이라고 불렀다[鄭林塘嘗於夢中, 得夢隨魯
　鳥入江天之句. 後築亭於東湖, 名曰夢賚亭]"라는 기록이 있다.
6 薦: 『성소부부고(惺所覆瓿藁)』 제26권 부록1 「학산초담(鶴山樵談)」에 수록된 「몽뢰정춘첩(夢
　賚亭春帖)」에는 "進"으로 되어 있다.

"상공(相公)께서는 어떤 시를 지으셨는지요?"

공이 기이하게 여겨 말했다.

"네가 시를 아느냐?"

대답하였다.

"조금 압니다."

공이 얻었던 구절을 읊으며 말했다.

"마땅한 대구가 없어 괴롭구나."

문 지키는 병졸이 조금 뜸을 들이다 이렇게 아뢰었다.

창 세운 문 삼엄하여 대낮에도 적막쿠나.　　　　　棨戟門嚴晝寂寥

로 대구를 삼으시면 좋을 듯합니다. 나으리의 생각은 어떠신지요? 대개 두보(杜甫)의 시 중에 '군령 엄해 밤중에도 적막하구나〔令嚴夜寂寥〕'7라고 한 뜻을 취한 것입니다."

정유길이 크게 놀라며 말했다.

"네가 능히 나를 깨우쳐 주는구나."

마침내 취하여 한 편을 완성하였다. 뒤에 정유길이 문 지키던 병졸을 천거하여 군관으로 삼으니 과연 직분에 걸맞았다.

7　'군령 엄해 밤중에도 적막하구나': 당나라 두보(杜甫)의 「后出塞五首」 제2수 가운데 8구이다.

34

신유한 시의 호방함

청천(靑泉) 신유한(申維翰)[1]은 시재가 호방하고 장쾌하여 이따금씩 사람
을 놀라게 하는 표현이 있었다. 하지만 그의 학력은 그의 재주를 능히
채우지 못하는지라, 격률이 혹 거칠거나 낮은 데서 실격이 되니 이것이
그의 흠이다. 그의 「촉석루(矗石樓)」 시[2]는 이렇다.

진양성(晉陽城)[3] 밖 강물은 동쪽으로 흘러가고	晉陽城外水東流
대숲과 고운 난초 모래톱에 비치누나.	叢竹[4]芳蘭綠映[5]洲
천지엔 세 분 장사[6] 임금께 보답하고	天地報君三壯士
강산이라 높은 누대 나그네만 남았구나.	江山留客一高樓
노래 병풍 해 비치자 잠긴 교룡 춤을 추고	歌屏日照[7]潛蛟舞
검막(劍幕)에 서리 지니 자던 백로 시름겹다.	劍幕霜侵宿鷺愁

---

1 신유한(1681~1752): 본관은 영해(寧海), 자가 주백(周伯), 호는 청천이다. 1705년(숙종 31) 진
　사시에 합격하고 1713년 문과에 급제하였다. 1719년 제술관(製述官)으로 통신사 홍치중(洪
　致中)을 수행하여 일본에 다녀왔다. 저서에 『청천집(靑泉集)』, 『해유록(海遊錄)』 등이 있다.
2 「촉석루(矗石樓)」 시: 『청천집(靑泉集)』 권1에 수록된 「제촉석루(題矗石樓)」이다.
3 진양성(晉陽城): 진주성을 말한다. 진양은 경남 진주(晉州)의 옛 명칭이다.
4 竹: 『계원담총』에는 "菊"으로 되어 있으나 『청천집』에 따라 바로잡았다.
5 綠映: 『계원담총』에는 "映綠"으로 되어 있으나 『청천집』에 따라 바로잡았다.
6 세 분 장사: 촉석루에서 결사 항전을 다짐하였다가 패전하여 남강에 투신한 세 장수를 말한다. 김성일
　(金誠一)·조종도(趙宗道)·이로(李魯)라는 설과 김성일·조종도·곽재우(郭再祐)라는 설 등이 있다.

남쪽에서 북두(北斗) 보매 전쟁 기운 아예 없어　　　南望斗邊無戰氣

장단(將壇)에서 풍악 잡혀 봄 절반을 노닐었네.　　　將壇笳皷半春遊

그의 「새벽에 과천을 출발하며」[8]는 이렇다.

황량한 성 남은 피리 하늘 바람 사무치고　　　荒城殘角響天風

내닫는 말 동편으로 먼동이 터오누나.　　　明發駸駸馬首東

깊은 골목 닭은 울고 외론 달빛 어두운데　　　深巷鷄鳴孤月黑

먼 숲의 사람 소리 등불 하나 밝아 있네.　　　遠林人語一燈紅

이 내 몸 역사(驛使) 매화 빛깔[9]을 따라가도　　　身隨驛使梅花色

꿈속에선 회산(淮山) 땅 계수나무 숲[10]에 드네.　　　夢入淮山桂樹叢

오늘 밤 백옥루는 얼마나 추우려나　　　今夜瓊樓寒幾許

서글피 고개 돌려 오색구름 바라본다.　　　黯然回首五雲中

　　이 두 수를 살펴보면 호방한 것과 거친 것이 반반이다. 그 호방한 것
은 미칠 수 있지만, 그 거친 것은 미칠 수가 없다.

───────────

7　照: 『계원담총』에는 "暖"으로 되어 있으나 『청천집』에 따라 바로잡았다.

8　「새벽에 과천을 출발하며」: 『청천집』 권1에 수록된 「晨發果州口占」이다.

9　역사(驛使) 매화 빛깔: 남조(南朝) 대 송(宋)의 육개(陸凱)가 강남에 있을 때 교분이 두터웠던
　범엽(范曄)에게 매화 한 가지와 함께, "매화를 꺾다 역사를 만났기에, 농두 사는 그대에게 부
　치오. 강남에는 아무것도 없어, 애오라지 한 가지 봄을 보낸다오〔折梅逢驛使, 寄與隴頭人. 江
　南無所有, 聊贈一枝春〕"라는 시를 함께 부친 일을 가리킨다.

10　회산(淮山) 땅 계수나무 숲: 한나라 회남왕(淮南王) 유안(劉安)이 지은 「초은사(招隱士)」에
　"계수 떨기 덥수룩한 그윽한 산골, 이리 구불 저리 구불 가지 서로 뒤엉겼네〔桂樹叢生兮山之
　幽, 偃蹇連蜷兮枝相繚〕"라고 하였다. 전하여 회산 땅의 계수나무 숲은 현자의 은거처를 뜻한다.

35

임금이 칭찬한 채팽윤의 즉석 시

우리나라에서는 용산에 호당(湖堂)¹을 두고 문신의 자질(子姪) 중에 나이가 어리고 총명한 자를 선발하여 사가독서(賜暇讀書)²하게 하니, 사람들이 이를 등영(登瀛)³에 견주었다. 숙종 때 희암(希庵) 채팽윤(蔡彭胤)⁴은 호주(湖洲) 채유후(蔡裕後)⁵의 종손으로 그가 선발되었을 때⁶ 임금께서 호당에 잔치를 내리셨다. 희암이 즉석에서 시를 지어 이렇게 말하였다.

---

1 호당(湖堂): 조선 세종 때부터 학문에 뛰어난 문관에게 특별 휴가를 주고 머물며 학업에 전념할 수 있게 한 서재(書齋)이다. 세조 때 집현전과 함께 폐지했으나 성종 때 상설기구로 복구하여, 1491년(성종 22) 용산에 남호독서당(南湖讀書堂)을 세웠다.

2 사가독서(賜暇讀書): 조선시대에 국가의 유능한 인재를 양성하고 문운(文運)을 진작시키기 위해서 젊은 문신들에게 휴가를 주어 독서에 전념할 수 있도록 한 제도이다.

3 등영(登瀛): 등영각(登瀛閣)의 준말. 조선시대 삼사(三司)의 하나인 홍문관의 서고(書庫)를 가리킨다.

4 채팽윤(1669~1731): 본관은 평강(平康), 자는 중기(仲耆), 호는 희암(希菴) 또는 은와(恩窩)이다. 병조참판, 동지의금부사, 부제학 등을 역임했다. 저서로 『희암집(希菴集)』이 있다.

5 채유후(1599~1660): 본관은 평강, 자는 백창(伯昌), 호는 호주, 시호는 문혜(文惠)이다. 1623년(인조 1) 개시문과(改試文科)에 장원으로 급제하여 홍문관에 보임된 이후 대사헌, 대제학, 예조판서 등을 역임했다. 저서로 『호주집』이 있다.

6 그가 선발되었을 때: 채팽윤은 1687년(숙종 13) 진사가 되고 1689년 증광문과에 갑과로 급제하여 검열을 지낸 뒤, 그 해 사가독서하였다.

성대한 선악(仙樂)이 대궐에서 내려오니	洋洋仙樂下天扉
부족한 어린 몸이 큰 은혜를 입었네.	童歲龍鍾[7]荷盛私
평생토록 군왕의 얼굴 알지 못했지만	平生不識君王面
꿈속에선 언제나 대궐 섬돌 맴돈다오.	一夢尋常繞玉墀

숙종께서 어람하시고 즉시 불러오라 명하시며 이렇게 하교하셨다.

"네가 내 얼굴을 모른다니 특별히 고개를 들어 올려다 보거라."

채팽윤이 더할 데 없는 은혜에 감격하였다. 뒤에 임금의 돌보심을 입어 벼슬이 예조판서에 이르렀고 문형(文衡)[8]을 맡았다. 대개 국가가 시를 가지고 인재를 취하는 것은 본래 좋은 계책은 아니다. 하물며 이 시는 말이 평범하고 격조가 낮아 그다지 취할 만한 것이 없는데도 어찌하여 이렇듯 특별히 칭찬함을 입음이 이처럼 대단하기에 이르렀단 말인가?

---

7 龍鍾: 『계원담총』에는 "微臣"으로 되어 있으나 『희암집』에 따라 바로잡았다.

8 문형(文衡): 조선시대 홍문관(弘文館)·예문관(藝文館)의 대제학과 성균관 대사성(成均館大司成)을 겸임하는 직책을 이른다. 후세에는 양관(兩館)의 대제학과 성균관의 지사(知事)를 겸하는 직책을 일컬었다.

36

하늘과 사람을 감동시킨 단종릉 참배시

예로부터 시문 중에 지극한 정에서 나온 것은 하늘과 사람을 감동시키는 힘이 종종 불가사의한 지점이 있다. 단종께서 손위(遜位)하여 영월(寧越)로 물러나니 이듬해에 화가 일어났다.[1] 이는 하늘 이치의 지극한 변괴이자 사람 도리의 몹시 참혹한 것이었다. 그 뒤에 영월 고을에 군수의 직임을 맡은 자가 갑작스레 죽는 경우가 많았으므로 죽은 자가 일곱 명이다. 세상에서는 흉한 땅이라고 하였다. 중종(中宗) 신축년(1541)에 낙촌(駱村) 박충원(朴忠元)[2]이 다시 기용되어 영월군수가 되었다.[3] 바로 제물을 갖추어 제사를 올리니 이로부터 아무 일이 없었다. 그 글은 이렇다.

왕실의 주손이요	王室之冑
나이 어린 임금이라.	幼冲之辟

---

1 이듬해에 화가 일어났다: 단종은 1457년 6월 노산군(魯山君)으로 강봉되어 강원도 영월(寧越)에 유배되었다. 같은 해 9월 숙부 금성대군(錦城大君)이 다시 복위를 계획하다가 발각된 일 때문에 다시 서인으로 강봉되고, 10월에 죽임을 당하였으므로 '이듬해'라는 말은 오류이다.

2 박충원(1507~1581): 본관은 밀양, 자는 중초(仲初), 호는 낙촌 또는 정관재(靜觀齋), 시호는 문경(文景)이다. 대제학, 병조판서 등을 역임했다. 저서로 『낙촌유고(駱村遺稿)』가 있다.

3 중종(中宗) 신축년(1541)에 … 영월군수가 되었다: 박충원은 1537년 병조정랑으로 있다가 이조정랑으로 옮겼는데, 이때 조부상을 당해 3년 뒤 다시 승문원교검에 보직되었다가 영월군수로 발령되었다.

궁한 운수 마침 만나	適丁否運
바깥 고을 떠나셨지.	遜于外邑
한 조각 푸른 산에	一片青山
만고의 외로운 넋.	萬古孤魂
비옵건대 강림하사	庶幾降臨
제물 흠향하옵소서.	式歆苾芬

그 글이 강개하여 목이 메어 소리와 눈물이 함께 떨어지니, 하늘에 계신 단종의 신령이 어찌 캄캄한 가운데에서도 감동하지 않겠는가?

숙종 무인년(1698)에 현감(縣監) 신규(申奎)[4]가 상소를 올리면서 단종을 복위하자는 의논이 정하여졌다. 그 상소문의 한 대목은 이러하다.

때와 일이 옮겨가서	時移事往
무덤 이미 평평하다.	丘壟已平
쑥대가 무성하여	蓬蒿蕪沒
여우 토끼 멈칫대네.	狐兔躑躅
봄바람에 두견새는	春風杜宇
시인 시구 들어오고,	幾入騷人之句
한식 시절 보리밥은	寒食麥飯
야로(野老) 소리 삼키누나.	空吞野老之聲

---

4 신규(1659~1708): 본관은 평산(平山), 자는 문보(文甫), 호는 취은(醉隱)이다. 함양군수, 영해부사, 진주목사 등을 역임했다. 저서로 『취은집(醉隱集)』이 있다.

숙종께서 이를 살펴보시고 서글퍼져서 이렇게 하교하셨다.

"신규의 상소문은 펼쳐서 채 반도 읽기 전에 상심하는 마음이 절로 사무친다."

여러 신하 또한 서로를 돌아보며 눈물을 흘렸다. 의논을 정하여 성대한 의례를 거행하였다. 대개 지극한 문장이 사람을 감동시킴이 진실로 이와 같다.

눌은(訥隱) 이광정(李光庭)이 「월중회고(越中懷古)」5 시의 제2수 「매죽루(梅竹樓)」에서 말했다.6

매죽루 높은 누각 이미 간 데 없지만	梅竹高樓已無處
그때엔 강 너덜 옆에 응당 있었으리.	當時想應臨江磧
밝은 달빛 누각 위엔 고운 님 근심겨워	樓中明月惱美人
밤마다 누각에서 옥피리를 불었다네.	夜夜樓中橫玉笛
일천 산의 두견새가 일시에 울어대니	千山子規一時啼
한 소리 두 소리 근심에 애끊길 듯	一聲二聲愁欲絶
고운 님 한 번 가자 누각 또한 없어지고	美人一去樓亦廢
서리 같은 강 달빛에 강물만 목이 메네.	江月如霜江水咽
여랑(女郎)아 누상사(樓上詞)는 부르지를 말지니	女郎休唱樓上詞
바람 맞아 듣노라면 머리털 희게 세리.	臨風一聽頭如雪

---

5 「월중회고(越中懷古)」:『눌은집(訥隱集)』권3에 수록되어 있다.
6 여기서부터 아래의 내용은 본문에 원래 있던 두 줄을 지우고 상단에 작은 글씨로 다시 쓴 것이다. 본문에서 지웠던 내용도 포함하고 있으므로 예시를 보완하여 확장한 것으로 보아 본문으로 포함하였다.

이 시는 기운이 높고 예스러우며 소리의 가락이 구슬퍼서 읽으면 절로 눈물이 흐른다. 시가 사람을 감동시키는 것이 또 이와 같다.

또 서주(西州) 조하망(曺夏望)은 「월릉시(越陵詩)」[7]에서 이렇게 말했다.

| 예로부터 월중(越中) 땅은 세 번 임금 사양[8]한 곳 | 從古越中三讓地 |
| 이제껏 강가에는 구의산(九疑山)[9]이 솟아 있네. | 至[10]今江上九疑山 |

말이 지극히 비통하여 뼈를 찌른다.

---

7 「월릉시(越陵詩)」:『서주집(西州集)』권3에 수록된 「월산지감(越山志感)」이다. 인용한 부분은 원시의 함련(頷聯)이다.

8 세 번 임금 사양: 원문의 "三讓"은 임금이 왕위를 물려받거나 삼공(三公), 재상(宰相) 등 대신이 봉작을 받을 때 세 번 사양하던 예절을 말한다. 여기서는 세조에게 양위하고 영월에 유배된 단종을 염두에 둔 표현이다.

9 구의산(九疑山): 중국의 산 이름이다.『사기(史記)』오제기(五帝紀)에 "순(舜)이 제위(帝位) 39년에 남쪽으로 순수(巡狩)하다가 창오의 들판에서 죽었으므로 강의 남쪽 구의산(九疑山)에 장사지냈다" 하였다. 여기서는 단종이 묻힌 영월 장릉을 가리킨다.

10 至:『서주집(西州集)』에는 "祗"로 되어 있다.

37

내가 지은 사릉 참배시

계유년(1933)에 내가 사릉(思陵)【단종비 정순왕후(定順王后, 1440~1521)의 능이다】을 참배하고 시를 지었다.

정순왕후 무덤 앞에 해가 떨어질 적에	定順陵前落日時
내 찾아와 서성대나 누구에게 물어보리.	我來蹢躅問憑誰
왕후 모습 초췌해라 신룡(神龍)은 아득하고[1]	翟儀顦顇神龍遠
봉분도 처량쿠나 석수(石獸)만 위태롭네.	坯土凄凉石獸危
천고에 그 누군들 눈물 아니 흘리겠나	千古何人非下淚
온산 나뭇가지가 동쪽으로 다 향했네.	一山無樹不東枝
이제껏 정업원(淨業院) 지나던 그 길에는	至今淨院經過路
세월 흘러 아득해도 산하(山河)[2]는 슬프다네.	地老天荒嶽瀆悲

　말이 비록 공교롭지는 않아도 보는 자로 하여금 감회를 일으키기에는 충분할 것이다.

1　신룡(神龍)은 아득하고: 단종의 능과 정순왕후의 능이 멀리 떨어져 있는 것을 이르는 듯하다. 단종의 능인 장릉(莊陵)은 강원도 영월군 영월읍에, 사릉은 경기 남양주시 진건면에 있다.

2　산하(山河): 원문은 "嶽瀆"으로, 본래는 나라에서 국전(國典)으로 제사지내는 오악(五嶽)과 사독(四瀆)의 명산대천을 지칭하는 말이다.

38

이광려의 시격

참봉(參奉) 이광려(李匡呂)[1]는 시격이 기이하고 날카로우며 빼어났다. 별도로 하나의 시체를 갖추어 자하(紫霞) 신위(申緯)에게로 이어진 길을 열었으니, 이는 변조(變調)로 빼어난 자이다. 그가 영조 임금을 애도한 시의 제3수[2]는 이렇다.

새벽 수레 의장이 어지러운데	宵駕紛儀衛
일만 사람 곡소리만 들리는구나.	萬人唯哭聲
여염에 자녀들 남겨 놓으니	閭閻遺子女
성궐이 마치도 평생과 같네.	城闕若平生
종묘를 지날 적엔 걸음 더디고	過廟遲遲躃
대문 임해 명정이 펄럭이누나.	臨門冉冉旌
붉은 비단 천 자루의 촛불 밝히니	絳紗千柄燭
바람 맞아 새벽 눈물 줄줄 흘린다.	風淚曉縱橫

---

1 이광려(1720~1783): 본관은 전주(全州)이고, 자는 성재(聖載)이며, 호는 월암(月巖)·칠탄(七灘)이다. 저서로는 『이참봉집(李參奉集)』, 『군방보(群芳譜)』, 『농정전서(農政全書)』 등이 있다.

2 시의 제3수: 『李參奉集』 권2 「英宗大王挽詞代人作」 10수 중 제9수이다. 제3수라 한 것은 착오로 보인다.

참으로 절묘한 곡조이다. 그 「영매(咏梅)」[3] 시는 이렇다.

문 가득 긴 댓가지 그림자 엇갈리니	滿戶影交修竹枝
한밤중 남쪽 누각 달이 뜨려 하는 이때.	夜分南閣月生時
이 몸 온통 꽃향기에 온전히 녹아들어	此身定與香全化
코에 대고 맡아도 매화는 모르누나.	嗅逼梅花寂不知

이 시가 궁중에 들어가 정조 임금께서 보게 되었는데 깊이 칭찬하고 감탄하였다. 몇 개의 매화 화분을 가져다가 주무시는 침실에 놓게 하고 말씀하셨다.

"내가 평소에 매화를 좋아하지 않았으나 이제 이 시를 보자 매화를 아끼는 흥취가 절로 얕지 않게 되었다."

그러고는 바로 내각에 명하여 『이참봉집(李參奉集)』을 인쇄하여 간행케 하였다. 이로 말미암아 이참봉의 시가 사람들의 입에 회자되었다. 이는 효종 임금께서 백곡(柏谷) 김득신(金得臣)의 「용호정(龍湖亭)」 시의 풍경을 그림으로 그리게 하여 대궐의 병풍에 올려 아껴 감상한 것과 서로 비슷하니, 모두 세상에 드문 성대한 은혜였다. 시인이 알아줌을 입음이 이와 같다면 죽는다 하더라도 또한 무슨 유감이 있겠는가?

---

1 「영매(咏梅)」 시: 『이참봉집』, 권1 「梅」 중 제1수이다.

39

일본에서 이름난 이언진의 시재

우상(虞裳) 이상조(李湘藻)는 일명 이언진(李彦瑱)[1]이라고도 하니, 천하의 기재(奇才)이다. 그 출신이 미천하여서 세상에서 아는 자가 없었다. 일찍이 통역관의 일로 사신의 행차를 따라 일본에 갔는데 비로소 문장으로 크게 이름이 났다. 가는 곳마다 이름난 승려와 귀족들이 다투어 수전(繡牋)과 화축(花軸)을 책상에 가득 쌓아 놓고서 일부러 어려운 제목과 억센 운(韻)자를 내어 그를 곤란케 하였다. 우상은 문득 창졸간에 읊조렸으나 응대함이 물 흐르듯 하여 일찍이 막히거나 지체하지 않았다. 구경꾼이 빙 둘러서서 모두들 혀를 차며 칭찬하고 감탄하여 말했다.

"선생은 참으로 둘도 없는 국사(國士)입니다."

그가 지은 『해람편(海覽篇)』[2]의 시를 보면 다음과 같다.

---

1 이언진(1740~1766): 본관은 강양(江陽)이며 자는 우상(虞裳), 호는 송목관(松穆館)·창기(滄起)이다. 저서로는 『송목관신여고(松穆館燼餘稿)』가 있다.

2 『해람편(海覽篇)』: 이언진의 『송목관신여고(松穆館燼餘稿)』와 이덕무의 『청장관전서(靑莊館全書)』에도 수록되어 있다. 『송목관신여고』는 1860년에 저자의 시문(詩文) 잔편들을 수집하여 간행한 본으로서 같은 해에 중국과 조선 두 곳에서 함께 출간되었다. 중국본은 이상적(李尙迪)이 간행한 목판본(국립중앙도서관 소장)이고, 조선본은 후손 이진명(李鎭命) 등이 간행한 활자본(한국문집총간 252집)이다. 그리고 『청장관전서』는 1809년경에 이덕무의 아들 이광규(李光葵)가 재편한 것을 1900년대 초에 등사한 본(한국문집총간 258집)으로서 이들 『송목관신여고』 2종을 포함한 4종의 판본 사이에는 글자나 구절상의 차이가 다소 있다.

땅 위에 널려 있는 일만 개 나라3	坤輿內萬國
바둑알이 놓이고 별이 깔린 듯.	碁置而星列
우월(于越)4은 머리 틀어 상투를 쪼고	于越之魋結
축건(竺乾)은 머리를 빡빡 민다네.	竺乾之祝髮
제로(齊魯)엔 소매가 시원스럽고5	齊魯之縫掖6
호맥(胡貊)7은 모포를 둘러쓴다지.	胡貊之氈8毿
어떤 곳은 문명하여 위의 갖췄고	或文明魚雅
어떤 곳은 미개하여 야만스럽네.	或兜離侏㑱
끼리끼리 나뉘고 무리로 모여	群分而類聚
온 땅이 전부 다 인간이라네.	遍土皆是物
일본이라 부르는 나라 있으니	日本之爲邦
파도의 구렁이 넘실대는 곳.	波壑所蕩潏
그 숲엔 부상의 나무9가 있고	其藪則搏10木
그 위치 해 뜨는 그곳이라네.	其次則賓日
아낙네들 비단에 수를 놓으니	女紅則文繡

---

3 땅 위에 … 나라: 마테오 리치[利瑪竇]가 제작한 「곤여만국전도(坤輿萬國全圖)」를 가리킨다.

4 우월(于越): 양자강 이남의 절강성(浙江省) 부근에서 베트남까지의 옛 명칭이다. 백월(百粤), 어월(於越), 민월(閩越), 남월(南越) 등으로 칭하기도 한다.

5 제로(齊魯)엔 소매가 시원스럽고: 제로는 제나라와 노나라를 합쳐 부르는 말로, 공자와 맹자 가 태어난 문화국가이다. 공자는 노나라에서 성장하여 소매 너른 옷을 입었다고 한다.

6 掖: 『연암집』에는 "腋"으로 되어 있다.

7 호맥(胡貊): 중국 북방에 사는 흉노(匈奴) 등의 민족을 가리킨다.

8 氈: 『송목관신여고』에는 "氊"로 되어 있다.

9 부상의 나무: 부상(扶桑)(부상(榑桑) 또는 부상(搏桑)이라고도 함)은 전설상 해가 솟는 장소이 며 거기서 신목(神木)이 자란다고 한다. 일본을 가리키기도 한다.

10 搏: 『송목관신여고』 중국본에는 "榑"로 되어 있다.

토산품은 유자와 귤이로구나.　　　　　土宜則橙橘

고기로는 낙지가 괴이하거니　　　　　魚之恠[11]章擧

나무 중엔 소철이 기이하도다.　　　　木之奇[12]蘇鐵

그곳의 진산(鎭山)과 너른 들판엔　　　其鎭山芳甸

큰 도시 차례로 늘어서 있네.　　　　勾[13]陳配厥秩

남북은 봄가을이 차이가 나고　　　　南北春秋異

동서는 낮과 밤이 서로 다르지.　　　東西晝夜別

중앙은 그릇을 엎은 것 같아　　　　中央類覆敦

꼭대기엔 태고의 눈이 쌓였네.　　　嵌空龍漢雪

목재는 소 떼 덮어 가릴 만하고[14]　　蔽牛之鉅材

고운 옥 까치를 잡는 데 쓰지.[15]　　抵鵲之美質

단사와 황금과 주석이 모두　　　　丹砂與金錫[16]

이따금 산에서 생산된다네.　　　　皆往往山出

오사카는 커다란 도회지여서　　　大坂[17]大都會

귀한 보배 바다 창고 다 털어낸 듯.[18]　瓌寶海藏竭

---

11 恠:『연암집』에는 "怪"로 되어 있다.

12 木之奇:『송목관신여고』 및 『청장관전서』에는 "卉之怪"로 되어 있다.

13 勾:『연암집』에는 "句"로 되어 있다.

14 목재는 소 떼 덮어 가릴 만하고;『장자(莊子)』인간세(人間世)에, "장석(匠石)이 제(齊)나라에 가서 신목(神木)을 보았는데 그 크기가 수천 마리의 소를 그늘로 가릴 정도나 된다"라고 하였다.

15 연고운 옥 까치를 잡는 데 쓰지: 환관(桓寬)의『염철론(鹽鐵論)』에, "곤륜산(崑崙山) 근처에서는 박옥(璞玉)으로 까치를 잡는다"라고 하였다. 즉 귀하게 여기는 물건이 아주 흔한 것을 비유하는 말이다.

16 丹砂與金錫:『연암집』에는 "與丹砂金錫"로 되어 있다.

17 坂:『연암집』에는 "阪"으로 되어 있다.

기이한 향 용연향19을 사른 것이요 　　　　　奇香熱龍涎

보석으론 아골석(雅鶻石)20이 쌓여 있다네. 　　　寶石堆雅21骨

코끼리 입속에서 상아를 뽑고 　　　　　　　牙象口中脫

물소 머리 위에서 뿔을 잘랐네. 　　　　　　角犀頭上截

페르시아 상인들 눈이 부시고 　　　　　　　波斯胡目眩

절강의 장사치도 빛이 바래네.22 　　　　　　浙江市色奪

바다 둘러 땅속에 바다가 있어 　　　　　　　環23海地中海

그 가운데 온갖 것들 살아간다네. 　　　　　　中涵萬象活

후어(鱟魚)의 등 돛처럼 펼치어 있고24 　　　　鱟背帆幔張

고래 꼬리 깃발을 잇대놓은 듯.25 　　　　　　鰌尾旌旗綴

굴껍질은 다닥다닥 쌓이어 있고 　　　　　　堆壘26蠣粘房

굴에 숨은 거북은 힘도 세구나. 　　　　　　屭贔龜次窟

---

18 귀한 보배 … 털어낸 듯: 『송목관신여고』 및 『청장관전서』에는 이 구절 다음에 "빛나는 것은 수 시은(朱提銀)이요, 둥근 것은 말갈아(靺鞨芽)요, 붉은 것 푸른 것은 화제주(火齊珠)와 슬슬 (瑟瑟)이라네〔光者是朱提, 圓者是靺鞨, 赤者與綠者, 火齊映瑟瑟〕"라는 구절이 더 들어 있다.

19 용연향: 고래의 분비물로 만든 명향(名香)의 이름이다.

20 아골석: 슬슬(瑟瑟)과 비슷한 청록색 보석이다.

21 雅: 『송목관신여고』에는 "鴉"로 되어 있다.

22 절강의 … 바래네: 『송목관신여고』에는 이 구절 다음에 "수레를 밀며 떼 지어 몰려가니, 수 많은 거간꾼들 늘어섰는데〔却車而攤至, 駔儈千戶埒〕"라는 구절이 더 들어 있다.

23 環: 『연암집』에는 "寰"으로 되어 있다.

24 후어(鱟魚)의 등 돛처럼 펼치어 있고: 후어는 참게를 말한다. 등 위에는 7, 8촌(寸) 되는 껍질 이 있는데 바람이 없으면 이 껍질을 눕히고 바람이 불면 돛처럼 펴서 바람을 타고 다닌다고 한다. 『유양잡조(酉陽雜俎)』에 보인다.

25 고래 꼬리 깃발을 잇대놓은 듯: 원문의 "海鰌"는 꼬리지느러미가 솟아 있는 긴흰수염고래를 말한다. 당나라 유순(劉恂)의 지리서인 『영표록이(嶺表錄異)』에는 그 지느러미가 붉은 깃발 을 흔드는 것 같다고 하였다.

26 壘: 『송목관신여고』에는 "磊", 『청장관전서』에는 "疊"으로 되어 있다.

산호 바다 어느새 문득 변하여	忽變珊瑚海
번쩍번쩍 음산한 빛 타오르누나.	煜耀陰火烈
어느새 검푸른 바다로 변해	忽變紺碧海
노을 구름 온갖 색깔 펼쳐지누나.	霞雲衆色設
갑자기 수은의 바다 되더니	忽變水銀海
1만 개의 별자리가 뿌려진 듯해.	星宿萬顆撒27
커다란 염색가게 바뀌더니만	忽變大染局
천 필의 능라 비단 찬란도 하다.	綾羅爛千匹
어느새 커다란 용광로 되어	忽變大鎔鑄
오금(五金)28 빛깔 일제히 터져 나오네.	五金光迸發
용이 하늘 갈라서 날아오르자	龍子劈天29飛
일천 벼락 일만 번개 우르릉 꽝꽝30	千霆萬電戛31
발선(髮鱓)과 마갑주(馬甲柱)는32	髮鱓馬甲柱
신비하고 괴이해 황홀도 하다.	秘怪恣悅惚
그 백성은 맨몸에다 관을 썼는데	其民裸而冠
잗단 데다 속은 또 음험하다네.33	外螫中則蝎

---

27 撒: 『연암집』에는 "撒"로 되어 있다.

28 오금(五金): 황색의 금, 백색의 은, 적색의 구리, 청색의 납, 흑색의 철을 가리킨다.

29 劈天: 『송목관신여고』에는 "擘天"으로 되어 있다.

30 일천 … 꽝꽝: 『송목관신여고』에는 이 구절 다음에 "동쪽 구름 사이론 용의 비늘과 발톱이 번뜩이고 서쪽 구름 사이론 지체가 드러났네〔東雲閃鱗爪, 西雲露肢節〕"라는 구절이 더 들어 있다.

31 千霆萬電戛: 『송목관신여고』 중국본에는 "千電萬霆戛", 조선본에는 "雷霆極閃戛"로 되어 있다.

32 발선(髮鱓)과 마갑주(馬甲柱): 발선은 드렁허리의 일종이다. 마갑주는 살조개, 또는 꼬막이라고 하며, 그 육주(肉柱)가 맛있다.

일 생기면 죽 끓듯이 요란을 떨고　　　　　　　　　　遇事則虆34沸

모략할 땐 쥐처럼 교활하다네.　　　　　　　　　　　謀人則鼠黠

이익 탐함 물여우35가 독 쏘듯 하고　　　　　　　　苟利則蜮射

조금만 거슬려도 달려든다네.　　　　　　　　　　　小拂36則豕突

계집들은 농지거리 능사로 삼고　　　　　　　　　　婦女事戲謔

아이들은 잔꾀를 잘 부린다네.　　　　　　　　　　　童子設機括

조상을 등지고서 귀신 빠지고　　　　　　　　　　　背先而淫鬼

살생을 즐기면서 부처 섬기네.　　　　　　　　　　　嗜殺而佞佛

글자는 제비 모양 못 면하였고37　　　　　　　　　書未離鳥虬

시는 때까치 울음소리38 못 벗어났지.　　　　　　詩未離鴃舌

남녀는 사슴과 다를 바 없고39　　　　　　　　　　牝牡類麀鹿

벗은 마치 물고기와 한가지라네.　　　　　　　　友朋40同魚鱉

---

33 잔단 데다 속은 또 음험하다네: 원문의 "蝎蝎螫螫"은 아무것도 아닌 일에 지나친 관심을 표현
　　하는 것을 말하는데, 여기서는 일본인들이 호들갑이 심하고 속이 음흉하다는 뜻으로 썼다.

34 虆:『송목관신여고』조선본과『청장관전서』에는 "虋"로 되어 있다.

35 물여우: '역(蜮)'이라는 상상 속의 괴물이다. 역은 물속에 사는데, 사람의 그림자를 보고 모
　　래를 입으로 뿜으면 그 사람이 병에 걸려 심하면 죽기도 한다.『수신기(搜神記)』권 12에 보
　　인다.

36 拂:『송목관신여고』조선본에는 "怒"로 되어 있다.

37 글자는 제비 모양 못 면하였고: 한자의 초서체(草書體)에서 만들어진 일본의 히라가나[平假
　　名]가 제비 모양과 같다고 풍자한 것이다. 원문의 '鳥虬'이『송목관신여고』에는 '鳥跡'으로 되
　　어 있는데, 이는 조전(鳥篆), 즉 새의 형태와 같은 장식을 가하여 전체(篆體) 비슷하게 된 예
　　술적인 자체(字體)를 가리키는 말이다. 따라서 원문을 이렇게 볼 경우 일본의 글자 모양과는
　　무관한 말이 된다.

38 잔때까치 울음소리: 원문의 "鴃舌"은 다른 나라의 잘 알아들을 수 없는 언어를 가리킨다.

39 남녀는 사슴과 다를 바 없고:『예기』곡례 상(曲禮上)에 "저 금수(禽獸)만은 예가 없다. 그러
　　므로 부자가 암컷을 공유한다[父子聚麀]"라고 하였다.

40 友朋:『송목관신여고』조선본에는 "朋流"로 되어 있다.

말소리는 새처럼 앵앵거려서	言語之鳥嚶[41]
통역 또한 다 알아듣지 못하네.	象譯亦未悉[42]
초목에는 진귀한 것들이 많아	草木之瓌奇
나함(羅含)[43]조차 그 책을 불사르겠네.	羅含焚其秩[44]
온갖 물길 근원이 한데 모이니	百泉之源滙
역생(酈生)의 항아리 속 등에[45]로구나.	酈生瓮底蟻
물고기의 종류도 못지않아서	水族之弗若
사급(思及)[46]이 도설을 덮고 만다네.	思及闔圖說
도검에다 글씨를 새겨 넣으니	刀劍之款識[47]
정백(貞白)이 속편을 다시 쓰겠네.[48]	貞白續再筆
지구의 같고도 다른 부분과	地毬之同異
바다 섬의 크고도 작은 것들을	海島之甲乙
서태(西泰) 이마두(利瑪竇)[49]가	西泰[50]利瑪竇

---

41 鳥嚶:『송목관신여고』에는 "喁啾"로 되어 있다.

42 象譯亦未悉: 이 구절은『송목관신여고』및『청장관전서』에는 "鞮象譯未悉"로 되어 있다.

43 나함(羅含): 중국 동진(東晉) 때 사람으로, 호남(湖南)의 산수·물산·고적을 다룬 『상중산수기(湘中山水記)』를 저술하였다. 상(湘)은 호남의 옛 이름이다.

44 秩:『연암집』에는 "帙"로 되어 있다.

45 항아리 속 등에: '우물 안 개구리'와 비슷한 말로 식견이 좁다는 뜻이다.

46 사급(思及): 예수회 선교사 알레니(艾儒略 : Julio Aleni, 1582~1649)의 자(字)이다. 그는 명나라 때에 중국에 들어와『직방외기(職方外紀)』를 저술하였다.

47 識:『송목관신여고』에는 "銘"으로 되어 있다.

48 도검에다 … 다시 쓰겠네: 정백(貞白)은 양(梁)나라 때의 인물인 도홍경(陶弘景, 456~536)의 시호로, 그는 저서『고금도검록(古今刀劍錄)』에서 역대 제왕의 도검을 다루었다.

49 서태(西泰) 이마두(利瑪竇): 서태는 마테오리치(Matteo Ricci)의 자(字)이다. 이마두는 그의 이름을 음역한 것이다.

50 西泰:『송목관신여고』에는 서양을 뜻하는 "泰西"로 되어 있다.

실로 짜서 칼끝으로 갈라놓았네.[51]　　　　　　　　　線織而刃[52]割

못난 내가 이 시를 짓고서 보니　　　　　　　　　　鄙夫陳此詩

말은 촌스러워도 뜻은 진실해.　　　　　　　　　　　辭俚意[53]甚實

선린(善隣)에는 커다란 꾀가 있나니　　　　　　　　善隣有大謨

잘 구슬러 화평을 잃지 말아야.[54]　　　　　　　　羈縻和勿失

이 시를 보면 그가 축적한 것이 풍부하고 드넓으며 안목이 크고 시원스러움을 알 만하다. 마치 북방 장사꾼의 창고와 상점에 화제(火齊)와 목난(木難)[55]이 눈에 어지럽게 비추는 것과 같으니, 나라를 빛낸 큰 솜씨라고 말하지 않을 수 있겠는가? 이 밖에 「승본해(勝本海)[56]를 지나며」나 「배 안에 누워 매남노사(梅南老師)[57]의 말을 생각하며」와 같은 시는 모두 드넓고 시원스러워 사람의 정신과 기운을 빼앗는다. 지났던 곳을 돌아올 때 앞서 지은 시들이 모두 이미 출판되었다.

　　우상이 한번은 사람을 시켜 연암(燕巖) 박지원(朴趾源)에게 자기의 시

---

51 실로 짜서 칼끝으로 갈라 놓았네: 꼼꼼하고 면밀하게 정리했다는 의미다. 여기서는 마테오 리치가 지은 『곤여만국전도』를 두고 하는 말이다.

52 刃:『송목관신여고』에는 "刀"로 되어 있다.

53 辭俚意:『송목관신여고』에는 "語俚義"로 되어 있다.

54 잘 구슬러 화평을 잃지 말아야: 원문의 "羈縻"는 말에 굴레를 씌우거나 소에 고삐를 매어 통제한다는 뜻으로, 억센 상대를 회유(懷柔)하는 것을 말한다. 중국은 주변의 이민족들에 대해 '잘 구슬리면서 외교 관계를 끊지 않는[羈縻勿絶]' 정책을 취하였다.

55 화제(火齊)와 목난(木難): 모두 옥(玉)의 일종이다.

56 승본해(勝本海): 승본(勝本)은 현 장기현(長崎縣) 북쪽 일기도(壹岐島)에 소속된 지명으로 그 일대의 바다를 승본해라 한다.

57 梅南老師: 이언진의 『본집(本集)』에는 "惠寰老師"로 되어 있다. 혜환은 그의 스승인 이용휴(李用休)의 호이다.

를 보여주게 하며 말했다.

"다만 이 사람만은 나를 능히 알아줄 만하다."

연암이 속으로는 실로 그의 재주를 아꼈지만 그가 나이가 젊은데 기운이 날카롭다고 여겨, 힘써 도에 나아가게 하고자 하여 장난으로 말했다.

"이것은 오농(吳儂)의 잗단 침[細唾][58]이니 자질구레해서 보배롭게 여길 게 못 된다."

우상이 듣고는 성을 내며 말했다.

"창부(傖夫)[59]가 화를 돋우는구나!"

이윽고 탄식하며 말했다.

"내가 어찌 세상에 오래 있겠는가?"

인하여 몇 줄기 눈물을 떨구었다. 나이 27세에 병으로 장차 죽게 되자, 자신의 원고를 모두 불 지르며 말했다.

"누가 다시 알아주겠는가?"

그 뜻을 슬퍼할 만하다. 뒷사람이 불타고 남은 원고를 모아 『송목관집(松穆館集)』으로 엮어 세상에 전한다.

---

58 오농(吳儂)의 잗단 침[細唾]: 오농은 오(吳)나라 사람, 즉 화려하고 세련됨을 추구한 강남(江南) 사람을 가리키는 말이다. 삼국시대 때 오나라 땅이었던 이 지역 사람들의 말투가 간드러진 느낌을 주었으므로 '오농연어(吳儂軟語)'니 '오농교어(吳儂嬌語)'니 하였다.

59 창부(傖夫): 창부는 시골뜨기라는 뜻으로, 강남 사람들이 중원(中原) 사람을 비하하는 말이다. 오나라 출신인 육기(陸機)가 동생 육운(陸運)에게 보낸 편지에서, 그의 문학적 경쟁자이자 중원 출신인 좌사(左思)를 '창부'라 비웃은 적이 있다.(『진서(晉書)』권92 「文苑傳 左思」) 여기서 이언진은 자신과 연암의 관계를 육기와 좌사의 관계에 비긴 것이다.

40

이언진을 조문한 이용휴의 시

혜환(惠寰) 이용휴(李用休)[1]가 이언진을 조문한 시는 이렇다.[2]

다섯 빛깔 특별히 비범한 새가	五色非常鳥
내 집의 용마루에 와서 모였네.	來[3]集屋之脊
뭇사람 앞 다퉈 찾아와 보매	衆人爭來看
놀라 날아 홀연히 자취가 없네.	驚起[4]忽無跡

그 두 번째는 이렇다.

뜬금없이 천금을 손에 넣으면	無故得千金
그 집에 틀림없이 재앙이 있네.	其家必有災
하물며 이처럼 귀한 보배를	矧此稀[5]世寶

---

1 이용휴(1708~1782): 본관은 여주(驪州), 자는 경명(景命), 호는 혜환재(惠寰)이다. 저서로『탄만집(歎歎集)』,『혜환시초(惠寰詩抄)』,『혜환잡저(惠寰雜著)』등이 있다.

2 이하 6수는 각각 순서대로『탄만집』「李虞裳挽」의 제2수, 제3수, 제4수, 제8수, 제10수, 제9수이다.

3 來:『탄만집』과『연암집』「우상전」에는 모두 "偶"로 되어 있다.

4 驚起:『송목관신여고』중국본에는 "飛去"로 되어 있다.

어이 능히 오랫동안 빌리겠는가.　　　　　　　　　　焉能久假哉

그 세 번째는 이렇다.

하찮은 한 사람 필부(匹夫)인데도　　　　　　　　渺6然一疋夫

죽고 나자 사람 숫자 준 것 느끼네.　　　　　　死覺人數減

세도(世道)와 관계됨 어이 아니랴　　　　　　　　豈7非關世道

사람들 빗방울처럼 많은걸.　　　　　　　　　　　人多如雨點

그 네 번째는 이렇다.

그 사람 담력은 박과 같았고　　　　　　　　　　其人膽如瓠

그 사람 안목은 달과 같았네.　　　　　　　　　　其人眼如月

그 사람 팔뚝엔 귀신이 있고　　　　　　　　　　　其人腕有鬼8

그 사람 붓에는 혀가 달렸지.　　　　　　　　　　其人筆有舌

그 다섯 번째는 이렇다.

남들은 자식에게 전한다지만　　　　　　　　　　他人以子傳

우상(虞裳)은 자식에게 안 전해줬지.　　　　　　虞裳不以子

---

5 稀: 『탄만집』에는 "希"로 되어 있다.

6 渺: 『탄만집』에는 "眇"로 되어 있다.

7 豈: 『탄만집』에는 "苟"로 되어 있다.

8 鬼: 『탄만집』에는 "靈"으로 되어 있다.

혈기야 때 되면 다하겠지만   血氣有時盡

명성은 오래도록 끝이 없으리.   名聲[9]無窮已

그 여섯 번째는 이렇다.

신령하게 깨달아 지혜로우니   靈悟英慧者

황천인들 어이 능히 가둬두리오.   黃泉豈能錮

석 자의 새로 지은 그 무덤 위엔   三尺新墳上

총명수가 틀림없이 돋아나겠네.   定生聰明樹

연암 박지원이 또 우상을 위해 전(傳)을 지어 세상에 공개하였다. 아!
이언진이 펄펄 나는 기특한 재주로 구덩이에 매몰되어 뜻을 얻지 못한
채 마침내 젊은 나이에 한을 머금고 죽었으니 또한 슬퍼할 만하지 않겠
는가? 몸이 죽은 뒤에 만시(挽詩)는 이용휴의 기이한 시를 썼고, 전(傳)
은 박지원의 기이한 문장을 얻었으니, 그 재주와 그 만시, 그 전이 세 가
지의 기이함이라 일컬을 만하다. 저승에 가서도 우상은 눈을 감을 수
있을 것이다.

---

9 名聲: 『탄만집』에는 "聲聞"으로 되어 있다.

41

이용휴의 뛰어난 풍경 묘사

세상의 시를 짓는 자들은 흔히 고전을 지나치게 쓰고 운을 맞추는 데
에만 정신을 쏟으며 대우를 공교롭게 하기를 다투면서 으스대며 스스
로 능함을 뽐내는 경우가 많다. 그리하여 후세에 보는 자로 하여금 아
득히 그 작자의 성정이 무엇을 통해 감정을 일으키고 무엇으로 읊조려
감탄하였는지를 알지 못하게 한다. 그 시의 본뜻과는 또한 거리가 멀지
않겠는가?

혜환 이용휴는 눈앞의 실제 풍경을 잘 묘사하였다. 비록 평범한 상
말이나 길거리 얘기도 그의 풀무와 도가니로 들어가기만 하면 문득 녹
아 전아하게 되니, 시가(詩家)의 상승(上乘)이라 할 만하다. 그의 「전가
(田家)」[1] 시는 이렇다.

아낙 앉아 아이 머리 이를 잡는데	婦坐搯兒頭
굽은 노인 외양간을 청소하누나.	翁傴掃牛圈
마당엔 우렁[2] 껍질 잔뜩 쌓였고	庭堆田螺殼
부엌엔 달래 뿌리 남아 있다네.	廚遺野蒜本

---

1 「전가(田家)」 시: 『탄만집』에 같은 제목으로 실려 있다.
2 우렁: 원문의 "田螺"는 우렁이를 가리킨다.

그의 「민산(民山)」³ 시는 이렇다.

먼 산의 저문 빛 찾아오더니	遠山暮色來
앞길에 행인이 적어지누나.	前路行人少
마을 베틀 길쌈하는 소리 들리니	村機⁴猶織聲
서창(西窓)에 남은 빛이 있어서라네.	西窓有餘照

촌가의 풍경을 그림 같이 그렸다.

그의 「미인이 아이를 어르는 그림에 제하다」⁵는 이렇다.

손가락 끝으로 들어서 보여주니	玉指尖頭擧示之
두 닢의 동전이 푸른 실에 꿰어 있네.	銅錢兩个貫靑絲
"엿 사먹든 떡 사먹든 너 하고픈 대로 해서	買飴⁶買餅隨兒願
자꾸 울어 어미 속을 썩이지나 말아라."	更勿啼呼⁷惱阿嬭⁸

어미의 모습이 곡진하다.

---

3 「민산(民山)」 시: 『혜환시집(惠寰詩集)』에 수록된 「민산의 저녁놀[民山夕照]」이다. 민산은 『북
한한시선』에 황해도 수안(遂安)에 있는 민을령(民乙嶺)을 가리킨다고 되어 있다. 『동국지리지
(東國地理志)』 안산조에는 "마하산은 군의 서쪽 5리되는 곳에 있다. 일명 민산이라고 한다[在
郡西五里, 一名民山]"라는 기록이 있다. 여기서는 후자를 가리키는 듯하다.
4 機: 『계원담총』에는 "婦"로 되어 있으나 문집에 따라 바로잡았다.
5 「미인이 아이를 어르는 그림에 제하다」: 『탄만집』에 같은 제목으로 실려 있다.
6 飴: 『계원담총』에는 "糖"으로 되어 있으나 문집에 따라 바로잡았다.
7 呼: 『계원담총』에는 "號"로 되어 있으나 문집에 따라 바로잡았다.
8 嬭: 『계원담총』에는 "孆"으로 되어 있으나 문집에 따라 바로잡았다.

42

박지원의 고아한 한시

연암 박지원은 문장이 뒤얽혀 변화하여 바르게 할 수도 있고 기이하게 할 수도 있으며, 우아하거나 속되게 할 수도 있고, 평이하거나 험하게 할 수도 있으며, 군세게 하는가 하면 부드럽게 할 수도 있다. 천태만상을 제 뜻대로 잡아 가두니 살아 움직이지 않음이 없다. 용과 뱀, 범과 표범이 형상을 바꿔가며 출몰하고, 바람과 비, 구름과 우레가 번갈아 일어나며 동시에 이르므로 사람으로 하여금 응접할 겨를조차 없게 하니, 바로 우리나라 5천 년에 으뜸가는 대가이다.

하지만 성품이 시를 좋아하지 않아 다른 사람과 수창한 것이 몹시 드물다. 비록 간혹 요청에 응하여 지은 것이 있더라도 또한 글 상자에는 남겨두지 않아서 전하는 것이 몹시 적으니 사람들이 유감으로 여긴다. 그러나 혹 세간에 돌아다니는 것을 보면 군세고 고아하여 결단코 보통의 글 짓는 자들이 감히 그 울타리를 바라볼 바가 아니다. 어찌 이른바 울지 않으면 그뿐이지만 울었다 하면 장차 사람을 놀라게 한다는 것[1]

---

1 울지 않으면 … 한다는 것: 『사기』 「골계열전(滑稽列傳)」에 나오는 고사이다. 순우곤(淳于髡)이 제위왕(齊威王)을 3년 동안 날지도 울지도 않는 새에 빗대어 풍간하자, 왕은 "이 새가 날지 않으면 모르지만 한번 날면 하늘로 솟구치고, 울지 않으면 그만이지만 한번 울면 사람들을 놀라게 할 것이다[此鳥不飛則已, 一飛沖天, 不鳴則已, 一鳴驚人]"라 대답하고 국정에 힘썼다. 『한비자(韓非子)』 「유로(喩老)」에는 초장왕(楚莊王)과 우사마(右司馬)의 대화로 나온다.

이 아니겠는가? 시험 삼아 그 중 한두 수를 예로 들어 사람들로 하여금 그 고기 한 점[2]을 맛보게 한다. 그의 「요동 벌판을 새벽에 가며」[3]는 이렇다.

요동 벌 언제나 끝나려는지	遼野何時盡
열흘 간 산 하나 보지 못했네.	一旬不見山
새벽 별 말 머리로 날아가더니	曉星飛馬首
아침 해 밭 사이로 솟아나누나.	朝日出田間

「필운대(弼雲臺)」에서 살구꽃을 보고」는 이렇다.

기운 해 갑작스레 넋을 거두자[4]	斜陽倏斂魂
위는 밝고 아래는 고요하구나.	上明下幽靜
꽃 아래 천 명 만 명 많은 사람들	花下千萬人
옷과 수염 저마다 같지가 않네.	衣鬚各自境

또 「새벽길을 가며」는 이렇다.

---

2 고기 한 점: 『위서(魏書)』권35 「최호열전(崔浩列傳)」에 "병의 물이 언 것을 보고 천하의 추위를 알고 고기 한 점을 맛봐도 솥 안의 맛을 안다〔見瓶水之凍, 知天下之寒. 嘗肉一臠, 識鑊中之味〕"라고 하였다.

3 「요동 벌판을 새벽에 가며」: 『연암집』권4 「영대정잡영(映帶亭雜咏)」에 같은 제목으로 수록되어 있다. 이하 인용된 박지원의 시는 출처가 모두 동일하다.

4 기운 해 … 거두자: 원문의 "斂魂"은 원래 죽은 이의 넋을 모은다는 뜻인데 황혼을 가리키기도 한다. 여기서는 석양이 지면서 어두워졌다는 뜻으로 쓰였다.

까치 하나 수숫대서 외로이 잠자는데	一鵲孤宿藊[5]黍柄
달은 밝고 이슬 희고 논물은 울어댄다.	月明露白田水[6]鳴
나무 아래 작은 집은 바위처럼 동그랗고	樹下小屋圓如石
지붕 위의 박꽃은 별처럼 환하도다.	屋頭匏花明如星

그 의경이 입신의 경지여서 모두 그림으로는 얻지 못하는 지점이다. 그가 지은 「총석정에서 일출을 보다가〔叢石亭觀日出〕」란 장편의 시는 넓고도 시원스러워 사람으로 하여금 큰 바다를 바라보는 탄식을 내뱉게 한다. 「담원팔영(澹園八咏)」[7]은 한 편 한 편이 모두 고아하다.

---

5 藊:『계원담총』에는 "蒻"로 되어 있으나 문집에 따라 바로잡았다.
6 田水:『계원담총』에는 "水田"으로 되어 있으나 문집에 따라 바로잡았다.
7 「담원팔영(澹園八咏)」: 홍대용이 1766년 북경에서 돌아갈 때 중국 문인 곽집환(郭執桓)이 자신의 부친 곽태봉(郭泰峯)의 거처인 담원(澹園)에 대해 시를 지어 달라 요청하자 응하여 지은 시이다. 유득공(柳得恭)과 박제가(朴齊家) 등도 같은 제목의 시를 지었다. 박제가가 곽집환에게 보낸 편지로 미루어 영조 49년(1773)의 일로 짐작된다.『열하일기』「피서록(避暑錄)」에 구체적인 정황이 보인다.

43

천한 종으로 시를 잘 쓴 이단전

우리나라의 규모는 악착스러운데다가 편협하여, 진실로 문벌이 비천한
자 중에서 비록 세속을 뛰어넘는 자태와 무리에 우뚝한 재주를 지닌 자
가 나오더라도 곧바로 세상길의 억압하는 바가 되어 능히 그 포부를 펴
지 못하고 끝내 궁하게 되어 한을 머금고 죽기에 이른다. 나라가 쇠약해
져 망한 것이 진실로 이 때문이다. 이것이 연암씨가 발분하여 「양반전
(兩班傳)」을 짓고, 또 발분하여 「허생전(許生傳)」을 지으며, 또 발분하여
「호질(虎叱)」을 지은 까닭이다. 백가지 기예가 모두 그러하니, 하물며 시
에 있어서이겠는가? 이제 특별히 신분이 비천한 자들의 시를 들어 보여
세상의 공정한 안목을 가진 이에게 나아가 물어보려 한다.

이단전(李亶佃)[1]은 종인데도 재주와 생각이 청신하고 기발하였다. 스
스로 호를 필한(疋漢)이라 하니, 사람들이 그 뜻을 물었다. 그가 말했다.

"'필(疋)'은 '하(下)'와 '인(人)'을 합친 글자이고, '한(漢)'은 천한 종의 호
칭이다. 이것으로 내가 본색을 잊지 않았다는 뜻을 드러내려는 것이
다."

당시에 누구에게도 찾아가 묻는 법이 없었는데, 다만 혜환 이용휴가

---

1 이단전(1755~1790): 본관은 연안(延安), 자는 운기(耘岐), 호는 필재(疋齋)·필한(疋漢)·인재
(因齋)이다. 신분이 낮았으나 시에 뛰어나고 글씨에도 능했다.

그 재주를 아껴 손수 벽도화(碧桃花) 한 가지를 꺾어서 그에게 주었다.

혜환이 죽자 이단전이 그를 위해 만시[2]를 써서 이렇게 말했다.

외로운 학 표연히 맑은 하늘 날아가니	飄然孤鶴翥淸霄
정원의 벽도화는 봄에도 적막하다.	園裏碧桃春寂寥
해마다 다리 위에 설령 달이 뜬다 해도	縱有年年橋上月
남은 생애 차마 어이 대보름을 지내리오.	餘生那忍作元宵.

혜환이 상원일, 즉 정월 대보름에 세상을 떴기 때문에 이렇게 말한 것이다.

「관왕묘(關王廟)」 시[3]는 이렇다.

옛 사당 깊고 깊어 대낮에도 오싹한데	古廟幽深白日寒
장중한 관우(關羽) 상은 한나라의 의관일세.	儼然遺像漢衣冠
당시에 중원의 일 끝마치지 못하여서	當時未了中原事
천년토록 적토마는 안장을 못 풀었네.	赤兔千年不解鞍

「헐성루(歇星樓)」 시[4]는 이렇다.

서른 살에 봉래산[5]을 처음으로 유람하니	三十蓬壺始壯遊

2 만시: 『풍요속선(風謠續選)』 권7에 「혜환선생만(惠寰先生輓)」이라는 제목으로 수록되어 있다.

3 「관왕묘(關王廟)」 시: 『풍요속선』 권7에 같은 제목으로 수록되어 있다.

4 「헐성루(歇星樓)」 시: 『풍요속선』 권7에 같은 제목으로 수록되어 있다.

일만 이천 봉우리 빛이 누각에 우뚝하다.　　　萬千峰色此樓高[6]

음양으로 정련하여 모두가 찬 뼈이니　　　陰陽鍊出皆寒骨

비바람에 갈리어서 마침내 백발 됐네.　　　風雨磨來遂白頭

오경 밤 텅 빈 밝음 새벽이 오려 하고　　　五夜虛明長欲曙

사계절 쓸쓸하여 손쉽게 가을 되네.　　　四時寥落易爲秋

진나라의 황제가 쓸데없이 일이 많아　　　秦家皇帝空多事

잘못 동남(童男) 파견하여 바다에 배 띄웠지.[7]　　　錯遣男童[8]泛海舟

5　봉래산: 전설상의 삼신산(三神山) 중 하나로, 원문의 "蓬壺"는 봉래산의 별명이다. 삼신산이
　모두 병처럼 생겼다고 하여 방호(方壺, 방장산), 영호(瀛壺, 영주산)와 함께 삼호(三壺)라고도
　불린다.

6　樓高:『풍요속선』에는 "高樓"로 되어 있다.

7　진나라의 황제가 … 배 띄웠지: 진나라 때 방사(方士) 서복(徐福)이 진시황에게 삼신산에 사
　는 신선에게 가서 불로초를 구해 오겠다며 동남동녀(童男童女) 3000명을 거느리고 바다로 들
　어가 돌아오지 않았던 일을 가리킨다.『사기(史記)』권6「진시황본기(秦始皇本紀)」에 보인다.

8　男童:『풍요속선』에는 "童男"으로 되어 있다.

44

시로 면천된 정초부의 한시

정초부(鄭樵夫)는 그 이름을 모르는데¹ 참판 여동식(呂東植)의 가노(家奴)였다【혹 김도명(金道明)의 가노라고도 한다】.² 어려서부터 몹시 지혜로워, 주인집의 자제가 글을 읽을 때 곁에서 훔쳐 듣다가 글이 크게 나아가 마침내 기특한 선비가 되었다. 하지만 주인집을 위해 애쓰는 것을 몹시 부지런히 하여, 매번 땔감을 지고 다니면서 팔아 쌀과 바꾸어 주인집에 양식으로 바쳤다. 하루는 새벽에 땔감을 지고 홍인문(興仁門)에 이르러 절구 한 수³를 읊었다.

한묵(翰墨)의 남은 생애 늙도록 나무하니　　　　翰墨餘生⁴老採樵

두 어깨의 가을빛이 쓸쓸히 움직이네.　　　　雙⁵肩秋色動蕭蕭

---

1 정초부(鄭樵夫)는 그 이름을 모르는데: 고려대학교 소장 『초부유고(樵夫遺稿)』 필사본에는 "정초부는 이름이 이재(彛載)이다. 여씨가 노비문서를 불태워 갈대울에 거주하였다〔鄭樵夫, 名彛載, 呂氏燒奴券, 居呂蘆灘 갈대울〕"라는 소주가 붙어 있다. 그밖에 이름이 정내봉(鄭來鳳), 정포(鄭蒲)였다는 기록도 있다.

2 참판 여동식(1774~1829)의 … 가노라고도 한다: 정초부는 여동식(1774~1829)의 아버지인 여춘영(呂春永, 1734~1812)의 종이었다. 생몰 연도는 1714~1789년으로 추정된다. 여춘영의 문집 『헌적집(軒適集)』에 관련 기록이 보인다. 안대회, 「18세기의 노비 시인 鄭樵夫」, 『역사비평』 2011년 봄호(통권 94호), 2011 참조.

3 절구 한 수: 『초부유고』에 『販樵』라는 제목으로 실려 있는데, 약간의 글자 차이가 있다.

4 餘生: 『초부유고』에는 "聲名"으로 되어 있다.

서풍은 장안 길에 불어서 들어와   西風吹入長安路

새벽에 동대문의 제2교에 이르렀네.   曉到東城第二橋

그의 「동호(東湖)」 시[6]는 이렇다.

동호(東湖)의 가을 물이 쪽빛보다 푸르러   東湖秋[7]水碧於藍

두세 마리 흰 새가 또렷하게 보이네.   白鳥分明見兩三

노 젓는 한 소리에 일제히 날아가니   柔櫓一聲飛去盡

석양의 산빛만 빈 못에 가득하다.   夕陽山色滿空潭

또 「서시완사도(西施浣紗圖)」[8] 시는 이렇다.

어여쁜 흰 연뿌리 간신히 색 나누고   輕盈雪藕纔分色

촘촘한 노을 무늬 꽃을 아직 못 올렸네.   稠[9]疊霞紋未作花

교인 비단 아니건만 구슬 같은 눈물 지니[10]   不是鮫綃珠[11]淚

마땅히 매미 날개 이슬 엉긴 꽃이로다.   也應蟬翼露凝華

---

5 雙: 『초부유고』에는 "兩"으로 되어 있다.

6 「동호(東湖)」 시: 『초부유고』에는 「동호범주(東湖泛舟)」, 『병세집(幷世集)』에는 「청심루(淸心樓)」라는 제목으로 실려 있다.

7 秋: 『초부유고』에는 "春"으로 되어 있다. 그 외 조수삼(趙秀三)의 『추재기이(秋齋紀異)』나 유득공의 『고운당필기(古芸堂筆記)』 등에도 "春"으로 되어 있다.

8 「서시완사도」 시: 『초부유고』에 「賦得浣紗明月下」라는 제목으로 실려 있다.

9 稠: 『초부유고』에는 "重"으로 되어 있다.

10 교인 비단 … 눈물 지니: 남해에 교인, 즉 인어(人魚)가 사는데 베를 잘 짜며 구슬 눈물을 흘린다는 전설이 있다. 『태평광기(太平御覽)』 등에 전한다.

11 有: 『초부유고』에는 "結"로 되어 있다.

주인집에서 그의 학식이 뛰어난 것을 알고는 마침내 해방시켜 홀로 떠나는 것을 허락해주었다. 정초부가 이로부터 한때의 여러 명사들과 교유할 수 있었다.

45

그밖에 신분이 천한 시인들

정초부와 이단전 두 사람의 시를 살펴보니, 기운과 격조가 맑고도 높고, 소리와 가락이 화창하여 모두 전할 만하다. 시험 삼아 사대부 집안에 물어보더라도, 절로 이름나고 빼어난 솜씨로 허락할 터이니, 능히 이들의 시를 압도할 사람이 과연 몇이나 있겠는가? 또 구곡(龜谷) 최기남(崔奇男)¹이 있는데 동양위(東陽尉)²의 궁노(宮奴)였고, 촌은(村隱) 유희경(劉希慶)³은 제복(祭服)을 만드는 장인이었으며, 백대붕(白大鵬)⁴은 전함사(典艦司)⁵의 노비였다. 모두 시에 능하여 이름난 작품이 많이 있지만 선배들이 이미 말하였기 때문에 쓸데없이 서술하지는 않겠다.

공주(公州)의 통인(通引)⁶도 그 이름을 잃어버렸는데, 이런 시가 있다.

---

1 최기남(1586~1669): 본관은 천녕(川寧), 자는 영숙(英叔), 호는 구곡(龜谷)·묵헌(默軒)이다. 저서로는 『구곡시집(龜谷詩集)』이 있다.

2 동양위: 신익성(申翊聖, 1588~1644)으로, 본관은 평산(平山), 자는 군석(君奭), 호는 낙전당(樂全堂)·동회거사(東淮居士), 시호는 문충(文忠)이다.

3 유희경(1545~1636): 본관은 강화(江華), 자는 응길(應吉), 호는 촌은(村隱)·시은(市隱)이다. 저서로 『촌은집』, 『상례초(喪禮抄)』가 있다.

4 백대붕(?~1592): 선조(宣祖) 때의 시인. 전함사(典艦司)의 노복(奴僕)으로, 유희경과 함께 풍월향도라는 시회(詩會)를 주도했으며, 통신사 허성(許筬)을 따라 일본에 다녀왔다가 임진왜란 때 상주(尙州) 싸움에서 전사하였다.

5 전함사(典艦司): 조선시대 선박 관리 및 조선(造船)·운수(運輸)에 관한 일을 관장한 관청.

6 통인(通引): 조선조 때 지방 관아에서 관장(官長)의 잡무를 처리하던 이속(吏屬)을 말한다.

비오리 반 허리에 가을 물이 얕은데　　　　　　　鸂鶒半腰秋水淺

수많은 잠자리 등에 저녁 볕이 높구나.　　　　　蜻蜓萬背夕陽高.

영재(甯齋) 이건창(李建昌)이 이를 몹시 칭찬하였다.7

---

7 공주(公州)의 통인(通引)도 … 칭찬하였다: 이 부분은 원래 상단에 작은 글씨로 적혀 있다. 본
　문과 이어지는 내용이므로 주석이 아닌 내용 추가로 보아 본문에 포함하였다.

46

김택영의 역대 한시 평

창강(滄江) 김택영(金澤榮)이 말했다.

"우리나라의 시는 고려 이제현(李齊賢)[1]을 으뜸으로 삼는다. 조선에
서는 선조와 인조 연간에 잇달아 작가가 가장 성대하였다. 오봉(五
峯) 이호민(李好閔), 오산(五山) 차천로(車天輅), 옥봉(玉峯) 백광훈(白光
勳), 난설헌(蘭雪軒) 허초희(許楚姬), 석주(石洲) 권필(權韠), 청음(淸陰)
김상헌(金尙憲), 동명(東溟) 정두경(鄭斗卿) 등 여러 작가들이 있는데,
모두 풍성하고 웅장하며 고상하고 화려한 의취를 위주로 하였다.

영조 이후로부터는 풍기가 일변하여 혜환(惠寰) 이용휴(李用休)와 금
대(錦帶) 이가환(李家煥) 부자, 형암(炯庵) 이덕무(李德懋), 영재(泠齋)
유득공(柳得恭), 초정(楚亭) 박제가(朴齊家), 강산(薑山) 이서구(李書九)
같은 무리들이 혹은 기궤(奇詭)함을 위주로 하고, 혹은 청신함을 위
주로 하였다. 한 시대의 올라가고 내려오는 자취를 옛날에다 견준다
면 성당(盛唐)과 만당(晩唐)의 차이와 한가지다.

다만 자하 신위가 나와 강산 이서구 등 제가(諸家)의 뒤를 곧장 이었
는데, 소자첨(蘇子瞻)을 스승으로 삼아 옆으로 서릉(徐陵), 왕마힐(王

---

1 이제현(1287~1367): 고려 말의 문신 학자로 자는 중사(仲思), 호는 익재(益齋)·역옹(櫟翁), 본
  관은 경주이다. 저서로 『익재난고(益齋亂藁)』가 있다.

摩詰), 육무관(陸務觀)의 사이를 출입하니 그 깨달음의 투철함이 영롱하였고 그 내달림이 재빨랐다. 독자로 하여금 눈이 어지럽고 마음이 취하게 만들어 마치 온갖 춤이 막 펼쳐지고 갖은 술[2]이 진하게 익은 것 같았다. 세상에 드문 기이한 재주를 갖추고 한 시대의 지극한 변화를 다하여, 그 쇠약하고 늦은 시대를 휘어잡은 대가라고 말할 만하다."[3]

또 말하였다.

"익재 이제현의 시는 공묘(工妙)하고 청준(淸峻)하여 온갖 형상을 두루 갖추었으니 우리나라 삼천 년의 으뜸가는 대가가 된다. 이는 정종(正宗)으로 우뚝한 자이다. 자하 신위의 시는 정신으로 깨달아 내달리며 온갖 형상을 두루 갖추어 조선 오백 년의 으뜸가는 대가가 된다. 이는 변조(變調)[4]로 우뚝한 자라 하겠다."[5]

---

2 갖은 술: 원문의 "五齊"는 제사(祭祀)에 쓰는 다섯 가지의 술인 범제(泛齊), 예제(醴齊), 앙제(盎齊), 제제(緹齊), 침제(沈齊)를 가리킨다. 범제와 예제는 탁한 술, 나머지 셋은 맑은 술이다.

3 창강 김택영이 말했다 … 말할 만하다: 이상 김택영의 말은 『소호당문집(韶濩堂文集)』 권2 「申紫霞詩集序」에서 인용한 것이다.

4 변조(變調): 옛 음악의 법식에서 벗어나 청신한 사조(詞調)를 가리킨다.

5 또 말하였다 … 자라 하겠다: 이 말은 『소호당문집』 권8 「雜言六」에서 인용하였다.

47

선배들의 역대 제가 시평

내가 살펴보니 창강 김택영이 우리나라 사람의 시에서 평생 추복(推服)
한 것은 다만 익재 이제현과 자하 신위, 두 분뿐이었고 다른 사람은 모
두 논하지 않았다. 그러나 선배들의 취하고 버리는 안목은 저마다 같지
않았다.

석간(石澗) 조운홀(趙云仡)[1]이 고려 때 시인 12명을 일컬었는데 이제
현에 대해서는 겨우 정힐(精纈), 즉 정밀하고 화려하다고 일컬었을 뿐이
다. 백운(白雲) 이규보(李奎報)의 웅장하고 풍부함, 목은(牧隱) 이색(李穡)
의 우아하면서도 건실함 같음에 이르러서는 더욱 뛰어나다고 보았다.

용재(容齋) 이행(李荇)[2]은 읍취헌(挹翠軒) 박은(朴闇)의 시를 일컬어 "그
의 시는 사람의 의표를 벗어나 절로 문장을 이루어, 아로새겨 꾸밀 겨를이
없었으니 거의 천고의 드문 소리라 할 수 있다"[3]라고 하였다.

지천(芝川) 황정욱(黃廷彧)은 지론이 몹시 오만하여 고금의 문예를 논

---

1 조운홀(1332~1404): 고려 말 조선 초의 문신. 호는 석간(石磵)·서하옹(棲霞翁). 저서는 『석간
집(石磵集)』이 있다.

2 이행(1478~1534): 조선 전기 이조판서, 우의정 등을 역임한 문신. 자는 택지(擇之), 호는 용재
(容齋)·창택어수(滄澤漁水)·청학도인(靑鶴道人).

3 그의 시는 … 소리라 할 수 있다: 홍만종(洪萬宗)의 『소화시평(小華詩評)』에도 해당 언급이 보
인다. "挹翠軒朴闇容齋李荇, 俱以文章相善. 挹翠於燕山朝被禍死, 印行于世. 其詩天才甚高, 不
犯人工, 如憑虛捕罔象 … 容齋曰: '其詩出人意表, 自然成章, 不假雕飾, 殆千古希音.'"

하면서 허락하는 바가 적었다. 이행을 지목하여 너무 기름지다 하였고, 손곡(蓀谷) 이달(李達)을 가리켜 모의(模擬)했다고 여겼다. 호음(湖陰) 정사룡(鄭士龍)과 소재(蘇齋) 노수신(盧守愼)이 그나마 작가에 합당한데, 다만 눌재(訥齋) 박상(朴祥)만은 미칠 수 없다고 보았다.

허균(許筠)[4]은 지천 황정욱의 근체율시 1백여 편이 그 긍지와 굳셈, 깊이와 드넓음이 실로 천년 이래의 빼어난 소리라고 하였다. 그가 점화(點化)한 것을 헤아려 살펴보면 대개 박상에게 근원을 두고, 노수신과 정사룡의 사이에서 출입하였으니 거의 그 물결을 같이하였으나 더욱 뛰어난 자라고 했다.[5]

예산(猊山) 최해(崔瀣)가 이제현의 시권(詩卷)을 모두 지워버리고 다만 "종이 이불 한기 돌고 불등은 희미한데〔紙被生寒佛燈暗〕"라는 한 절구만 남겨두니, 이제현이 크게 탄복하며 지음(知音)으로 여겼다.

간이 최립은 점필재(佔畢齋) 김종직(金宗直)의 시문을 가장 업신여겼는데 핵심을 뚫은 것이 높지 않다고 생각했다.

농암(農巖) 김창협(金昌協)은 이규보의 시를 공격하여 배척하며, 시골 학동의 『백련초해(百聯鈔解)』에 나오는 구절에 지나지 않는다고 하면서 다만 읍취헌 박은의 시를 밀어 우리나라 수천 년에 으뜸가는 바른 소리라고 보았다.[6]

창강 김택영은 목은 이색의 시를 가장 업신여겨 비루하고 속되어 족

---

4 허균(1569~1618): 자는 단보(端甫), 호는 교산(蛟山)·학산(鶴山)·성소(惺所)·백월거사(白月居士). 저서로『성소부부고(惺所覆瓿藁)』,『학산초담(鶴山樵談)』등이 있다.

5 지천 황정욱의 … 뛰어난 자라고 했다: 허균의 말은『성소부부고』권5의「題黃芝川詩卷序」를 간추려 놓은 것이다.

6 농암 김창협은 … 보았다: 이 논평은『농암잡저』및『계원담총』8칙에 자세하다.

히 취할 것이 못 된다고 여겼다.

보는 바가 저마다 달라 어느 하나가 옳다고 할 수가 없다. 아! 형산
(荊山)의 박옥7을 옥이라 하고 돌이라 하는 것이 그 본질과 무슨 상관이
있겠는가. 다만 보는 자가 취하고 버림이 어떠한가에 맡겨둘 뿐이다. 여
기에 신위가 우리나라 사람의 시에 대해 논한 절구 24수를 가져다가 아
래에 덧붙여 참고 거리로 삼는다.

계곡(谿谷) 장유(張維)8는 동방의 시인을 논하면서, 지금까지의 문인
과 재자 중에 하곡(荷谷) 허봉(許篈)9의 시가 으뜸이 된다고 하였다. 제
호(霽湖) 양경우(梁慶遇)는 계곡이 틀림없이 소견이 있다고 하였다.10

---

7 형산(荊山)의 박옥: 춘추시대 초나라의 변화(卞和)가 형산에서 박옥을 하나 얻어 임금에게
   바쳤으나 옥을 감정하는 사람이 알아보지 못하는 바람에 두 발이 잘리고 말았다. 그 뒤 문왕
   (文王)이 즉위하고 화씨가 다시 박옥을 바치니, 이것을 다듬자 티 한 점 없는 큰 옥이 나왔다
   고 한다(『한비자(韓非子)』「화씨(和氏)」).
8 장유(1587~1638): 자는 지국(持國), 호는 계곡(谿谷), 구엄자(癯髥子), 점소자(點所子), 본관
   은 덕수(德水), 시호는 문충(文忠)이다. 저술로『계곡만필』,『계곡집(谿谷集)』,『음부경주해
   (陰符經注解)』등이 있다.
9 허봉(1551~1588): 자는 미숙(美叔), 호는 하곡(荷谷), 본관은 양천(陽川). 난설헌(蘭雪軒)의 오
   빠이자 허균의 형이다.
10 계곡 장유는 … 있다고 하였다: 이 평은『제호집(霽湖集)』의「許篈有絶代詩才」에 나온 뒤로
   『소화시평』등에 인용되었다. 이 부분은 원래 상단에 작은 글씨로 적혀 있는데 본문과 이어
   지는 내용이므로 본문에 포함하였다.

48

신위의 「동인논시절구」 24수

한관(漢官)의 위의를 눈 크게 떠 살펴보아	放眼威儀觀漢官
초조(初祖)로 개산조(開山祖) 된 그 공이 높고 높다.	功高初祖始開山
고운(顧雲)은 한 부의 『방여지(方輿誌)』라 평했지만	顧雲一部方輿誌
어이해 '스님 바둑 한낮에 한가롭네'만 하겠는가.	爭及僧碁白日閑

고운(顧雲)이 〈방여도(方輿圖)〉 시에 제하여 말하기를, "곤륜산 동으로 달려 오악이 푸르른데, 성수해(星宿海)[1]는 북으로 흘러 한 줄기 황하 됐네"[2]라 하였다. 소화(小華) 박인량(朴寅亮)은 고려 문종(文宗) 때 송나라에 사신으로 들어가 「사주 귀산사(龜山寺)에 들러」[3]라는 시에서 이렇게 말했다. "문 앞의 나그네 노에 큰 파도 다급한데, 대숲 아래 스님 바둑 한낮에 한가롭다."[4]

---

1 성수해(星宿海): 중국 청해성(靑海省)에 있는 호수로 황하(黃河)의 발원지(發源地)로 여겨졌다..

2 곤륜산 동으로 … 한 줄기 황하 됐네: 신위의 「동인논시절구(東人論詩絶句)」에는 이 구절 아래 같은 해에 급제한 중국 사람 고운(顧雲)이 "이 구절은 바로 하나의 여지지이다〔同年顧雲曰, 此句卽一輿地등을 역임한 문신. 자는 택지(擇之), 호는 용재(容齋)·창택어수(滄澤漁水)·청학도인(靑鶴道人).

3 「사주 귀산사(龜山寺)에 들러」: 『동문선』에 「송나라에 사신으로 갔다가 사주 귀산사를 지나며〔使宋過泗州龜山寺〕」라는 제목으로 실려 있다.

우집 조맹부 제공(諸公) 함께 점차 연마하더니　　　　虞趙諸公共漸摩

만 리라 촉오(蜀吳) 땅을 장쾌하게 지나갔지.　　　　蜀吳萬里壯經過

문장의 우아함을 무르녹여 소화하니　　　　　　　　文章爾雅陶鎔化

지금까지 끼친 공이 지대함을 잘 알겠네.　　　　　功到于今儘覺多

　익재(益齋) 이제현(李齊賢)이 원나라에 들어가 우집(虞集)·조맹부(趙
孟頫)와 교유하였다.[5]

목옹(牧翁)은 계단[6] 기대 긴 휘파람 불었고　　　　長嘯牧翁倚風磴

정지상은 푸른 물결 눈물을 보탰었지.　　　　　　　綠波添淚鄭知常

호방함과 어여쁨이 우열 짓기 어려우니　　　　　　雄豪艶逸難相下

씩씩한 장부 앞에 어여쁜 아가씨라.　　　　　　　　偉丈夫前窈窕娘

　목은(牧隱) 이색(李穡)의 「부벽루(浮碧樓)」 시에, "긴 휘파람 바람 드는
계단 기대니, 산 푸르고 강만 절로 흘러가누나"[7]라고 하였다. 사간(司
諫) 정지상(鄭知常)의 「패강(浿江)에서 작별하며」라는 시의 결구(結句)는
"대동강의 강물은 어느 때 다하려나, 해마다 이별 눈물 푸른 물결 보태
지니"[8]라고 하였다.[9]

4　이 단락은 신위의 「동인논시절구」 35수 중 기일(其一)을 참고하여 재구성한 것이다.『경수당
　　전고(警修堂全藁)』17책「북선원속고(北禪院續藁)」2에 자세하다.

5　이 단락은「동인논시절구」중 기이(其二)를 참고하여 재구성한 것이다.

6　계단: 원문의 "風磴"은 험준한 바위산에서 바람을 맞는 돌계단을 뜻한다.

7　긴 휘파람 … 흘러가누나: 이색(李穡)의 「부벽루(浮碧樓)」 중 결구이다. 전문은 다음과 같다.
　　"昨過永明寺, 暫登浮碧樓. 城空月一片, 石老雲千秋. 麟馬去不返, 天孫何處遊. 長嘯倚風磴, 山青
　　江自流."

참되게 이학(理學) 전함 동방에 으뜸이요　　　　　　眞傳理學冠東方

당당한 절의는 백세에 전해지네.　　　　　　　　　節義堂堂百世降

시 솜씨 우뚝함은 말하지 않았으나　　　　　　　不謂詞章兼卓犖

판잣집 빗소리에 이른 매화 창가일세.　　　　　雨聲板屋早梅窓

포은(圃隱) 정몽주(鄭夢周)가 일본에 사신으로 갔다가 시를 지었는데, 이러하다. "매화 창에 봄빛이 아직 이른데, 판잣집에 빗소리 많이 들리네."10

진(陳)과 이(李)11가 나란함을 그 누가 알겠는가　　　齊名陳李有誰知

짧은 시 주워 보매 조각 깃털12 금가루라.　　　　片羽零金拾小詩

우거진 잎 꽃을 가려 구름 사이 햇빛 새고　　　密葉翳花雲漏日

온 강의 봄비가 실실이 푸르도다.　　　　　　一江春雨碧絲絲

백운(白雲) 이규보(李奎報)의 시는 이렇다. "우거진 잎 꽃을 가려 봄 뒤

8　대동강의 강물은 … 보내지니:『동문선(東文選)』권19에 수록된 정지상(鄭知常)의「그대를 보내며〔送人〕」시의 3구와 4구이다. 전문은 다음과 같다. "雨歇長堤草色多, 送君南浦動悲歌. 大同江水何時盡, 別淚年年添綠波."

9　이 단락은「동인논시절구」중 기삼(其三)을 참고하여 재구성한 것이다.

10　매화 창에 … 많이 들리네:『포은집(圃隱集)』권1「洪武丁巳, 奉使日本作」중 제4수의 경련이다. 전문은 다음과 같다. "故國海西岸, 孤舟天壹涯. 梅窓春色早, 板屋雨聲多. 獨坐消長日, 那堪苦憶家."

11　진(陳)과 이(李): 진화(陳澕, ?~?)와 이규보(李奎報, 1168~1241)를 가리킨다.

12　조각 깃털: 고대 전설 속의 신수(神獸) 또는 신마(神馬)의 털을 말한다. 길광의 털 한 오라기처럼 뛰어난 예술 작품 또는 문인들의 시장(詩章)이 겨우 발견된 것을 이른다. 여기에서는 진화와 이규보의 시문 일부를 가리킨다.

에도 남았는데, 엷은 구름 햇빛 새니 빗속에도 환하구나." 진화(陳澕)의
시는 이렇다. "어점(漁店)은 문이 닫혀 말소리 들리잖고, 온 강의 봄비만
실실이 푸르도다."

사가(四佳)의 화려함을 누가 감히 엿보리오	四佳繁富孰窺藩
한가한 오리, 노니는 벌 풍경 묘사 멋스럽다.	閑鴨遊蜂寫景渾
일종의 청화(淸華)한 조정의 기운 있어	一種淸華廊廟氣
흰 구름바다 마냥 앞마을에 가득하네.	白雲如海滿前村

　사가(四佳) 서거정(徐居正)의 시는 이렇다. "노는 벌 쉴 새 없이 날아다
니고, 한가한 오리 서로 기대 잠을 자누나."13 임당(林塘) 정유길(鄭惟吉)
의 「극성(棘城)의 제사를 내려주시다」라는 시는 이렇다. "제사 끝나 단 오
르니 올라 우레와 비 그치고, 흰 구름바다 마냥 앞마을에 가득하다."14

새 시가 치성(徵聲) 지나 다시 상성(商聲) 머금으니15	新詩嚼徵復含商
궁녀의 비파소리 전각에 서늘하다.	宮女琵琶殿角凉
서생인 손순효16는 어떤 사람이길래	何物書生孫舜孝
한 몸으로 드러누워 곤룡포가 향기롭다.	一身渾臥御袍香

13　노는 벌 … 잠을 자누나: 『사가집』에는 보이지 않고 허균의 『성수시화』 등에 인용되어 있다.

14　제사 끝나 … 앞마을에 가득하다: 『임당유고』 하(下) 「賜祭棘城」의 3, 4구이다.

15　새 시가 … 머금으니: 치성과 상성은 고대 음악의 오음(五音)인 궁(宮)·상(商)·각(角)·치(徵)
　·우(羽)의 일부이다.

16　손순효(孫舜孝, 1427~1497): 자는 경보(敬甫), 호는 물재(勿齋)·칠휴거사(七休居士), 본관은
　평해(平海)이다. 찬서(撰書)로 『식료찬요(食療撰要)』가 있다.

성종조(成宗朝)에 물재(勿齋) 손순효(孫舜孝)가 부름을 받고 대궐에 들어갔다. 임금께서 운자를 부르시자 부르는 즉시 문득 대답하니,[17] 임금께서 크게 기뻐하여 한 궁녀(宮女)에게 명하여 비파를 연주하게 하였다. 손순효가 일어나 춤을 추다가 술에 취해 고꾸라지니 임금께서 어의(御衣)로 덮어주었다.

다섯째 다리께에 버들이 흩날리고	第五橋頭楊柳斜
옥인의 집에서는 한 곡조 거문고라.	瑤琴一曲玉人家
상렴(緗簾)과 비궤(棐几)[18]에 바람과 해 화창한데	緗簾棐几和風日
조정의 글 하는 신하 먹물[19]을 떨궜다네.	青瑣詞臣落墨花[20]

---

17 성종조(成宗朝)에 … 문득 대답하니:『경수당전고』에 이런 기록이 있다. "차천로(車天輅)의 「오산설림(五山說林)」에 "물재(勿齋) 손순효는 재주와 학식이 있었으므로 성종(成宗)이 그를 몹시 애지중지하였다. 언젠가 성종이 손순효를 접견한 자리에서 술을 하사하였다. 손순효가 술이 잔뜩 취했을 때 성종이 '경은 시를 지을 수 있겠소?' 물으니, 그는 '분부대로 하겠습니다'라고 대답하였다. 이에 성종이 한(漢)나라의 건국 공신 장량(張良)으로 글제를 내고 운자를 불러 주자, 손순효는 즉시 '진시황 죽이려던 기특한 꾀 박랑사(博浪沙)에서 이루지 못하고, 칼을 짚고 돌아와서 패공을 도왔네. 젓가락을 빌려서 계책을 아뢰자 한나라의 왕업이 이루어졌고, 제후를 봉할 때에는 제나라의 봉작을 사양하였네. 평생의 지략은 황석공(黃石公)의 비법을 전했고, 말로의 여생은 적송자(赤松子)에게 맡겼네. 한신(韓信)과 팽월(彭越)이 결국 비참하게 죽음 당한 것 한탄스러우니, 공을 이루고 나서 용퇴하는 것이 바로 영웅이로다'라는 시를 짓자 성종은 크게 기뻐하고 한 궁녀에게 명하여 비파를 타며 그 시를 노래하게 하였다. 손순효가 취해 쓰러진 채 일어나지 못하자 성종은 남색 비단으로 만든 철릭(帖裏)을 벗어서 손순효를 덮어 주었는데, 이러한 임금과 신하의 거룩한 만남은 천고에 없는 일이었다" 하였다[車天輅五山說林, 孫勿齋舜孝有才學, 成廟甚重之. 嘗引接賜酒, 醉甚上問曰: "卿能作詩乎." 對曰: "惟命." 上以張良命題呼韻, 舜孝應口對曰: "奇謀不遂浪沙中. 杖釼歸來相沛公. 借箸已能漢業. 分茅却自讓齊封. 平生智畧傳黃石. 末路心期付赤松. 堪恨韓彭竟葅醢. 功成勇退是英雄."上大說, 命一宮人彈琵琶而歌之. 舜孝醉倒不能起, 上解監錦帖裏覆之, 君臣眷遇之隆, 曠絶千古]."

삼괴당(三魁堂) 신종호(申從濩)가 일찍이 눈 여겨둔 기생이 있었는데, 그녀에게 남긴 시는 이렇다. "다섯째 다리께에 버들은 흩날리고, 오후 들어 바람과 해 도리어 화창하다. 열두 난간 주렴 속에 사람은 옥 같은데, 조정의 글 하는 신하 말을 따라 들렀다네."[21]

돌길에 지팡이 소리 자는 새가 알았으니	石徑筇音宿鳥知
흰 구름 골에 가득 달도 잠겨 있는 때.	白雲平壑月沉時
맑은 행실 굳센 절개 미칠 이 없었으니	清修苦節無人及
속됨 떠난 시 속 모습 눈에 본 듯하여라.	想見詩中絶俗姿

사암(思菴) 박순(朴淳)[22]의 시는 이렇다. "산가에서 취해 자다 깬 뒤에도 멍한데, 흰 구름 골에 가득 달도 잠겨 있는 때. 서둘러 긴 숲 밖을 혼자서 나서려니, 돌길에 지팡이 소리 자던 새가 아는구나."

구멍마다 바람 일자 쇠 봉황이 날개 치니	萬竅風生鐵鳳翔
홀로 우주 버틸 만큼 격조가 깊고 넓다.	孤撐宇宙格沈蒼
부처 하늘 꽃잎 비와 신라 적의 깃대[23]에서	佛天花雨羅時蓋

---

18 비궤(棐几): 비자나무로 만든 좋은 궤안(几案). 통상 서안(書案)을 지칭한다.

19 먹물: 원문의 "墨花"는 벼루에 스며 있는 먹의 빛깔이다.

20 花: 『경수당전고』에는 "華"로 되어 있다.

21 삼괴당 신종호가 … 따라 들렀다네: 신종호의 이 일화는 어숙권(魚叔權, ?~?)의 『패관잡기(稗官雜記)』 4권에 자세하다.

22 박순(1523~1589): 자는 화숙(和叔), 호는 사암(思菴)·은산군사(殷山郡事)·청하자(青霞子), 본관은 충주(忠州)이다. 시호는 문충(文忠)·충민(忠愍)이다. 저서로는 『사암집(思菴集)』 7권이 있다.

내달아 성당(盛唐)으로 들어감을 또 보았네.　　　　　　又見駸駸入盛唐

　　점필재 김종직의 「신륵사(神勒寺)」 시의 경련(頸聯)은 이렇다. "상방(上方)[24]에서 쇠북 울자 검은 용이 춤을 추고, 구멍마다 바람 이니 쇠 봉황이 날개 치네." 또 「선사사(仙槎寺)」 시는 이렇다. "신라 적의 깃대를 학이 뒤집고, 부처 하늘 둥근 공을 용이 차누나. 보슬비에 스님은 누더기 깁고, 찬 강에 길손은 노를 젓는다."[25]

허백 성현 눌재 박상 기건함을 다투었고	虛白訥齋角奇健
신광한의 해맑음은 황정욱과 맞겨뤘네.	駱峯淸邕抗芝川
중종 선조 시절 후진(後進) 개원·천보[26] 해당하니	中宣後進開天是
서거정이 초당사걸(初唐四傑)[27] 앞에 있는 것과 같네.	徐四佳如四傑前

　　허백(虛白) 성현(成俔)과 눌재(訥齋) 박상(朴祥), 낙봉(駱峯) 신광한(申光漢)—호를 기재(企齋)라고도 한다—지천(芝川) 황정욱(黃廷彧)은 모두 시로 이름이 나서 사람들이 사걸(四傑)이라고 일컬었다.

23　부처 하늘 꽃잎 비와 신라 적의 깃대: 이 표현은 신흠의 「청창연담(晴窓軟談)」에서 김종직의 시로 인용한 '신라시대 당간(幢竿)깃발 바람에 펄럭이고, 부처 나라 꽃잎 위에 빗방울이 내리치네〔風飄羅代蓋, 雨蹴佛天花〕'에서 따온 것이다. 다만 김종직의 문집에는 실려 있지 않고, 「선사사(仙槎寺)」 시의 함련과 경련을 재구성한 것으로 보인다.

24　상방(上方): 본래 주지(住持) 스님의 거처를 뜻하나, 사찰을 가리키는 말로도 널리 쓰인다.

25　이 단락은 「동인논시절구」 중 기13(其十三)을 참고하여 재구성한 것이다.

26　개원·천보: 모두 당나라 현종 때의 연호로, 시문학이 최고조에 이르렀던 성당(盛唐) 시기를 가리키는 말로 쓴다.

27　초당사걸(初唐四傑): 초당(初唐) 때의 뛰어난 네 사람의 문인인 왕발(王勃), 낙빈왕(駱賓王), 노조린(盧照隣), 양형(楊炯)을 말한다.

얄팍하게 시를 짓는 동국 풍속 비루하니 　　　　　膚淺爲詩東俗陋

소재와 간이는 짝할 이가 드물다네. 　　　　　　蘇齋簡易寡同儔

드러난 발자취만 그저 높여 따르면서 　　　　　　現成脚跡徒遵奉

깊은 데서 찾아 구함 다시 하질 않는구나. 　　　　不復深從裏許求

간이 최립이 말했다. "우리나라의 시문은 대부분 얄팍해서 속되고
비루함을 면치 못하였다." 최립은『한서(漢書)』를 5천 번 읽었고, 다시
「항적전(項籍傳)」을 1만 번 읽었다. 소재(蘇齋) 노수신(盧守愼)은『논어』
와『두시(杜詩)』를 2천 번 읽었는데, 일찍이 이렇게 말했다. "나의 시와
문은 모두『논어』가운데서 힘을 얻은 것이다."[28]

학문 갖춘 참된 인재 한 시대에 평가되니 　　　　學副眞才一代論

용재(容齋)는 바로 깨쳐 선문(禪門)에 들었다네. 　　容齋正覺入禪門

해동에도 또한 강서파가 있었으니 　　　　　　　海東亦有江西派

늙은 나무 봄 그늘의 읍취헌이 그로구나. 　　　　老樹春陰挹翠軒

읍취헌(挹翠軒) 박은(朴誾)의 시는 이렇다. "봄 그늘 비가 올 듯 새는
서로 지저귀고, 늙은 나무 무정한데 바람 홀로 서글프다."[29]

최(崔)·백(白)·이(李)[30]는 삼당으로 재주가 우뚝한데 　　才擅三唐崔白李

학당 풍조 근원은 충암(冲庵)에서 비롯됐네. 　　　泝源風調始冲庵

---

28 최립은『한서』를 … 힘을 얻은 것이다: 최립의 독서 일화는 김득신의 「종남총지(終南叢志)」
　　등에, 노수신의 일화는 이수광의 「시예(詩藝)」 등에 나온다.

뒤에 나온 '깊은 절'과 '외론 배'의 구절은   後來深院孤舟句

'살구꽃 보슬비에 주렴 내림'보다 낫네.   突過杏花微雨簾

충암(冲庵) 김정(金淨)의 시는 이렇다. "강남 땅 남은 꿈은 대낮에도 멍한데, 근심은 좋은 시절 날마다 더해가네. 꾀꼬리 제비 오지 않고 봄날은 또 저무는데, 살구꽃 보슬비에 주렴 다시 내리누나." 손곡(蓀谷) 이달(李達)의 시는 이렇다. "병객의 외로운 배 밝은 달만 남아 있고, 노승의 깊은 절집 진 꽃잎이 많구나."[31]

고죽(孤竹) 최경창(崔慶昌)·옥봉(玉峰) 백광훈(白光勳)·손곡 이달은 모두 시로 이름이 나서 사람들이 삼당시인이라 일컬었다.

'강물 소리 거세지니 달 외로이 걸렸네'는   江聲忽厲月孤懸

일찍이 호음 시의 압권이라 일컬었지.   早許湖陰壓卷篇

몸소 겪고 제대로 깨닫게 된 김득신은   實踐眞知金柏谷

황강에서 밤새도록 잠들지 못했다네.   黃江一夜不成眠

호음(湖陰) 정사룡(鄭士龍)의 시는 이렇다. "산에 나무 온통 울자 바람 잠깐 일어나고, 강물 소리 거세지니 달 외로이 걸렸네."[32] 백곡(柏谷) 김

---

29 봄 그늘 … 서글프다:『읍취헌유고(挹翠軒遺稿)』,「福靈寺」의 5, 6구다.

30 최(崔)·백(白)·이(李): 삼당시인(三唐詩人)인 최경창(崔慶昌), 백광훈(白光勳), 이달(李達)을 가리킨다.

31 병객의 … 꽃잎이 많구나:『손곡시집(蓀谷詩集)』,「題衍上人軸」의 3, 4구다.

32 산에 나무 … 외로이 걸렸네:『호음잡고』,「後臺夜坐」, 제2수의 3, 4구이다.

득신(金得臣)이 황강역(黃江驛)에서 묵었는데, 밤중에 여울물 소리가 몹시 급한 것을 듣고 창문을 열어 살펴보니 지는 달이 외로이 걸려 있었다. 그래서 정사룡이 지은 "강물 소리 거세지니 달 외로이 걸렸네"라는 구절이 비로소 경치를 핍진하게 묘사한 것임을 깨달았다.

만리장성 말 달려 티끌이 끊어져도	萬里長城馬絶塵
붓 휘두른 남은 기운 여전히 웅장하다.	揮毫餘氣尙輪囷
이름 탐내 죽으려 함 참으로 가소롭네	名心擬死眞堪笑
문성(文星)에 응할 사람 따로 정해 있거늘.[33]	自有文星上應人

광해 계축년(1613)에, 규성(奎星)의 분야(分野)에서 일식이 일어났다. 일자(日者)가 말했다. "마땅히 한 사람의 문사가 죽겠다." 허균(許筠)은 자살하여 그것을 감당하고자 했고, 월사(月沙) 이정귀(李廷龜)는 재앙이 자기에게 있을까 염려하여 정신을 가다듬고 맑게 앉아 있었다. 이윽고 오산(五山) 차천로(車天輅)가 죽었다는 말을 듣더니 머쓱해 하였다.[34]

오산 차천로가 일찍이 직접 말했다. "만리장성에다 종이를 붙여 놓고 나로 하여금 붓을 내달리게 한다면, 성은 끝이 있더라도 내 시는 다하지 않을 것이다."[35]

---

33 만리장성 … 정해 있거늘:『경수당전고』「동인논시」중 제24수이다.
34 광해 계축년에 … 머쓱해 하였다:『경수당전고』의 원주와 김득신의『종남총지』를 합한 내용이다.
35 오산 차천로가 … 않을 것이다:『오산속집(五山續集)』권4「行狀〔李冤宙〕」에 "公嘗自言: 貼紙 於萬里長城, 使我走筆則紙有盡而詩不窮."이라는 언급이 되어 있다.

백의로 뽑히어서 종사관을 일컬으니	白衣妙選稱從事
몸이 장차 봉황지36에 이른 것과 다름없네.	何異將身到鳳池
악부시 지금까지 절창으로 전해지니	樂府至今傳絶唱
송강(松江)의 가곡에다 석주(石洲)의 시37로구나.38	松江歌曲石洲詩

석주(石洲) 권필(權韠)은 시명(詩名)이 한 세상을 울리었다. 명나라 사신이 오자 백의로 종사관에 충원되었다. 선조께서 그의 시고를 들여 직접 볼 수 있게 할 것39을 명하시니 사람들이 모두 영예롭게 여겼다. 간이(簡易) 최립(崔岦)이 시를 주어 말했다. "듣자니 임금께서 원고 찾아 들였다니, 몸이 장차 봉황지에 이름보다 훨씬 낫네."40

임금 마음 착잡하여 강물에 임하시고	天心錯莫41臨江水
조정 논의 처량쿠나 석양을 마주했네.	廟筭凄涼對夕暉
강엄(江淹) 재주 다하였다42 말하지 말지어다	休說江郎才欲盡

---

36 봉황지: 궁궐 또는 임금을 모시는 중서성(中書省)을 가리킨다.

37 송강(松江)의 가곡에다 석주(石洲)의 시: 송강의 가곡은 송강 정철의 사설시조 「장진주사(將進酒辭)」를 가리킨다. 「장진주사」에서 "한잔 먹새 그려 또 한잔 먹새 그려"로 시작해 "무덤 위에 잔나비 파람 불제야 뉘우친들 어이리"라 노래하였다. 정철이 세상을 떠난 뒤, 제자인 석주 권필이 정철의 무덤을 지나가다가 「송강 정철의 무덤을 지나다가 느낌이 있어(過鄭松江墓有感)」라는 시를 짓고. 마지막 구를 두고 "공이 일찍이 단가를 지어, 죽은 뒤에 그 누가 한잔 술을 권하겠는가 하는 뜻을 말했다[公嘗有短歌, 道死後誰勸一杯酒之意]"라는 주석을 달았다. 「장진주사」의 뜻을 취해 시를 읊은 권필을 칭찬한 말이다.

38 백의로 … 시로구나: 『경수당전고』 「동인논시」 중 제21수이다.

39 직접 볼 수 있게 한 것: 원문의 "乙覽"은 "乙夜覽"의 준말로, 왕이 책을 보는 것을 말한다. 을야(乙夜)는 오후 10시경인데, 왕이 정무를 마친 뒤 취침하기 전에 글을 본다는 뜻이다.

40 듣자니 임금께서 … 훨씬 낫네: 『간이집』 권8 「寄權大雅韠」의 미련이다.

41 莫: 『오봉집(五峯集)』에는 "漠"으로 되어 있다.

오봉의 글 솜씨는 한 때에 드물었네.43 　　　　　　　　　　五峯翩墨一時稀

　　오봉(五峯) 이호민(李好閔)이 용만(龍灣)으로 거가를 호종하며 시를 지어 말했다. "임금 마음 착잡하여 강물에 임하시고, 조정 논의 처량쿠나 석양을 마주했네"라고 하니, 본 사람이 눈물을 흘리지 않음이 없었다.

규방 또한 높은 이름 얻음을 꺼리나니 　　　　　　閨媛亦忌勝44名中
난설헌은 세상에서 의논이 같지 않네. 　　　　　　蘭雪人間議異同
붉은 연꽃 스물일곱 꽃송이 떠지더니 　　　　　　紅墮芙蓉三九朶
가는 길에 웃으며 광한궁(廣寒宮)45을 가리켰네. 　　歸程笑指廣寒宮

　　난설헌(蘭雪軒) 허씨(許氏)가 「꿈에서 짓다〔夢中作〕」라는 시에서 이렇게 말했다. "스물일곱 송이의 연꽃, 달 서리 차가운데 붉게 떠지네."46 과연 27살에 이르러 세상을 떴다. 허씨는 일찍이 「광한전백옥루상량문」을 지었다.

42　강엄(江淹) 재주 … 한 때에 드물었네: 남조(南朝) 양(梁)나라 때 강엄(江淹)은 문장가로 이름이 났으나 만년에 오색(五色)의 붓을 곽박(郭璞)에게 돌려주는 꿈을 꾸고 난 뒤 문재(文才)를 상실했다고 한다.(『양서(梁書)』 권14 「강엄열전(江淹列傳)」) 『경수당전고』의 원주에 "『호곡시화(壺谷詩話)』에, 이호민은 천재로 세상에 알려졌으나 만년에는 재주가 다했다고 탄식하였다〔壺谷詩話, 李五峯天才鳴世, 晚年有才盡之嘆.〕"라고 되어 있다.

43　임금 마음 … 드물었네: 『경수당전고』 「동인논시」 중 제28수이다.

44　勝: 『경수당전고』에는 "盛"으로 되어 있다.

45　한궁(廣寒宮): 달 속의 궁전으로 항아(姮娥)가 산다고 한다. 난설헌이 8세에 이 궁전에 대한 상량문을 지어서 신동으로 불렸다.

46　스물 일곱 … 붉게 떠지네: 이 시는 『난설헌시집(蘭雪軒詩集)』 「몽유광상산시서(夢遊廣桑山詩序)」 등에 나온다.

운치가 빼어나니 골력 어이 논하랴 　　　　　　　奚論骨力韻優優

성은 찬 강 베고 누워 땅은 쉬이 가을 되네. 　　　　城枕寒江地易秋

참으로 이 집안의 과조(跨竈)47 있음 보게 되니 　　　眞見人家有跨竈

시와 문 다 빼어난 이 동주(東州)가 그로구나. 　　　詩文48雙絶李東洲

지봉(芝峯) 이수광(李晬光)과 그 아들 이민구(李敏求)는 모두 시로 세상에 이름을 떨쳤다. 지봉의 시는 이렇다. "보슬비 소리 창에 들려 새벽 오기 어렵고, 성은 찬 강 베고 누워 땅은 쉬이 가을 되네."49

물결 무늬 수놓은 솜씨 논하여 정한다면 　　　　　論定波紋與繡針

자부함이 고적(高適) 잠삼(岑參)50 견줌과 어이 같겠는가.　爭如自負比高岑

옹문주(雍門周)의 거문고 소리51와 적벽 강의 퉁소 소리52　雍門赤壁琴簫響

창주(滄洲)가 시 감상을 못한단 말 못하겠네. 　　　　　難道滄洲不賞音

---

47 과조(跨竈): 송(宋)나라 호계종(胡繼宗)의 『서언고사(書言故事)』 자손(子孫) 조에 "아궁이를 뛰어넘어 연통을 부수고 나가는 것[跨竈撞破煙樓]을 아들이 아비보다 나을 때의 비유로 쓴다"라고 하였다.

48 文: 『계원담총』과 『경수당전고』에 모두 '人'으로 되어 있으나 『경수당전고』의 평에 '詩文俱備者李東洲'라 한 것과 신위의 『노하풍운(老霞風韻)』을 따라 바로잡았다.

49 보슬비 소리 … 가을 되네: 『지봉집(芝峯集)』 권11 「淸川感古」의 함련이다.

50 고적(高適), 잠삼(岑參): 성당(盛唐) 시기의 뛰어난 시인들로, 특히 변새시(邊塞詩)로 유명하다.

51 옹문주(雍門周)의 거문고 소리: 제나라 옹문주가 금곡(琴曲)에 뛰어나 자기 마음대로 사람을 슬프게도 만들고 기쁘게도 만들었다. 일찍이 맹상군 앞에서 인생의 덧없음을 노래하는 내용으로 한 곡조를 연주하니 맹상군이 슬퍼서 눈물을 줄줄 흘렸다는 고사가 있다. 『설원(說苑)』 선설(善說)에 보인다.

동악(東岳) 이안눌(李安訥)은 석주(石洲) 권필(權韠)과 이름이 나란하였는데, 일찍이 스스로 고적(高適)과 잠삼(岑參)에 견주었다. 창주(滄洲) 차운로(車雲輅)가 평하여 말했다. "권필의 시는 옹문주의 거문고 소리가 갑자기 귀를 놀라게 하는 것과 같고, 이안눌의 시는 적벽 강의 퉁소 소리가 실낱같이 끊어지지 않는 것과 같다."53

천하에 몇 사람이 두보를 배웠던가	天下幾人學杜甫
집집마다 떠받들어 동방에 으뜸일세.	家家尸祝最東方
이따금 『두시비해(杜詩批解)』54 살피어 얻는다면	時從批解窺斑得
공신으로 이 택당(澤堂)55을 가장 먼저 꼽으리라.	先數功臣李澤堂

택당 이식이 『두시비해(杜詩批解)』를 지었다.

| 엷은 구름 보슬비가 소고사(小姑祠)에 내리니 | 淡雲微雨小姑祠 |

---

52 적벽 강의 퉁소 소리: 소식의 「전적벽부(前赤壁賦)」에 "손님 중에 퉁소를 잘 부는 이가 있어 노래를 따라 화답하니, 그 소리가 슬프고도 구슬퍼 원망하는 듯 사모하는 듯 우는 듯 하소연하는 듯하였다〔客有吹洞簫者, 倚歌而和之, 其聲嗚嗚然, 如怨如慕, 如泣如訴〕"라는 구절이 있다.

53 동악 이안눌은 … 않는 것과 같다: 「동인논시」 '其二十三'의 자주(自注)를 보면, 해당 절구의 첫 두 구는 이정귀(李廷龜)와 신흠(申欽, 1566~1628)의 시에 정두경(鄭斗卿, 1597~1673)의 시를 비교한다는 의미이고, 아래 두 구만 이정귀, 권필을 평한 차운로의 이야기다.

54 두시비해(杜詩批解)』: 이식(李植)이 당(唐)나라 두보(杜甫)의 시 가운데서 5·7 율(律)을 주해(註解)한 책. 1739년 이식의 증손 이기진(李箕鎭)이 경상도관찰사로 있으면서 간행하였다. 『택풍당두시비해(澤風堂杜詩批解)』라고도 한다.

55 택당(澤堂): 이식(李植, 1584~1647)을 가리킨다. 본관은 덕수(德水). 자는 여고(汝固), 호는 택당·남궁외사(南宮外史) 등이다. 저서로는 『초학자훈증집(初學字訓增輯)』·『두시비해』 등이 있다.

국화 곱고 난초 시든 이때는 팔월이라.　　　　　　菊秀蘭衰八月時

문예를 논하던 날 어양 마음 꺾였으니　　　　　　心折漁洋談藝日

지금에 나라 빛냄 누구에게 속할런지.　　　　　　而今華國屬之誰

청음(淸陰) 김상헌(金尙憲)이 시에서 말했다. "엷은 구름 보슬비가 소고사에 내리니, 국화 곱고 난초시든 이때는 팔월이라."[56] 어양(漁洋) 왕사정(王士禎)이 이 시를 보고 칭찬하여 말했다. "과연 동국은 성률과 시를 안다."

흰머리로 괴로이 읊조리던 성 진사　　　　　　白首苦吟成進士

우문(右文)의 시대에 미관에도 못 미쳤네.　　　　　微官不及右文時

맹교(孟郊) 가도(賈島) 차고 마름[57] 곧장 다투려 하여　　直將郊島爭寒瘦

한 자락 가을볕이 시를 물들이려 하네.　　　　　一段秋光欲染詩

쌍천(雙泉) 성여학(成汝學)[58]의 시는 이렇다. "비 기운 꿈속까지 스미어들고, 가을볕 내 시를 물들이누나."[59]

자하 신위가 우리나라 사람의 시를 논한 것을 살펴보니, 위아래 천년

56　엷은 구름 … 팔월이라: 『청음집(淸陰集)』 권9 「次吳晴川大斌韻 三首」 중 제1수의 수련이다. 『계원담총』과 『청음집』 원문 사이에 글자 차이가 다소 있다.

57　맹교(孟郊) 가도(賈島) 차고 마름: 당 헌종(唐憲宗) 때 시인 맹교와 가도의 시에 대한 비평으로, 소동파의 「제유자옥문(祭柳子玉文)」에 "맹교의 시는 한산(寒酸)하여 살풍경하고, 가도의 시는 살은 없이 뼈만 앙상하다[元輕白俗, 郊寒島瘦]"라고 했다.

58　성여학(1557~?): 본관은 창녕(昌寧), 자는 학안(學顏), 호는 학천(鶴泉)·쌍천(雙泉)이다. 저서에 『학천집(鶴泉集)』, 『속어면순(續禦眠楯)』 등이 있다.

59　비 기운 … 물들이누나: 『학천집』 권1 「秋意」 중 제1수의 경련이다.

의 사이를 종횡으로 변론한 것이 마치 노련한 관리가 옥사를 판결한 것과 같았다. 그중에서도 점필재(佔畢齋) 김종직(金宗直)을 가장 무거운 데로 돌렸고 효종 이후부터는 다시 거론하지 않았으니 자하의 은미한 뜻을 알 수 있을 뿐이다. 배우는 자가 마땅히 깊이 살펴야 할 것이다.

49

안정복의 돈후한 시작품

순암(順庵) 안정복(安鼎福)[1]은 젊어서 성호(星湖) 이익(李瀷)[2]을 따라 배워 학문과 덕이 모두 높았다. 조정에서 여러 번 불렀으나 나아가지 않고 도의(道義)를 강론해 밝히는 것을 자신의 임무로 삼았다. 그가 저술한 것으로 『하학지남(下學指南)』,[3] 『동사강목(東史綱目)』[4] 등의 책이 있으니 세상에서 보배로 여겨 귀중하게 생각한다. 시 또한 돈후하면서도 한가롭고 우아하여 그 기상을 떠올리게 한다.

그의 「마음대로 읊다」[5]는 이렇다.

---

1 안정복(1712~1791): 자는 백순(百順) 호는 순암(順菴) · 상헌(橡軒) · 한산병은(漢山病隱) · 우이자(虞夷子), 본관은 광주(廣州)이다. 저서로 『동사강목』, 『하학지남』, 『순암집(順菴集)』 등이 있다.

2 이익(1681~1763): 본관은 여주(驪州) 자는 자신(子新) 호는 성호(星湖). 저서로 『성호사설』, 『성호전서』, 『이자수어』 등이 있다.

3 『하학지남(下學指南)』: 안정복이 1740년(영조 16)에 시작해 1784년(정조 8)에 완성한 책이다. 하학(下學)이란 쉽게 알고 행할 수 있는 일상의 공부를 말하고 지남(指南)은 가르쳐 인도한다는 뜻이다. 일상에서의 학문과 인격수양을 위해 경전이나 선유(先儒)들의 설을 총망라하여 자세하게 밝혀 놓았다.

4 『동사강목(東史綱目)』: 단군조선부터 고려 말까지의 역사를 강목체(綱目體)와 편년체로 다룬 책. 기존 성리학의 역사관을 계승하되 조선의 역사를 서술해야 한다는 의식으로, 당대의 사료를 널리 비교 · 검토했다는 평가를 받는다. 1756년부터 편찬하기 시작해 1778년에 완성되었다.

산 비가 지나오니 저녁볕이 더딘데   山雨過來夕照遲

외밭에 김 다 매고 다리 뻗고 앉았네.   瓜田鋤畢坐如箕

꼬맹이가 시내 고기 올라왔다 말하길래   兒童報道溪魚上

또 솜씨를 시험하려 낚싯줄을 정돈하네.   又試經綸理釣絲

그의 「밤에 앉아서」⁶는 이렇다.

냇물 소리 어지러운 나무를 뚫고   溪聲穿亂木

산 기운 외론 마을 감싸 안았네.   山氣擁孤村

어린 자식 상에 기대 졸고 있는데   稺子依床睡

순라군은 골목 저편 시끄럽구나.   巡丁隔巷喧

서책 보며 적막함을 해소하려니   黃卷長消寂

푸른 등만 어둠을 깨트리누나.   靑燈獨破昏

봄바람 어디에서 이르렀는지   東風何處至

석실에 매화의 넋 되돌아왔네.   石室返梅魂

참으로 덕이 있는 사람의 말이다.

---

5 「마음대로 읊다」: 『순암집』 권1의 「마음대로 절구 여덟 수를 읊다〔漫吟八絶〕」 중 제6수이다.

6 「밤에 앉아서」: 안정복이 아닌 방산(舫山) 허훈(許薰, 1836~1907)이 지은 시다. 『방산집(舫山集)』 권1에 실려 있다. 글쓴이의 착오로 보인다.

50

세상에 이름난 임정의 시

치재(恥齋) 임정(任珽)은 시로 세상에 이름이 나서 사람들이 전하여 외우는 것이 많다.

그의 「홍문관에서 숙직하다가」는 이렇다.

영주(瀛洲)[1]에 눈보라가 한창 흩날리는데	瀛洲風雪正微茫
비단 이불 한기 돋아 밤이 깊을 깨닫네.	綾被生寒覺夜長
정원(政院)에선 소리치며 야대(夜對)[2]를 재촉하니	政院宣呼催夜對
임금께서 이미 벌써 근수당[3]에 납셨다고.	君王已御謹修堂

대궐 안의 실제 일을 그대로 묘사하였고, 임금께서 배움에 게으르지 않으신 뜻을 드러내었다.

그의 「망해정(望海亭)」[4] 시는 이렇다.

---

1 영주(瀛洲): 원래 신선이 모여 사는 선경(仙境)을 가리키는데, 당 태종(唐太宗)이 문학관(文學館)을 열어 방현령(房玄齡) 등 18명을 뽑아 우대하고 교대로 숙직하며 경전을 토론하게 한 일이 있은 뒤로, 선비가 홍문관(弘文館)과 같이 문(文)을 관장하는 지위에 오르는 것을 빗대는 표현이 되었다. 제목의 "玉署" 역시 홍문관의 별칭이다.

2 야대(夜對): 임금이 밤중에 신하와 대강(對講) 하던 경연을 말한다.

3 근수당: 진수당(進修堂)의 착오로 보인다.

성에 기대 정자 세워 푸른 물결 누르니 　　　　亭依城起壓滄流

하늘과 땅 동남쪽에 큰 골짝 그윽하다. 　　　天地東南大壑幽

아스라이 터럭은 갈석산(碣石山)5을 나누고 　　渺渺秋毫分碣石

아득한 한 기운이 중주(中洲)를 굽어보네. 　　蒼蒼一氣俯中洲

어지럽고 흐린 기운 가슴 속에 아예 없고 　　了無紛翳當胸着

다만 텅 빈 밝음6이 눈길 따라 떠 있구나. 　　秖有空明與目浮

강수(江水) 한수(漢水) 근원7을 어디로 정하리오 　江漢祖宗定何所

안개 물결 근심스레 해 곁에8 맺혀 있네. 　　烟波暗結日邊愁

---

4 망해정(望海亭): 산해관 남쪽 20리 지점에 있는 정자로 징해정(澄海亭)이라고도 한다. 산해관
　남쪽에는 망해정이, 북쪽에는 각산사(角山寺)가 있다.

5 갈석산(碣石山): 중국 하북성(河北省) 창려현(昌黎縣) 북쪽에 있는 산이다. 황하가 바다로 유
　입되는 위치에서 바닷물에 잠겨 일부만 모습을 드러내고 있다고 한다. 역대 제왕이 순행(巡
　行)할 때의 동쪽 끝 지점이다.

6 텅 빈 밝음: 원문의 "空明"은 달빛이 비치는 투명한 강물 빛을 의미한다. 소식(蘇軾)의 「전적벽
　부(前赤壁賦)」에서 "계수나무 노와 목란 상앗대로 강물에 비친 달그림자를 치며 달빛 흐르는
　강물을 거슬러 올라간다[桂棹兮蘭槳, 擊空明兮泝流光]"라고 했다.

7 강수(江水) 한수(漢水) 근원: 『서경(書經)』 「우공(禹貢)」에 "강수와 한수가 바다에 조회하러
　간다[江漢朝宗于海]"라는 말이 있다. 강수와 한수가 형주(荊州)에서 합류하여 바다로 흘러들
　어가는 것을 제후가 천자를 조현(朝見)하는 일에 비유한 말이다.

8 해 곁에: 원문의 "日邊"은 임금이 있는 곳 또는 서울을 의미한다. 동진(東晉) 명제(明帝)가 어릴
　적 부왕인 원제(元帝)에게 장안과 태양 사이의 거리를 답변한 고사에서 유래했다.

51

허필의 해맑은 시풍

연객(烟客) 허필(許佖)[1]은 시재가 맑고도 빼어나 취송(醉松) 이희사(李義師)와 더불어 이름이 나란하였다. 성품이 담배를 좋아하였으므로 연객이라고 자호하였다.

그의 「불영사(佛影寺)」 시[2]는 이렇다.

지는 해 성근 종소리 뒤편에 있고	落日疎鍾後
높은 누각 보슬비 앞쪽에 있네.	高樓小雨前
고음(苦吟)타가 사람은 쉬이 늙어도	苦吟人易老
부처는 오랜 세월 편히 앉았네.	安坐佛長年
산빛에 스님 어깨 축 쳐졌는데	山色僧肩重
물소리에 말의 다리 매어 달린 듯.	泉聲馬足懸
독룡3이 굴택에 높이 있으니	毒龍尊窟宅
깊은 못에 침을 감히 뱉지 못하네.	不敢唾深淵

---

1 허필(1709~1761): 자는 여정(汝正), 호는 연객(烟客)·초선(草禪)·구도(舊濤), 본관은 양천(陽川). 저서로 『선사창수록(仙槎唱酬錄)』과 『연객유고(烟客遺稿)』가 있다.

2 「불영사(佛影寺)」 시: 『연객유고』에 수록된 「불영사에서 허좌 어른의 시에 차운하다〔佛影寺, 次風雷令公韻〕」 2수 중 제1수이다.

3 독룡: 불가(佛家)에서 욕심을 비유하는 표현이다. 왕유(王維)의 「향적사(香積寺)」에서 "석양에 맑은 못 한 굽이에서는, 참선하는 고승이 독룡을 제어하네〔薄暮空潭曲, 安禪制毒龍〕"라고 하였다.

52
이희사의 분방한 시격

취송 이희사는 시재가 빼어나고 분방하여 한 시대를 압도하였다. 다만 격조가 고고함에 있어서는 얼마간 부족함이 있었다. 어찌 한 시대의 풍기가 그렇게 만든 것이 아니겠는가?

영조가 한번은 가뭄을 근심하자, 한 재상이 이렇게 아뢰었다.

"신이 오늘 아침에 오이를 먹었는데 쓰지 않은 것을 보니 가뭄이 심하지는 않습니다."

임금께서 빙그레 웃으며 말씀하셨다.

"경의 집사람이 어찌 쓴 오이를 경에게 올렸겠소? 이것으로는 징험하지 못하리다."

취송이 재야에서 이 이야기를 듣고 느낌이 있어 시를 지었는데, 시는 이렇다.

오이 먹고 오이가 쓰지 않으니	食苽苽[1]不苦
가뭄이 심한 것이 아니라 하네.	旱乾非孔棘
잘못된 말 산악을 태워버리매	謬言山岳焦
나무 꺾자 나무에 진액이 있네.	折木木有液

---

1 苽苽:『취송시고』에는 "瓜瓜"로 되어 있다.

그릇된 말 강물을 바싹 말려서   謬言江河涸

고기 잡자 물고기 피를 흘리네.   刲魚魚有血

어이 굳이 여러 사람 눈을 쓰겠나   何用衆人目

승상의 혓바닥만 같지 못하리.   不如承相舌

재상이 이를 듣고 크게 유감으로 여겨, 이희사를 배척하여 등용하지 않았다. 아! 저 재상이 비굴하게 아첨하고 사납게 굴어, 위로 임금을 속이고 아래로는 간언을 막아 뻔뻔하게 부끄러움이 없는 것이야 진실로 말할 만한 것이 못 된다. 하지만 이 시는 말의 뜻이 너무 드러나 사람의 노여움을 저촉하기가 쉬워, 충후함으로 남을 감동시키는 뜻을 잃었다. 이희사가 죽을 때까지 구덩이에 빠져 불우했던 것은 스스로 취한 것이 아님이 없다.

53

여종을 잃고 쓴 이희사의 한시

취송 이희사의 「여종을 잃고 나서」[1]라는 시는 이렇다.

가난한 집에 사는 계집종 둘이	貧家二婢子
밤을 틈타 원숭이처럼 달아났구나.	乘夜走如猿
천한 것이 의리를 어찌 알랴만	賤者寧知義
주인 되어 은혜 적음 부끄럽다네.	主人慙少恩
길쌈 일 하다 말고 그만두었고	桑麻行廢業
허드렛일 마을 사람 기다린다네.	水火坐須村
소영사(蕭穎士)[2]는 시가 대체 어떠했길래	穎士詩何似
하인이 다짐하고 문을 지켰나.[3]	蒼頭矢守門

---

1 「여종을 잃고 나서」: 『취송시고』 권2에 「失婢」라는 제목으로 실려 있다.

2 소영사(717~768): 당나라 때의 문인으로 자는 무정(茂挺)이다. 학식이 매우 뛰어나 소 부자 (蕭夫子)라 불릴 정도였다. 4세에 글을 짓고, 10세에 태학생(太學生)이 되고, 735년 진사시에 장원을 했다. 비서정자(秘書正字)를 지냈다. 그 집안의 노비들도 모두 문자를 알고 시에 능했 다고 한다.

3 하인이 다짐하고 문을 지켰나: 소영사는 10년 동안 매질을 하며 하인을 가혹하게 다루었지 만, 하인이 달아나지 않았다. 다른 사람이 그 이유를 묻자 "내가 도망을 못 가서가 아니라, 그 의 재주를 사랑하기 때문이다"라고 했다는 고사가 있다.

그 말이 몹시 충후하면서도 서글퍼서 깊이 풍아(風雅)의 남은 소리를 얻었다.

그밖에 그가 지은

기다리던 손님 오지 않아 꽃은 절로 떨어지고	待客不來花自墜
구름 끝 보려 하자 새가 더욱 높이 나네.	看雲欲盡鳥還高

와 같은 구절은 생각이 지극히 신통하고 빼어나다.

54

채제공의 호방하고 굳센 시

번암(樊巖) 채제공(蔡濟恭)[1]은 사람됨이 웅건 호방하고 침착하고 굳센지라 사람들이 감히 업신여겨 보지 못했다. 정조의 두터운 사랑을 받아 벼슬이 영의정(領議政)에 이르렀다. 시 또한 그 사람과 같아서 근대의 경박하고 교묘함을 추구하는 풍조를 답습하지 않아 모두 전아하고 무거워 법도가 있었다. 젊은 시절 남의 집에 들렀는데, 마당에 울타리로 심은 소나무가 몹시 울창하였다. 좌중의 손님들이 이것으로 제목을 정해 운자를 부르니, 공이 즉석에서 초를 잡아서 올렸다. 시[2]는 이렇다.

검푸른 빛 창에 닿아 그윽한 숲 이루니	翠黛連窓窈作林
산들바람 비 불러와 온 뜨락에 그늘졌네.	小風吹雨一庭陰
설령 굽혀 비틀어서 울타리로 삼았어도	縱成屈曲當前障

---

1 채제공(1720~1799): 자는 백규(伯規), 호는 번암(樊庵)·번옹(樊翁), 본관은 평강(平康)이다. 저서로『번암집(樊巖集)』이 있다.

2 시:『번암집』권3에 실린 「약산 선생 댁에서 국포(菊圃) 어른 강박(姜樸) 공께서 '청송 병풍'으로 제목을 정하고 운자를 부르므로 즉석에서 써 올리다[藥山宅菊圃令丈【姜公樸】以靑松障命題呼韻, 卽席草呈]」다. 강박(姜樸, 1690~1742)은 본관은 진주(晉州), 자는 자순(子純), 호는 국포(菊圃)이다. 1714년(숙종40) 문과에 급제하여 함종 부사(咸從府使)와 장례원 판결사(掌隷院判決事)를 역임하였다. 저서로『국포집』과『국포쇄록』이 있다.

저도 몰래 날아올라 솟으려는 마음 있네.　　　　不覺飛騰向上心

아득한 안개 빛깔 인간 세상 막아주고　　　　闌闠巧遮烟色遠

달빛이 스며들자 나뭇가지 시원하다.　　　　枝柯透豁月光侵

숨은 새가 병풍 사이 그림인 줄 알았는지　　　　幽禽認是屛間畫

이따금 괴이하게 좋은 소리 보내온다.　　　　怪底時時送好音

식자들이 그가 높은 지위에 오를 것을 알아보았다.

55

정범조의 재치와 순발력

해좌(海左) 정범조(丁範祖)가 한미할 때 광주(廣州)를 지나가다가 비를 피해 촌가로 들어갔다. 주인은 그가 생소한 얼굴이어서 예를 차리지 않았다. 하지만 비가 그치지 않는 데다 날까지 저무니, 정범조가 형세 상 어쩔 수 없어 머물러 묵게 되었다. 주인이 우물우물 나직하게 읊조리며 마치 잘되지 않는 것을 고민하는 기색이 있었다. 정범조가 물었다.

"그대는 무엇 때문에 고민하는지요?"

주인이 말했다.

"제가 친한 벗이 있는데 나이가 이제 마흔입니다. 진작에 문장을 이루었으나 운수가 기구하여 형제도 없고 아들도 없습니다. 다만 편모(偏母)만 집에 계시는데, 여태 벼슬자리 하나 얻지 못하다가 서울에서 객사하였지요. 장차 광주의 선영(先塋)으로 돌아와 장사지내려고 합니다. 시절이 마침 늦봄이어서 내가 만시 한 수를 지어 영혼을 위로하고자 하나, 한두 구절 가운데에 그 정경을 다 묘사하기가 너무 어려워서 오래도록 쓰지를 못하고 있습니다."

정범조가 말했다.

"제가 한번 대신 지어보지요."

그 자리에서 읊조려 이렇게 말했다.

마흔 살의 문장에다 한 사람의 포의로서　　　　四十文章一布衣

살아서 형제 없고 죽어 기댈 사람 없네.　　　　生無兄弟死無依

나그네 관 돌아오자 자모(慈母)가 곡을 하니　　旅櫬歸來慈母哭

광릉(廣陵) 땅 3월이라 살구꽃이 흩날린다.　　廣陵三月杏花飛

주인이 크게 놀라 무릎을 꿇고 절을 하며 말하였다.

"공은 해좌 정 선생이 아니신지요?"

예를 두터이 하여 몹시 공손하였다.

대개 이 시는 수많은 사실을 모두 서술하여, 28자 가운데에 말의 이
치를 모두 담아내었으면서도 조금의 애써 다듬은 흔적이 없다. 기격(氣
格)도 혼연히 자연스럽게 이루어져서 참으로 빼어난 가락이라 하겠다.

56

여주 이씨 가문의 뛰어난 시인들

여주(驪州) 이씨 가문은 소릉(少陵) 이상의(李尙毅)[1] 이후로 큰 선비와 훌륭한 학자가 대를 이어 잇달아 나왔다. 그 기이한 재주와 깊은 학문은 『동국제성(東國諸姓)』[2]에서 찾더라도 견줄만한 경우를 만나기가 드무니, 얼마나 성대한가. 매산(梅山) 이하진(李夏鎭)[3]은 이상의의 손자이고, 청운(靑雲) 이해(李瀣),[4] 섬계(剡溪) 이잠(李潛),[5] 성호(星湖) 이익(李瀷)은 모두 이하진의 아들이다.

혜환(惠寰) 이용휴(李用休)는 이하진의 손자이고, 정산(貞山) 이병휴(李秉休)[6]는 이잠의 아들이다.[7] 금대(錦帶) 이가환(李家煥)[8]은 이용휴의 아

---

1 이상의(1560~1624): 자는 이원(而遠), 호는 소릉·오호(五湖)·서산(西山)·파릉(巴陵). 좌부승지, 병조참의, 좌찬성 등을 역임했다. 저서로『소릉집(少陵集)』이 있다.

2 『동국제성(東國諸姓)』: 정시술(丁時述, ?~?)의 저술로 우리나라 씨족과 인물의 족보를 정리한 것이다. 총 18권.

3 이하진(1628~1682): 자는 하경(夏卿), 호는 매산 또는 육우당(六寓堂)이다. 도승지, 대사헌, 진주목사 등을 역임했다. 명필로 이름이 났고 시에도 뛰어났다. 저서로『육우당집(六寓堂集)』이 있다.

4 이해(1647~1673): 자는 원해(元海), 호는 청운 혹은 청운거사(靑雲居士)이다. 저서로『청운거사유고(靑雲居士遺稿)』,『정신록(精神錄)』이 있다.

5 이잠(1660~1706): 자가 중연(仲淵), 호는 섬계 혹은 서산(西山)이다. 저서로『섬계선생유고(剡溪先生遺稿)』가 있다.

6 이병휴(1710~1776): 자가 경협(景協), 호는 정산이다. 저서로『정산잡저(貞山雜著)』·『심해(心解)』·『정산고(貞山稿)』·『정산시고(貞山詩稿)』등이 있다.

들이고, 예헌(例軒) 이철환(李嚞煥)⁹은 이해의 손자이다. 목재(木齋) 이삼환(李森煥)¹⁰과 겸재(謙齋) 이명환(李鳴煥)¹¹은 모두 이병휴의 아들이다.

혹 도학으로 이름나고, 혹 문장으로 명성이 높았으며, 혹 예학으로 두드러지고, 혹은 경제(經濟)로 이름났다. 마치 온갖 꽃이 핀 동산 가운데로 들어가면 붉은색과 노란색, 자주색과 초록색이 저마다 한 가지 빛깔을 내세워 찬란하게 서로를 비추어 공경할 만하고 아낄 만한 것과 같다 하겠다. 하지만 이 글에서 취한 것은 다만 시율(詩律)일 뿐이다. 이제 각각 시 한두 수를 예로 들어 참고의 자료로 제시한다.

이하진의 「옥하관(玉河館)」¹² 시는 이렇다.

작은 창에 바람 멎어 버들은 막 잠들고	小窓風靜¹³柳初眠
비 갠 뒤 하늘에는 은하수만 반짝반짝.	耿耿銀河霽後天
천 리 길의 나그네는 여관 꿈만 어지럽고	千里客迷孤舘夢

---

7 혜환 이용휴는 … 이잠의 아들이다: 이병휴는 이잠의 양자로 들어갔고, 자신은 큰형의 아들 이삼환을 양자로 들였다.

8 이가환(1742~1801): 자는 정조(廷藻), 호는 금대·정헌(貞軒)이다. 저서로 『금대유고(錦帶遺稿)』가 있다.

9 이철환(1722~1779): 자는 길보(吉甫), 호는 예헌(例軒). 저서로 『물보(物譜)』·『섬사편(剡社編)』·『상산삼매(象山三昧)』 등이 있다.

10 이삼환(1729~1813): 자가 자목(子木), 호는 목재(木齋) 또는 소미(少眉). 저술로 『소미산방장(少眉山房藏)』·『소미산방급고경(少眉山房汲古經)』·『목재영언(木齋詅言)』·『금삼품(金三品)』·『백가의(百家衣)』 등이 있다.

11 이명환(1773~1809): 자가 학여(鶴如) 혹은 패겸(佩謙)이다.

12 「옥하관(玉河館)」 시: 『육우당유고(六寓堂遺稿)』에 「옥하관서회(玉河館書懷)」라는 제목으로 수록되어 있다. 옥하관은 외국 사신이 머물던 연경(燕京)의 관소(館所) 이름이다. 이하진은 1677년 겨울 숙종의 간택으로 진향정사(進香正使)를 맡아 사행(使行)을 총괄했다.

13 靜: 『육우당유고(六寓堂遺稿)』에는 "定"으로 되어 있다.

삼경 달빛 일만 집의 안개를 눌렀구나.　　　　　　三更月壓萬家烟

병든 회포 쓸쓸하다 장협가(長鋏歌) 부르니[14]　　病懷蕭瑟彈長鋏

나랏일로 내달린 지 어느덧 반년일세.　　　　　王事驅馳已半年

촛불도 나와 함께 눈물을 흘리나니　　　　　　蠟燭伴人方下淚

어디선가 젓대 소리 한 가락 들려오네.　　　　金笳何處一聲傳

이해의 「강변즉사(江邊卽事)」 시[15]는 이렇다.

아스라한 모래밭은 눈앞에 펼쳐졌고　　　　　平沙渺渺[16]望中開

물가에 선 낚시 바위 이끼도 안 끼었네.　　　釣石臨洲不受苔

저 멀리 외론 배는 먼 기슭에 놓였는데　　　遙見孤舟橫遠岸

바람 불자 말소리가 강을 건너 들려오네.　　風吹人語渡江來

이잠의 「대궐에 엎드려 읊다」[17]라는 시는 이렇다.

외론 구름 꿈쩍 않고 하늘 해 분명한데　　　孤雲不動日分明

---

14 장협가(長鋏歌) 부르니: 전국시대 제(齊)나라 사람 풍훤(馮諼)이 맹상군(孟嘗君)의 식객으
　　로 있을 때 대우가 시원치 않자 장검의 칼자루(長鋏)를 두드리면서 "장검이여 돌아가자, 식
　　사에 고기가 없네[長鋏歸來乎, 食無魚]"라고 노래했다는 고사가 있다. 『전국책(戰國策)·제
　　책(齊策)』에 보인다.

15 「강변즉사(江邊卽事)」 시: 『정신록』에 수록되어 있다. 장지연(張志淵, 1864~1921)의 『대동시
　　선(大東詩選)』에도 보인다.

16 渺渺: 『정신록』에는 "杳杳", 『대동시선』에는 "渺渺"로 되어 있다.

17 「대궐에 엎드려 읊다[伏闕口占]」: 『섬계유고』 권1에 「대궐에 엎드렸을 때 읊다[伏闕時口占]」
　　라는 제목으로 수록되어 있다.

금루(禁漏)[18]는 느릿느릿 대궐 나무 평평하다.　　禁漏遲遲禁樹平

아홉 범이 지키는 문[19] 자물쇠로 잠겨 있어　　九虎司門靈鎖鑶

옥루(玉樓)[20]의 높은 곳에 혹여 정성 통할는지.　　玉樓高處倘通誠

이익의 「바닷가 거처의 방조제」[21] 시는 이렇다.

도랑 파고 포구 옮겨 방조제를 쌓으면　　鑿[22]渠移浦[23]築防潮

짠물 줄고 벼 자라나 모두 다 옥토되리.　　鹹減禾生盡沃饒

인하여 마을 꾸려 집들이 반듯하면　　聚落仍成居井井

김맬 때 어이해 잡초 돋음 근심하랴.　　鉬耰何患莠驕驕

그 누가 산택(山澤)에 빠진 이익 없게 하여　　誰敎山澤無遺利

들판마저 내버려둠 면함을 보게 할까.　　可見平蕪免浪拋

푸른 바다 뽕밭 됨은 바꾸기가 쉬우니　　碧海桑田容易變

좋은 계책 가지고서 백성들 찾아가세.　　良謀輪與訪蒭蕘

　이용휴의 시는 앞에서 이미 논하였다. 하지만 다시금 그의 「영사시
(咏史詩)」[24]를 가져오면 이렇다.

18　금루(禁漏): 궁중의 물시계. 궁루(宮漏)라고도 한다.

19　아홉 범이 지키는 문: 대궐의 문을 가리킨다. 과거 궁궐에 아홉 겹[九重] 문을 두고 각 문마
　　다 호표(虎豹) 상을 하나씩 세웠던 데서 유래했다.

20　옥루(玉樓): 천제(天帝)나 신선이 거처한다는 전설상의 누대.

21　「바닷가 거처의 방조제[海居防築]」시: 『성호전집』 권4에 수록된 「화포잡영(花浦雜詠)」17수
　　중 제6수이다.

22　鑿: 『성호전집』에는 "穿"으로 되어 있다.

23　浦: 『성호전집』에는 "畵"로 되어 있다.

산골 백성 바다 고기 어보(魚譜) 만들고　　　　　　峽民譜海魚

한(漢) 땅 손님 오(吳) 지방의 죽순 그리네.　　　　漢客畫吳笋

가리켜 본토 사람 보여준다면　　　　　　　　　　指示本土人

배 잡고 안 웃을 이 드물겠구나.　　　　　　　　　鮮不捧腹哂

그의 「서호(西湖) 소은(小隱)의 집 벽에 제하다」[25] 시는 이렇다.

기울고 가로 비낀 나무가 들쭉날쭉　　　　　　　攲側[26]橫斜樹不齊

봄 와서 꽃 피자 빠져들게 하는구나.　　　　　　春來花發使人迷

붉은 옷에 가슴 흰 이름 모를 새 한 마리　　　　紅襟粉臆無名鳥

가지 끝에 날아올라 한두 차례 우는구나.　　　　飛上枝頭一兩啼

이병휴의 「이산 산장(伊山莊舍)」[27] 시는 이렇다.

볼품없는 마을이 바다 어귀 가까운데　　　　　　聚落零星近海門

가을 맞아 몇몇 집서 닭 돼지만 시끄럽다.　　　　幾家秋意鬧鷄豚

굽이굽이 찬 시내는 새로 난 길 통해 있고　　　　寒溪屈[28]曲通新逕

---

24 「영사시(咏史詩)」: 같은 시가 이덕무(李德懋, 1741~1793)의 『청비록(淸脾錄)』에는 「느낌이 있
　　어[有感]」라는 제목으로 실려 있다.

25 「서호(西湖) 소은(小隱)의 집 벽에 제하다」: 『혜환시집(惠寰詩集)』에 수록된 「서호 소은의
　　집 벽 위에 제하고 부치다[寄題西湖小隱壁上]」 5수 연작 가운데 제2수이다.

26 側: 『혜환시집』에는 "倒"로 되어 있다.

27 「이산 산장(伊山莊舍)」 시: 『정산시집(貞山詩集)』에 수록된 「이산 산장 잡영(伊山莊舍雜詠)」
　　의 제2수이다. 이산은 충남 예산군 덕산의 옛 지명이다.

28 屈: 『정산시집』에는 "詰"로 되어 있다.

버성긴 늙은 나무 묵은 마을 기억하네.   老樹扶疎記舊村

서리밭 늦게 개자 토란이 알을 품고   霜圃晚晴芋抱子

무논이 짙푸르러 벼에 이삭 맺혔구나.   水田重綠稻生孫

마을에선 웃음소리 어지러이 취했는데   社中笑語紛紛醉

숲 끝엔 바람 불고 술동이엔 달이 떴네.   風在林頭月在盆

이가환의 「연광정(練光亭)」 시[29]는 이렇다.

강가 누각 4월 되니 어느새 꽃은 없고   江樓四月已無花

주렴 장막 훈풍 불어 제비가 비껴 난다.   簾幕薰風燕子斜

한 빛깔 초록 물결 푸른 풀에 이어지니   一色綠波連碧草

이별한 이 뉘 집에 들었는가 알 수 없네.   不知別恨在誰家

어진 성인 남은 사당 세월이 많이 흘러   仁聖遺祠歲月多

해묵은 조천석(朝天石)[30]엔 슬픈 노래 가득하다. 朝天舊石足悲歌

대동문 저 너머로 강물이 흐르는데   大同門外長江水

돌아오는 물은 없고 가는 물만 보이누나.   不見迴波見逝波

이철환의 「어떤 사람에게 주다」라는 시는 이렇다.

---

29 「연광정(練光亭)」 시: 『금대시문초(錦帶詩文鈔)』에 같은 제목으로 수록되어 있다.

30 조천석(朝天石): 동명왕이 기린을 타고 상제께 조회하러 하늘에 올라갈 때 밟고 갔다는 돌
이다.

온갖 만물 봄을 맞아 모두 다 자득하니   纖醜迎春皆自得

물고기는 물을 타고 새는 바람 타고 노네.   魚乘淸水鳥乘風

큰 화로[31] 속에서 뭇 백성 빚어내고   羣黎陶鑄洪爐裏

쌓인 기운[32] 가운데서 해와 달 떠다니네.   兩耀浮游積氣中

스스로 문장 아껴 숨은 표범[33] 바랐으니   自愛文章希隱豹

장차 마음 헤아려서 먼 기러기[34] 의탁하리. 已將心計托冥鴻

세상 밖 번화한 일 고개 돌려 바라보니   回頭世外繁華事

영롱한 칠보 새장 다를 바 하나 없네.   恰似玲瓏七寶籠

이삼환의 「절양류(折楊柳)」[35] 시는 이렇다.

수양버들 하늘하늘 땅을 쓸며 드리우니   楊柳依依拂地垂

그댈 위해 두세 가지 당겨서 꺾었다오.   爲君攀折兩三枝

이별 마음 바람 앞의 나뭇잎과 비슷해서 離情亦似風前葉

---

31 큰 화로: 원문의 "洪爐"는 만물을 구워내는 큰 화로로, 천지·조물 등 만물의 본원을 비유한다. 『장자』 「대종사」에서 가져온 표현이다.

32 쌓인 기운: 원문의 "積氣"는 음양의 기운이 모여 쌓인 것으로, 하늘을 가리킨다. 『열자(列子)』 「천서(天瑞)」에 "하늘이란 쌓인 기이니, 온통 기 아닌 것이 없다(天積氣耳, 亡處亡氣)"라고 하였다.

33 숨은 표범: 원문의 "隱豹"는 은거한 현사(賢士)를 가리킨다. 남산의 흑표범이 자신의 아름다운 무늬를 상하지 않게 하기 위해 비 내리고 안개 낀 일주일 동안 배고픔도 참고 사냥도 전혀 하지 않았다는 고사에서 나온 표현이다.

34 먼 기러기: 원문의 "冥鴻"은 사람 눈에 보이지 않을 정도로 높이 나는 기러기로, 고상한 뜻을 품고 은거하는 선비를 뜻한다.

35 「절양류(折楊柳)」 시: 『소미산방장(少眉山房藏)』 권1에 「표암 강세황의 절양류 시에 차운하여(次姜豹菴折楊柳韻)」라는 제목으로 실려 있다. 「절양류」는 고대 악부의 곡조 가운데 하나로, 버들가지를 꺾으면서 이별의 정을 노래한 것이다.

이리저리 흔들리며 가누지를 못하누나.　　　　　　　　搖蕩東西不自持

이명환의 「공산 가는 길에」라는 시는 이렇다.

이른 출발 앞길은 보이질 않고　　　　　　　　　　　早發迷前路

외론 마을 물 너머로 아득하구나.　　　　　　　　　孤村隔水遙

찬 구름 엉긴 채 안 흩어지고　　　　　　　　　　　寒雲凝不散

언 눈은 쌓여서 녹기 어렵네.　　　　　　　　　　　凍雪積難消

병든 종은 고개 넘기 근심겨운데　　　　　　　　　病僕愁拚嶺

여윈 나귀 다리 건넘 겁을 내누나.　　　　　　　　瘦驢㤖渡橋

웅천(熊川) 땅은 어디쯤에 있는 것일까　　　　　　熊川何處是

저 멀리 기러기만 날아가누나.　　　　　　　　　　極目雁飄飄

57

강세황의 시재

표암(豹庵) 강세황(姜世晃)[1]은 자가 광지(光之)인데, 시문과 서화가 모두 아름다워 사람들이 '팔지(八之)'라고 불렀다. '팔지(八之)'는 무슨 말인가? "문장은 한퇴지(韓退之)[2]요, 글씨는 왕희지(王羲之)며, 그림은 고개지(顧凱之)[3]니, 광지가 겸하였다"라는 말이다. 당시에 명언으로 여겼다.

그의 「길 위에서 본 것이 있어」라는 시는 이렇다.

물결 딛는 비단 버선[4] 사뿐사뿐 가더니	凌波羅襪去翩翩
중문에 한번 들자 어느새 묘연하다.	一入重門便杳然
다정할사 잔설이 그대로 남아 있어	惟有多情殘雪在

---

1 강세황(1713~1791): 조선 후기 시(詩), 서(書), 화(畵)의 삼절(三絶)로 불린 문인. 자는 광지(光之), 호는 첨재(忝齋), 표암(豹菴), 산향재(山響齋) 등이고 본관은 진주(晉州)이다. 61세부터 벼슬길에 나아갔고 71세 때 기로소(耆老所)에 들어갔다. 문집으로 『표암유고(豹菴遺稿)』, 『표암집(豹菴集)』이 있으며 그림으로 『첨재화보(忝齋畵譜)』, 『송도기행첩(松都紀行帖)』, 『영대기관첩(瀛臺奇觀帖)』 등이 전한다.

2 한퇴지: 당(唐)나라 한유(韓愈, 768~824)를 가리킨다. 자는 퇴지(退之), 호는 창려(昌黎)이며 문장에 뛰어나 당송팔대가(唐宋八大家)의 한 사람으로 손꼽혔다. 저술로 『한창려집(韓昌黎集)』이 있다.

3 고개지(348~409): 중국 동진(東晉)의 문인 화가로, 자는 장강(長康)이며 호두장군(虎頭將軍)을 지냈으므로 호두(虎頭)라고도 불렀다. 중국 회화에서 인물화의 최고봉으로 거론된다. 작품으로 「여사잠도(女史箴圖)」, 화론(畵論)으로 「화운대산기(畵雲臺山記)」가 있다.

낮은 울 언저리에 신발 자국 찍혔구나.　　　　　　　　　展痕留印短墻邊

그의 「계문연수(薊門烟樹)」[5] 시는 이렇다.

예로부터 기이한 경관 계주(薊州)[6]를 얘기하니　　　從古奇觀說薊州

너른 들 비낀 해에 잠시 수레 멈춰보네.　　　　曠原斜日暫停輈

뽕밭이 잠깐 만에 바다 됐나 싶더니만　　　　直疑桑海須臾改

하늘땅이 밤낮으로 떠 있단 말 믿겠구나.[7]　　始信乾坤日夜浮

키 작은 영지버섯 생겨났다 사라지고　　　　短短菌芝生復滅

동글동글 수레 덮개 가다가 멈추는 듯.　　　童童旋蓋去還留

인간 세상 묘한 광경 뉘 능히 견주리오　　　人間幻景誰堪比

동해 바다 신기루[8]를 떠올려 보게 하네.　　曾記東溟蜃結樓

이 두 수의 시를 보면 그의 재주와 정취가 빼어남을 알 수 있다. 하지

4　물결 밟는 비단 버선: 미인의 고운 자태를 비유하는 말이다. 삼국시대 위(魏)나라의 조식(曹植)이 상고시대 복희씨(伏羲氏)의 딸 복비(宓妃)가 낙수(洛水)에 빠졌다는 전설을 듣고 지은 「낙신부(洛神賦)」에서 "물결 헤쳐 사뿐 거닐면 비단 버선 먼지 인다〔凌波微步, 羅襪生塵〕"라 한 데서 유래했다.

5　「계문연수(薊門烟樹)」시: 『표암고』 권2에 같은 제목으로 실려 있다. 계문연수는 북경 덕승문(德勝門) 밖 서북쪽에 있는 계문의 숲에 안개와 아지랑이가 어우러진 풍경을 가리킨다. 북경 팔경(北京八景)중 하나로 꼽힌다.

6　계주(薊州): 북경(北京) 근처에 있는 지역으로 지금의 하북성 천진시(天鎭市) 계현(薊縣). 조선시대에 북경으로 가는 사행의 경유지였다.

7　하늘땅이 … 말 믿겠구나: 두보의 「등악양루(登岳陽樓)」에서 "오와 초는 동남으로 트였고 하늘과 땅은 밤낮으로 떠 있다〔吳楚東南坼, 乾坤日夜浮〕"라 한 구절을 가리킨다.

8　동해 바다 신기루: 신기루는 바다나 사막에서 기온의 이상 분포로 광선이 굴곡하여 먼 물체가 거꾸로 보이는 현상으로, 옛사람은 큰 조개가 뿜어내는 기운으로 생각했다.

만 학력으로 능히 이를 채우지 못했기에 그 성취가 고작 재주꾼의 뛰어

남에 그치고 말아 끝내 문장의 영역에는 들어가지 못했으니 애석하다.

58

이기진 시의 풍격

목곡(牧谷) 이기진(李箕鎭)[1]의 「사람을 전송하며」[2]라는 시는 이렇다.

고개 나무 우거지고 바다 기운 스산한데	嶺樹沈沈海氣凄
나그네 이른 밥[3] 먹고 새벽닭 울음 듣네.	行人蓐食聽晨鷄
다정해라 저 홀로 깨끗한 달이 떠서	多情獨有亭亭月
천리 길 그댈 따라 함께 서쪽 향해 가리.	千里隨君共向西

맑고 깨끗하여 그의 선조(先朝)인 택당(澤堂) 이식(李植)의 풍격이 있다.

---

1 이기진(1687~1755): 자는 군범(君範), 호는 목곡(牧谷), 시호는 문헌(文憲), 본관은 덕수(德水)
이다. 택당(澤堂) 이식(李植)의 증손이며 권상하(權尙夏)의 문인이다. 1717년에 진사가 된 뒤
사간원 헌납, 경상도관찰사, 이조판서 등을 두루 역임했다. 저서로『목곡집』이 있다.

2 「사람을 전송하며(送人)」:『목곡집』 권1에 「관아에서 새벽에 일어나 중행(仲行)을 전송하다가
작별을 앞두고 읊다(官齋曉起, 送仲行臨分口號)」라는 제목으로 실려 있다. 중행은 김운택(金
雲澤, 1673~1722)으로, 자는 중행(仲行), 호는 백운헌(白雲軒), 본관은 광주(光州)이다. 1699
년(숙종25) 사마시에 합격하여 진사가 되고 1704년에 춘당대 문과에 병과로 급제하여 부제학,
호조 참판, 형조 참판 등을 역임하였다. 1721년(경종1) 신축옥사(辛丑獄事)에 연루되어 영변
(寧邊)에 유배되었다가, 이듬해 목호룡(睦虎龍)의 고변으로 장살(杖殺)되었다. 뒤에 이조판서
에 추증되었으며, 시호는 충정(忠貞)이다.

3 이른 밥: 원문의 "蓐食"은 이른 새벽에 이부자리에서 서둘러 하는 식사를 뜻한다. 『사기(史記)』
「회음후열전(淮陰侯列傳)」에 포의(布衣) 시절 한신(韓信)이 정장(亭長)의 집에서 밥을 얻어먹었
는데 정장의 아내가 귀찮게 여겨 새벽에 밥을 지어 잠자리 안에서 먹어버리고는, 밥 먹을 때쯤 한
신이 가면 밥을 차려주지도 않았다(亭長妻患之, 乃晨炊蓐食, 食時信往, 不爲具食)"는 고사가 있다.

59

당론의 폐해가 시어 미친 영향

우리나라는 당론이 둘로 갈린 뒤로부터 같으면 무리 짓고 다르면 공격하는 생각이 마침내 고질을 이루어, 터럭을 불어가며 흠결을 찾느라 힘을 남기지 않았다. 숙종과 경종의 연간에 이르러서는 더더욱 참혹함이 극심하였다. 경사(經史)를 해석함에 이르러서도 혹 한 글자나 반 구절이라도 예전 풀이와 다를 경우 바로 사문난적(斯文亂賊)으로 지목하여 무리 지어 일어나 공격하면서, 안으로는 정치권력을 결속하고 밖으로는 주자를 높인다는 명분을 내세웠다. 사람의 정신을 속박함이 지극히 참혹하면서도 가혹하였다.

이 때문에 우리나라의 학문은 마침내 말라비틀어진 몸뚱이가 되어 진부함을 서로 답습하여 반쪽만큼도 자유롭게 연구하는 사상이 없었다. 설령 큰 학자가 그 사이에 나오더라도 그 기염을 두려워하여 감히 새로운 주장을 펴지 못하니, 고작 훈고를 암송하고 찌꺼기를 주워 모으는 데 그쳤을 뿐이었다. 어찌 창의적인 견해로 풀이하고 분석하여 이전에 밝히지 못했던 것을 확충할 수 있었겠는가?

유학은 말할 것도 없고 시문에 이르러서도 또한 그러하였다. 농암 김창협은 이렇게 말했다.

"세상에서 시를 짓는 자들은 바야흐로 비근한 것을 즐겨 익혀, 비루함을 인하고 진부한 것을 답습하여, 일찍이 한 번도 깊이 생각하여 독창적인 말을 펴지 못하였으니, 천기(天機)가 유동함이 얕고 형상에서 생각을 일으키는 것이 멀지 않아, 사물에 부여하는 것이 조잡하고 묘사가 참되지 못하다."[1]

참으로 당시의 병통에 꼭 맞는 말이다. 이는 당론이 사람의 사상을 얽어맨 것의 해독(害毒)에 말미암은 것이다.

---

1 세상에서 시를 짓는 … 참되지 못하다: 『농암집(農巖集)』 권21 「兪【命岳】·李【夢相】二生東游詩序」의 한 대목이다.

60

사가의 호방한 시풍

영조·정조 연간에 이르러 풍기가 한 차례 변화하니, 유학 이외의 학자들이 얼마간 옛 습속을 깨뜨리고 새로운 견해를 낼 수 있게 되었다. 문장은 연암 박지원에게서 지극해졌고, 과학은 다산 정약용에게서 지극해졌으며, 시는 사가(四家)에게서 지극해졌으니, 예전의 비루함을 벗어던져 새로운 길을 따로 열었다고 말할 만하다. 하지만 그래도 당시의 무리들이 미워하는 바가 되어 혹 쫓겨나서 바닷가에서 죽었고, 혹 실의하여 세상과 만나지 못하였으니, 나라가 쇠망함이 어찌 하루아침, 하루저녁의 일이겠는가. 이제 사가의 시를 다음과 같이 각각 예를 들어 그 풍기의 변화를 증명하겠다.

사가라고 하는 사람은 형암(炯庵) 이덕무(李德懋),[1] 영재(泠齋) 유득공(柳得恭),[2] 초정(楚亭) 박제가(朴齊家),[3] 강산(薑山) 이서구(李書九)[4]이다. 선조와 인조 이후로 시인들이 모두 당시(唐詩)만을 답습하여 풍부하고

---

[1] 이덕무(1741~1793): 본관은 전주(全州), 자는 무관(懋官), 호는 아정(雅亭)·형암·청장관(靑莊館)이다. 박학다식하고 문장에 뛰어나 문명(文名)을 떨쳤으나 서출이었기 때문에 크게 등용되지는 못하고 적성 현감(積城縣監), 사옹원 주부 등의 벼슬을 지냈다. 박지원, 홍대용, 박제가, 유득공, 서이수(徐理修) 등과 깊이 교유하였고, 고염무(顧炎武), 주이존(朱彝尊) 등 명말청초(明末淸初)의 고증학 대가들에 관심을 가졌다. 저서로 『기년아람(紀年兒覽)』, 『청비록(淸脾錄)』, 『뇌뢰낙락서(磊磊落落書)』, 『아정유고(雅亭遺稿)』 등이 있는데, 모두 망라하여 『청장관전서(靑莊館全書)』로 편찬되었다.

아름다우며 웅장하고 호방한 가락이 많았다. 하지만 고금의 풍기가 변하는 것은 하늘의 운수가 그렇게 되도록 시킨 것이지 사람의 힘으로 어찌해볼 수 있는 것이 아니다. 이는 마치 당나라 한 시대 안에서도 성당(盛唐)과 만당(晚唐)을 구분함이 있는 것과 같다. 하물며 시대가 천년이 넘게 지났고 땅이 1천여 리나 떨어져 있고 보니, 시를 짓는 자가 일일이 모두 당시에서 내려 한다면 형세가 행해지지 않아 모의하지 않으면 표절할 수밖에 없다. 어찌 자기 자신의 성정을 노래할 수 있겠는가? 저 사가라 하는 사람들은 이 같은 병통을 깊이 알았기 때문에 별도로 기괴하면서도 새로운 시체를 갖추어, 송·명과 청나라의 사이를 드나들면서 저마다 일가의 말을 이루었으니 쇠미한 시대에 우렁차게 시를 잘 지은 사람이라 하겠다.

---

2 유득공(1749~1807): 본관은 문화(文化), 자는 혜풍(惠風)·혜보(惠甫), 호는 영재·가상루(歌商樓)·고운당(古芸堂)·고운거사(古芸居士)·은휘당(恩暉堂)이다. 저서로『고운당필기(古芸堂筆記)』,『이십일도회고시(二十一都懷古詩)』,『발해고(渤海考)』등이 있다.

3 박제가(1750~1805): 본관은 밀양(密陽), 자는 차수(次修)·재선(在先)·수기(修其), 호는 위항도인(葦杭道人)·초정·정유(貞蕤)이다. 저서로『북학의(北學議)』,『정유고략(貞蕤稿略)』등이 있다.

4 이서구(1754~1825): 본관은 전주, 자는 낙서(洛瑞), 호는 척재(惕齋)·강산이다. 여러 지방관과 호조판서·대제학 등을 역임하고 우의정에 이르렀다. 저서로『강산집』이 있다. 시호는 문간(文簡)이다.

61

이덕무의 노련한 솜씨

이덕무의 「가을 등잔불 아래 비가 쏟아지기에」[1]라는 시는 이렇다.

서늘한 밤 그림자 보며 등불 심지 자르니	涼宵顧影剔燈紅
『검록(劍錄)』[2]과 『성경(星經)』[3]이 책 시렁에 가득하다.	劍錄星經揷架充
조각배가 바다 위로 떠가는 것 같더니만	頓有扁舟浮海想
가을 서실 빗소리에 문득 둥실 뜨는구나.	秋齋忽泛雨聲中

그 떠올린 생각이 평범하지 않다.

「느낌이 있어 짓다」[4]는 이렇다.

농장인성(農丈人星)[5] 새벽녘에 허공을 비추고	農丈人星曉映空

---

1 「가을 등잔불 아래 비가 쏟아지기에」: 정고본 『청장관전서』 권9, 『아정유고』 권1에 「추등우급
(穐燈雨急)」이라는 제목으로 실려 있다.

2 『검록(劍錄)』: 검에 대한 책. 양(梁)나라 때 도홍경(陶弘景)의 『고금도검록(古今刀劍錄)』이 있다.

3 『성경(星經)』: 천문(天文)에 대한 책. 『감씨성경(甘氏星經)』·『석씨성경(石氏星經)』 등이 있다.

4 「느낌이 있어 짓다」: 『청장관전서』 권10, 『아정유고(雅亭遺稿)』 권2에 같은 제목으로 실려 있다.

5 농장인성(農丈人星): 남두성(南斗星)을 가리킨다. 서남쪽에 있는 별로 추수(秋收)를 관장한다.

연기 서리 벼 심은 언덕 동쪽 뚫고 가네. 　　　　　煙霜衝冒稻陂東

늘 가난하다 보니 시고 짠 맛 익숙하고 　　　　　酸鹹已熟長貧日

떠돌이 삶 오래되매 차고 더움 다 겪었지. 　　　　冷暖偏經久旅中

어버이 늙었으니 비루한 일 마다 할까 　　　　　親老那能辭鄙事

재주 못나 여린 몸을 부리기에 알맞구나. 　　　　才疎端合役微躬

내가 경략(景略) 아니거니 어이 이를 잡겠는가[6] 　　談非景略何捫蝨

잠시 따순 낯빛으로 사옹(社翁)과 마주하네. 　　　姑把溫顔對社翁

곡진하면서도 비장한 것이 감탄할 만하다.

그밖에 기이하고 뛰어난 것은

저녁 섬돌 서리 소리 버석거리고 　　　　　　　夕階霜響屐

새벽 들창 달빛은 이불 엿본다.[8] 　　　　　　　晨牖月窺衾

가 있고, 아득하고 빼어나기는

어지런 나무 찬 꿈과 통하여 있고 　　　　　　　亂樹通寒夢

---

6 내가 … 잡겠는가: 경략은 진(晉)나라 때 사람 왕맹(王猛)의 자이다. 왕맹이 일찍이 환온(桓
　溫)과 함께 이야기하면서 이(蝨)를 문질러 죽이는 등 옆에 사람이 없는 것처럼 하였다 한다.

7 屐: 『아정유고』에는 "屧"로 되어 있다.

8 저녁 섬돌 … 이불 엿본다: 『청장관전서』권11, 『아정유고』권3에 실린 「조촌의 종인 화중 광
　섭의 집에서 심계 이광석과 초정 박제가를 만나 함께 읊다[潮邨宗人和仲光燮舍遇心溪楚亭同
　咏]」6수 중 제2수의 경련이다.

외론 구름 먼 마음을 의탁한다네.9   孤雲托遠心

와 같은 것이 있다. 음산하고 날카롭기는

벼랑 서리 뱀 울음이 날카롭게 몰려들고   厓霜颯集蛇鳴戞
고개 달빛 범 누린내 가로 걸려 번드치네.10   嶺月橫飜虎氣羶

가 있다. 새틋하기로는

오리 너머 물결은 경각화(頃刻花)11와 한 가지요   頃刻花惟鳧外浪
말 머리 위 구름은 비래봉(飛來峯)12과 다름없네.13   飛來峯是馬頭雲

가 있고, 공교롭기는

채찍 따라 붉은 잎이 빙글빙글 춤을 추고   趁鞭彤葉回旋舞
삿갓 뛰니 푸른 벌레 또렷이 날아드네.14   跳笠紺蟲的歷飛

---

9 어지런 … 의탁한다네: 위와 같은 시 제4수의 함련이다.

10 벼랑 서리 … 번드치네:『청장관전서』권10,『아정유고』권2에 실린「아산 백암에서 계숙 이
   한술과 밤에 사문 박기양을 찾아가다〔牙山白巖同李繼叔漢述, 夜訪朴斯文岐陽〕」경련이다.

11 경각화(頃刻花): 순식간에 피어나는 전설상의 꽃, 또는 그렇게 순식간에 꽃을 피워내는 일.
   당(唐)나라 때 한유(韓愈)의 조카 한상(韓湘)이 술잔이 돌아가는 동안에 흙덩이에서 꽃을
   피워냈다고 한다.

12 비래봉(飛來峯): '날아온 산'이라는 뜻으로 중국 절강성(浙江省) 항주(杭州) 영은사(靈隱寺)
   에 있다.

13 오리 너머 … 다름없네:『청장관전서』권10,『아정유고』권2에 수록된「동작진(銅雀津)」중
   함련이다.

와 같다. 맑고 곱기는

안개가 막 걷히자 새 흰빛 깔리더니   烟纔澹蕩鋪新白
달빛도 가장 고와 옛 둥긂을 되찾았네.[15]   月最嬋娟[16]返舊團

와 같은 것이 있다. 여러 구절들이 모두 글자를 저울질하고 뜻을 단
련하여 힘써 평범한 길을 쓸어버려 별도로 기이한 경계를 열었으니,[17]
만송(晚宋)·만명(晚明)의 사이에 마땅히 한 자리를 차지할 것이다. 사가
중에서도 노련한 솜씨로 꼽을 만하다.

---

14 채찍 따라 … 날아드네:『청장관전서』권10,『아정유고』권2에 수록된「용인도중(龍仁途中)」
    중 함련이다.

15 안개가 … 되찾았네:『청장관전서』권10,『아정유고』권2에 수록된「마포에서 자면서 치천
    박상홍에게 주다(宿麻浦贈穉川)」중 경련이다.

16 嬋娟:『청장관전서』에는 "妍鮮"으로 되어 있다.

17 여러 구절들이 … 경계를 열었으니: 반정균이『한객건연집(韓客巾衍集)』에서 이덕무의 시를
    비평한 평어(評語)를 가져왔다. 박제가의「아정집서(雅亭集序)」에서도 이 말을 인용한 바 있다.

62

유득공의 고상한 시재

유득공의 「소완정 거사에게 부치다」[1]는 이렇다.

동봉(東峯)의 재실에는 잡초가 무성한데　　　　　　東峯丙舍長蒿萊

황량한 길 이중(二仲)[2]을 기다려서 내려는 듯.　　　荒徑應須二仲開

귀하도다 가을 산 흩날리는 잎 속에서　　　　　　珍重秋山飛葉裏

야윈 황소 등에 타고 내가 옴을 알았으니.　　　　瘦黃犢背認吾來

또 「이별한 뒤」[3]는 이렇다.

만난 곳 이별 자리 눈앞을 지나가니　　　　　　　過眼逢場與別筵

떠나는 이 눈물 닦고 또 가을을 맞는구나.　　　　行人彈淚又秋天

오늘 밤 서당(西堂)의 달빛은 새하얗고　　　　　今宵練練西[4]堂月

---

1 「소완정 거사에게 부치다」: 『영재집(泠齋集)』 권2에 수록된 「동협으로 돌아가는 소완정 거사
　를 송별하다[別素玩亭居士歸東峽二首]」의 제2수이다.

2 이중(二仲): 한(漢)나라의 은사(隱士)인 양중(羊仲)과 구중(求仲)으로, 고상한 은사의 상징
　이다.

3 「이별한 뒤」: 『영재집』 권2에 수록된 「남쪽으로 돌아가는 이에게 주다[贈人南歸二首]」의 제1
　수이다.

귀뚜라미 소리 높아 지난해와 비슷하다.　　　　　　　蟋蟀聲高似去年

맑고 묘함이 입신의 경지다.

그의 「세모(歲暮)의 산속 나그네」[5]는 이렇다.

동편 뫼 푸르름 끝이 없으니	東峰碧未已
한가한 날 편히 쉬는 정이로구나.	閒[6]日燕居情
안개 낀 집 시 쓸 뜻 담담해지고	烟屋淡[7]詩意
비 오는 누각 독서성(讀書聲)도 가라앉았네.	雨樓沈讀聲
숨은 샘물 땅을 불어 솟아나오고	暗泉吹壤出
가는 돌길 이끼 덮여 가로놓였네.	微磴冒苔橫
앞길을 서성임 다 마치도록	前路徘徊罷
벗 하나 만나 보기 어려웁구나.	難逢一友生

시구를 단련함이 지극히 정밀하다.

　　그의 『이십일도회고잡절(二十一都懷古雜絕)』은 편마다 모두 우아하고 굳세며 고시(古詩)에 핍진하다. 그밖에 예를 들어

4 西: 『계원담총』에는 "虛"로 되어 있으나 『영재집』에 따라 바로잡았다.

5 「세모의 산속 나그네〔歲暮山中客〕」: 『영재집』 권2에 수록된 「세모에 읊다〔歲暮吟五首〕」의 제2
　수이다. "歲暮山中客"은 제1수의 1구인데 여기서는 그것을 제2수의 제목으로 삼았다.

6 閒: 『계원담총』에는 "寒"으로 되어 있으나 『영재집』을 따랐다.

7 淡: 『계원담총』에는 "澹"으로 되어 있으나 『영재집』을 따랐다.

옷 위에 티끌 많아 훤초를 원망하고[8]　　　　　　　衣上多塵萱草怨

시 속에 눈물 있어 죽지(竹枝)를 슬퍼하네.[9]　　　　詩中有淚竹枝哀

작별한 지 며칠에도 오하(吳下)가 아니거니[10]　　　別來幾日非吳下

알아주는 사람 없어 또다시 영중(郢中)일세.[11]　　　和[12]者無人又郢中

돛대는 조강(祖江) 비에 반 넘어 젖어 있고　　　　帆身半濕祖江雨

번간(幡竿)은 손돌 바람에 온통 모두 기울었네.[13]　　幡脚全斜孫石風

8　훤초를 원망하고: 훤초는 일명 망우초(忘憂草)로, 사람의 시름을 잊게 한다는 원추리를 가리
　킨다. 떠돌이의 삶에서 근심이 늘 따라다님을 원망한다는 의미로 썼다.

9　죽지(竹枝)를 슬퍼하네: 당(唐)나라 두보의 「시종손제(示從孫濟)」에서 "원추리는 가을이라 이
　미 죽었고, 죽지는 서리 맞아 시들하구나[萱草秋已死, 竹枝霜不蕃]"라 한 구절에서 따왔다. 여
　기서 죽지는 죽지사(竹枝詞)를 가리킨다.

10　오하(吳下)가 아니거니: 오하는 중국 소주(蘇州) 일대를 가리키는데, 급작스레 성장된 학식
　을 칭찬하는 말이다. 『오지(吳志)』「여몽전(呂蒙傳)」 주(注)에 "노숙(魯肅)이 여몽(呂蒙)을 만
　나서 '나는 그대가 무략(武略)만 있는 줄 알았는데 지금 학식까지 대단한 것을 보니 이전 오
　하에서의 그대가 아니다'라고 하자 여몽이 '선비란 서로 헤어진 지 사흘만 되어도 학식이 몰
　라보게 달라진다'라고 했다" 하였다.

11　또다시 영중(郢中)일세: 품격이 높을수록 사람들이 알지 못한다는 말이다. 『문선(文選)』「대
　초왕문(對楚王問)」에 "한 사람이 영중에 나가서 노래를 부르는데 처음에는 하리파인(下里巴
　人) 같은 (저속한) 곡을 부르자 따라 부르는 자가 수천 명이나 되었는데 … 양춘백설(陽春白
　雪) 같은 (고상한) 곡을 부르자 따라 부르는 자가 몇 명에 불과하였다[客有歌於郢中者, 其始
　曰下里巴人, 國中屬而和者數千人 … 其爲陽春白雪, 國中屬而和者不過數十人]" 하였다. 영은
　초(楚)나라의 수도이다. 원(元)나라 진균(陳均)의 「이경화와 정을 펴다[與李景和敍情]」에 "오
　하의 아몽은 지난날이 아니거니, 영중의 높은 가락 바로 당시 노래로다[吳下阿蒙非舊日, 郢
　中高曲卽當時]"라고 한 대구가 있다.

12　和: 『청장관전서』에는 "知"로 되어 있으나 『계원담총』과 『영재집』을 따랐다.

13　돛대는 … 모두 기울었네: 조강은 한강 하류와 임진강이 합쳐져 강화로 흘러드는 강이고, 손
　돌은 강화해협에서 가장 험한 물목이다.

와 같은 여러 구절은 모두 고상하고 오묘하며 빼어나서 그의 재주와 기운이 거침이 없고 단련함이 기이함을 이룬 것을 볼 수 있으니 보는 이가 안목을 빼앗기기에 충분하다. 「등림회고(登臨懷古)」와 같은 작품에 이르러서는 더욱 빼어난 구절이 많다. 청나라 이조원(李調元)[14]이 그를 동국의 문봉(文鳳)이라고 말한 것이 어찌 빈말이겠는가?

---

14 이조원(1734~1803): 중국 사천 금주(錦州) 사람으로, 자가 갱당(羹堂)이고 호는 우촌(雨村)이다. 광동 학정(廣東學政)·직례통영도(直隸通永道) 등을 역임하였다. 저서로『우촌곡화(雨村曲話)』,『우촌극화(雨村劇話)』,『동산전집(童山全集)』이 있고, 총서로『함해(函海)』가 있다.

63

박제가의 호탕한 시풍

초정 박제가의 칠언 율시는 여러 편이 모두 훌륭하다. 몽득(夢得) 유우석(劉禹錫)[1]과 향산거사(香山居士) 백거이(白居易)[2]가 그의 비조(鼻祖)가 된다.

그가 지은 「심계(心溪) 이광석(李光錫)의 시골집에서 이틀을 묵고」[3]는 이렇다.

계수나무 숲 속의 그대를 그리니	山中叢桂隱思君
초택(草澤)에서 어이하여 새 짐승과 무리 하나.[4]	草澤胡爲鳥獸群
먼 물은 흘러가고 사람도 홀로 가니	遠水縱橫人獨去

---

1 유우석(772~842): 중당의 시인으로, 자가 몽득이고, 호는 여산인(廬山人)이다. 낙양(洛陽) 출신이다. 저서로 『유몽득문집(劉夢得文集)』, 『외집』 등이 있다.

2 백거이(772~846): 당나라 때 가장 뛰어난 시인 중의 한 사람으로 꼽힌다. 호가 향산거사이며 자는 낙천(樂天)으로 흔히 백낙천(白樂天)이라고 불린다.

3 「심계(心溪) … 이틀을 묵고」: 『한객건연집(韓客巾衍集)』에 수록되어 있다.

4 새 짐승과 무리 하나: 『논어』 「미자(微子)」에서 가져온 표현이다. 은자(隱者)인 장저(長沮)와 걸닉(桀溺)이 공자를 두고 "안 될 줄 알면서도 억지로 하려는 사람"이라며 조롱하자, 공자가 "새나 짐승과 무리 지을 수는 없으니 내가 이 세상 사람들과 함께 하지 않으면 누구와 함께 살까(鳥獸不可與同群, 吾非斯人之徒與而誰與)?"라고 말했다.

들판도 황량해라 어렴풋이 길 나뉘네.　　　　　　　野田蕭瑟路微分

대낮의 빈 마을은 바람 소리 그뿐인데　　　　　　午時墟落惟天籟

'묘(卯)'자로 된 사립문은 글자 모양 그대롤세.　　卯⁵字柴門宛古文

삿갓 같은 정자 그늘 애오라지 함께 쉬니　　　　一笠亭陰聊共憩

하늘 아득히 외론 구름 피어나네.　　　　　　　寥天杳杳潑孤雲

그의 가슴속이 맑고 시원스러운 것을 볼 수 있다.

또한

천지는 쓸쓸해라 승냥이도 제사하는데⁶　　　　天地蕭蕭豺祭獸

글은 드문드문 거(駏)가 공(蛩)을 의지한 듯.⁷　　文章落落駏⁸依蛩

다듬이 소리 막 울리자 서리도 내려오고　　　　一杵初鳴霜始至

온갖 벌레 함께 울자 달은 서편 흘러간다.　　　百蟲皆作月西流

─────────────

5 卯:『계원담총』에는 "夘"로 되어 있으나『정유각집』에 따라 바로잡았다.

6 승냥이도 제사하는데: 가을을 말한다.『예기(禮記)』「월령(月令)」에 "9월에는 승냥이가 짐승
　으로 제사 지낸다[季秋之月豺祭獸]"라는 말이 있다. 승냥이는 사냥하여 잡은 짐승을 사방에
　늘어놓는 버릇이 있는데, 이 모습이 사람이 제사 지내는 것과 비슷하다고 하여 시제(豺祭) 또
　는 달제(獺祭)라고 한다.

7 글은 … 의지한 듯: 거(駏)와 공(蛩)은 공공거허(蛩蛩駏虛) 혹은 공공(蛩蛩)과 거허(駏虛)라는
　상상 속의 짐승으로, 공생하는 속성이 있으므로 서로 의지하는 것을 비유하는 말로 쓰인다.
　『회남자(淮南子)』에 보인다.

8 駏:『계원담총』에는 "駏"로 되어 있으나『정유각집』에 따라 바로잡았다.

붉은 나무 가운데 그대 홀로 사노니 　　　　　紅樹之中君獨住

국화꽃 다 지도록 나는 뉘게 돌아갈꼬. 　　　黃花也盡我誰歸

남국의 산과 물엔 기러기들 많은데 　　　　南國山川多雁影

한밤중 비바람에 닭 울음 또 들린다. 　　　中宵風雨又鷄聲

〈빈풍도(豳風圖)〉[9] 그림 속에 국화는 시들었고 　　豳風畫裏黃花老

농장성(農丈星)[10] 그 옆으로 흰 이슬 차가워라. 　　農丈星邊白露寒

버석버석 낙엽에 서릿발은 하얀데 　　　　多聲木葉流霜白

어슴푸레 띳집엔 달빛만 싸늘해라. 　　　未曙茅茨澹月寒

천 리라 벗 생각에 달려가고 싶지만[11] 　　　千里思朋須命駕

바다 같은 사람 틈에 홀로 사립 닫고 있네. 　　萬人如海獨關扉

여러 구절들이 모두 성대하면서도 비장하니 마치 검축(釖筑)[12]의 소

9 〈빈풍도(豳風圖)〉: 『시경』의 빈풍 「칠월(七月)」을 형상화한 그림으로, 원나라 조맹부(趙孟頫)
　가 그린 작품이 유명하다. 농사와 관련된 그림의 범칭이기도 하다.
10 농장성(農丈星): 수확을 주관하는 별. 남극성 서남쪽에 있다.
11 천 리라 … 싶지만: 삼국시대 위(魏)나라 사람 여안(呂安)이 멀리 사는 벗 혜강(嵇康)이 생
　각날 때마다 천리 길을 멀다 하지 않고 찾아갔다는 고사가 있다. 『진서(晉書)』「혜강전(嵇康
　傳)」, 『세설신어(世說新語)』「간오(簡傲)」 등에 보인다.
12 검축(釖筑): 자객(刺客)의 검과 연주가의 비파(琵琶)를 함께 가리킨다. 전국시대 진시황 암
　살 임무를 맡은 형가(荊軻)가 축(筑)의 명인인 고점리(高漸離)의 반주에 맞춰 비분강개하게
　노래한 고사가 있다.

리를 듣는 것만 같아, 그가 품은 뜻이 호탕함을 떠올려볼 수 있다. 다만 지나치게 원숙(圓熟)하여 기운과 격조 면에서 얼마간 고아(古雅)함이 부족할 뿐이다. 사가가 비등비등하니 왕로(王盧)의 앞뒤를 정하기가 쉽지 않다.[13]

---

13 사가가 … 쉽지 않다: 박제가가 사가 시인 가운데 2·3등에 들겠으나 정확한 우열은 가리기 어렵다는 뜻 정도로 쓴 듯하다. 초당(初唐)시대의 뛰어난 시인인 초당사걸(初唐四傑) 중 한 명인 양형(楊炯)이 다른 초당사걸과 자신을 비교하며 "나는 노조린의 앞에 있기엔 부끄럽고 왕발의 뒤에 있기엔 수치스럽다〔吾愧在盧前, 恥居王後〕"라고 한 데서 가져온 표현이다. 이 시평은 반정균이 『한객건연집』에 남긴 평에서 그대로 가져온 것이다.

64

이서구의 해맑은 시격

강산 이서구의 「서강구(西岡口)」 시1 중 첫 수는 이렇다.

푸른 시내 어귀에 집이 가까워   家近碧溪頭

저물녘 시내 바람 빠르게 부네.   日夕溪風急

긴 숲에선 사람을 만날 일 없어   脩林不逢人

무논에 해오라기 그림자 섰네.   水田鷺影立

그 둘째 수는 이렇다.

이따금 비끼는 햇살을 향해   時向返照裏2

혼자서 청산 밖을 거닐어보네.   獨行青山外

저물녘 우는 매미 수도 없는데   鳴蟬晚無數

물 건너 맑은 소리 날아오누나.   隔水3飛清籟

---

1 「서강구(西岡口)」 시: 『척재집(惕齋集)』 권1에 수록된 「7월에 동음(洞陰)의 낡은 집으로 돌아와, 저물녘에 시냇가를 거닐며 짓다. 3수〔早秋歸洞陰弊廬, 晚步溪上作三首〕」이다. 『계원담총』에 실린 것과 자구에 차이가 많다.

2 裏: 『척재집』에는 "中"으로 되어 있다.

3 水: 『척재집』에는 "樹"로 되어 있다.

그 셋째 수는 이렇다.

솔뿌리 위에서 책을 읽는데 　　　　　　　　 讀書松根上

책 속에 솔방울이 떨어지누나. 　　　　　　　 卷中松子落

지팡이 짚고서 돌아가려니 　　　　　　　　　 支筇欲歸去

산중턱에 구름 기운 온통 하얗다. 　　　　　　 半嶺雲氣白[4]

매 편마다 모두 예스러워 도사(陶謝)[5]의 뒤를 따를 만하다.

그의 「압구정을 바라보며」[6]는 이렇다.

높은 정자 희미하게 호수 구름 베고 있고 　　　 危亭隱約[7]枕湖雲

끝없이 맑은 모래 어지러이 바라뵌다. 　　　　 無限晴沙眺望紛

열수(洌水)의 돛단배가 언덕 가로질러가니 　　 洌水風帆橫岸去

광릉의 안개 나무 강 너머에 나뉘었네. 　　　　 廣陵烟樹隔江分

푸른 산은 중국 사신 대한 눈빛 싸늘하고 　　　 靑山眼冷皇華使

방초는 상당군(上黨君)[8]의 혼을 녹게 하는구나. 　 芳草魂銷上黨君

만 겹의 허튼 근심 다 버리지 못했는지 　　　　 萬疊閒愁抛不盡[9]

---

4 白: 『척재집』에는 "作"으로 되어 있다.

5 도사(陶謝): 중국 남조(南朝)시대를 대표하는 시인 도연명(陶淵明)과 사영운(謝靈運)을 가리킨다.

6 「압구정을 바라보며」: 『척재집』 권3에 같은 제목으로 수록되어 있다. 『계원담총』에 실린 것과 자구에 차이가 많다.

7 隱約: 『척재집』에는 "縹緲"로 되어 있다.

여린 물결 푸른 비단 무늬처럼 주름지네. 　　　　　　　輕波皺得碧羅紋10

상쾌하고 시원스러워 읊조릴 만하다.

또 다른 시구는 이렇다.

봄 깊어 사람이 떠나간 뒤에 　　　　　　　　　　春深人去後

꽃 지자 꿈이 막 흩날리누나. 　　　　　　　　　　花落夢飛初

여린 열매 벽에 기대 드리워 있고 　　　　　　　　細果垂欹壁

그윽한 꽃 무너진 담장 덮었네. 　　　　　　　　　幽花覆壞牆

대나무 가지에 제비가 오고 　　　　　　　　　　　竹梢來燕子

박 등에 달팽이가 기어오른다. 　　　　　　　　　　匏背上蝸牛

나무 소리 허공 기대 썰렁하더니 　　　　　　　　樹韻凭虛冷

시내 빛은 바닥까지 온통 붉구나.11 　　　　　　　溪光到底紅

---

8 상당군: 성종 대의 문인 한명회(韓明澮)로, 그는 1457년에 상당군이라는 봉호를 받았다. 그가
한강 상류, 지금의 압구정동 지역에 압구정이라는 정자를 지었는데, 뛰어난 경치로 명성이 높
았다. 명나라 사신이 압구정을 방문하려고 하자 한명회가 압구정이 좁다는 이유로 궐에서 쓰
는 차일을 칠 것을 청하였다가 탄핵된 일이 있다.

9 萬疊閒愁抛不盡: 『척재집』에는 이 구가 "文物豪華俱寂寞"으로 되어 있다.

10 輕波皺得碧羅紋: 『척재집』에는 이 구가 "至今惟有白鷗群"으로 되어 있다.

11 나무 소리 … 온통 붉구나: 『척재집』 권3에 실린 「가을날에 옥류당을 지나며[秋日過玉流
堂]」의 제5, 6구이다.

냇가 집 푸른 이끼 새끼 사슴 길들이고　　　　　　　澗戶蒼苔馴子鹿

돌밭 내린 봄비에 인삼을 심는다네.12　　　　　　　石田春雨種人蔘

담 모롱이 하늘 빛 늦어짐을 아끼다가　　　　　　　籬角孤眷天色晚

주렴 머리 빗소리에 한가로이 꿈을 꾸네.　　　　　　簾頭閒夢雨聲深

연못 연꽃 몰골도13라 서랑(徐郞)의 그림이요　　　　池荷14沒骨徐郞墨

들물이 갈리는 곳 역씨의 『수경(水經)』15일세.16　　野水分頭酈氏經

하루 내내 찬비가 남국으로 이어지니　　　　　　　一天寒雨連南國

두 곳의 국화에 옛 벗을 떠올리네.17　　　　　　　兩地黃花憶故人

여러 구절이 모두 고아하면서도 해맑다. 사가 가운데서도 시의 품격
이 가장 높다.

---

12 냇가 집 … 심는다네: 『척재집』 권3에 실린 「서울의 옛 벗에게 부치다〔寄洛中故舊〕」의 제3, 4
  구이다.

13 몰골도: 몰골화법(沒骨畫法)으로 그린 그림. 송(宋) 대 화가 서숭사(徐崇嗣)가 창시한 화법
  으로, 화조화(花鳥畫)에서 윤곽을 그리지 않는 것이다.

14 荷: 『척재집』 권1에는 "花"로 되어 있다.

15 역씨의 『수경』: 중국 북위(北魏) 때 형주 자사(荊州刺史)를 지낸 역도원(酈道元)은 『수경주
  (水經注)』를 찬(撰)했다.

16 연못 연꽃 … 『수경』일세: 『척재집』 권3에 실린 「야정(野亭)」의 제5, 6구이다.

17 하루 내내 … 떠올리네: 『척재집』 권3에 실린 「9월에 호서의 벗에게 부치다〔九月寄湖西友
  人〕」의 제5, 6구이다.

65

김정희의 품격 높은 작품

추사(秋史) 김정희(金正喜)는 시격이 괴기하고 굳세어서, 간혹 그 시가 정종(正宗)[1]이 아니라고 나무람이 있다. 하지만 근대의 시를 어찌 오로지 정종을 가지고 척도로 삼을 수 있겠는가. 그 「양주도중(揚州道中)」[2] 시는 이렇다.

잎 지는 서리 새벽 나그네 옷 탄식하니	霜晨搖落歎征衣
아득한 들판에는 가을 풀도 듬성하네.	極目平原秋草稀
천지는 쓸쓸하다 바람 소리 합쳐지고	天地蕭蕭虛籟合
산천은 또렷한데 기러기 몇 돌아가네.	山川歷歷數鴻歸
엷은 안개 높은 나무 외딴집을 에워쌌고	淡煙喬木圍孤墅
물 흐르는 백사장엔 저녁 볕 쉬 드누나.	流水平沙易夕暉
회북이라 강남땅은 그 어드메이던가	淮北江南何處是
이분의 밝은 달[3]만 꿈속에 가물가물.	二分明月夢依依[4]

진천(震川) 귀유광(歸有光)[5]과 매우 흡사하다.

---

1 정종(正宗): 성당시(盛唐詩) 중 으뜸의 경지를 말한다. 명(明)나라 고병(高棅)이 『당시품휘(唐詩品彙)』에서 시의 품제를 정시(正始), 정종(正宗), 대가(大家), 명가(名家), 우익(羽翼), 접무(接武), 정변(正變), 여향(餘響), 방류(旁流) 등 9품으로 나누었는데, 이중 정종(正宗), 대가(大家), 명가(名家), 우익(羽翼)이 성당시의 품제이다.

2 「양주도중(揚州道中)」 시: 『완당전집(阮堂全集)』 권9에 같은 제목으로 실려 있다.

그 「촌사(村舍)」⁶ 시는 이렇다.

장독대 동편에는 맨드라미 피어 있고	數朶鷄冠醬瓿東
넝쿨 푸른 호박은 외양간에 올라있네.	南瓜蔓碧上牛宮
세 집 사는 마을에서 꽃 소식 찾노라니	三家村裏徵花事
접시꽃 활짝 피어 일장이나 붉었구나.⁷	開到戎葵一丈紅

이밖에,

| 서늘한 밤 배 내놓자 뭇 별들 늘어서고 | 涼天曬腹星辰列 |
| 데운 술로 가슴 적심 대와 돌이 아는도다.⁸ | 煖犀澆胸竹石知 |

| 산빛을 흠씬 받아 온 집에 넉넉하니 | 恰受峯光多一屋 |
| 꽃기운 고루 나눠 세 이웃이 충분하다.⁹ | 平分花氣足三隣 |

와 같은 여러 구절들은 품격이 절로 높다.

---

3 이분의 밝은 달: 본래는 중국 양주에 대한 표현으로, 당나라 서응(徐凝)의 「양주를 생각하며
  〔憶揚州〕」 중 "천하의 밝은 달밤 셋으로 나눈다면, 그중에 이분은 틀림없이 양주라네〔天下三
  分明月夜, 二分無賴是揚州〕"라는 구절에서 왔다.
4 依: 『완당전집(阮堂全集)』에는 "微"로 되어 있다.
5 귀유광(1506~1571): 중국 명나라 때 문인학자로 진천은 그의 호이다. 당송(唐宋)의 시문을 존
  숭하여 당송파로 불린다. 저서로 『진천집』이 있다.
6 「촌사(村舍)」 시: 『완당전집(阮堂全集)』 권10에 같은 제목으로 실려 있다.
7 접시꽃 … 붉었구나: 원문의 "戎葵", "一丈紅"은 모두 접시꽃의 별칭이다.
8 서늘한 밤 … 아는도다: 『완당전집』 권9에 실린 「서오자의 운을 차하며 희롱삼아 그 체를 본
  받다〔次書娛子韻戲效其體〕」 제2수 중 제5, 6구이다.
9 산빛을 … 충분하다: 『완당전집』 권9에 실린 「북원상춘(北園賞春)」 중 제5, 6구이다.

66

이명오의 시재

박옹(泊翁) 이명오(李明五)[1]는 아버지가 억울한 옥사에 돌아가신 것[2]을
원통하게 여겨 벼슬길에 나아가지 않았다. 평생 시에 능하여 추사 김정
희와 더불어 서로 친하였는데, 주고받은 시가 많이 있다.

그의 「방옹(放翁) 육유(陸游)의 시에 차운하다」[3]는 이렇다.

동군(東君)[4]이 솜씨 부려 봄바람 일으키니	東君老手已飜風
숲 저편 붉은 꽃이 피었나 모르겠네.	未試林端着小紅
생각건대 경영함이 하루 일이 아니거니	定想經營非一日
둥근 꽃에 잎 만들기 기이한 공 필요하리.	團花裁葉費奇功

---

1 이명오(1750~1836): 본관은 전주, 자는 사위(士緯), 호가 박옹이다. 사마시에 합격하였으나 벼
   슬에 나아가지 않았고, 순조 때 부친이 신원된 뒤에 음관으로 벼슬을 지냈다. 저서로 『박옹시
   초(泊翁詩鈔)』가 있다.
2 아버지가 억울한 옥사에 돌아가신 것: 1770년(영조 46)에 최익남(崔益男)이 사도세자의 묘와
   사당에 세손이 성묘하고 전알하지 않은 일로 영의정 김치인(金致仁)을 성토하는 상소를 올렸
   는데, 이때 이명오의 부친 이봉환(李鳳煥, 1710~1770)이 최익남을 찾아가 상소를 미리 보았다
   는 죄목으로 연루되어 옥사하였다.
3 「방옹 … 차운하다」: 『박옹시초(泊翁詩鈔)』 권2에 수록된 「방옹의 운에 차운하다〔次放翁
   韻〕」이다.
4 동군(東君): 봄을 관장하는 신. 동제(東帝)·동황(東皇)·청황(靑皇)·청제(靑帝)라고도 한다.

생각이 지극히 정밀하고 섬세하다.

그의 「남하(南霞) 이면구(李勉求)가 의주부윤으로 임명되어 감을 전
송하며」[5]는 이렇다.

매화 핀 역로에 눈발이 흩날리고	梅花驛路雪飄零
변방의 이별 노래 다섯 말이 발 멈추네.	塞上離歌五馬停
원촉(院燭)[6] 아래 잠 못 듦은 예전의 일이었고	院燭無眠他夜漏
사신 뗏목[7] 지난해의 별자리를 기억하네.	海槎猶記去年星
추운 날씨 북방 기운 백룡퇴(白龍堆)도 시커먼데[8]	天寒朔氣龍堆黑
너른 들판 변방 근심 사냥불만 푸르도다.	野曠邊愁獵火青
등림시 흉내 내어 시 지어야 마땅하리	擬古登臨應作賦
그래야만 통군정(統軍亭)[9]서 안 취할 수 있으리니.	可能不醉統軍亭

비록 놀라운 표현은 없지만, 또한 노련한 솜씨가 아니라고 말할 수도 없다.

---

5 「남하 … 전송하며」:『박옹시초』권6에 수록된 「이남하가 의주부윤으로 임명되어 감을 받들
　어 전송하며[奉送李南霞之任龍灣]」이다. 이면구는 1814년 승정원 동부승지를 제수받고 이어
　서 의주부윤(義州府尹)이 되었다.

6 원촉(院燭): 한림원으로 돌아가는 촛불이라는 뜻으로, 문신에 대한 임금의 명예로운 대우를
　의미한다. 당(唐)나라 영호도(令狐綯), 송(宋)나라 왕흠약(王欽若)·소식(蘇軾) 등이 한림학
　사(翰林學士)로 있을 때 천자를 뵈러 대궐에 입시했다가 밤이 깊어지자 천자가 금련촉(金蓮
　燭)을 하사하여 한림원으로 돌아가게 했다는 고사가 있다.

7 사신 뗏목: 이면구는 1811년 통신부사(通信副使)로 일본에 다녀왔다.

8 추운 날씨 … 시커먼데; 백룡퇴는 중국 서북쪽의 변방 사막으로, 일반적으로 변경 밖의 먼 지
　역을 가리킨다. 여기서는 북방의 찬 날씨에 백룡퇴조차 검게 변하였다는 의미인 듯하다.

9 통군정(統軍亭): 의주(義州) 압록강 고대(高臺)에 있는 정자로, 관서팔경(關西八景) 중 하나이다.

67

정상관의 과부시

나는 정상관(鄭象觀)[1]이 어떤 사람인지, 또 그의 시가 어떤 격조를 갖추고 있는지는 알지 못하나, 사람들이 외워 전하는 그의 「과부」라는 절구한 수를 살펴보면 당나라 사람의 풍격이 있으니 틀림없는 작가이다. 그시[2]는 이렇다.

과부가 추석을 맞이하여서	寡婦當秋夕
청산에서 온종일 곡을 하누나.	靑山盡日哭
무덤 아래 메조가 다 익었건만	墓[3]下黃粱[4]熟
같이 갈고 함께 먹진 못하는구려.	同耕不同食

시가 지극히 처량하고 구슬프다.

---

1 정상관(1776~1820): 본관이 진양(晉陽), 자는 숙옹(叔顒), 호가 곡구원(谷口園)이다. 저서로 『곡구원기(谷口園記)』가 전한다.
2 그 시: 『곡구원기』에 「길 위에서 입으로 읊다(道上口吟)」라는 제목으로 실려 있다.
3 墓: 『곡구원기』에는 "哭"으로 되어 있다.
4 粱: 『곡구원기』에는 "稻"로 되어 있다.

68

이학규의 아낄 만한 시재

낙하(洛下) 이학규(李學逵)[1]는 젊어서 뛰어난 재주가 있었다. 열여덟 살에 부름을 입어 『규장전운(奎章全韻)』을 교정하는 일에 참여하였다. 은혜로 돌아보심이 몹시 무거웠으므로 당시 사람들이 이를 미워하였다. 김해(金海)로 귀양 가서 19년 만에 돌아왔는데, 다시는 세상에 뜻을 두지 않고 다만 시를 읊조리며 자적하였다.

그가 지은 「밤에 서림사에서 묵고」[2]라는 시는 이렇다.

장작불 연기 없고 그을음도 적은데	榾柮無烟燈燼遲
누각엔 은하수가 꿈결에 들쭉날쭉.	銀河樓閣夢參差
밤들자 산속 나무 비 오는 소리 내니	夜來山木聲如雨
첫추위에 나뭇잎이 떨어지는 그때일세.	正是初寒葉脫時

맑고도 놀라워 아낄 만하다.

---

1 이학규(1770~1835): 본관이 평창(平昌), 자는 성수(醒叟), 호는 낙하생(洛下生)·낙하이다. 벼슬이 없었으나 문학으로 이름을 날려 정조의 인정을 받았고, 여러 편찬 및 교감 사업에 참여하였다. 1801년(순조 1) 신유사옥 때 구금되어 유배되었다가 1824년(순조 24)에 풀려났다. 저서로 『낙하생전집』, 『인수옥집(因樹屋集)』 등이 있다.
2 「밤에 서림사에서 묵고」: 『낙하생전집』 20책에 실려 있는 「밤에 서림사 탄공의 방에서 묵고〔夜宿西林寺坦公房〕」이다.

69

이황중 시의 만당적 풍격

감산(甘山) 이황중(李黃中)[1]은 일곱 살에 능히 시를 지었다. 장성한 뒤에는 오로지 시에만 공력을 쏟아 만당(晚唐)의 풍격이 있었다. 추사 김정희가 보고 탄복하며 말했다.

"이는 우리나라에서 천년 동안 끊어졌던 소리이다."

만년에는 다시 시를 짓지 않고 다만 시를 다듬는 데 힘썼다. 비단 주머니를 하나 만들어 시초(詩草)를 담아 두고 때때로 주머니를 열어 낭랑하게 읊조리며 다듬곤 하였다. 나갈 때는 허리에 차고 다니며 반드시한 글자도 통쾌하지 않음이 없게 하였다.[2] 이 때문에 그 신묘한 이해와빼어남이 왕왕 드러나곤 했다.

그가 지은 「봄날 별서를 그리며」라는 시[3]는 이렇다.

동쪽 시내 나무에 꽃이 피어서 　　　　　　　　　　　花發[4]東溪樹

---

1 이황중(1803~1862): 본관은 하음(河陰), 자가 공일(公一), 호가 감산, 감산자(甘山子)이다. 이규보(李奎報)의 후손으로, 당대 시로 이름을 날렸다. 저서로 『감산시집(甘山詩集)』이 있다.

2 감산 이황중은 … 없게 하였다: 이상은 김택영의 「감산자전(甘山子傳)」에서 가져온 내용이다.

3 「봄날 별서를 그리며」: 『감산시집』 권1에 「春日懷茂朱」라는 제목으로 실려 있다.

4 發: 『감산시집』에는 "滿"으로 되어 있다.

남은 향기 집을 지나 날리겠구나.	餘香過院飄
일벌들 대낮에 돌아다니고	役蜂流白日
다투는 나비 푸른 하늘 올라가겠지.	鬪蝶上靑霄
천종의 술이래도 적다 하겠고[5]	酒或[6]千鍾少[7]
바둑돌은 하나로도 충분하다네.	碁常一[8]子饒
이제껏 가벼이 숨어지낸 곳	向來輕擧地
함께 본 이 한소(韓韶)[9]가 있다 하겠네.	同見有韓韶

그의 「선죽교」 시[10]는 이렇다.

이 다리의 길을 밟아보지 않고선	不踏此橋路
그 누가 열사의 품은 뜻 알리.	誰知烈士情
길 가운데 그 넋이 그대로 남아	道中魂彷彿
다리 위에 핏자국 선명도 하다.	橋上血分明

---

5 천종의 술이래도 적다 하겠고: 크나큰 포부를 주량에 빗댄 것이다. 『공총자(孔叢子)』 「유복
   (儒服)」에 "요순은 천종의 술을 마셨고, 공자는 백고의 술을 마셨다〔堯舜千鍾, 孔子百觚〕"라
   했고, 공융(孔融)의 「여조조논주금서(與曹操論酒禁書)」에서 "요 임금은 천종 술이 아니면 태
   평시대를 열 수 없었고, 공자는 백고 술이 아니면 최고의 성인이 될 수 없었다〔堯不千鍾, 無以
   健太平, 孔非百觚, 無以堪上聖〕"라고 했다.

6 或: 『감산시집』에 "割"로 되어 있다.

7 千鍾少: 『감산시집』에 "分盃好"로 되어 있다.

8 常一: 『감산시집』에 "鬆得"으로 되어 있다.

9 한소(韓韶): 후한(後漢) 환제(桓帝) 때 사람으로, 영현(嬴縣)의 현령이 되었을 때 창고를 열어
   유민(流民)을 구휼하는 선정을 베풀었으며, 도적들이 그의 훌륭함을 듣고는 그의 경내로 들
   어가지 않았다고 한다.

10 「선죽교」: 『감산시집』 권1에 같은 제목으로 실려 있다.

저녁볕 들판을 둘러서 있고   夕照圍平野

봄물은 옛 성을 향해서 가네.   春流向古城

하릴없이 돌난간 저 너머에는   徒然石[11]欄外

뭇사람들 바쁘게 지나다니네.   役役衆人行

모두 전아하여 읊을 만하다.

그밖에,

술이 달아 어린 자식 나누어주고   酒甘分穉子

시 좋아서 아내에게 읊조린다네.   詩好咏山妻

타고 남은 풀 아껴서 응당 도로 나오고   草憐殘燒應還出

조수는 긴 물 안타까워 다시 오르네.   潮恨長流更上來

도깨비불 언덕 나와 도리어 홀로 섰고   鬼火出墟還獨立

까마귀는 내려와서 다시금 서로 찾네.   棲鳥落地更相尋

작은 골짝 꽃은 늦고 구름은 어둑한데   小洞花遲雲黯黯

빈산에 물 빠르고 달빛만 또렷하다.   空山水急月亭亭

와 같은 여러 구절들은 모두 빼어나서 입신의 경지에 들었다.

---

11 徒然石:『감산시집』에는 "亭亭一"로 되어 있다.

70

이만수, 홍의호, 홍석주의 연광정 시

정조 조에 중국으로 사신을 보내면서 극원(屐園) 이만수(李晩秀)[1]를 상사(上使)로 삼고, 담녕(澹寧) 홍의호(洪義浩)[2]를 부사(副使)로 삼았으며, 연천(淵泉) 홍석주(洪奭周)[3]는 행대(行臺), 즉 서장관(書狀官)으로 삼았다.[4] 길이 평양을 지나니, 세 사신이 함께 연광정(練光亭)에 올랐다가 주련을 가리키며 말했다.

"이것은 고려 때 김황원(金黃元)[5]이 지은 것이다. 단지

---

1 이만수(1752~1820): 본관이 연안(延安), 자는 성중(成仲), 호는 극옹(屐翁)·극원, 시호는 문헌(文獻)이다. 1789년 식년 문과에 급제, 1791년(정조15) 성균관대사성을 지냈으며, 숭정대부에까지 올랐다. 저서로『극원유고(屐園遺稿)』가 있다.

2 홍의호(1758~1826): 본관은 풍산(豊山), 자는 양중(養仲), 호는 담녕·담원(澹園), 시호가 정헌(正憲)이다. 1784년 급제하여 초계문신에 선발되었고, 호조·예조·공조판서 등을 역임하였다 1803년 사은부사로, 1815년과 1823년에는 동지정사로 청나라에 다녀왔다. 저서로『담녕집(澹寧集)』이 있다.

3 홍석주(1774~1842): 본관이 풍산, 자는 성백(成伯), 호는 연천, 시호는 문간(文簡)이다. 1795년(정조19) 전강(殿講)에서 장원을 하고 이어 문과에 급하였다. 벼슬은 좌의정 겸 영경연사 감춘추관사 세손부에 이르렀다. 저서로『연천집』,『학해(學海)』,『영가삼이집(永嘉三怡集)』,『동사세가(東史世家)』,『학강산필(鶴岡散筆)』등이 있다.

4 정조 조에 … 서장관으로 삼았다: 1803년(순조 3) 7월 10일 왕비 책봉을 사례하는 사은사의 구성으로, 본문의 정조 조라는 말은 오류이다.

5 김황원(1045~1117): 본관이 광양(光陽), 자는 천민(天民)으로, 고려 때 문신이다. 특히 고시(古詩)로 이름을 날려 당대 제일인이라 칭해졌다.

긴 성의 한 면은 넘실넘실 강물이요　　　　　　　　長城一面溶溶水
넓은 들 동편은 점점이 산이로다.　　　　　　　　大野東頭點點山

라는 두 구절만 있어서 작품을 이루지 못하니 몹시 유감스럽다. 우
리들이 각자 두 구절을 잇대어서 이를 이어 칠언율시로 완성하면 아
주 좋겠다."

마침내 김황원의 시를 가져다가 기구(起句)로 삼고, 이만수가 함련을
이어 이렇게 말했다.

만 호의 누대가 하늘가에 일어나니　　　　　　　萬戶樓臺天畔起
네 계절 노랫가락 달빛 속에 돌아오네.　　　　　四時歌吹月中還

홍의호가 경련을 이어 이렇게 말했다.

강호의 위로는 바람 안개 다함없고　　　　　　　風烟不盡江湖上
우주의 사이에서 시만 길이 남았구려.　　　　　　詩句長留宇宙間

홍석주가 이를 맺으며 이렇게 말했다.

황학 뜬지 일천 년에 사람은 아득한데　　　　　　黃鶴千年人已遠
흰 구름 물굽이로 석양 배는 돌아오네.6　　　　　夕陽回棹白雲灣

대개 김황원이 당시에 생각이 꽉 막혀 능히 작품을 완성하지 못했던

것을 천년 뒤에 세 사신이 채워 완성하여 온전하게 하였으니 크게 아름다운 일이다. 하지만 함련과 경련은 담긴 뜻이 평범하고 기력이 없어서 첫 두 구절의 웅장하고 호방함에 걸맞지 않다. 다만 결구가 가장 정신이 담겨 있으니 홍석주가 다른 사람보다 한 단계 더 높은 것을 알 수 있다.

6 황학 뜬지 … 돌아오네: 중국 당(唐)나라 최호(崔顥)의 「등황학루(登黃鶴樓)」 시에 "누런 학한번 가곤 다시 오지 않으니, 흰 구름만 천년토록 부질없이 유유하다(黃鶴一去不復返, 白雲千載空悠悠)"라는 구절에서 의미를 취해왔다.

71

조수삼의 선죽교 시

추재(秋齋) 조수삼(趙秀三)의 「선죽교」 시1는 이렇다.

다리 밑 물결 목메 그윽한 풀 잠겼으니	波咽橋根幽草没
선생께서 이곳에서 어짊을 이루셨네.	先生於此乃成仁
하늘과 땅 다 닳도록 붉은 맘 남아 있어	乾坤弊盡丹心在
풍우에 갈리어도 벽혈(碧血)2은 새롭구나.	風雨磨來碧血新
무왕이 의사(義士)를 부축한단 말했어도3	縱道武王扶義士
문승상이 유민 됐단 이야기4는 못 들었네.	未聞文相作遺民

---

1 「선죽교」 시: 『추재집』 권1에 수록되어 있다.

2 벽혈(碧血): 주(周)나라 경왕(敬王)의 대부였던 장홍(萇弘)이 충간(忠諫)을 하다가 받아들여지지 않자 이를 한스럽게 여겨 자결하였는데, 그 피가 맺혀 벽옥(碧玉)으로 변하였다고 한다. 전하여 벽혈은 충신열사가 흘린 피를 가리킨다.

3 무왕이 … 말했어도: 주 무왕(武王)이 은 주왕(紂王)을 토벌하려 할 때 고죽국의 두 왕자 백이숙제가 막아서자, 강태공이 "의로운 분들이다"라 하고는 부축하여 가게 한 일을 가리킨다. 『사기』 권61 「백이열전」에 보인다.

4 문승상이 유민 됐단 이야기: 문승상은 송(宋)나라의 충신 문천상(文天祥)을 가리킨다. 덕우(德祐) 초 원(元)나라가 침입해 오자 그는 가산(家産)을 털어 군사를 일으켰으나 원나라 장군 장홍범(張弘範)에게 패하여 3년 동안 연옥(燕獄)에 수감되었다. 그러나 끝내 굴복하지 않고 「정기가(正氣歌)」를 지어 노래한 뒤 죽음을 당하였다. 『송사(宋史)』 권418 「문천상열전(文天祥列傳)」에 보인다.

무정한 듯 한을 품어 거친 비석 젖어 있어   無情有恨荒碑濕

거북 머리[5] 눈물 떨굴 사람 기다리지 않네.   不待龜頭墮淚人

전체 작품이 온전하게 이루어져 매끄럽기가 마치 녹로(轆轤)와 같다.
그리고 5, 6구는 특히나 맵시가 있어서 대단히 볼만하다.

---

5 거북 머리: 거북 모양으로 만든 비석의 받침돌을 가리킨다.

72

시문 모두 경지에 오른 이상적

이상적(李尙迪)[1]은 시와 문장이 모두 작가의 경지에 들어갔다. 순조 조에 명하여 불러 들어오게 한 뒤, 자리를 앞당겨[2] 그의 예전 작품을 외우며 이렇게 말했다.

"너의 문장은 중국의 기상과 운치에 가까워서 내가 이를 좋게 보노라."

이상적이 은혜를 받고 감격하여 손수 지은 시문을 편집하여 직접 그 첫머리에 '은송당집(恩誦堂集)'이라고 이름 붙였다. 대개 은혜를 기억하겠다는 뜻이다.

그가 지은 「수레에서 꿈을 꾸고」[3]라는 시는 이렇다.

갖옷 입고 앉았자니 깜박 든 잠 포근해   坐擁貂裘小睡溫

---

1 이상적(1804~1865): 본관이 우봉(牛峰), 자는 혜길(惠吉)·윤진(允進), 호는 우선(藕船)이다. 한어역관(漢語譯官) 가문 출신으로 1825년 식년시(式年試) 역과(譯科)에 합격하였고 열두 번의 연행을 수행하였다. 저서로『은송당집』이 있다.
2 자리를 앞당겨: 임금의 경청, 총애를 의미한다. 한(漢)나라 가의(賈誼)가 귀신의 본원(本源)을 자세히 이야기하자 그 말을 듣던 문제(文帝)가 자신도 모르게 자리를 앞으로 당겨 가의 가까이로 다가갔다는 고사가 있다. 『사기(史記)』 권84 「가생열전(賈生列傳)」에 보인다.
3 「수레에서 꿈을 꾸고」:『은송당집』 권10에 실려 있다.

어렴풋한 꿈속에서 내 집 찾아갔었지.   依依一⁴夢訪家園

눈 개인 냇가 집은 눈 쓰는 이 아예 없고   雪晴溪館無人掃

한그루 매화 아래 학이 대문 지키네.   一樹梅花鶴守門

한때에 전하여 외우니, 그를 학수문(鶴守門) 선생이라 하였다.

---

4 一: 『은송당집』에는 "歸"로 되어 있다.

73

울분이 담긴 강위의 시

고환(古歡) 강위(姜瑋)[1]는 고단하고 빈한한 데서 떨쳐 펴서 배움에 힘써
스스로를 수립하였다. 당세의 사무에 뜻이 있어 배움을 이루었지만 써
줄 곳이 없었다. 실의와 곤궁 속에서 굶주림과 추위에 내몰린 바 되어
이리저리 떠돌았다. 그 그윽하고 날카로운 생각과 울분을 토해내는 기
운을 온통 시에 기탁하였다. 이 때문에 그가 평생 시로 지은 것이 많았
으나 간혹 낙담하여 마음 붙이지 못하는 생각을 입에서 나오는 대로
읊조렸으므로 풍격 면에서 다소 우아하고 깨끗한 느낌이 부족하다. 하
지만 그가 종횡으로 내달리며 한 세상을 안중에 두지 않았던 것은 그
시를 보는 자로 하여금 눈이 어지럽고 마음이 어리취하게 만드니, 참으
로 근대의 시걸(詩傑)이었다.

그가 지은 「마하연(摩訶衍) 스님에게 주다」라는 시는 이렇다.

아미타불 부처님이 귀머거리 아니거늘   阿彌陀佛非聾漢

---

1 강위(1820~1884): 조선 말기의 학자·개화사상가. 본관은 진양(晉陽). 이명은 강호(姜浩)·강
성호(姜性灝), 자는 중무(仲武)·요장(堯章)·위옥(韋玉), 호는 추금(秋琴)·자기(慈屺)·청추각
(聽秋閣)·고환당(古懽堂). 강위의 문집과 해외여행 때의 일기, 「담초(談草)」·『동문자모분해
(東文字母分解)』 등은 아세아문화사에서 『강위전집(姜瑋全集)』으로 영인·간행되었다.

아미타불만 외워대니 너를 어찌하리오.　　　　　　念念彌陀奈爾何

빈 산 비와 눈 내려서 사람 자취 없는 곳　　　　　空山雨雪無人境

느닷없이 만나보면 바로 나 자신이리.　　　　　　驀地相逢是自家

시로 인하여 도를 깨친 자가 아니라면 어찌 능히 이 같은 말을 하겠
는가.

74

중국에서 펑을 받아온『한사객시선』[1]

고환(古懽) 강위가 중국에 들어가면서 손수 편집한『한사객시선(韓四客
詩選)』[2]을 청나라 오홍은(吳鴻恩)에게 보여주었다. 홍은이 구절마다 비
평하니, 유금(柳琴)이 선집한 사가 시(四家詩)에 반정균(潘庭筠)과 이조원
(李調元)이 평을 달았던 옛일[3]과 같았다.

한사객(韓四客)은 종산(鍾山) 홍기주(洪岐周, 1829~?), 운재(雲齋) 정기
우(鄭基雨, 1832~1890), 이당(二堂) 이중하(李重夏, 1846~1917), 영재(寧齋) 이
건창(李建昌, 1852~1898) 등이다. 그 나이의 차례와 관직의 등급은 비록
같지 않았지만, 명리에 담박하고 문장에 깊은 것은 같았다. 각기 자기
의 능함을 가지고 한 세상에서 이름을 날렸으니, 이제 다음에 그중 한
두 수씩을 제시하겠다.

---

1 이 항목부터 이중하 항목까지가 원본에는 폭포를 노래한 고금 한시 항목 다음에 달려 있다.
  상단에 "이 아래로는 마땅히 강위(姜瑋)의 항목 아래 있어야 한다(此下當在姜瑋章下)"라는 교
  정 지시가 있어 수정하였다.

2 『한사객시선(韓四客詩選)』: 고환당(古歡堂) 강위(姜瑋, 1820~1884)가 엮은 조선 문인 4인의
  시선집이다. 강위는 1873년 동지정사겸사은사(冬至正使兼謝恩使)의 정사로 연행을 한 정건조
  (鄭健朝, 1823~1882)를 수행하면서 이 책을 중국에 가지고 들어가 장세준(張世準, 1826~?)의
  비평, 오홍은(吳鴻恩, 1829~1903)의 서문, 서부(徐郙, 1838~1907)의 발문을 받았다.

3 유금(柳琴)이 … 옛일: 1776년 유금이 이덕무(李德懋, 1741~1793), 박제가(朴齊家,
  1750~1805), 유득공(柳得恭, 1748~1807), 이서구(李書九, 1754~1825) 네 사람의 시선집인『한
  객건연집(韓客巾衍集)』을 청나라에 가져가 반정균(潘庭筠)과 이조원(李調元)의 서문과 평비
  (評批)를 받아온 일을 말한다.

75

홍기주의 대표작

종산(鍾山) 홍기주(洪岐周)[1]의 「진달래가 늦게 피다」[2]는 이렇다.

비바람 인색해도 부지런히 꽃 피우니	慳風澀雨勤花開
봄 일로 시름겨워 술잔 들기 귀찮구나.	春事愁[3]人懶擧盃
어쩌다가 못가로 방초 찾아갔는데	池上偶尋芳草去
숲 밖으로 한 가지 삐죽 나와 보이누나.	一枝忽見出林來

「백원(白園)에 모여」[4]는 이렇다.

풍정은 늙어서도 삭아 없어지지 않아	風情抵老未銷沈
팔을 잡고 좋은 시절 여기 숲에 들어왔네.	把臂芳辰此入林
십 년간 시를 찾음 옛 꿈에 남아 있고	十載尋詩餘舊夢

---

1 홍기주(1829~?): 자는 강백(康伯), 호는 종산(鍾山), 본관은 풍산(豊山). 1858년 무오(戊午) 식년시(式年試)에 3등으로 진사가 되었다. 순창군수(淳昌郡守), 함흥판관(咸興判官) 등을 역임했다.

2 「진달래가 늦게 피다」:『한사객시선』에 같은 제목으로 실려 있다.

3 愁:『한사객시선』에는 "隨"로 되어 있다.

4 「백원(白園)에 모여」:『한사객시선』에「會白園拈香山韻」이란 제목으로 실려 있다.

한 잔 술로 객 붙잡아 봄 마음을 함께 하네.　　　　一樽留客共春心

풀 자욱 초록 넘쳐 멀리 성곽 이어지고　　　　草痕漲綠連城遠

꽃 그림자 붉음 나눠 깊은 길을 지키누나.　　　　花影分紅護徑深

모임 얘기 시절 사물 아껴서만 아니거니　　　　讌話非唯憐節物

한강 남쪽 돌아오는 배가 많이 있다네.　　　　歸舟多在漢之陰

산구(散句)는 이렇다.

복사꽃 희끗하니 지는 볕 밝아서요　　　　桃花間白明斜照

괴석이 푸르름은 묵은 이내 띠어서라.5　　　　怪石嵌靑帶宿嵐

골짝 그늘 남은 눈은 밝기가 달과 같고　　　　陰壑雪留明似月

봄 못의 넘치는 물 술잔보다 푸르구나.6　　　　春塘水活綠於樽

찬 다듬이 땅을 울려 가을 소리 아득하고　　　　涼砧殷地秋聲迥

서리 잎 밝은 누각 저녁볕이 더디구나.7　　　　霜葉明樓夕照遲

고개 나무 새벽달을 하얗게 머금었고　　　　嶺樹啣將殘月白

저자 등불 저녁 안개 푸르게 점찍었네.8　　　　市燈點破暮烟靑

5　복사꽃 … 띠어서라:『한사객시선』에 수록된 「同徐晩悟承旨【相敦】, 趙幹山記注【秉弼】, 徐心齋上舍【正淳】, 朴綺園, 會于康園」 중 3, 4구이다.

6　골짝 그늘 … 푸르구나:『한사객시선』에 수록된 「惠齋小飮, 疊文字韻四首」 중 제4수의 3, 4구이다.

7　찬 다듬이 … 더디구나:『한사객시선』에 수록된 「同心齋內翰, 訪雲齋, 拈隨園韻」의 3, 4구이다.

가는 풀 푸르게 엉긴 길 하나 궁벽진데　　　　　　細草縈靑一[9]逕僻

먼 산은 푸르르고 누각 하나 솟았구나.[10]　　　　遠山通翠一樓高

짙은 구름 산허리를 가로 끊어 떠가고　　　　　　頑雲橫截山腰去

먼 시내 집 모롱이 높이 걸려 흐르누나.[11]　　　遠澗高懸屋角流

8　고개 나무 … 점찍었네: 『한사객시선』에 수록된 「直署淳寂中, 從姪【祐臣】同徐士溫來, 俄而雲
　　齋澹審繼至, 因留談議, 侵晨而罷, 拈紫霞韻.」의 3, 4구이다.

9　一: 『계원담총』에 "一"로 되어 있으나, 『한사객시선』에 "三"으로 되어 있다.

10　가는 풀 … 솟았구나: 『한사객시선』에 수록된 「曾石汀宅」의 3, 4구이다.

11　짙은 구름 … 흐르누나: 『한사객시선』에 수록된 「凉雨連日不止, 拈紫霞韻」의 3, 4구이다.

76
정기우의 대표작

운재(雲齋) 정기우(鄭基雨)[1]의 「모춘즉사(暮春卽事)」[2]는 이렇다.

산 북쪽 다락 구름 해가 서쪽 기울 때	樓雲山北日西時
제비는 바삐 오고 길손은 더디 가네.	燕子來忙客去遲
뜨락 가득 진 꽃에 봄 이슬 무거운데	滿院落花春露重
아지랑이 날다가 해당 가지 걸렸구나.	遊絲飛掛海棠枝

「봄을 아쉬워하며」[3] 시는 이렇다.

꽃 아껴도 꽃 시절을 머물게 할 방법 없어	惜花無計住花時
구슬피 봄을 찾아 물가에 이르렀네.	惆愴尋春到水湄
비바람 지난 뒤에 몇 떨기 남았으니	數朶猶支風雨後
가장 깊은 가지에 피었기 때문일세.	秖緣開在最深枝

---

1 정기우(1832~1890): 음직으로 참봉을 지내다 열군데 지방관을 지냈다. 저서로 『운재유고(雲
齋遺稿)』가 있다.
2 「모춘즉사(暮春卽事)」: 『한사객시선』에 같은 제목으로 수록되어 있다.
3 「봄을 아쉬워하며」: 『한사객시선』에 실린 「惜春思歸」 3수 중 제3수이다.

「꽃 아래 잠깐 머물며」[4]는 이렇다.

이 자리 함께함을 어이 기약했으리	此序[5]那期與子同
한 지팡이 만산의 가운데로부터 왔네.	一筇初自萬山中
주렴 무늬 뜬 이내 푸르게 어룽지고	簾紋細縐浮嵐翠
꽃 기운 저녁볕을 발갛게 비추누나.	花氣晴熏返照紅
시 꿈은 안개인 듯 옛 풍경 어지럽고	詩夢似烟迷舊境
술 자욱 비와 같아 미풍에 흩어지네.	酒痕如雨散微風
어여뻐라 근래 들어 봄 아파 병 앓더니	多憐近日傷春病
그대가 온 덕분에 반 너머 없어졌네.	賴得君來一半空

산구는 이렇다.

대나무 창 새로 열고 산을 멀리 바라보고	新開竹牖看山遠
솔 울타리 메우잖아 성근 달빛 들인다네.[6]	不補松籬納月踈

찬 나무의 담황빛은 까마귀 등 햇빛이요	寒樹淡黃鴉背日
끊긴 다리 희끗한 빛 말발굽의 서리일세.[7]	斷橋翻[8]白馬蹄霜

---

4 「꽃 아래 잠깐 머물며」: 『한사객시선』에 같은 제목으로 수록되어 있다.

5 序: 『한사객시선』에는 "席"으로 되어 있다.

6 대나무 창 … 들인다네: 『한사객시선』에 실린 「文杏館, 別朴肯川【勝學】」의 3, 4구이다.

7 찬 나무의 … 서리일세: 『한사객시선』에 실린 「代人作二首」 중 제1수의 3, 4구이다.

8 翻: 『한사객시선』에는 "繁"으로 되어 있다.

시율(詩律)은 선과 같아 정력(定力)이 필요하고　　　　詩律如禪須定力

명장(名場)은 바둑처럼 훈수 둠을 참아야지.⁹　　　　名場似奕耐傍看

9　시율(詩律)은 … 참아야지: 『한사객시선』에 실린 「追和雪靑, 從兄鍾山詞伯唱酬韻二首」 중 제1
　수의 5, 6구이다.

77

이중하의 대표작

이당(二堂) 이중하(李重夏)[1]의 「가을밤에 퉁소 소리를 듣고」[2]는 이렇다.

밤기운 막 개고 오랜 비가 그치자	夜氣初晴[3]積雨收
높은 구름 꿈쩍 않고 은하수는 흘러간다.	高雲不動絳[4]河流
고요하고 푸르러 해맑아 잠 못 드니	靜下碧踈淸不寐
강 서편 누각에서 퉁소 한 곡 들리누나.	洞簫一曲水西樓

그의 「비봉(碑峯)」[5] 시는 이렇다.

깎아 세운 구름 사이 만 길의 봉우리라	削立雲間萬仞峰
하늘 사다리 바윗길 판도가 웅장하다.	天梯石棧壯提封

1　이중하(1846~1917): 본관은 전주이며, 자는 후경(厚卿), 호가 이당(二堂)·이아당(二雅堂)·탄
　　재(坦齋)·규당(圭堂)이다. 문집 『규당문집(圭堂文集)』, 『이아당집(二雅堂集)』, 『감계전말(勘
　　界顚末)』, 『감계일기(勘界日記)』 등이 있다.

2　「가을밤에 퉁소 소리를 듣고」: 『한사객시선』에 같은 제목으로 실려 있다.

3　晴: 『한사객시선』에는 "凉"으로 되어 있다.

4　絳: 『이아당집』에는 "玉"으로 되어 있다.

5　비봉(碑峯): 서울 북한산 서남쪽에 있는 봉우리의 하나. 꼭대기에 신라 진흥왕순수비가 세워
　　져 있었다고 하여 비봉으로 불린다.

몸을 돌려 아찔한 절벽 끼고 지나가선	側身抱過危懸壁
발 포개고 거꾸로 걸린 소나무를 더위잡네.	累足行攀倒掛松
십 리라 호수 물빛 가없이 해맑은데	十里湖光淸灑灑
오릉(五陵)6의 나무 빛은 겹겹이 푸르도다.	五陵樹色翠重重
뉘 알리 이 꼭대기 황량한 비(碑) 있을 줄을	誰知此頂荒碑在7
그때에 뜻을 세워 승경을 모았다네.	立意當年勝景鍾

비석은 북한산 승가사(僧伽寺) 뒤에 있는데, 신라 때 진흥왕이 북쪽을 순수(巡狩)하고 경계를 정한 곳이다.

산구는 이렇다.

강 물빛 하늘가에 다하였는데	江光天際盡
들판 빛은 나무 머리 평평도 하다.8	野色樹頭平

「국화를 읊다」9에서는 이렇게 노래했다.

---

6 오릉(五陵): 경기도 고양시에 있는 서오릉(西五陵)을 가리킨다. 서오릉은 조선조 덕종(德宗) 의 경릉(敬陵), 예종의 창릉(昌陵), 숙종비 인경왕후 김씨의 익릉(翼陵), 숙종과 제1계비 인현 왕후 민씨 및 제2계비 인원왕후 김씨의 무덤인 명릉(明陵), 영조비 정성왕후 서씨의 홍릉(弘 陵)을 아울러 일컫는다.

7 在: 『한사객시선』에는 "字"로 되어 있다.

8 강 물빛 … 평평도 하다: 『한사객시선』에 수록된 「양강 가는 길에(楊江途中)」 중 3, 4구이다.

9 「국화를 읊다」: 『한사객시선』에 수록된 「국화를 읊고 상운재에게 부쳐보내다(詠菊寄上雲齋)」 중 5, 6구이다.

어둔 길에 아침 이슬 곱게도 받더니만　　　　　暗徑艶承朝露白

성긴 울에 붉은 석양 담담히 마주했네.　　　　　疎籬淡對夕陽紅

「연경으로 들어가는 사람을 전송하며」[10]에서는 이렇게 노래했다.

느릅나무[11] 들판 빛깔 요동 구름 아득한데　　　　黃楡野色遼雲逈

뿔피리[12] 변방 근심 계주(薊州) 달빛 높구나.　　　畫角邊愁薊月高

영재 이건창의 시는 아래에서 다시 자세하게 논하였으므로 일단 생략한다.

---

10 「연경으로 들어가는 사람을 전송하며[送人入燕]」: 『한사객시선』에 수록된 「연경으로 들어가는 기원(綺園) 박봉채(朴鳳彬) 행대(行臺)를 전송하며(送行臺朴綺園【鳳彬】入燕)」 제2수의 3, 4구이다.

11 느릅나무: 중국 동북방에 느릅나무가 많이 자생하기 때문에 북쪽 변경의 풍광을 말할 때 흔히 사용하는 표현이다.

12 뿔피리: 서강(西羌)에서 전래된 옛 관악기로, 대통처럼 생겼고 부는 곳은 가늘며 끝은 크다. 대나무나 가죽으로 만드는데 겉에다 그림을 그려 놓기 때문에 화각이라 한다. 소리가 애절하고 높아 옛날 군중이나 왕이 순시할 때 군대의 사기를 진작하고 주위를 엄숙하게 했다.

78

여규형의 비범한 시재[1]

하정(荷亭) 여규형(呂圭亨)[2]은 타고난 재주가 탁월하여, 무릇 시를 지을 때 비록 어려운 제목과 험한 운자가 있더라도 대략 뜻을 거치지 않고 붓을 내리면 그대로 이루어졌다. 나아갈수록 점점 다함이 없어 호한하고 분방하기가 마치 바람맞은 돛과 질주하는 말을 뒤좇아도 미칠 수 없는 것과 같았으니, 넓은 세상의 호걸이라 말할 만하다. 하지만 공력을 쏟음이 얕아서 일찍이 한 번도 깊은 생각을 이루지 못하고 뜻에 따라 곧장 이루곤 했으니, 황잡(荒雜)하고 속되고 천박한 표현이 많아 끝내 능히 그 재주를 확충할 수 없었으니, 애석하다. 그의 「금강산 만물상」 시[3]는 이렇다.

목마른 무지개 여섯 천지(天池) 내려와 물 마시니　　　　渴虹下飮天池六

---

1 원본에는 이 항목이 이범세 항목과 박치형 항목 사이에 있다. 이중하 항목 바로 다음 상단에 "이 아래에 여하정의 시가 들어간다[此下呂荷亭詩]"라는 교정 표시가 있고, 이 항목 위에도 "이 글은 위사(韋史) 이근수(李根洙) 글의 앞에 넣어야 한다[此篇當在李韋史根洙之上]"는 지시가 있어 따라서 수정하였다.

2 여규형(1848~1921): 본관이 함양(咸陽)이며, 자는 사원(士元), 호가 하정이다. 1881년(고종 19)에 증광문과(增廣文科)에 급제하여 승지, 중추원의관을 역임했다. 오세창 등과 『대동시선(大東詩選)』을 편집하였다. 문집 『하정집(荷亭集)』이 전한다.

3 「금강산 만물상」 시: 『하정집』 권2에 같은 제목으로 실려 있다.

백천의 자예(雌霓)가 꼼짝 없이 따라왔지.　　　　　　雌霓百千隨粥粥

뇌설(雷楔)⁴로 가로 뚫려 두 다리가 잘리어서　　　　雷楔橫穿兩脚斷

허공으로 떨어져서 대륙에 서렸구나.　　　　　　　　散墮空曠蟠大陸

늙은 용이 봄철 맞아 산호 가지 씨 뿌리니　　　　　老龍春種珊瑚枝

새싹이 문득 돋아 자 넘어 자라더니,　　　　　　　萌芽便抽尋丈尺

한 밤중에 그 누가 문황(汶篁) 옮겨 심었던가⁵　　半夜誰作汶篁移

왕개와 석숭은 주어도 못 얻으리.⁶　　　　　　　　王愷石崇拾不得

곤륜산에 바람 쌓여 떨쳐 불어 내려오면　　　　　崑崙積風下披拂

일시에 온통 모두 낭간옥(琅玕玉)⁷이 된다네.　　　一時都化琅玕玉

팔만 사천 봉우리의 작고 작은 부처들이　　　　　八萬四千微塵佛

구름 타고 담무갈(曇無竭)⁸을 서로서로 쫓으니,　駕雲相逐曇無竭

한 옥산 머리마다 하나의 연화대(蓮花臺)요　　　一玉山頭⁹一蓮臺

백호(白毫)가 빛을 품어 일만 바퀴 달빛일세.　　白毫放光萬輪月

---

4 뇌설(雷楔): 벼락 신이 벼락을 일으키는 도구로, 쐐기 같이 생겼다. 벼락이 친 곳에 떨어져 있
　다는 전설이 있다.

5 문황(汶篁) … 심었던가: 순식간에 번성해진 모습을 말한다. 문황은 제나라 영토인 문수(汶
　水) 근처에서 나는 대나무로, 『사기』「악의열전(樂毅列傳)」에서 연나라가 제나라를 정벌하고
　더욱 번성해진 모습을 보고 "(연의) 계주 언덕에 심은 나무는 (제의) 문황을 옮겨 심은 것이다
　〔薊丘之植 植於汶篁〕"라고 말한 데서 가져온 표현이다. 여기서는 노룡이 봄에 뿌리는 산호수
　가 순식간에 금강산 만물상의 나무가 되었다는 말이다.

6 왕개와 석숭은 주어도 못 얻으리: 왕개와 석숭은 진(晉)나라 때 부호인데 서로 부와 호사를 다
　투었다. 『세설신어(世說新語)』「태치(汰侈)」에 보인다.

7 낭간옥(琅玕玉): 짙은 녹색을 뛰는 주옥인데, 곤륜산에는 낭간이 열리는 나무가 있다고 한다.

8 담무갈(曇無竭): 1만 2000 보살과 함께 금강산에 머무는 보살로, 산스크리트어 'dharmod-
　gata'의 음역이다. 『화엄경(華嚴經)』에 보인다.

9 山頭: 『하정집』에는 "頭上"으로 되어 있다.

몇 번이나 요도(瑤桃)를 꺾어 땔감 삼았던지   幾回瑤桃摧作薪

대천 세계[10] 겨울 되면 모두 뼈만 남았다네.   大千世界冬皆骨

이는 큰 솜씨의 붓이라 할 만하나, 또한 선생의 본색을 볼 수가 있다.

---

10 대천 세계: 불교 용어로, 온 우주, 온 세상을 뜻한다. 삼천대천세계(三千大千世界)의 준말이다.

79

이근수 시의 기상[1]

위사(韋史) 이근수(李根洙)는 호를 추수자(秋水子)라고도 하는데, 영남 의령 사람이다. 성품이 꼿꼿하고 의기가 있어서, 당세에 뜻에 맞는 자가 없는 듯이 보았다. 혹 남의 허물을 대놓고 배척하여 조금도 에두르지 않으니, 이 때문에 화가 일어나 마침내 형틀에서 죽었다. 내가 평소 그의 얼굴은 알지 못했지만, 일찍이 그가 서울의 여러 이름난 이들과 운자를 나누어 창수한 시를 보니 빼어나고도 분방하여 그 사람됨을 떠올려 볼 수 있었다. 그 시[2]는 이렇다.

난초는 혜초 종류	蘭以蕙族
덕 같음을 귀히 보네.	所貴同德
좋은 벗이 없다 하면	不有良朋
어이 내 맘 터놓으리.	何攄我臆
드넓도다 사해(四海)는	廣矣四海
아득하여 갈 수 없네.	杳不可卽

---

1 이 항목은 원본에는 이중하 항목과 이기 항목 사이에 있는데, 이중하 항목과 여하정 항목의 상단 교감 표시에 따라 위치를 수정하였다.

2 그 시: 『수암집』에 수록된 「海棠樓. 分韻東坡集中'讀書已過五千卷, 此墨足支三十年', 得墨字」이다. 이건창의 「추수자전(秋水子傳)」에도 전문이 실려 있다.

말도 훌륭하거니와	馬非不良
수레도 느리잖네.	車非不亟
넘실대는 저 압록강	盈盈一鴨
그 너머는 뉘 땅인가.	其外誰域
그리운 맘 있는듯해	若有相思
나도 내 맘 모르겠네.	不知不識
광상산(廣桑山)³ 아래쪽에	廣桑之下
우리나라 자리 잡아,	蹋我門闥
푸른 바다 해가 뜨니	東日滄溟⁴
왜 기울지 않겠는가.	其何不昃
고당(高堂)의 흰 머리⁵는	高堂暮雪
다시 검어지지 않네.	不復以黑
저렇듯이 빨리 가니	彼邁邁者
어느 때나 멈추리오.	何時而息
내 마음 저 달 같아	我心如月
힘들고 서글퍼라.	實勞悲惻
허리 사이 추수검(秋水劍)⁶	腰間秋水
나의 정성 비춰주네.	照人悃愊

---

3 광상산(廣桑山): 동해에 있다고 여겨진 선계의 산이다. 남해에는 장리산(長離山), 서해에는 여
   농산(麗農山), 북해에는 광야산(廣野山), 구해(九海)에는 곤륜산(崑崙山)이 있다.
4 滄溟: 『계원담총』에는 "滄滄"으로 되어 있으나, 「추수자전」에 따라 바로잡았다.
5 고당(高堂)의 흰 머리: 이백(李白)의 「장진주(將進酒)」에서 "또 보지 못했는가? 고당에서 거울
   을 보며 백발을 슬퍼했는데, 아침에는 검푸른 실 같더니 저녁엔 흰 눈빛과 같은 것을〔又不見高
   堂明鏡悲白髮, 朝如靑絲暮如雪〕"라고 한 데서 가져온 표현이다.

산에 있는 돌이라도	維山有石
쪼개면 갈라지고,	截之則泐
바닷속 고래라도	維海有鯨
휘두르면 죽는다네.	揮之則殪
이 때문에 옛 어진이	所以往哲
그 값 중히 여겼다네.	不輕其直
10년간 소매 품고	十年于袖
길가를 서성였지.	徘徊路側
옥과 같은 그 사람이	其人如玉7
상국으로 날 불렀네.	招我上國
중당(中堂)에서 술 마시니	中堂酒闌
한해 빛깔 아득하다.	崢嶸歲色
경고(更鼓)8 소리 떨어지니	更鼓初落
일각이 천금일세.	千金一刻
긴 무지개 땅을 비춰	長虹燭地
어두운 길 밝혀주네.	示我擿9埴

---

6 허리 사이 추수검(秋水劍): '허리 사이(腰間)'라는 표현은 이백(李白)의 시 「醉後贈從甥高鎭」
 에 보인다. "갑 속에 서린 칼 작어(鰼魚) 장식하였나니, 한가히 허리 사이 찰 뿐 사용한 적이 없
 다네〔匣中盤劍裝鰼魚, 閒在腰間未用渠〕." '추수검'은 가을 물빛처럼 싸늘하게 빛나는 검광(劍
 光)을 비유한 말이다. 원(元)나라 왕실보(王實甫)의 『서상기(西廂記)』제1본(本) 제1절(折)에
 "만금 나가는 보검은 추수의 칼 빛을 감추었고, 말 가득 봄 시름은 수놓은 안장을 짓누르네〔萬
 金寶劍藏秋水, 滿馬春愁壓繡鞍〕"라는 말이 보인다.
7 玉:『계원담총』에 月로 되어 있으나,「추수자전」에 따라 바로잡았다.
8 경고(更鼓): 초경에서 오경까지 시간을 알리기 위해 치는 북.
9 擿:『계원담총』에는 "摘"으로 되어 있으나,「추수자전」에 따라 바로잡았다.

내 소매 펄럭이고	我袖維張
내 쓴 갓은 삐딱하다.	我弁維仄
성근 숲에 잎은 지고	疎林摵摵
나는 새는 날개 거둬.	飛鳥斂翼
마음속에 느낌 있어	有觸于中
생각만 많아지네.	其來職職
만난 이는 잘 지키고	有遘當守
헤어져선 기억하리.	有別當憶
흰 머리로 약속 두매	皓首爲期
이 즐거움 끝없으리.	此樂何極

　　전체 작품이 비장하고 강개하여, 마치 연조(燕趙)의 인사[10]와 더불어 노래하고 읊조리고 휘파람 불고 소리치며 곁에 사람이 없는 듯이 구는 것과 같으니, 참으로 선비 중의 협객이라 하겠다.

---

10 연조(燕趙)의 인사: 한유(韓愈)의 「송동소남서(送董邵南序)」에 "연(燕)나라와 조(趙)나라에
　　는 예로부터 감개(感慨)하여 슬픈 노래를 부른 인사가 많았다〔燕趙古稱多感慨悲歌之士〕"라
　　고 하였다.

80

한말 시단을 창도한 이건창과 김택영

헌종과 철종 이후 한말(韓末)에는 운수가 지극히 막혀서 문예 또한 따라서 쇠미하여졌다. 혜환 이용휴가 '어찌 세도와 관계됨이 아니랴!'라고 한 것이 이것이다. 오직 영재(寧齋) 이건창(李建昌)과 창강(滄江) 김택영(金澤榮)이 여기에 구애되지 아니하고 함께 고문(古文)을 창도하니, 마치 장경성(長庚星)[1]이 빛을 드리운 듯 환히 빛났다.

대개 이건창과 김택영은 똑같이 왕안석(王安石)[2]과 증공(曾鞏)[3]을 위주로 하였다. 하지만 이건창은 구양수(歐陽修)[4]에게 출입하여서 그 문

---

1 장경성(長庚星): 금성(金星)의 이칭으로 태백성(太白星)이라고 한다. 당나라 시인 이백(李白)의 별칭으로도 쓰였다. 이백의 어머니가 이백을 낳을 때 꿈에 장경성(長庚星)을 삼켰는데, 이백이 세상에 있는 동안에는 그 별이 광채가 없었다고 한다.

2 왕안석(1021~1086): 자(字)는 개보(介甫), 호(號)는 반산(半山)이다. 북송(北宋) 신종(神宗) 연간에 신법(新法)이라고 불리는 정책들을 입안하고 추진한 정치가이자 문인이다. 창강 김택영이 「명미당집서(明美堂集序)」에서 이건창이 평소에 "한유와 소동파를 배우다가 성취함이 없기보다는 차라리 왕안석(王安石)과 증공(曾鞏)을 배워 성취하는 것이 낫지 않겠는가[則與其爲韓蘇而無成, 毋寧爲王曾而成]"라 말했다고 전한다.

3 증공(1019~1083): 자는 자고(子固), 호는 남풍(南豊), 시호는 문정(文定)이다. 북송 때 제주(齊州), 양주(襄州) 등의 지주(知州)를 지내며 치적을 쌓았고 중서사인(中書舍人)에 이르렀다. 저서로『원풍유고(元豊類稿)』가 있으며『전국책(戰國策)』에 주(注)를 내고 고문전각(古文篆刻)을 모아『금석록(金石錄)』을 만든 바 있다.

4 구양수(1007~1072): 당송팔대가(唐宋八大家)의 한 사람으로 송나라 초기의 서곤체(西崑體)를 배격하고, 당나라 한유를 모범으로 하는 시문을 지었다.

장이 간결하면서도 정밀하였다. 그러나 호방하고 웅건함은 김택영에게 미치지 못하였다. 김택영은 귀유광(歸有光)에게 출입하여서 그 문장이 호방하고 웅건하였으나, 간결하고 정밀함은 이건창에게 미치지 못하였다. 모두 대가의 경지를 잃지는 않았다.

시에 이르러서는 이건창의 해맑음이 김택영의 웅건함보다는 조금 못 미치는 듯하다. 하지만 저마다 한 가지 시격을 이루어 보통의 시 짓는 자들[5]이 감히 그 울타리를 바라볼 수가 없다. 다음에 두 사람의 시를 한두 수 들어보겠다.

이건창의 「이충무공의 묘를 지나며」[6]라는 시는 이렇다.

원수의 굳센 충정 사해가 다 아나니	元帥精忠四海知
내가 와서 다시금 무덤 앞 비문 읽네.	我來重讀墓前碑
솔바람 10월이라 그 소리가 우렁차니	松濤十月聲威壯
한산에서 왜적들 무찌를 때와 같네.	猶似閒山破敵時

이건창의 문집을 살펴보니 제3구가 '가을바람 밤새도록 솔 파도 싸늘한데'로 적혀 있었다.[7] 이는 필시 문집을 엮은 자가 잘못 적은 것이다.

---

5 보통의 시 짓는 자들: 원문의 "操觚"는 본래 붓을 잡고 글을 짓는다는 의미이다. 진(晉)나라 육기(陸機)의 「문부(文賦)」에 "혹은 고를 잡고 빨리 짓는가 하면, 혹은 호를 입에 물고 더디게 짓기도 한다[或操觚以率爾, 或含毫而邈然]"라고 하였는데, 그 주(註)에 "고는 나무인데, 옛 사람들이 그것으로 붓을 삼았다"라고 하였다. 『문선(文選)』 권17에 보인다.

6 「이충무공의 묘를 지나며」: 『명미당집(明美堂集)』 권2에 수록된 "牙山過李忠武公墓"이다.

7 이건창의 … 적혀 있었다: 『명미당집(明美堂集)』에는 "西風一夕松濤冷"으로 되어 있다.

공이 안렴사(按廉使)가 되어 아산(牙山)에 도착해서 충무공의 묘를 배알한 때가 마침 10월이었다. 이 때문에 '솔바람 10월이라 그 소리가 우렁차니'라고 하여 은근히 군사의 함성을 돕는 것처럼 하였고, 아래에는 '한산에서 왜적들 무찌를 때와 같네'로 끝맺었다. 이 구절이 호서의 문단에 회자되었는데 이제 '가을바람 밤새도록 솔 파도 싸늘한데'라고 하면, 기세가 움츠러드는 데다 한산도에서 적을 쳐부수던 것과는 상관이 없게 된다. 이는 벌레나 새기는 말단의 기예를 지닌 자의 구기(口氣)에 지나지 않을 뿐이다. 어찌 족히 장하다 하겠는가? 어우(於于) 유몽인(柳夢寅)의 시에서 '관동은 5월에도 추위 위세 대단하여, 호백구도 제일 높은 누대에선 소용없네'[8]라고 하여, 관동의 5월 추위의 위세로 호백구가 쓸모없음을 드러냈다. 이건창은 10월 솔바람 소리의 위세로 적을 쳐부순 것에 공이 있음을 일깨웠다. 이것이 옛사람의 환골법이니, 시 짓는 사람이 알아두지 않으면 안 된다.

그의 「동장대(東將臺)에서 저물녘에 보다」라는 시는 이렇다.

만세루(萬歲樓) 앞쪽에는 천 길의 멧부리라	萬歲樓前千仞岡
내가 와서 바라보니 한결같이 아득하다.	我來臨眺一茫茫
나는 구름 아래 있어 하늘은 늘 깨끗하고	雲飛在下天常淨
트인 바다 서편 없어 해가 한창 길구나.	海坼無西日正長
태평하여 수 놓은 비단 펼침 같음 기뻐하니	已喜昇平開錦繡

---

8 관동은 … 소용없네: 『어우집』 권1 관동록(關東錄)에 수록된 「청간정(淸澗亭)」이다.

법력으로 금성탕지(金城湯池) 모름지기 지켜내리.　　　還須法力護金湯

선광(禪狂)과 검협이 구분 없음 알아서　　　禪狂劍俠知無分

한가한 꽃 직접 꺾어 객의 술잔 헤아리네.　　　自折閒花數客觴

읽어보면 가슴 속이 시원스러워진다.

81

김택영의 웅혼한 기행 시편

창강 김택영의 「남쪽으로 유람 와서 기러기 소리를 듣다」[1]라는 시는 이렇다.

은하수 막 반짝일 때 서당을 떠나오니 　　　　明河初灘別書堂

금강(錦江)과 변산(邊山) 가는 역로는 길고 길다. 　　錦水邊山驛路長

기러기 뒤에 와서 나를 지나 떠나가니 　　　　鴻雁後飛過我去

가을바람 가을비만 강마을에 가득하다. 　　　　秋風秋雨滿江鄉

그의 「배로 예성강(禮成江)을 출발하여 행주(杏州)에 이르러」[2]라는 시는 이렇다.

삼각산 푸른빛이 배 뜸으로 떨어지자 　　　　三峯蒼翠落篷頭

한강 어귀 바람 안개 단숨에 걷어가네. 　　　　漢口風煙一望收

김포(金浦)의 인가에는 붉은 나무 저물고 　　　金浦人家紅樹暮

---

1 「남쪽으로 유람 와서 기러기 소리를 듣다」: 『소호당시집(韶濩堂詩集)』 권2에 수록된 「聞鴈」이다.

2 「배로 예성강을 출발하여 행주에 이르러」: 『소호당시집』 권3에 같은 제목으로 수록되어 있다.

행주(杏州)의 병루3에선 흰 구름 가을일세.　　　　杏州兵壘白雲秋

성근 별을 따라서 배 등불이 나오더니　　　　　　船燈漸與疎星出

다듬이소리 멀리 찬 잎으로 흐르누나.　　　　　　砧杵遙將冷葉流

「이소(離騷)」를 불러봐도 그 누가 알아듣나　　　　唱徹離騷誰解聽

용의 신음 기러기 울음 강 가득 시름겹다.　　　　龍吟雁噭滿江愁

　여러 작품이 모두 웅혼하면서도 호방하여 사람의 정신과 기운을 빼앗는다. 그가 지은 평양을 노래한 칠언율시 15수4는 풍부하고 화려하면서도 분방하여 서경에 대한 여러 시 가운데 으뜸이 된다.

---

3 행주의 병루: 경기도 고양시에 있는 행주산성(幸州山城)을 말한다. 임진왜란 때 권율(權慄, 1537~1599)이 여기서 왜군을 대파하였다.

3 평양을 노래한 칠언율시 15수: 『소호당시집』 권1에 수록된 「위사(韋史) 이근수(李根洙)가 장차 평양으로 가서 관찰사 조공을 만나보려고 나를 방문하여 시를 요구하기에 드디어 장구 15수를 읊어서 응해주고 아울러 이영재 학사에게 부친다. 학사가 먼저 위사를 전송한 시가 있었다[李韋史【根洙】將之平壤見觀察使趙公, 過余徵詩, 遂賦長句十五首塞之, 兼寄李寧齋學士, 學士先有送韋史之作]」를 말한다.

82

황현의 굳세고 치밀한 시체

매천(梅泉) 황현(黃玹)[1]은 시의 격조가 고아하면서도 굳세고 치밀하여
별도로 하나의 시체를 갖추었다. 이건창, 김택영과 벗으로 가까워 수창
한 시편이 많이 있다.

그의 「섬마을의 봄날 새벽」은 이렇다.

물가의 마을에는 안개가 자욱하고	烟霧濛濛水上村
복사꽃에 공기는 새벽인데 향기롭네.	桃花天氣曉氤氳
봄 강물 수면 위로 실 같은 비 내려도	春江一面如絲雨
모래톱의 백로 흔적 지우지 못하누나.	不壞圓沙鷺坐痕

또 「강 길을 가며」는 이렇다.

콩꽃 핀 가운데로 들길이 끝없는데	漫漫野路荳花中

---

1 황현(1855~1910): 구한말의 문인으로 본관은 장수(長水)이고, 자는 운경(雲卿), 호가 매천이
다. 1888년(고종 25) 생원시에 장원으로 합격했으나 벼슬을 하지 않았다. 1910년 일본에 국권
을 강탈당하자 망국의 울분을 이기지 못하고 자결하였다. 저서로 『매천집』, 『매천야록(梅泉野
錄)』이 있다.

어촌엔 나무마다 이른 감이 붉구나.　　　　　　樹樹漁村早柿紅

머리 흰 늙은이는 마치 옛 그림인 양　　　　　頭白老翁如古畫

송아지 끌고 오며 강바람을 맞는구나.　　　　手牽黃犢遡江風

　　묘사가 이처럼 담백하면서도 우아하여 그림으로 그릴 만하다. 그가 병풍에 제한 절구 10수에는 남의 종이 되지 않겠다는 뜻2이 보이고, 격조 또한 강개하면서도 비장하여 사람으로 하여금 공경하여 탄복하게 한다. 5, 7언의 고시는 글자를 저울질하고 뜻을 단련함이 지극히 굳세어서 우리나라의 시인 중에서 많이 얻을 수가 없다.

---

2 남의 종이 되지 않겠다는 뜻: 원문의 "罔僕"은 망국의 신하로서 의리를 지켜 새 왕조의 신복이 되지 않으려는 절조를 말한다. 은(殷)나라가 장차 망하려 할 무렵 기자(箕子)가 "은나라가 망하더라도 나는 남의 신복이 되지 않으리라[商其淪喪 我罔爲臣僕]"라는 말에서 유래했다. 김택영은 합방 후 중국 남통으로 망명을 떠나 그곳에서 살다가 죽었다.

83

김택영과 황현 시의 비교

근래의 시인으로는 마땅히 창강 김택영과 매천 황현을 거벽(巨擘)으로 꼽는다. 김택영의 웅건함은 간혹 성글거나 멋대로 하는 데서 실수가 있고, 황현의 치밀함은 혹 편벽되거나 난삽한 데서 실수가 있다. 하지만 조그만 흠집 하나가 어찌 능히 공벽(拱璧)에 허물이 될 수 있겠는가. 창강의 재기가 뛰어난 지점은 남이 능히 발꿈치에도 미치지 못하나, 만년에는 재주와 기운이 쇠하여서 그 지은 작품이 점점 젊었을 때에 미치지 못하였다. 매천은 힘써 고심하였으므로 만년에 지은 작품이 더욱 공교롭고 오묘함을 다하였다.

84

동학 난리 당시 이기남의 시

만회(晩悔) 김학제(金學濟)[1]는 나의 동향 사람인데 능히 시를 잘 안다. 젊었을 때 20년간 호남을 떠돌다가 곤궁해져서 돌아왔다. 내가 그의 궁한 것을 불쌍히 여겨, 초빙하여 숙사(塾師)로 삼았다. 매번 나와 함께 조곤조곤 호남에 있을 때의 일을 매우 자세하게 말하곤 했다.

동학의 난리 때에 민종렬(閔種烈) 공이 나주 목사(羅州牧使)로 있으면서[2] 공격하고 수비하는 계책이 적절함을 얻어 온 경내가 이에 힘입어 안정되었다. 업무를 보는 여가에 백일장(白日場)을 열었는데, 시험 보는 선비 중에 이기남(李奇男)이라는 자가 있어 나이 16세에 장원을 차지했다. 민공이 시험 본 선비 중에 합격한 자를 청하여서 잔치를 열고 대접하였다. 기생을 시켜 거문고를 타며 흥을 돋우게 하였는데, 기생이 춘곤증이 와서 이따금 거문고를 잘못 연주하였다. 민공이 노하여 붙잡아다가 죄를 물을 것을 명하니 온 좌중이 두려워하였다.

기남이 조용히 나아가 말했다.

---

1 미상.

2 동학의 난리 … 있으면서: 민종렬(1831~1899)은 고종 때 고위관직을 역임한 민종묵(閔種默, 1835~1916)의 형으로, 본관은 여흥(驪興), 자는 무경(懋卿)이다.『승정원일기(承政院日記)』에 따르면 1893년(고종 30) 10월에 나주 목사에 제수되었고, 1894년(고종 31) 8월까지 특별히 유임됐다.

"소생이 잠잔 기생을 제목으로 삼아 시를 지어 대신 속죄하기를 청합니다."

민공이 기이하게 여겨 말했다.

"그렇게 하라."

기남이 즉석에서 시를 지어 올렸다.

고운 아씨 가만히 잠 귀신에 속아서	佳娥暗被睡魔欺
중당(中堂)에서 금(瑟)을 안고 손놀림 느려지네.	抱瑟中堂手語遲
보슬비 산들바람 강 버들도 나른하고	雨細風微江柳懶
엉긴 이슬 짙은 안개 해당화는 노래하네.	露凝烟重海棠歌
추파가 반짝임은 별 같은 두 눈동자	秋波明滅雙星眼
먼 봉우리 높고 낮은 팔자의 눈썹일세.	遠岫高低八字眉
만약 화공(畫工) 시켜서 이 모습 옮겨내면	若使鉛厨移此境
월궁(越宮)에선 서시(西施)만을 그리진 않았으리.	越宮不獨畫西施

민공이 크게 칭찬하며 말했다.

"어린 나이에 시의 품격이 여기에 이를 줄은 생각지도 못했다."

인하여 종이와 붓, 서책을 후하게 주며 말했다.

"더욱 힘써 노력하여 마땅히 장래에 국사(國士)가 되도록 해라."

뒤에 이기남은 나이 19세에 요절하였다. 민공이 이를 듣더니 멍하니 한참 있다가 말했다.

"나라의 보배를 하나 잃었구나."

85

윤희구의 굳센 시풍

우당(于堂) 윤희구(尹喜求)[1]는 가까이로는 자하(紫霞) 신위(申緯)를 배우고, 멀리 동파(東坡) 소식(蘇軾)을 본받았다. 이 때문에 그의 시품이 우뚝이 뛰어나고 굳세어서 이따금 사람들의 의표를 벗어났으므로 비록 자잘한 결점이 있더라도 감히 헐뜯어 의논하지 못했다.

정묘년(1927) 봄에 내가 학사(學事)를 시찰하려고 장차 일본으로 건너가게 되자, 우하(又荷) 민형식(閔衡植)[2]이 산벽루(珊碧樓)에서 한때의 명사들을 모아 각자 시문과 서화를 가지고 꾸며서 비단으로 첩(帖)을 만들어 전별 선물로 삼으니 대단히 성대한 일이었다.

윤희구의 시는 이렇다.

창동(滄東)[3]의 기이한 기운 해마다 새로우니 　　　　　滄東奇氣與年新

배 타고 일본 감에 마치도 이웃 같네. 　　　　　　　一葦扶桑若比隣

---

1 윤희구(1867~1926): 본관은 해평(海平), 자가 주현(周玄)이고 우당은 호이다. 1897년 사례소 직원이 되었고, 일제 강점 이후 여러 관직을 역임했다. 1917년부터 1928년까지 중추원 촉탁으로 있었다.

2 민형식(1859~1931): 본관은 여흥(驪興), 자는 공윤(公允), 호는 우하다. 명성황후의 척족으로 여러 관직을 역임했고 권세가 높았다.

3 창동(滄東): 이승규의 호이다.

처음 가는 날에는 고래 파도 볼 만하니 　　　鯨浪好看初過日

벚꽃 아직 피지 않은 봄날에 가게 됐지. 　　櫻花須及未開春

마음 원래 괴로워 부처로 도세(度世)하고 　　佛梁度世心原苦

꿈 자주 놀라 깨니 우역(禹域)에 사는 신세. 　禹域棲身夢幾頻

바람 타고 가볍게 득의하지 마시게나 　　　莫以御風輕得意

장정(長亭)⁴에서 눈 빠지게 보는 사람 많으니. 　長亭無數眼穿人

　전체 작품이 웅혼하면서도 자연스럽다. 결구(結句)는 특히나 기이하고 굳세며 운치가 있는지라 길이 전할 만하다.

　그의 「순조(純祖)를 조만함」은 이렇다.

하늘 뜻 아득하다 기수(氣數)⁵조차 돌아가니 　天意茫茫歸氣數

인간 세상 처량해라 백성만 남았구나. 　　　人間惻惻有遺黎

　다른 사람이 지으려 해도 얻지 못할 지점이다.

---

4 장정(長亭): 먼 길 떠나는 사람을 전송하던 곳을 말한다.

5 기수(氣數): 길흉화복(吉凶禍福)의 운수를 말한다.

86

차천로의 민첩한 솜씨[1]

오산(五山) 차천로(車天輅)[2]는 시의 표현이 민첩하고 풍부하며 호방하고
굳세었다. 붓을 떨구면 바로 써서 일찍이 초고를 쓰지 않았다. 언제나
큰소리를 치며 말했다.

"만리장성에다 내 시를 쓴다면 장성은 끝이 있어도 내 시는 끝내 다
하지 않을 것이다."

임진년의 전쟁에 이여송이 북쪽으로 돌아가니, 선조가 특별히 문신
다섯 사람을 선발하여 시를 지어서 가는 길에 선물로 주게 하였다. 차
천로가 그 선발에 참여하여 하루 낮 하루 밤 사이에 7언 율시 1백 수와
7언 배율 2백 구를 지어 올렸다. 말의 이치가 찬연하여 함께 있던 사람
이 이 때문에 기가 죽었으니, 진실로 한 시대에 드물게 보는 재주였다.
다만 민첩함이 너무 심하다 보니 평범하고 익숙한 것이 많은 데 반해 맑

---

1 이 항목 앞으로 원본 한 장이 찢어져 없다. 85항목 뒤에는 조규수(趙奎洙)와 함께 창덕궁의 비
원(祕苑)에 들어간 일이, 86항목 앞에는 서경덕의 「영통사 현판 위의 시에 차운하다[次靈通寺
板上韻]」 제1수의 후반부가 남아 있으나 자세한 내용을 확인할 수 없어 삭제하였다.

2 차천로(1556~1615): 본관은 연안(延安)이며, 자는 복원(復元), 호는 오산(五山) 또는 귤실(橘
室)·청묘거사(淸妙居士)이다. 1577년(선조 10) 알성 문과에 병과로 급제하여 개성 교수(開城
敎授)를 지냈고, 1597년(선조30) 중시(重試)에 을과로 급제, 봉상시 정·삼척 안찰사 등을 역임
하였다. 시에 뛰어나 한호(韓濩)의 글씨, 최립(崔岦)의 문(文)과 함께 송도삼절(松都三絶)이라
불렸다. 문집으로『오산집(五山集)』이 전한다.

고 깊은 것은 적었으니, 이것이 그 흠결이었다.

명나라 사신 고천준(顧天峻)이 우리나라에 오니,3 월사 이정귀가 접빈사(接賓使)가 되고, 동악 이안눌과 남곽(南郭) 박동열(朴東說), 학곡(鶴谷) 홍서봉(洪瑞鳳)이 종사관이 되었다. 석주 권필과 오산4 차천로, 제호(霽湖) 양경우(梁慶遇)는 제술관이 되었고, 남창(南窓) 김현성(金玄成)과 석봉(石峰) 한호(韓濩)가 글씨로 오봉(五峰) 이호민을 따랐고,5 서경(西坰) 유근(柳根)이 영위사가 되었으므로 한 시대의 선발을 지극히 한 것이었다. 이때 간이 최립이 마침 잠시 평양에 살고 있었으므로,6 당시 사람들이 문성(文星)이 관서 땅에 다 모였다고 하였다. 나중에 제공들은 모두 귀하여 현달하였으나 차천로만은 하급 관료로 곤궁하게 지내니, 실의하여 영락한 마음을 시에 깃들인 것이 많았다.

그가 지은 「용만(龍灣)의 옛적 시운을 써서 월사께 드리다」7라는 시

---

3 명나라 사신 고천준(顧天峻)이 우리나라에 오니: 1602년(선조 35) 한림원 시강(翰林院侍講) 고천준(顧天埈)과 행인사 행인(行人司行人) 최정건(崔廷健)이 사신으로 와서 황태자 책봉(册封)의 조서(詔書)와 복왕(福王)을 봉하는 조서를 반포했다. 『선조수정실록(宣祖修正實錄)』 34년 10월 1일 자에 보인다.

4 오산: 원문에는 "五峰"이라 되어 있으나 오기로 보인다. 오봉은 이호민의 호이다.

5 오봉(五峰) 이호민을 따랐고: 이호민은 1601년 겨울부터 이듬해 여름까지 6개월 동안 의주(義州) 영위사(迎慰使) 및 원접사가 되어 고천준을 접대하였다.

6 월사 이정귀가 … 평양에 살고 있었으므로: 이상의 내용은 『오산집』 권3에 수록된 다음 시의 제목을 참고한 것으로 보인다. 「동고 최립이 기성에 우거하면서 초당을 얽고 간이라는 편액을 붙였다. 만력 신축년에 월사 이정귀가 중국 사신 고천준(顧天俊)의 빈접을 맡아, 지봉 이수광이 연위사(延慰使)가 되고 남곽 박동열, 동악 이안눌, 학곡 홍서봉이 종사관이 되었는데, 나는 남창 김현성, 석주 권필과 함께 제술관이 되어 이 기성에 와서 모였으니, 모두 일시 문장의 대가들이었다. 간이당 수창 시가 있다[崔東皐岦, 寓居箕城, 搆草堂, 扁以簡易. 萬曆辛丑, 李月沙廷龜爲華使顧天俊儐接, 李芝峯睟光爲延慰, 朴南郭東說, 李東岳安訥, 洪鶴谷瑞鳳爲從事官, 余與金南窓玄成權石洲韠爲製述官, 來會箕城, 皆一時文章鉅公. 有簡易堂酬唱詩]」.

는 이렇다.

붉은 연꽃 장막⁸ 아래 이 어떤 사람인가　　　　　　　　紅蓮幕下是何人

풍악 소리 끼고 취해 비단 방석 토했었지.⁹　　　　醉擁笙歌吐錦茵

십 년 자취 어루만져 흰머리 긁적이니　　　　　　　　撫跡十年搔白首

이제 와 오히려 꿈속의 봄날일세.　　　　　　　　　至今猶作夢中春

또 「임시로 병조랑(兵曹郞)이 되어 벽에 제하다」¹⁰는 이렇다.

잘 나간다 빈한함과 견주지는 마시게나　　　　　　休將熱鬧¹¹較酸寒

한바탕 황량몽(黃粱夢)¹²에 벼슬 흥이 한창일세.　　一枕黃粱宦興闌

하늘 위에 어이해 참 별자리 없으랴만　　　　　　天上豈無眞列宿

인간 세상 도리어 임시 낭관 있다네.¹³　　　　　人間還有假郞官

---

7 「용만의 … 드리다」:『오산집』권1에 수록된 「用龍灣舊韻, 奉呈月沙相公」이다.

8 붉은 연꽃 장막: 막부(幕府)의 미칭으로 남조(南朝) 제(齊)의 위군장군(衛軍將軍) 왕검이 재
　사(才士)를 많이 영입하여 막부를 열자, 당시 사람들이 연화지(蓮花池) 혹은 연화부(蓮花府)
　라고 일컫던 데서 왔다.『남사(南史)』권49 「유고지열전(庾杲之列傳)」에 보인다.

9 비단 방석 토했었지: 한(漢)나라 병길(丙吉)이 승상(丞相)이었을 때, 하급 관리 하나가 어느
　날 술에 취해 그의 수레 방석에 토했으나 용서해주었다.『한서(漢書)』권74 「병길전(丙吉傳)」
　에 보인다.

10 「임시로 … 제하다」:『소화시평(小華詩評)』권 하(下)에 「爲兵曹假郞廳, 戲題騎省壁上」라는
　제목으로 수록되어 있다.

11 熱鬧:『소화시평』에는 "爛熱"으로 되어 있다.

12 황량몽(黃粱夢): 당나라 개원(開元) 연간, 도사 여옹(呂翁)이 한단(邯鄲)에서 소년 노생(盧
　生)을 만났는데, 노생이 여옹에게 자기 신세를 한탄하자 여옹은 노생에게 베개를 주면서 "이
　것을 베면 부귀영화를 뜻대로 누릴 것이다." 하였다. 그리고 나서 여옹은 기장[粱]으로 밥을
　짓고 노생은 베개를 베고 잠이 들었는데, 꿈속에서 일평생의 부귀영화를 실컷 누리고 그 꿈
　을 깨어 보니 아직 기장밥이 익지 않았다는 고사이다.

아전14으로 빈번히 서명 받음 근심타가   愁看鴈鶩頻當署

교룡 되어 칼 두드림 혼자서 웃는다네.   笑把蛟龍獨自彈

이 평생을 언제나 적막하게 지냈으니   作此平15生長寂寞

안개 강물 한가로이 옛 낚싯대 던지리라.   烟江閒却舊釣16竿

그 낙담하여 무료한 기운이 글 속에 드러남이 이와 같았다.

---

13 하늘 위에 … 임시 낭관 있다네: 천문(天文)으로 보면 낭관은 제좌(帝坐)인 오성(五星)의 뒤
   에 있는 십오성(十五星), 곧 열수(列宿)에 해당한다. 『후한서(後漢書)』 명제기(明帝記)에 "낭
   관(郎官)은 위로 열수(列宿)에 응하고, 나가서 백리(百里)를 다스린다"라고 하였다.

14 아전: 원문의 "鴈鶩"은 오리와 기러기라는 뜻인데, 아전을 가리킨다. 아전의 걸음걸이가 기러
   기와 오리처럼 뒤뚱거린다 하여 붙여졌다. 한유(韓愈)의 「남전현승청벽기(藍田縣丞廳壁記)」
   에 "문서가 돌게 되면 아전이 완성된 문건을 가지고 승(丞)에게 나아가서 앞부분을 말아 왼
   손으로 누르고 오른손으로 종이의 끝을 쥐고서, 기러기와 오리의 걸음으로 나와 똑바로 선
   채 승을 곁눈질로 보면서 '서명하라'고 한다〔文書行, 吏抱成案, 詣丞, 卷其前, 鉗以左手, 右手
   摘其尾, 鴈鶩行以進, 平立睨丞曰當署〕"라고 했다.

15 平: 『소화시평』에는 "牟"으로 되어 있다.

16 釣: 『소화시평』에는 "漁"로 되어 있다.

87

차운로의 정밀한 시풍

창주(滄洲) 차운로(車雲輅)[1]는 차천로의 아우이다. 풍부하고 넉넉함은 그 형에 미치지 못했지만 정밀하고 화려함은 형보다 뛰어났다. 일찍이 스스로 이렇게 말했다.

"내 형님의 시는 탈곡하지 않은 잡곡 5만 석과 같고, 내 시는 잘 찧은 쌀 100석과 같아 모두 옥 같은 자질에 기름이 좔좔 흐른다."

그의 「동둔팔영(東屯八詠)」 중 「기탄(歧灘)의 봄비」[2]는 이렇다.

낚싯대 푸른 사초(莎草) 하늘거리니	竹竿裊青莎
물고기들 삼켰다간 토해내누나.	纖鱗共吞吐
먼 산에 걸려 있던 한 점 구름이	遙峰一點雲
봄 시내 비가 되어 떨어진다네.	已落春溪雨

---

1 차운로(1559~1637): 본관은 연안(延安), 자는 만리(萬理), 호는 창주(滄洲)이다. 아버지는 차식(車軾), 형은 차천로이다. 생원시, 진사시, 알성시(謁聖試)에 모두 장원 급제해 교리(校理) 등을 지냈다. 차식과 차천로·차운로 삼부자(三父子)는 소식(蘇軾) 삼부자에 비견될 만큼 시문(詩文)으로 유명했다. 저서로 『창주집(滄洲集)』이 있는데 『오산집』 권7과 권8에 「부창주집(附滄洲集)」으로 실려 있다. 한국문집총간 『오산집』에서는 제외되었다.

2 「동둔팔영」 중 「기탄의 봄비」: 이 시부터 이하 「청계에서 약초를 캐며」까지는 『오산집』 권7 수록된 「윤개녕의 '동둔팔영'에 화답하다(和尹開寧東屯八詠)」 중 1·2·4·6수를 차례로 옮긴 것이다.

「부산(浮山)의 가을 달」은 이렇다.

서리 엷어 나뭇잎 마르잖았고   霜輕葉未枯

밤 고요해 바람도 막 멎은 이때.   夜靜風初歇

옥 거문고 누굴 위해 연주하리오   玉琴爲誰彈

빈산서 밝은 달을 마주하였네.   空山對明月

「양화나루의 저녁볕」은 이렇다.

버들꽃 눈처럼 흩날리는데   楊花雪欲漫

복숭아꽃 붉어서 불이 타는 듯.   桃花紅欲燒

수놓아 저문 강에 그림 만드니   繡作暮江圖

서쪽 하늘 지는 해 남아 있구나.   西天餘落照

「청계산에서 약초를 캐며」는 이렇다.

묵은 안개 높은 산 말아가더니   宿霧捲高岡

냇물 소리 깊은 골짝 새어 나오네.   鳴泉出幽壑

지팡이 짚고 캐다 다시금 쉬니   携筇采復休

걸음마다 봄 딸기 약초로구나.   步步春叢藥

여러 작품이 모두 예스럽고 맑아서 읊을 만하다.

「죽서루에서 차운하여 고을 원님에게 주다」[3]는 이렇다.

두타산(頭陀山)[4] 구름 나무 푸르게 이어졌고   頭陀雲樹碧相連

구불구불 서편에서 오십천(五十川)[5]이 흘러오네.   屈曲西來五十川

철벽은 허공 밖 새 굽어보며 임하였고   鐵壁俯臨空外鳥

경루(瓊樓)[6]는 거울 속 하늘에 솟았구나.   瓊樓飛出鏡中天

관청 곁 강산을 혼자서 거느리니   江山獨領官居畔 [7]

궤안 앞에 풍월이 언제나 머무누나.   風月長留几案前

비로소 깨달으니 진주(眞珠)[8] 땅 어진 학사   始覺眞珠賢學士

삼분은 원님이요 칠분은 신선일세.   三分刺史七分仙

호방하고 시원스러워 운치가 있다.

---

3 「죽서루에서 … 주다」: 유형원의 『동국여지지(東國輿地志)』, 홍만종의 『소화시평』, 남용익의 『기아(箕雅)』 등에서 차운로의 작품으로 언급된 작품이다. 죽서루(竹西樓)는 삼척도호부 읍성(邑城)에 있는 누각으로, 고려 충렬왕 때 이승휴(李承休)가 세웠고 조선 태종 때 중수(重修)되었다. 오십천(五十川)이 내려다보이는 절벽에 자리하여 관동팔경의 하나로 꼽힌다.

4 두타산(頭陀山): 지금의 강원도 동해시 삼화동과 삼척시 하장면, 미로면에 걸친 산으로 죽서루 서쪽에 있다.

5 오십천(五十川): 삼척시와 태백시의 경계인 백병산(白屛山)에서 발원하여 동해안으로 흐르는 하천. 곡류가 매우 심하여 하류에서 상류까지 가려면 물을 오십 번 건너야 한다는 데에서 나온 이름이다.

6 경루(瓊樓): "瓊樓玉宇"의 준말. 선경(仙境)에 있다는 구슬 장식 누대이다. 여기서는 죽서루를 가리킨다.

7 江山獨領官居畔: 『동국여지지』와 『기아』 수록본에는 해당 구와 글자가 동일하나, 『소화시평』에는 "烟霞近接官居界"로 다르다.

8 진주(眞珠): 삼척의 옛 이름이다.

88

조신준의 시재

영내(寧耐) 조신준(曹臣俊)¹은 호를 무민옹(無悶翁)이라고도 한다. 젊었을 때 『상서(尙書)』를 3천 번 읽고, 다시 『요전(堯典)』을 수만 회 읽으니 이로부터 글 솜씨가 크게 진보하여 한 시대를 울렸다.

그의 「왕소군을 읊다」는 이렇다.

잘못 죽은 모연수(毛延壽)	枉殺毛延壽
그림 솜씨 신묘했지.	丹青筆有神
음산(陰山)² 깎여 사라진 뒤	陰山消削後
그림 속의 사람 보네.	政見畫中人

이는 앞선 사람이 일찍이 말하지 못했던 것이다. 오산 차천로가 비평하여 말했다.

"천고의 왕소군이 마땅히 넋이 살아 돌아오겠다."

---

1 조신준(1573~?): 본관은 가흥(嘉興). 자는 공저(公著), 호는 영내(寧耐)·무민(無悶)이다. 관직이 장연부사에 이르렀다. 찬술로 『송도잡기(松都雜記)』, 저술로 『영내유고(寧耐遺稿)』가 있다.
2 음산(陰山): 오늘날의 하투(河套) 이북과 대막(大漠) 이남에 있는 여러 산의 통칭으로, 흔히 중국 북방의 산들을 가리킨다. 왕소군의 무덤이 있는 곳이다.

그의 「규원(閨怨)」 시는 이렇다.

갈바람에 푸른 잎 시들어지고	金風凋碧葉
붉은 뺨엔 옥 같은 눈물 흐른다.	玉淚鎖紅頰
수척해짐 우리 님 때문이건만	瘦削只緣君
돌아오면 첩을 응당 버리시겠지.	君歸應棄妾

기운과 격조가 노련하여 포사(鮑謝)[3]의 유풍(遺風)이 있다. 다만 "응기첩(應棄妾)" 세 글자는 말뜻이 너무 드러나 완곡하게 풍자하는 남은 여운이 없어 흠으로 삼을 만하다.

당나라 사람의 시[4]에,

길가의 버들가지	陌頭楊柳枝
봄바람에 흔들리네.	已被春風吹
첩 마음도 끊어지니	妾心正斷絶
님의 뜻을 어이 알리.	郎意那得知

라고 노래한 한 편은 처량하고 아름다우면서도 침울하여, 이를 읽으

---

3 포사(鮑謝): 남조(南朝)의 뛰어난 시인이었던 포조(鮑照)와 사조(謝朓), 또는 포조와 사영운(謝靈運)의 병칭이다.

4 당나라 사람의 시: 당나라 때 곽진(郭震)의 「子夜四時歌」 6수 중 봄의 노래이다. 전문은 "陌頭楊柳枝, 已被春風吹. 妾心正斷絶, 君懷那得知. 靑樓含日光, 綠池起風色. 贈子同心花, 殷勤此何極."인데, 이중 앞의 4구만 가져왔다.

면 저절로 사람을 감동시킨다. 시는 이러한 경계에 이르러야 상승(上乘)

이라고 말할 수 있다.

89

임창택의 시

송악(松岳) 임창택(林昌澤)[1]은 젊어서 박학하여 우뚝하고 기이하며 예스런 글을 잘 지었다. 일찍이 시를 가지고 삼연(三淵) 김창흡(金昌翕)[2]을 찾아뵈니, 삼연이 한번 보고는 밀어 작가로 여겼다. 이로 말미암아 이름이 서울에 떨쳤다. 하지만 몹시 가난한데다 또 일찍 죽는 바람에 능히 그 재주를 채우지 못하였으니, 애석하다. 그가 지은 『해동악부(海東樂府)』 여러 편은 종종 한위(漢魏)의 자취를 따르는 기상이 있다.

그의 「단군사」는 이렇다.

중국엔 성인 있고   中國有聖人

---

1 임창택(1682~1723): 자는 대윤(大潤), 호는 숭악(崧岳), 본관은 곡성(谷城)이다. 1711년(숙종 37) 사마시에 합격하였고, 개성 백운동(白雲洞)에 서당을 짓고 후진양성에 힘썼다. 1732년(영조8)에 생전의 효행으로 사헌부 지평에 추증되고 숭남사(崧南祠)에 제향되었다. 저서로 『송악집(崧岳集)』이 있다.

2 김창흡(1653~1722): 자는 자익(子益), 호는 삼연(三淵), 시호는 문강(文康), 본관은 안동(安東)이다. 기사환국(己巳換局) 때 아버지가 사사되자 영평(永平)에 은거했다. 성리학에 뛰어나 형 김창협과 함께 이이(李珥) 이후의 대학자로 이름을 떨쳤다. 신임사화(辛壬士禍)로 김창집이 사사되자 지병이 악화되어 그해 죽었다. 저술로 문집 『삼연집』과 『심양일기(瀋陽日記)』, 『문취(文趣)』 등이 전한다.

해동엔 신인(神人) 있네.　　　　　　　　　海東有神人

아득한 태백산엔　　　　　　　　　　　　蒼蒼太白山

봄날 단목(檀木) 울창하다.　　　　　　　鬱鬱檀木春

황금 기린 한번 가곤 다시 오지 않으니　金麟一去兮不復返

대동강 물가에는 사당 여태 남았네.3　至今遺廟浿江瀨

그「미친 중의 노래(김시습)」4는 이렇다.

매화꽃 담백한데 찬 눈이 흩뿌리고　　　維梅淡淡寒雪灑

달빛은 희고 희다 가을 강물 씻기었네.　維月皓皓秋江濯

박팽년은 이미 신하 되어버렸고　　　　仁叟已委質

성삼문은 오히려 녹을 받았지.5　　　謹甫猶食祿

너 한 사람 산승에게 물어보노라　　　問爾一山僧

3　황금 기린 … 여태 남았네: 평양 대동강 가에 있던 단군사(檀君祠)와 주몽사(朱蒙祠) 및 주몽
이 기린을 타고 하늘로 승천한 유적인 기린굴(麒麟窟)의 전설을 두고 한 말이다.

4　「미친 중의 노래(김시습)」:『송악집』권1에 수록된「해동악부(海東樂府)」연작시 중「가짜로 미
친 중[佯狂僧]」이다.『계원담총』에선 제목 옆에 "梅月堂"이라고 써 놓았다. 매월당은 김시습(金
時習, 1435~1493)의 호로, 본관은 강릉(江陵), 자는 열경(悅卿), 호는 동봉(東峰)·청한자(淸寒
子)·벽산(碧山) 등, 법호는 설잠(雪岑), 시호는 청간(淸簡)이다. 저서로『매월당집(梅月堂集)』,
『금오신화(金鰲新話)』가 있다.

5　박팽년은 … 녹을 받았지: 원문의 인수(仁叟)는 박팽년(朴彭年, 1417~1456)의 자이고 근보(謹
甫)는 성삼문(成三問, 1418~1456)의 자이다. 박팽년은 호가 취금헌(醉琴軒), 본관이 순천(順
川)으로, 시호는 충정(忠正)이다. 성삼문은 호가 매죽헌(梅竹軒), 본관이 창녕(昌寧)으로, 시
호는 충문(忠文)이다. 두 사람 모두 집현전 학사로 세종을 보필하였으며 단종(端宗)을 위해 목
숨을 바쳐 충절을 지켜 사육신(死六臣)에 들었다. 그런데 두 사람은 단종 폐위 직후 반정을 계
획하는 동안 거짓으로 세조의 신하가 되어 녹을 받았으나, 생육신인 김시습은 속세를 떠나 승
려가 되었으므로 이렇게 말한 것이다.

어이해 이토록 태연하냐고.   自若胡爲哉

오등(烏藤)을 가로 지고 허공에 드니   橫擔烏藤入空虛

바다 위 맑은 바람 수양산[6]서 불어오네.   海上淸風首陽來

---

6 수양산: 중국 산서성(山西省) 서남쪽에 있는 산 이름. 고죽국(孤竹國)의 백이(伯夷)·숙제(叔齊) 형제가 절의(節義)를 지키다 죽은 장소로 유명하다. 백이와 숙제는 무왕(武王)이 주왕(紂王)을 정벌하자 말고삐를 잡고 간하였고, 끝내 상(商)나라가 멸망하자 주(周)나라의 녹(祿)을 먹는 것이 부끄럽다 하여 수양산에 숨어 고사리를 캐 먹고 살다가 굶어 죽었다.

90

한재렴의 시

한재렴(韓在濂)은 자가 제원(霽園)인데 신통한 재주가 있었다. 서울에 들어와 서대문 밖에 살면서 우화당(藕華堂)을 열어 책을 쌓아두고 연꽃을 심었다. 심원자(心遠子)로 자호하면서 이덕무·이가환·유득공·신위 등 여러 시인을 따라 창화하며 서로 어울렸다.

그의 「순천(順天) 연자루(燕子樓)」[1] 시는 이렇다.

개울물 동과 서로 벽옥인 양 흘러가니	溝水東西碧玉流
칠분이나 밝은 달빛 그 옛날 서주(徐州)일세.[2]	七分明月古徐州
오늘 밤 술을 깨니 어디인지 알겠구나	酒醒今夜知何處
애간장 끊어지던 성 남쪽의 연자루라.	腸斷城南燕子樓

---

1 「순천 연자루」 시: 연자루는 순천부(順天府)의 남쪽 옥천(玉川) 가에 있었던 누각이다. 태수 손억(孫億)이 관기(官妓) 호호(好好)를 사랑하여 이 누각에서 연회를 열곤 하였는데, 뒤에 관찰사가 되어 다시 가보니 호호는 이미 늙어버렸더라는 고사가 전한다. 매천 황현 또한 「연자루」 2수를 지었는데, 제1수에서 한재렴의 시구를 쓰고 그 3구에 "숭양 한 진사의 세상에 뛰어난 시구는[絶唱崧陽韓進士]"라고 하여 이 시를 높게 평가하였다.

2 그 옛날 서주(徐州)일세: 순천의 연자루를 중국 서주(徐州)에 있던 연자루에 빗댄 것이다. 서주 연자루는 당나라 정원(貞元) 연간 상서(尚書) 장음(張愔)이 애첩 관반반(關盼盼)을 위해 지은 누각으로, 장음이 죽은 뒤 반반이 시집가지 않고 연자루에 홀로 살았다는 고사가 전한다.

그의 「입춘일에 수정(水亭)에서의 옛일을 생각하며」는 이렇다.

누각에서 사서(史書) 읽던 자취 이미 해묵어	讀史樓中跡已陳
종이 향기 먹 빛깔 누구 향해 새로우리.	箋香墨色向誰新
한 번 한강 가에서 애타게 작별하곤	一爲漢上銷魂別
강남에서 천지 봄날 네 번을 보았었지.	四見江南極目春
바로 앉아 월음(越吟)³으로 옛일을 상심하고	政坐越吟傷故事
애오라지 형속(荊俗)⁴ 따라 좋은 날을 기념하네.	聊因荊俗記佳辰
한단 땅의 걸음 배움⁵ 비웃지 마시게나	邯鄲學步休相笑
내가 바로 화정(華亭)⁶에서 글 쓰던 사람일세.	我是華亭硯北人

---

3 월음(越吟): 고향을 그리워하는 노래이다. 전국시대 월나라의 장석(莊舃)이 일찍이 초나라에 가서 높은 벼슬을 하다가 병이 들자 고향을 그리워하여 월나라의 노래를 불렀던 데서 온 말이다.

4 형속(荊俗): 입춘일(立春日)에 봄이 온 것을 경축하는 의미로 머리에 비단·금박 등으로 만든 채승이라는 장식물을 꽂는 풍속을 말한다. 당나라 이상은(李商隱, 813~858)의 시 「인일즉사(人日卽事)」에 "금박에 새겨 채승을 만드는 일은 형초의 풍속에서 전해왔고, 비단 오려 인형 만드는 풍습은 진나라에서 시작되었네〔鏤金作勝傳荊俗, 翦綵爲人起晉風〕"라고 하였다. 『형초세시기(荊楚歲時記)』에 나오므로 '형속'이라 말했다.

5 한단 땅의 걸음 배움: 남의 것을 배우려다가 자기의 것까지 잃어버린다는 뜻. 초(楚)나라 수릉(壽陵)에 사는 여자(餘子)란 자가 한단(邯鄲) 지방의 걸음걸이를 3년 동안 배웠으나, 제대로 배우지도 못하고 도리어 자기의 원래 걸음걸이를 잊어 엉금엉금 기어서 돌아왔다. 『장자(莊子)』「추수(秋水)」에 보인다.

6 화정(華亭): 지금의 상해시(上海市) 송강현(松江縣) 서쪽 지역으로, 학(鶴)의 산지(産地)로 유명하다. 진(晉)나라 육기(陸機)가 벼슬길에 들어서기 전에 동생 육운(陸雲)과 함께 이곳에서 10여 년을 살았는데, 나중에 참소를 받고 처형당하기 직전에 벼슬길에 오른 것을 후회하고 "화정의 학 울음소리를 듣고 싶다만 그 일이 또 어떻게 가능하겠는가〔欲聞華亭鶴唳 可復得乎〕"라고 탄식했다는 고사가 전한다. 『세설신어(世說新語)』「우회(尤悔)」에 보인다.

91

박문규의 해박한 시재

천유(天游) 박문규(朴文逵)[1]는 젊어서부터 총명과 지혜가 무리에서 뛰어났다. 책을 읽어 한 번 눈을 거치면 잊지 않았고, 옛사람의 시를 암송한 것이 몇 만 편에 이르렀다. 근체시에 능하였고 특별히 고인 시의 집구(集句)를 잘하였으므로 당시 사람들이 그 풍부하고 해박함을 탄복하지 않음이 없었다.

그의 「동짓달에 금릉(金陵) 가는 길에서」는 이렇다.

북녘땅 날씨는 싸늘해지고	北陸氣轉肅
서산에 해가 막 들어가누나.	西崦日初入
가는 말은 걸음을 내딛지 않고	征馬步不前
돌아가는 새는 날며 서로 따르네.	歸鳥飛相及
조금씩 먼 길을 향해서 가니	冉冉趨長途

---

1 박문규(1805~1888): 자는 제홍(霽鴻), 호는 천유(天游)·운소자(雲巢子), 본관은 순창(淳昌)이다. 40세에 이르러 시 공부를 시작하여 고시 수 만 편을 외웠다. 근체시에 능하여 청(淸)나라 한림(翰林) 동문환(董文煥)으로부터 극찬을 받아, 문명이 청나라에까지 떨쳤다. 1887년(고종24) 개성별시문과에 병과로 급제하였으며, 83세에 특명으로 병조 참지에 등용되고 이듬해 가선대부에 올랐다. 저서로 『운소산방시초(雲巢山房詩草)』, 『천유집고(天游集古)』가 있다.

아득히 향읍(鄕邑)은 멀어지누나.	迢迢去鄕邑
관산(關山)이 눈 속에 들어오는데	關山眼中來
싸락눈 옷 위로 흩뿌린다네.	霰雪衣上集
상자평(尚子平)은 방외를 구경하였고[2]	尚子方外賞
양주(楊朱)는 갈림길서 눈물 흘렸지.[3]	楊生路歧泣
그 옛날 어진 이들 간 데 없으니	昔賢良已矣
머리 들어 우두커니 서서 있노라.	矯首空竚立

그의 「우석(友石)[4]의 '봄 잠' 시에 차운하여」는 이렇다.

봄 그늘 막막한데 실실이 비 내리니	春陰漠漠雨絲絲
숙취로 몽롱해서 베개에 기댈 때라.	宿醉懵騰倚枕時
화원에 새가 우니 지는 해 남아 있고	花院鳥啼餘落日
대나무 창 사람 가고 두던 바둑 놓였구나.	竹窓人去有殘碁

---

2 상자평은 … 구경하였고: 후한(後漢) 때의 문인 상장(尚長)이며, 자평(子平)은 그의 자이다. 혹 '항장(向長)'이라고도 한다. 하내(河內) 조가(朝歌) 사람이다. 평생 벼슬하지 않고 『주역』을 탐독하며 은거하였는데, 자녀들이 모두 결혼하자 벗 한 명과 함께 오악(五嶽)과 명산을 두루 유람하면서 일생을 마쳤다 한다.

3 양주는 … 눈물 흘렸지: 『순자(荀子)』 「왕패(王霸)」에 전국시대의 제자백가 중 한 사람인 양주가 선악(善惡)의 분기점에서 악의 길을 향하는 사람이 많은 것을 슬퍼하여 눈물을 흘렸다는 내용이 보인다. 전문은 이렇다. "양주가 갈림길에서 울며 말했다. '여기서 반걸음이라도 잘못된 방향으로 나간다면 천 리나 어긋날 것을 알 수 있다.' 이 때문에 슬피 울었던 것이다〔楊朱哭衢涂曰: '此夫過擧蹞步, 而覺跌千里者夫.' 哀哭之〕."

4 우석(友石): 이풍익(李豊翼, 1804~1887)의 호. 이풍익은 자가 자곡(子穀), 또 다른 호는 육완당(六玩堂)이며, 월사(月沙) 이정귀(李廷龜)의 6대손이다. 사헌부 대사헌으로서 1866년 10월 동지 정사(冬至正使)에 임명되어 연행을 다녀왔다.

삼생(三生)의 환화(幻化)와도 다를 것이 없으니   三生幻化元無異

한 세상 기쁨 슬픔 끝내 알지 못하네.   一世悲歡了不知

묻노라 화서국(華胥國)[5]에 가본 적 있었던가   借問華胥曾到否

태평한 시절 맞아 서로 얼려 놀아보세.   太平烟月好相隨[6]

여러 편이 모두 우아하고 순조로워 옛 시에 핍진하였다.

---

5 화서국(華胥國): 옛날 황제(黃帝)가 낮잠을 자다가 꿈속에 화서씨(華胥氏)의 나라에 놀러 가
   안락하고 평화로운 이상경(理想境)을 보았다. 그곳에는 통치자도 신분의 상하도 연장(年長)의
   권위도 없고, 백성들은 욕망도 애증도 이해(利害)의 관념도 없을 뿐 아니라 삶과 죽음에도 초
   연하였다. 꿈에서 깨어난 황제가 깨달은 바 있어 무위(無爲)의 정치를 베풀자, 천하가 태평하
   게 다스려졌다고 한다.
6 隨: 『천유시집』에는 "期"로 되어 있다.

92

백응현과 백기진의 시

같은 시기에 우남(愚南) 백응현(白膺絢)과 겸재(兼齋) 백기진(白岐鎭)[1]이 함께 시로 이름을 떨쳤다.

우남의 「구재비(九齋碑)」[2]는 이렇다.

동방의 도리 밝혀 바른길 창도하니	道轍東方倡指南
숭산(崧山) 개인 햇빛에 안개 이내 툭 틔었네.	崧山晴日廓煙嵐
성명재(誠明齋)[3]라 편액 내걺 염락(濂洛)[4]보다 먼저인데	誠明揭額先濂洛

---

1 백기진(1814~1888): 본관은 금산(錦山), 자는 기문(基文), 호는 성암(星菴)·겸재(兼齋)이다. 진사로 선공감 가감역을 지냈다. 김택영은 19세 때 송악산 채묵정(彩墨亭)에서 그에게 『사기』를 배웠다.

2 구재비(九齋碑): 고려 문종 때 학자 최충(崔沖)이 송악산 아래에 각기 공부하는 내용에 따라 건물의 이름을 낙성재(樂聖齋), 대중재(大中齋), 성명재(誠明齋), 경업재(敬業齋), 조도재(造道齋), 솔성재(率性齋), 진덕재(進德齋), 대화재(大和齋), 대빙재(待聘齋)로 지어 구재학당(九齋學堂)을 마련하고 인재를 양성했다. 구재비는 당시 개성에 구재학당이 있던 터에 세운 비석을 가리킨다.

3 성명재(誠明齋): 구재학당의 건물 가운데 하나.

4 염락(濂洛): 염락관민(濂洛關閩)의 준말이다. 송대(宋代) 성리학의 주요 학파로, 염계(濂溪) 주돈이(周敦頤), 낙양(洛陽)의 정호(程顥)·정이(程頤), 관중(關中)의 장재(張載), 민중(閩中)의 주희(朱熹)를 가리킨다.

웃고 얘기하는 중에 나제(羅濟) 풍속 바뀠다네.　　羅濟移風在笑談

도리(桃李)는 없어져서 큰 탄식 일으키고　　桃李成空興浩歎

대문과 뜰 땅이 남아 옛 자취 알겠구나.　　門庭有地尙追譜

황량한 숲 흰 바위로 물이 졸졸 흘러가니　　荒林白石潺湲水

그 옛날 집 앞의 월일담(月一潭)이로구나.　　舊是堂前月一潭

겸재의 「기성별곡(箕城別曲)」 2수는 이렇다.

강물은 끊이잖고 눈물 줄줄 흘리니　　江流不斷淚漣漣

또 다시 늦봄 맞아 물결도 찰랑찰랑.　　又是春殘軟浪天

벼슬아치 무정하게 이른 출발 재촉하니　　冠盖無情催早發

비바람에 닭 울던 때 그 어느 해였던가.　　雞鳴風雨更何年

예로부터 수양버들 활짝 펴지 못하니　　從古垂楊不甚舒

기운 해에 점점이 찬 까마귀 이슬 듣네.　　斜陽點點露寒烏

긴 제방엔 아마도 화창함 적으리니　　長堤可是陽和少

행인의 이별 눈물 다 말랐기 때문일세.　　盡爲行人別淚枯

93

폭포를 노래한 고금의 절창

예로부터 시인 중에 폭포를 노래한 자가 몹시 많았다. 하지만 이백의

바닷바람 불어와 끊이지 않고	海風吹不斷
강 달빛 비치자 외려 텅 빈 듯[1]	江月照還空

라고 한 두 구절이 천고의 절창이 된다. 그밖에는 힘을 쓰는 것이 고될수록 참됨과의 거리는 점점 더 멀어지고 말았다. 대개 폭포의 모양이 빠르고 세찬 데다 기이하고 아름다워서 형용하기가 어렵기 때문이다. 박연폭포와 같은 경우는 기이한 승경(勝景)으로 소문이 났지만 고금에 시로 읊었던 자 중에 능히 방불하게 그려낸 경우가 있지 않았고, 다만 자하 신위의 시[2]가 으뜸이 된다.

잔교(棧橋) 보며 구불구불 내려와서는	俯棧盤盤下
지나온 폭포를 올려다보네.	顧瞻[3]所歷懸

---

1 바닷바람 … 텅 빈 듯: 이백의 시 「여산폭포를 바라보며〔望廬山瀑布〕」 중 한 구절이다.
2 자하 신위의 시: 『경수당전고(警修堂全藁)』 6책 『송연록(松緣錄)』에 수록된 「박연(朴淵)」이다.
3 顧瞻: 『경수당전고』에는 "迴看"으로 되어 있다.

산이 땅을 뽑으니 바위가 날고	巖飛山拔地
폭포 하늘 드리우매 시내가 섰네.	溪立瀑垂天
허공 음악 절로 생겨 들리어오자	空樂自生聽
떠들썩함 갑자기 적막해진다.	衆喧殊寂然
이제야 알겠구나 어제 잠잔 곳	方知昨宿處
아득한 흰 구름 꼭대기였네.	愁[4]絶白雲巓

웅혼하면서도 호방하여 씩씩하니, 확실히 박연폭포를 노래한 천고의 절조(絶調)이다. 하지만 제3구에서 이미 '계립(溪立)'이라고 해놓고 다시 그 아래에 '폭수(瀑垂)'란 글자를 놓은 것은 말뜻이 중복되어 흠이라 하겠다.

그밖에 차천로의

갠 무지개 검은 못에 거꾸로 걸려 있고	晴虹倒掛潭心黑
흰 비단 푸른 바위 빗기어 날리누나.	白練斜飛石骨靑

와 같은 구절은 말은 비록 씩씩하지만 '갠 무지개〔晴虹〕'과 '흰 비단〔白練〕'이 또한 진부한 말이니 어찌 새롭겠는가?

창강 김택영의

---

4 愁 : 『경수당전고』에는 "幽"로 되어 있다.

미친 바람 절벽을 불어서 찢고   狂風吹壁裂

밝은 달이 하늘에서 떨어져 나네.   明月墮天飛

　라고 한 구절은 뜻이 비록 기이하지만 '취벽렬(吹壁裂)'이라는 세 글
자는 공교롭게 하려다가 도리어 졸렬해졌으니 끝내 흠이 됨을 면치 못
한다. 폭포를 형용하여 핍진하기 어려움을 알겠다.5

---

5 이 시화는 김택영의 『소호당시집(韶濩堂詩集)』 권1 『병자고(丙子稿)』에 수록된 「신자하 참판
　의 박연【신라 때 박 진사가 폭포 가에서 피리를 불다가 물에 빠져 죽었으므로 이름이 붙었다】
　폭포 시에 화운하다. 3수〔和申紫霞參判朴淵【新羅朴進士吹笛淵上, 墮水死故名】瀑布詩三首〕」
　에 덧붙인 글에서 상당 부분 가져와 구성한 것이다. 말미에 붙은 김택영의 시 또한 여기에서
　가져왔다.

94

이기 시의 불평한 기상

해학(海鶴) 이기(李沂)는 호남(湖南) 구례(求禮) 사람이다. 성품이 시원스 러워 세속에 얽매이지 않았다. 시국의 어려움을 근심하여 한 손으로 쓰러지는 것을 붙들고자 하니 당로자(當路者)가 미워하는 바가 되어 쫓겨나서 죽었다. 품은 바를 펼쳐보지도 못하고 세상을 떴으므로 식자(識者)들이 탄식하며 애석하게 여겼다.

그의 「감회시(感懷詩)」[1]는 이렇다.

남산에서 나그네로 밥 먹은 세월 긴데	旅食終南[2]歲月長
봄 오자 낯빛이 핼쑥해짐 더 느끼네.	春來倍[3]覺減容光
산새 절로 사람을 놀래키는 말이 있고	山禽自有驚人語
들풀 끝내 세속에 아첨하는 향기 없네.	野草終無媚俗香
경찰은 고지서로 날 쫓으라 재촉하고	警吏帖來催出客
자식은 편지 보내 귀향하라 권하누나.	家兒書到勸歸鄉
평생토록 의서(醫書)[4]를 읽은 것 후회하니	生平悔讀岐扁字

---

1 「감회시(感懷詩)」:『이해학유서(李海鶴遺書)』 권12에 수록된 「春日述懷」이다.

2 終南:『이해학유서』에는 "南村"으로 되어 있다.

3 倍:『이해학유서』에는 "更"으로 되어 있다.

주머니 속 시험 못한 처방이 아깝구나.   可惜囊中未試方

    이 시를 읽어 보면 그 사람의 기상이 호방한 것을 볼 수 있다. 근래 호남의 시인으로 세상에서는 매천 황현과 해학 이기를 나란히 일컫는다. 하지만 해학은 세상일에 마음을 두어 시를 전하려 하지 않았으므로 사람들이 그의 작품을 보기가 드무니 애석하다.

---

4 의서(醫書): 원문은 "岐扁字"로, '岐扁'은 명의의 대명사인 기백(岐伯)과 편작(扁鵲)의 병칭이다. 여기서는 단순히 의학서를 가리키기보다는 세상을 바로잡는 공부를 뜻한다.

95

이건방의 시격과 대표작

난곡(蘭谷) 이건방(李建芳)[1]과 무정(茂亭) 정만조(鄭萬朝) 두 분 선생의 시문은 모두 지금 시대의 종장(宗匠)인데, 후진을 장려하여 이끄는 데 더욱 힘을 쏟았다. 그래서 세상에서 문자의 일을 논하는 자들이 반드시 두 분에게 나아가 묻곤 하였다. 문성(文星)이 시들어 땅에 떨어진 나머지에 다행히 적막함을 면할 수 있었음은 이 두 분에 힘입은 것일 뿐이다. 이건방의 「부용루회심첩(芙蓉樓會心帖)에 제하다」는 이렇다.

쓸쓸한 찬 강에 한 척 배를 띄우니	蕭瑟寒江泛鱅枝
가을바람 파아란 유리 물결 불어가네.	秋風吹動碧琉璃
손에는 한 자의 죽여의(竹如意)[2]를 쥐었건만	手中一尺竹如意
또 서대(西臺)의 낙엽 지는 시절과 만났다네.	又到西臺落木時
새로 개인 날을 만나 술 싣고 서원(西園) 가서	西園載酒値新晴
푸른 갈대 흰 이슬에 벗들을 생각하네.	白露蒼葭念友生
만 리라 강남땅엔 가을빛 가득하여	萬里江南秋色遍

---

1 이건방(1861~1939): 본관은 전주(全州)이며, 자는 춘세(春世), 호가 난곡(蘭谷)이다. 이상안(李象晏)의 아들이며 이건창의 종제이다. 문집 『난곡존고(蘭谷存藁)』가 있다.
2 죽여의(竹如意): 설법을 할 때 손에 쥐는 긴 대나무 자루이다.

마땅히 유난성(庾蘭成)[3]은 시름에 겹겠구나.　　　　也應愁殺庾蘭成

한강의 풍류는 자랑에 속하거니　　　　　　　　漢上風流屬揚扢

슬픈 피리 맑은 눈물 흘리지 마시구려.　　　　　休將淸淚落悲笳

이 늙은이 신선 연분 없음이 서글퍼서　　　　　老夫惆悵無仙分

홀로 대숲 향해 가서 시절을 느껴보네.　　　　　獨向篔簹感歲華

「창강 김택영을 애도하다」는 이렇다.

고인의 운색(韻色)에 꿈에서도 놀라더니　　　　故人韻色夢猶驚

누가 영지(靈芝) 보내서 전상(殿上)에 가게 했나.　誰遣靈芝殿上行

부서진 집 과부 울어 산달도 어둑하고　　　　　破屋嫠啼山月翳

외론 무덤 손자 절해 들꽃만 환하도다.　　　　　孤墳孫跪野花明

타가(駝街)[4]에 먼지 개어 기역(箕域)[5]을 슬퍼하고　駝街塵晴悲箕域

낭산(狼山)[6]에 구름 피어 호성(護聲)[7]이 들려오네.　狼岫雲生有護聲

젊은 날 견수(肩隨)[8]타가 지금은 백발 되니　　　少日肩隨今白髮

다만 시든 눈물로 갓끈을 적신다오.　　　　　　只將衰淚漫霑纓

3　유난성(庾蘭成): 육조(六朝) 양(梁)나라 유신(庾信, 513~581)을 가리킨다. 난성은 그의 아명
　이다. 자는 자산(子山). 개부의동삼사(開府儀同三司)를 지내 유개부(庾開府)로도 불린다. 모
　국 양나라가 망한 뒤 북주의 무제(武帝)가 그 재주를 아껴 극진히 대접했지만 「애강남부(哀江
　南賦)」를 지어 양나라를 그리워하는 마음을 표현했다. 문집『유자산문집(庾子山文集)』이 있다.

4　타가(駝街): 동타가(銅駝街)로 불리는 낙양의 거리 이름이다. 여기서는 김택영이 세상을 뜬
　남통시(南通市)의 거리를 가리키는 것으로 보인다.

5　기역(箕域): 기자(箕子)의 영역이라는 뜻으로 우리나라를 가리킨다.

6　낭산(狼山): 중국 강소성 남통(南通)에 있는 자랑산(紫狼山)을 말한다.

7　호성(護聲): 상여가 나갈 때 부르는 상여소리를 말한다.

여러 작품이 모두 굳세어 읊을 만하다.

---

8 견수(肩隨): 어깨를 나란히 하되 조금 뒤처져 걷는다는 뜻으로, 연장자에게 예를 차리는 것이
   다. 『예기』「곡례 상(曲禮)」상(上)에 "나이가 배 이상이 많으면 아버지처럼 섬기고, 열 살 이상
   이 많으면 형처럼 섬기고, 다섯 살 이상이 많으면 어깨를 나란히 하고 걷되 조금 뒤처져서 따
   른다[年長以倍, 則父事之. 十年以長, 則兄事之. 五年以長, 則肩隨之]"라고 한 데서 유래하였다.

96

정만조의 시력과 대표작

무정 정만조가 남쪽 변방으로 귀양가다가[1] 길이 인천을 지나는데 일찍이 벼슬살이를 했던 곳이었다. 그 「감회(感懷)」 시는 이렇다.

무더기 창칼 속에 귀신과 이웃 되어	劍戟叢中鬼作鄰
하늘 바람 날 불어가 도성 문을 나서누나.	天風吹我出城闉
상심겹다 서울과 고향을 떠나는 날	傷心去國離鄕日
눈가득 시든 산엔 물 넘치는 봄날이라.	極目殘山剩水春
따스한 방초는 홍조설(鴻爪雪)[2]을 녹이고	芳草煖消鴻爪雪
지는 꽃잎 가볍게 말굽 티끌 점찍누나.	落花輕點馬蹄塵
내일 아침 가는 봄을 전별치 않으리니	明朝不作東君餞

---

1 무정 정만조가 남쪽 변방으로 귀양가다가: 정만조는 1896년 4월 명성황후 시해 및 경복궁 화재사건에 연루되었다는 무고를 입고 서주보(徐周輔)·정병조(鄭丙朝)·김경하(金經夏) 등과 함께 구금되어 전라도 진도 금갑도에 유배 15년 형을 받았다. 1907년 일제에 의해 고종이 강제로 퇴위하고 순종이 황제로 즉위하면서 같은 해 12월 사면되어 관계(官界)에 복귀하였다.

2 홍조설(鴻爪雪): 홍조설니(鴻爪雪泥)의 준말로, 눈 위에 찍힌 기러기 발자국이라는 뜻이다. 일이 지나고 남은 흔적, 또는 눈이 녹으면 기러기 발자국이 바로 사라지듯 모든 사물이 덧없음을 비유한다. 소식(蘇軾)의 「和子由澠池懷舊」에 "인생 가는 곳마다 그 무엇과 같을꼬, 눈 위에 발자국 남긴 기러기와 같으리. 눈 진창에 우연히 발자국을 남겼지만, 기러기 날아가면 어찌 다시 동서(東西) 알리〔人生到處知何似, 應似飛鴻踏雪泥. 泥上偶然留指爪, 鴻飛那復計東西〕" 라고 한 데서 왔다.

이 날의 풍광이 올해 들어 새롭구나.　　　　　　此日風光入歲新

그의 「칠석(七夕)」 시는 이렇다.

이 인생 인연 얽힘 벗어날 길 없는데　　　　　　此生無計脫纏綿
예로부터 만난 자리 곧바로 이별일세.　　　　　　終古逢場卽別筵
조화(造化) 응당 희극이 되는 줄을 알지만　　　　造化知應爲戲劇
선가(禪家)에선 부질없이 인연이라 말하누나.　　禪家空自說因緣
견우 직녀 은근함은 오늘 저녁뿐이거니　　　　　慇懃牛女惟今夕
계인(雞人)[3]이 새벽을 알려줌 슬퍼하네.　　　　惆悵鷄人易曉天
신선이나 티끌세상 한 가지로 다름없어　　　　　一例神仙與塵土
정 있다면 그 누가 서로 끌지 않으리오.　　　　　有情誰得不相牽

「한강의 배 안에서 음악을 구경하며」는 이렇다.

농산(隴山)[4]에서 서른 해 방진(芳塵)을 즐기느라　隴山卅載樂芳塵
노래하던 적삼과 흰 두건을 내버렸지.　　　　　　抛却歌衫與縞巾
금조(琴操)가 경솔하게 머리 깎음 후회터니　　　悔煞琴操輕祝髮
이제와 다 늙어서 장사치에 시집가네.[5]　　　　如今老嫁重商人

---

3 계인(雞人): 주(周)나라 때 관직 이름으로, 국가에서 큰 의식을 거행할 때 새벽을 알리며 백관
　을 깨우는 역할을 했다. 전하여 궁중의 물시계 관리인을 가리키기도 한다.
4 농산(隴山): 중국 섬서성(陝西省)의 농현(隴縣) 서북쪽에 있는 산이다.

강호에서 뜻을 잃고 떠돌던 이귀년(李龜年)을	江湖落魄李龜年
오랜만에 만나보니 둘 다 서로 망연하다.6	劫後相逢兩茫然
태을지(太乙池)는 황량해져 찾을 곳이 없는데	太乙池荒無覓處
은하수 그림자가 깊은 못에 떨어진다.	秋河影落秘重泉

흰 달빛 희미한데 빗방울 빗기었고	雪月模糊雨點斜
일천 개 구슬 등불 강 물결에 비치었네.	珠燈千顆印江波
슬프고 급한 가락 서로 번뇌 마시게나	哀絃急管休相惱
환락 끝에 슬픔 옴을 내가 어이하리오.	歡極生悲奈若何

여러 편이 모두 매끄럽고 운치가 있으니 그 노련한 솜씨를 볼 수 있다.

---

5 금조가 경솔하게 … 장사치에 시집가네: 금조(1073~1098)는 북송 전당(錢塘)의 기생으로 시
사에 능하여 16세에 소동파의 인정을 받아 양민으로 속신(贖身)되었다. 후에 항주 영롱산(玲
瓏山)에서 출가하였다. 금조와 관련하여 북송 방작(方勺)의 『박택편(泊宅編)』에는 다음과 같
은 이야기가 나온다. 소동파가 항주에 있을 때 금조와 함께 서호를 유람하면서 백거이(白居
易)의 「비파행(琵琶行)」 중 "문전이 쓸쓸하여 말 타고 오는 이 드무니, 늙어서는 시집가서 상인
부인 되었다오〔門前冷落鞍馬稀, 老大嫁作商人婦〕"라는 구절을 들려주자 금조가 삭발하고 비
구니가 되었다고 한다.

6 강호에서 … 망연하다: 이귀년은 당 현종(玄宗) 때의 유명한 악사이다. 일찍이 기왕(岐王)의
저택에서 거문고를 연주했는데, 진성(秦聲)과 초성(楚聲)을 구별할 줄 알았다. 나중에 강남
(江南)을 유람하다가 두보를 만난 일이 두보의 시 「강남에서 이귀년을 만나다(江南逢李龜年)」
에 보인다.

97

정병조의 시격과 대표작

규원(葵園) 정병조(鄭丙朝)[1]는 정만조의 아우이다. 시격이 굳세고 드넓어 왕왕 사람을 놀라게 한다. 이건창이 일찍이 "시의 풍골(風骨)이 고결하여 형을 뛰어넘으려 한다."[2]고 하였으니, 그를 인정함이 이와 같았다.

「미륵사(彌勒寺)에서 잠시 쉬다가」는 이렇다.

동쪽 성곽 푸른 산에 눈이 절로 환해지니	東郭靑山自眼明
절집 가는 길이 익어 발걸음도 경쾌하다.	僧房路熟屨隨輕
마을 모습 어둑해져 절구 소리 적막하고	村容界暝舂餘寂
푸른 숲 텅 비어서 경쇠 소리 너머 맑다.	林翠零虛磬外淸
어이 인과(因果) 있어야만 불좌에 참석할까	豈有因果參佛座
해탈함 없으면서 티끌 갓끈 풀었구나.	了無解脫失塵纓
시원스레 관음보살 생각을 내던지니	犁然放鐸觀音想
종 치는 스님네의 첫 번째 소리일세.	鐘打闍梨第一聲

---

1 정병조(1863~1945): 본관은 동래(東萊)이며, 자는 관경(寬卿), 호가 규원(葵園)이다. 1894년 (고종 31) 동궁 시종관(東宮侍從官)을 지냈다. 문집 『녹어산관집(淥漁山館集)』이 있다.

2 시의 풍골이 … 뛰어넘으려 한다: 『명미당집(明美堂集)』 권4에 수록된 「題鄭寬卿詩稿後, 仍送其行于咸關」 제1수 중 2구이다.

그 「촉석루(矗石樓)」[3] 시는 이렇다.

진양성의 형세가 강물 흐름 막아서니 晉陽城勢遏江流

단청도 찬란하다 반 모래톱 비치었네. 金碧崔嵬影半洲

거울물 찰랑이자 천 이랑에 달이 뜨고 鏡水搖蕩千頃月

하늘 구름 숨을 쉬는 여덟 창문 누각일세. 天雲呼吸八窓樓

죽은 넋 불러옴에 집집마다 눈물이요 殉魂招返家家淚

전쟁 역사 읊조리니 글자마다 시름이라. 戰史飜吟字字愁

동남쪽 고운 자취 두루 다 다녔지만 歷遍東南佳麗跡

촉석루에 올라서야 내 유람 장쾌하다. 始登矗石壯吾遊

그의 「서고 앞에서 해당화를 보다가」는 이렇다.

경양궁의 궁녀가 단장을 하다가[4] 景陽宮女詫紅粧

능화 거울[5] 문득 던져 해당화를 피했다지. 忽擲菱花避海棠

이렇듯이 번화함은 세상에 드물거니 直此繁華能絶世

사람 질투 두려워해 향기를 감춘다네.[6] 恐人偏妬卻韜香

---

3 촉석루(矗石樓): 경상남도 진주시 본성동(本城洞)에 있는 누각이다. 고려 공민왕 때 세운 것
  으로, 진주성 주장(主將)의 지휘소였다. 임진왜란 때 논개가 적장을 끌어안고 강으로 떨어져
  순국한 곳으로 유명하다.
3 경양궁의 궁녀가 단장을 하다가: 이 구절은 "景陽粧"의 고사에서 뜻을 취한 말이다. 남조(南
  朝)때 제 무제(齊武帝)가 대궐이 깊어 단문(端門)의 고루(鼓漏) 소리가 잘 들리지 않는다 하여
  경양루 위에다 종(鐘)을 걸어 놓게 하니 궁인(宮人)들이 그 종소리를 듣고 일찍 일어나 단장을
  했다.
5 능화 거울: 마름꽃 문양을 새긴 거울을 말하는데, 흔히 거울의 별칭으로 쓴다.

춘명문7 옥섬돌에 붉은 눈이 쌓였으니   玉砌春明絳雪堆

산호 가지 얼어서 부러질까 겁나누나.   珊枝猶惻凍仍摧

황금 탄환 꾀꼬리 향해 쏘지는 않겠지만   金彈不向流鶯擲

꽃이 져서 한 조각이 떨어질까 두려워라.   直怕花零一片來

바람 튕긴 보슬비가 비단 장막 부딪쳐도   風彈小雨撲羅幃

진한 핏빛 병풍 높아 추운 줄을 모른다네.   猩血屛高冷不知

연지분에 땀이 묻어 온 얼굴을 단장하고   汗點臙脂通臉冶

애 끊는 봄빛 속에 양귀비가 조는 듯.8   斷腸春色睡楊妃

낭현9의 선각을 영롱하게 바라보니   娘嬛仙閣望玲瓏

사면의 운창(芸窓)10에는 글자 붉게 비치누나.   面面芸窓照字紅

열두 개 푸른 난간 빗기어 도는 곳에   十二碧欄斜轉處

일시에 붉은 사롱(紗籠)11 일제히 걸렸구나.   一時齊掛絳紗籠

두보 시에 이름 누락 근심하지 않아도12   不愁名漏少陵詩

---

6 향기를 감춘다네: 해당화는 향이 없는 꽃이기 때문에 한 말이다.

7 춘명문: 옛날 장안(長安)의 동쪽에 있던 성문 이름으로, 전하여 수도의 성문을 뜻한다.

8 양귀비가 조는 듯: 이 구절은 『냉재야화(冷齋夜話)』에 기록된 "海棠春睡"의 고사에서 나왔다. 당현종이 침향정(沈香亭)에서 양귀비를 불렀는데, 양귀비는 술이 덜 깨 얼굴을 단장하지 않고 귀밑머리는 흐트러진 채였다. 당현종이 웃으며 "어찌 귀비가 취한 것이겠는가. 단지 해당이 잠이 부족해서일 뿐이지〔豈妃子醉? 直海棠睡未足耳〕"라고 했다.

9 낭현: 신선이 산다는 아름다운 골짜기.

10 운창(芸窓): 서실(書室)을 말한다. '운(芸)'은 다년생 풀인 운향(芸香)을 가리키는데, 좀벌레가 그 향기를 꺼린다. 그래서 서재나 장서실(藏書室)에 이것을 넣어 책이 좀먹는 것을 방지했다. 운각(芸閣)이라고도 한다.

11 사롱(紗籠): 현판(縣板)에 먼지가 앉지 못하게 덮어씌우는 사포(紗布)를 말한다.

12 두보 시에 … 않아도: 두보의 시에는 온갖 화목(花木)이 언급되지만 해당화만 없다. 어머니의 이름이 해당(海棠)이었기 때문에 피했다는 설이 있다. 소식(蘇軾)의 시 「황주 관기에게 주다〔贈黃州官妓〕」에 "도리어 서천의 두 공부는, 해당화 비록 좋아하지만 시로 읊지 않았던 것과 같네〔卻似西川杜工部, 海棠雖好不吟詩〕"라고 하였다.

매화는 「이소(離騷)」에서 알아줌을 입었다네.13   梅友離騷尙見知

따로 그림 그리게 해 참된 경계 얻으니   別遣丹靑眞境得

머리 흰 늙은이가 갓난아기 어르는 듯.   老翁頭雪戲嬰兒

---

13 매화는 … 입었다네: 굴원의 「이소」에는 온갖 초목들이 모두 열거되는데 매화만 나오지 않
는다. 여기서는 직접 거론하지는 않았지만 매화를 알아주었다는 의미로 썼다.

98

조병건의 시풍

견산(見山) 조병건(趙秉健)[1]의 시는 오로지 수원(隨園) 원매(袁枚)를 위주로 하여서 이따금 섬세한 기교에서 잃곤 하였다. 하지만 사물을 비추고 형상을 일으켜서 모사함이 사실에 가까운 것은 저절로 해맑고 기이하며 청신한 체재를 이루었으니 또한 시를 말하는 자가 버리지 못하는 바이다. 그의 「안개 속에 새벽길을 가며」는 이렇다.

새벽길에 들판 안개 자욱도 하여	曉行迷野霧
하늘빛 온통 저리 어두웁구나.	天色一何昏
말을 믿고 앞길을 찾아가는데	信馬尋前路
닭 울음에 먼데 마을 있음을 아네.	聞鷄知遠村
살쩍에는 가을 지난 기운이 차고	鬢寒秋後氣
옷 축축함 남은 비의 흔적이로다.	衣潤雨餘痕
어둔 그늘 드리움이 어이 오래리	陰翳那能久
부상(扶桑)에서 환한 해가 떠오르겠지.	扶桑出日暾

---

1 조병건(1853~1924): 본관은 풍양(豊壤)이며, 자는 희중(羲中), 호가 견산(見山)이다. 1880년 문과에 급제한 뒤 승정원과 홍문관을 시작으로 학부, 법부, 농상공부의 참서관을 지냈다.

그의 「추석도중(秋夕途中)」 시는 이렇다.

시내 산의 진면목을 응접하기 바쁘더니	眞面溪山應接忙
메밀꽃 일색이라 들밭이 향기롭다.	蕎花一色野田香
붉은 고추잠자리와 노오란 나비들이	紅蜻蜓與黃蛺蝶
가을빛 희롱하며 저녁볕을 뒤따르네.	恣戲秋光趁夕陽

산 밤송이 처음 익고 들 대추 붉어지니	山栗初黃野棗紅
아이들 무리 지어 동산을 달리누나.	兒童逐隊走園中
멋대로 가져가도 금하는 이 없는 것은	任他收剝無人禁
온 식구 성묘 가서 집 비었기 때문일세.	知是全家上塚空

북망산2 아랫자락 풀이 우거졌으니	北邙山下草離離
중추의 좋은 시절 귀신 또한 안다네.	秋仲佳辰鬼亦知
금빛 사초 바람 일자 술 향기 끼쳐오니	風動金莎酒香襲
주인이 제사 간 지 오래되지 않았구나.	主人祭去不多時

---

2 북망산: 낙양(洛陽) 북쪽에 있는 산으로, 북망(北邙) 또는 망산(芒山)·겹산(郟山)이라고도 한다. 역대 제왕과 귀족의 매장지로 쓰였기 때문에 '소주와 항주에 살고 북망에서 죽는다(生居蘇杭, 死葬北邙)'는 말이 있었다.

99

박풍서와 김영한, 이범세의 인품

내가 교유하는 사람 중에 가장 마음을 기울여 서로 허락한 사람은 다만 가헌(稼軒) 박풍서(朴豊緒),[1] 동강(東江) 김영한(金甯漢),[2] 치재(恥齋) 이범세(李範世)[3] 세 사람뿐이다. 이 몇 사람은 시문이 지금 시대의 거벽이될 뿐 아니라, 인품 또한 높아서, 만약 황로(皇路)가 맑고 편안할 때를 만났다면 틀림없이 능히 생용보불(笙鏞黼黻)[4]로 국가의 성대함을 울렸을 것이다. 하지만 지금 구덩이와 귀퉁이에서 영락하여 궁한 사람의 시를지으면서 스스로 그 불평함을 우니, 안타깝다고 할만하다. 아래에 각각 그 시 약간 편을 예로 든다.

---

1 박풍서(1868~?): 본관은 반남(潘南)이며, 자는 효승(孝蠅), 호가 가헌이다. 1885년(고종22)에 진사가 되었다.

2 김영한(1878~1950): 본관은 안동(安東)이며, 자는 기오(箕五), 호가 동강, 급우재(及愚齋)이다. 농암(農巖) 김창협(金昌協)의 9대손(代孫)으로, 1894년(고종 31)에 진사가 되었으나 을사늑약 이후 벼슬에 나가지 않았다. 문집『급우재집』이 있다.

3 이범세(1874~1940): 본관은 전주(全州)이며, 자는 사의(土儀), 호가 치재이다. 1889년(고종 26) 경무대문과 병과급제 후 홍문관부교리, 규장각부제학 등을 지냈다.『국조보감』편찬사업에 참여한 공으로 서훈4등 태극장(太極章)을 받았다.

4 생용보불(笙鏞黼黻): 조정의 훌륭한 신하. 생용(笙鏞)은 궁중 예식에 쓰이는 생황과 큰 종, 보불(黼黻)은 임금의 예복 하의에 수놓은 도끼와 아(亞)자 모양의 문양을 가리키는데, 모두 임금을 잘 보좌하는 인재를 뜻한다.

100

박풍서의 대표작

가헌이 나를 청량산(淸凉山)의 거처로 찾아와 지은 시는 이렇다.

십 년간 저자에서 소음 먼지 염증 나서	十年城市厭囂塵
한 굽이 청량산에 집을 새로 지었구려.	一曲淸凉卜築新
비 젖은 복사꽃이 손님 방해 걱정타가	雨浥桃花愁妨客
안개 갠 수양버들 사람 만남 기뻐하네.	烟晴楊柳喜逢人
답답한 맘 적시려고 술을 운명 삼았고	胸澆磈礧酒爲命
붓이 진부함 쓸어내어 책이 키와 한가질세.	筆掃腐陳書等身
어제 번천(樊川)[1] 들렀다가 이제 여기 이르니	昨過樊川今到此
봄빛이 날 뒤흔들어 시신(詩神)이 화통해라.	韶光撩我暢唫神

「용호(蓉湖)에 배 띄우고」라는 시는 이렇다.

반나절 교외 갔다 또다시 강 길 가니	郊行半日又江行
하늘 가 텅 비었고 나룻배 가로 걸렸네.	天際空明一葦橫
돛 너머 산은 개어 나무 그늘 나직한데	帆外山晴低樹影

---

1 번천(樊川): 경기도 광주시 남한산성면을 흐르는 남한강 지류.

노 머리에 바람 잦아 파도 소리 잔잔하다.	櫓頭風定穩波聲
백로 무리 날면서 중류 갈라 지나가고	鷺群飛割中流去
물고기 떼 붙어 나눠 잔물결을 이루누나.	魚隊吹分細浪成
술 취해 돌아와 안개 물가 배를 대니	取醉歸來烟渚泊
뜸에 가득 초승달에 다시 마음 움직이네.	滿篷新月更關情

「청학동(靑鶴洞)에 제하다」라는 시는 이렇다.

궁벽한 골 천년토록 학의 뼈 해맑은데	洞僻千年鶴骨清
성긴 솔의 피리 소리 상쾌하여 들을만해.	疎松生籟爽堪聽
갠 우레에 거품 뿜는 폭포 줄기 장쾌하고	晴雷噴沫瀑流壯
박옥은 정기 품어 산의 형세 영험하다.	璞玉孕精山勢靈
창랑(滄浪)에서 갓끈 씻는 노래2에 뜻 두고서	濯纓滄浪歌有志
굽은 물길 술잔 띄워3 취하고선 깨지 않네.	觴浮曲水醉無醒
고개 돌려 석양 보매 도리어 서글프니	夕陽回首還惆愴
저옹(滁翁)4의 없어진 정자 어디에 있었던가?	何處滁翁舊廢亭

예전에 취옹정이 있었는데 지금은 없어졌다.

---

2 창랑에서 갓끈 씻는 노래: 세속에서 벗어나 자기 신념을 지키며 고결하게 산다는 뜻. 초(楚)나라 굴
  원(屈原)의 「어부사(漁父辭)」에서 "창랑물이 맑다면야 나의 갓끈 씻을 테고, 창랑물이 흐리다면
  나의 발을 씻으리라[滄浪之水清兮, 可以濯我纓. 滄浪之水濁兮, 可以濯我足]"에서 가져왔다.

3 굽은 물길 술잔 띄워: 유상곡수(流觴曲水)를 말한다. 3월 3일에 굽어 흐르는 물에 술잔을 띄
  워 그 잔이 자기 앞을 지나기 전에 시를 지어 읊고 잔을 들어 마시던 놀이다.

4 저옹(滁翁): 구양수(歐陽脩, 1007~1072)를 가리킨다. 구양수가 인종(仁宗) 때 저주태수(滁州
  太守)로 좌천되어 있으면서 반산(半山)에 취옹정이라는 정자를 지은 일이 있다. 이때 정자의
  기문(記文)으로 지은 글이 「취옹정기(醉翁亭記)」다.

101
김영한의 대표작

동강의 「번리잡절(樊里雜絶)」[1]은 이렇다.

목동 아이 푸른 꼴을 등에다 지고   牧豎負青蒭

앞쪽에 누렁소를 몰고서 간다.   前驅一黃犢

저녁 참새 어느새 숲에 깃들고   瞑雀已棲林

산 아래 집에선 연기가 인다.   烟生山下屋

그의 「산거(山居)」[2] 시는 이렇다.

문 앞에 흐르는 물 깁인양 푸르고   門前流水綠如紗

회화나무 버드나무 그늘 짙은 한 두 집.   槐柳陰濃一兩家

산길엔 사람 없고 산 해는 길고 긴데   山逕人稀山日永

이따금 참새가 찔레꽃을 쪼는구나.   有時雀啄野棠花

「강촌에서 늦게 일어나」[3]는 이렇다.

---

1 「번리잡절」: 『급우재집』 권2에 같은 제목으로 실려 있다. 2수 중 첫 수이다.
2 「산거」: 『급우재집』 권4에 수록된 「首夏山中作貽公輔且督和之」이다.

성긴 주렴 바람 들고 해는 느릿 더디 가니　　　　疎簾風動日遲遲

강가 집서 잠에서 일어날 그때일세.　　　　　　正是江房睡起時

문밖엔 수양버들 무수히 푸르러　　　　　　　　門外垂楊無數綠

어느 가지 꾀꼬리 소리 나는지 모르겠네.　　　　不知鶯語在何枝

「영은사(靈隱寺)4에 제하다」5는 이렇다.

성 주변 한 쌍 나무 한 줄기 길 비꼈는데　　　　雙樹城邊一逕橫

승루(僧樓)의 바로 곁에 큰 강물이 잔잔하다.　　僧樓咫尺大江平

구슬 감실 어룡 기운 반 너머 젖어 있고　　　　珠龕半濕魚龍氣

경쇠 소리 이따금 기러기 소리 화답하네.　　　　金磬時和雁鶩聲

설인귀의 행궁6은 가을 풀에 묻히었고　　　　　仁貴行營秋草沒

문주왕의 옛 도읍7엔 저녁 구름 일어나네.　　　文周舊國暮雲生

웅진의 수양버들 하늘하늘 푸르러서　　　　　　熊津楊柳依依綠

져녁볕의 어부 노래 나그네 정 흔드누나.　　　　夕照漁歌動客情

---

3 「강촌에서 늦게 일어나」: 『급우재집』 권2에 수록된 「睡起」이다. 그러나 1, 2구가 다르다. 문집
　의 1, 2구는 이렇다. "江樓睡起悠然坐, 風動疎簾夕日遲."

4 영은사(靈隱寺): 지금의 충청남도 공주시 금성동 쌍수산(雙樹山)에 있는 사찰이다.

5 「영은사에 제하다」: 『급우재집』 권2에 수록된 「영은사에서 잠깐 쉬다가〔少憩靈隱寺〕」이다.

6 설인귀의 행궁: 나당(羅唐) 전쟁 당시 당나라 장수 설인귀가 계림도 행군총관(鷄林道行軍總
　管)으로 군대를 이끌고 충남지역에 온 일이 있다.

7 문주왕의 옛 도읍: 문주왕은 백제의 22대 왕으로, 웅진으로 도읍을 옮겼다.

102

이범세의 대표작

치재의 「가헌(稼軒)에게 부침」이란 시는 이렇다.

해와 달 정신없어 나는 듯이 빠르니[1]	烏兎忽忽疾如飛
또 이렇게 붉은 앵두 무궁화 사립 비추누나.	又是朱櫻暎槿扉
대궐[2]의 꿈 어지러워 아침마다 물러나고	靑瑣夢迷朝退步
푸른 도롱이 두른 몸이 들옷 차림 편안하다.	綠蓑身穩野裝衣
세상일 마음 맞음 적은 줄을 잘 아나니	判知世事稱心少
친한 벗 편지 부침 드물어짐 깨닫누나.	漸覺親朋寄信稀
옛 도리로 사귐 맺어 흰 머리를 기약하니	古道訂交期皓首
그대 말고 내가 다시 뉘와 함께 돌아가리.	微君吾復與誰歸

「평양(平壤) 모란봉(牧丹峰)」[3] 시는 이렇다.

---

1 해와 달 정신없어 나는 듯이 빠르니: 세월이 빠르다는 뜻이다. 해와 달은 원문에서 "烏兎"인데, 고대신화에서 해에는 세 발 달린 까마귀가 살고 달에는 옥토끼가 산다고 하기에 생긴 표현이다. 좌태충(左太冲)의 「吳都賦」에 "하늘에 올라 해와 달 속의 까마귀와 토끼를 잡고, 날짐승과 길짐승의 소굴을 모두 뒤진다(籠烏兎於日月, 窮飛走之棲宿)"라는 구절이 있다.

2 대궐: 원문의 "靑瑣"는 궁궐 문이다. 한나라 때 궁궐 문에 쇠사슬 같은 모양을 새기고 푸른 칠을 한 데서 유래된 말이다.

3 모란봉: 평양부의 금수산(錦繡山)에 있는 봉우리 이름. 모란봉(牡丹峰)으로도 쓴다.

평양의 빼난 경치 이 누대 으뜸이라 　　　擅勝箕城最此臺

하늘이 한 떨기 모란꽃을 피웠구려. 　　　天敎一朶牧丹開

1만 기와 해 비추자 고기비늘 움직이고 　　日臨萬瓦魚鱗動

1천 돛에 물결 보내 기러기가 날아오네. 　潮送千帆雁翅來

옛 성채 구름 걷혀 눈물 뿌릴 만하건만 　古壘雲空堪灑淚

거친 무덤 향 그치자 술잔을 적시누나. 　荒墳香歇漫澆盃

영웅도 아녀자도 모두 다 티끌 되니 　　英雄兒女俱塵土

서풍에 긴 휘파람 다시금 통쾌해라. 　　長嘯西風更快哉

「부여(扶餘) 낙화암(落花巖)」[4] 시는 이렇다.

목멘 물결 찌푸린 산 억울함을 호소하니 　波咽山嚬宛訴寃

외론 바위 진 꽃 흔적 지금껏 기억하네. 　孤巖尙記落花痕

달 밝으면 패옥 소리 들리는가 싶은데 　月明環珮疑聞響

초록빛 비단 치마 넋이 돌아오려는 듯. 　草綠羅裙欲返魂

내생으로 길이 건넘 부처의 힘 기도하고 　永度來生祈佛力

한번 죽음 쉽게 봄은 임금 은혜 깊어서라. 　輕抃一死蒼君恩

옥골(玉骨)이 고기 뱃속 묻힘을 슬퍼마소 　休憐玉骨埋魚腹

꽃다운 이름 백세토록 전해짐이 있나니. 　也有芳名百世傳

---

4 낙화암: 충청남도 부여군 백마강(白馬江) 가의 부소산(扶蘇山)에 있는 바위이다. 백제가 망할 때 의자왕(義慈王)의 궁녀들이 백마강으로 투신한 것을 꽃잎이 떨어지는 것에 빗대었다.

103

박치형의 특별한 시재

동우(東愚) 박치형(朴治亨)[1]은 관서(關西)의 선천(宣川) 사람이다. 나면서부터 기이한 재주가 있어, 12세에 이미 능히 글을 지었고, 글 솜씨가 성대하여 사람을 감동시켰다. 나이 16세에 서울로 들어와 규재(圭齋) 남병철(南秉哲), 침계(梣溪) 윤정현(尹定鉉), 경대(經臺) 김상현(金尚鉉), 환재(桓齋) 박규수(朴珪壽)의 문하에서 두루 노닐었는데, 마음을 기울여 칭찬하지 않음이 없었으므로 이로 말미암아 화려한 이름이 세상에 크게 알려졌다. 불행하게도 22세에 요절하였으니 안타까워할 만하다. 그의 시학은 왕어양(王漁洋)을 배웠으므로 맑지만 각박하지 않았고, 담백하나 싱겁지 않았다. 신운(神韻)을 으뜸으로 삼기에 힘써서 모두 드날리어 읊조릴 만하였다. 그의 「감회를 적어 사람에게 부치다」[2]는 이렇다.

그대 집의 벼논이 아주 좋은데	君家稻田好
강 포구 곁으로 둘러 있다네.	縈紆傍江浦
새벽 참에 농가 집을 생각해보니	曉起思田盧

---

1 박치형(1841~1862): 본관은 죽산(竹山)이며, 자는 원여(元汝), 호가 동우, 한우자(螶于子)이다. 문집 『동우시집(東愚詩集)』이 있다.

2 「감회를 적어 사람에게 부치다」: 『동우시집』 권 하(下)에 수록된 「讀東坡詩仍用上八韻寄社中諸叔諸弟」이다. 하지만 아래 제시된 시는 『동우시집』에 실린 또 다른 시 「呈石泉叔」이다.

간밤에 삼봉에 비가 내렸지. 昨夜三峰雨

또 말하였다.[3]

책 둥지[4]는 만들 수 있다하지만 可使書爲巢
술 연못[5]은 만들어선 아니 된다네. 不可酒爲池
밭 있으면 거칠게 놔두지 말고 有田莫荒穢
콩 떨어져 공연히 키질을 하네. 豆落空爲箕

또 말하였다.[6]

나그네 마음이 방초를 보니 客[7]心看芳草
날마다 시름 따라 푸르러지네. 日日逐愁綠
이를 캐며 무엇을 생각하는가 採之何所思
그리운 이 저 산의 굽이에 있네. 幽人在山曲

또 말하였다.[8]

---

3 또 말하였다: 『동우시집』에 수록된 「寄書巢弟」이다.
4 책 둥지: 좁은 서실(書室)을 뜻한다. 송나라 육유(陸游)가 만년에 거처하던 서실이 몹시 좁았
  는데, 그 안에 서책을 쌓아 두니 마른 나뭇가지를 쌓아 놓은 둥지 같았으므로 서실을 '서소(書
  巢)'라 한 데서 온 말이다.
5 술 연못: 은(殷)나라 주왕(紂王)이 애첩 달기(妲己)의 환심을 사기 위해 술로 못을 만들고 고
  기로 숲을 만들었다는 주지육림(酒池肉林) 고사에서 가져온 표현이다.
6 또 말하였다: 『동우시집』에 수록된 「寄檀下弟」이다.
7 客: 『동우시집』에 "愁"로 되어 있다.

여름 경치 어찌나 맑고 담박해	夏景何冲澹
내 마음 애오라지 화답한다네.	我心聊復和
언제나 이별 중임 염려하노니	常恐別離中
가는 세월 동쪽으로 흐르는 물결.	流光東逝波

여러 편이 모두 예스러운 뜻이 있다.

그의 「양류사(楊柳詞)」⁹는 이렇다.

안개 자태 비의 모습 늦봄의 때를 만나	烟姿雨態暮春時
동풍이 더디게 일어남이 안타깝네.	苦恨東風喚起遲
흡사 마치 미인이 집안 깊은 곳에서	恰似美人深院裏
잠깨어 구름 살적 푸른 실로 흩어진 듯.	睡餘雲鬢散靑絲

붉은 누각 날마다 초록이 늘어지니	紅樓日日綠毿毿
누각 앞 몇 번이나 떠나는 님 보냈던가.	幾度樓前送別驂
새 노래 다 부르도록 사람은 뵈지 않아	唱盡新詞人不見
담담히 성근 비에 강남을 꿈꾼다네.	澹然疎雨夢江南

상쾌하고 맑고 우렁차서 왕어양의 구법(句法)을 잘 배웠다.

8　또 말하였다. 『동우시집』에 수록된 「自況」이다.
9　「양류사(楊柳詞)」: 『동우시집』 권 하(下)에 같은 제목으로 실려 있다.

104

근래의 시승 보윤의 시

근래에는 시를 쓰는 승려가 전혀 없는데 다만 추금 강위의 제자 보윤(普潤)의 시가 아름답다. 그의 「공민왕릉」은 이렇다.

촉막[1]의 산천을 불러본들 어이 하리	蜀莫山川喚奈何
이릉[2]의 가을 나무 석양빛이 짙구나.	二陵秋樹夕陽多
불쌍쿠나 저 옹중은 폐와 간이 없어서[3]	絶憐翁仲無肺肝
서풍 향해 가는 물결 곡하지 못하다니.	不向西風哭逝波

「만월대」는 이렇다.

어구(御溝)에 누런 잎이 우수수 떨어지니	御溝黃葉動蕭蕭
제2교서 빨래하자 옷이 온통 밝아지네.	浣澼衣明第二橋

---

1 촉막: 고려의 옛 수도인 경기도 개성(開城)에 있었던 군(郡) 이름이다.

2 이릉: 공민왕의 현릉과 왕비 노국공주의 정릉을 말한다. 두 능이 나란히 서있는데, 서쪽이 공민왕, 동쪽이 노국공주의 무덤이다.

3 저 옹중은 폐와 간이 없어서: 옹중은 묘소 앞의 망중석을 뜻한다. 진시황 때의 장수인 완옹중(阮翁仲)이 흉노로부터 나라를 잘 지켰는데, 사후에 그의 동상을 거대하게 만들어 궁문에 세웠다. 이후 석상이나 묘소의 망주석을 옹중석이라 칭한다. 폐와 간이 없다는 것은 진나라 때 옹중 같은 거인 동상을 만들 때 종처럼 속을 텅 비웠던 것을 이용한 표현이다.

슬프다 군왕께서 가시던 곳 풀에 덮여　　　　　惆悵君王行處草

가을 오자 야인들이 나무하러 들어가네.　　　　秋來盡入野人樵

105

홍수에 떠내려간 성천의 작은 산

세속에서 전하기를 성천(成川)의 무산(巫山)[1] 서쪽 면에 작은 산이 하나 있었는데, 큰 물에 떠내려가 잃어버린 바가 되었는데, 떠가다가 평양성 밖에 머무니 이른바 능라도(綾羅島)[2]가 이것이라고 한다. 마침내 천고의 기이한 이야기가 되었다.

소릉(少陵) 이상의(李尙毅)가 성천을 다스릴 때[3] 옛 물건을 거두어 되찾으려 하였다. 하지만 평양 소윤(小尹)[4]이던 숙야(叔夜) 박엽(朴燁)[5]【호가 국창(菊窓)이다】은 석연치 않은 듯한 것이 있었으므로, 이상의가 일찍이 그가 청렴하지 않음을 나무랐다. 그 뒤에 이상의와 박엽이 모두 다

---

1 성천(成川)의 무산(巫山): 평안남도 성천군 비류강(沸流江) 기슭의 흘골산(紇骨山; 屹骨山)의 이칭으로, 중국 사천성에 있는 무산12봉(巫山十二峯)과 비슷해서 붙은 이름이다. 비류강이 동쪽에서 흘러와 앞을 빙 둘러 흐르는데, 비류강 가의 강선루(降仙樓)는 관서팔경(關西八景) 중 하나이다.

2 능라도(綾羅島): 평안남도 평양시 대동강에 있는 섬이다. 경치가 몹시 아름답기로 유명하다. 기성 팔경(箕城八景)의 하나로 꼽힌다.

3 소릉 이상의가 성천을 다스릴 때: 이상의(1560~1624)는 본관이 여흥(驪興), 자는 이원(而遠), 호가 소릉·오호(五湖)·서산(西山)·파릉(巴陵) 등이다. 문집 『소릉집(少陵集)』이 있다. 그는 1603년(선조36) 7월부터 1605년(선조38)까지 성천(成川) 도호부사(都護府使)를 지냈다.

4 소윤(小尹): 서윤(庶尹)의 별칭. 서윤은 조선시대 한성부와 평양부에 1명씩 두던 종4품 관직으로 판윤(判尹)과 좌우윤(左右尹)을 보좌하였다.

5 박엽(1570~1623): 본관은 반남(潘南)이며, 자는 숙야, 호가 국창(菊窓) 또는 약창(葯窓)이다. 벼슬은 평안도관찰사에 이르렀다. 인조반정(仁祖反正) 때 사형되었다.

스리던 곳을 떠나자, 무산과 패수는 이미 까마득한 옛일과 꿈나라가 되고 말았다. 황해도에서 서로 만났는데 혐의하거나 원망함이 없자, 이상의가 이에 절구 한 수를 지어서 이를 풀이하였다. 당시의 여러 명류들이 모두 화답하니, 또한 기이한 일이었다. 이상의의 시는 이렇다.

거령(巨靈)6이 한밤중에 산 가지고 떠나가자	巨靈夜半持山去
성천 땅엔 한 점 청산 이지러져버렸구나.	虧却成都一點靑
주인이 도적(圖籍)을 되찾을 뜻 있는지라	主人有意尋圖籍
하늘에다 육정(六丁)7을 견책하라 호소했네.	却訴天公責六丁

간이 최립이 차운한 시는 이렇다.

여러 성과 화씨벽(和氏璧)은 경중이 있건만8	連城完璧猶輕重
이익 따져 그 누가 몇 리 청산 다투는가.	乾沒誰爭數里靑
강가의 묵은 땅을 기꺼이 양보하여	肯讓江頭一老圃
봄 오자 소를 모는 농부에게 맡겼다네.	春來叱犢付時丁

---

6 거령(巨靈): 화산(華山)을 쪼갰다는 전설의 하신(河神). 옛날에 산 하나가 황하(黃河)를 막아서 하수가 빙 돌아서 흐르자, 거령이 이 산을 둘로 쪼개어 하수를 곧게 흐르게 했다고 한다.

7 육정(六丁): 도교(道敎)의 여섯 정신(丁神)으로, 정묘(丁卯)·정사(丁巳)·정미(丁未)·정유(丁酉)·정해(丁亥)·정축(丁丑)이다. 이들은 사물을 멀리 이동시키거나 일의 길흉을 예견할 수 있다. 본래는 천제(天帝)의 부림을 받는데, 도사(道士)가 부록(符籙)을 사용하여 부릴 수 있다고 한다.

8 여러 성과 … 있건만: 전국시대 연성벽(連城璧) 고사를 원용한 표현이다. 연성벽은 여러 고을과 바꿀 만한 가치를 지닌 초(楚)나라 화씨벽(和氏璧)으로, 완벽(完璧)이라 불리기도 한다. 전국시대에 조(趙)나라 혜문왕(惠文王)의 손에 들어갔는데, 진(秦)나라 소왕(昭王)이 이 옥을 성 15개와 맞바꾸자고 청한 일이 있다.

교산(蛟山) 허균(許筠)이 차운한 시는 이렇다.

하늘이 과아(夸娥)⁹ 시켜 골짝 정령 쪼개내어   天役夸娥擘峽靈

떠내려 온 푸른 섬이 허공 푸른 점찍었네.   浮來蒼嶼點空靑

연성으로 옥과 바꿈 방법 없음 알겠거니   連城還璧知無路

어느새 무너진 뫼 오정(五丁)¹⁰을 눌렀다네.   已覩崩巒壓五丁

시잠(市潛) 이재영(李再榮)이 차운한 시는 이렇다.

어느 해 우레 비에 백령(百靈)들을 부려서   雷雨何年役百靈

무산 서쪽 한 구석의 푸른 산을 갈랐구나.   巫山西畔割全靑

장차 패수에다가 기이한 경치 보태려고   却將浿水添奇勝

기성으로 향해 가서 무정(戊丁) 방향¹¹ 눌렀도다.   永向箕城鎭戊丁

손곡 이달이 차운한 시는 이렇다.

무산의 삼협(三峽)¹² 물을 향해 가려 하였더니   爲向巫山三峽水

---

9 과아(夸娥): 우공이산(愚公移山) 고사에 나오는 신선. 북산(北山)의 우공(愚公)이 자기 집 앞을 가리고 있는 산을 옮기려 하자 천제가 그 정성에 감동하여 과아씨의 두 아들을 보내 태항산과 왕옥산 두 산을 옮기게 했다고 한다. 『열자(列子)』 「탕문(湯問)」에 전한다.

10 오정(五丁): 산도 옮길 수 있었다는 촉나라의 다섯 역사(力士)를 말한다. 『화양국지(華陽國志)』 「촉지(蜀志)」에 이들이 촉나라 산에 길을 뚫어 진나라가 촉을 멸망시켰다는 고사가 전한다.

11 무정(戊丁) 방향: '무(戊)'는 중앙을, '정(丁)'은 남방을 가리킨다. 능라도의 위치를 두고 한 말이다.

어느 해에 푸른 뫼가 물에 떠서 내려왔나.　　　　　　何年漂却數峯靑

떠내려 온 것 다시 뚫어서 가려 하면　　　　　　　　若使浮來還鑿去

소매 속 송곳에서 챙챙 대는 소리 나리.　　　　　　袖椎能發響丁丁

서경(西坰) 유근(柳根)[13]이 차운한 시는 이렇다.

무산 패수 어느 것이 더 중하고 가볍던가　　　　　　巫山浿水誰輕重

자라 등에 떠와서도[14] 푸르름 고치잖네.　　　　　　鼇背浮來不改靑

성천의 앞뒤 사또 향하질 마시게나　　　　　　　　莫向成都前後尹

요양 땅의 백학은 성씨가 정(丁)이었지.[15]　　　　　遼陽白鶴姓爲丁

상촌(象村) 신흠(申欽)[16]이 차운한 시는 이렇다.

무산과 기성(箕城)은 구분하지 마시게나　　　　　　休分巫峽與箕城

---

12 무산의 삼협(三峽): 중국 사천성에는 물길이 험하기로 유명한 장강삼협(長江三峽), 즉 구당
　　협(瞿塘峽)·무협(巫峽)·서릉협(西陵峽)이 있다. 무산의 삼협은 이중 무협을 가리킨다.

13 유근(1549~1627): 본관은 진주(晉州), 자는 회부(晦夫), 호는 서경(西坰), 시호는 문정(文靖)
　　이다. 1572년(선조5) 별시 문과에 장원하고, 1574년에 사가독서(賜暇讀書)를 했으며, 1587년
　　이조정랑으로서 문신정시(文臣庭試)에 다시 장원하였다. 벼슬은 충청도관찰사, 대제학을 거
　　쳐 좌찬성에 이르렀고 괴산의 화암서원(花巖書院)에 제향되었다. 저서에 『서경집』이 있다.

14 자라 등에 떠와서도: 동해 가운데 다섯 신산(神山)이 떠다녀 상제가 15마리 자라를 시켜 등
　　으로 산을 떠받치게 했다는 전설이 있다. 『열자』 「탕문」에 보인다.

15 요양 … 정(丁)이었지: 한(漢)나라 때 요양 사람 정령위(丁令威)를 말한다. 영허산에서 신선
　　술을 배웠는데, 학으로 변신하여 천 년 만에 고향으로 돌아왔다고 한다. 『수신후기(搜神後
　　記)』 「정령위(丁令威)」에 보인다.

16 신흠(1566~1628): 본관은 평산(平山)이며, 자는 경숙(敬叔), 호가 상촌·현헌(玄軒), 시호는
　　문정(文貞)이다. 문집 『상촌집(象村集)』이 있다.

강 가운데 한 줄기 푸른 산을 보아야지. 要看江心一抹靑

봄 물결 즐겨 따라 돌아가는 배를 저어 好趂春波理歸楫

달빛 속에 흔들흔들 어부와 함께 하리. 月中搖蕩共漁丁

죽은(竹隱) 조희일(趙希逸)[17]이 차운한 시는 이렇다.

구름 물결 산이 떠서 이곳 와서 멈추니 雲浪漂山到此停

능라도 빼어난 빛 푸른 산에 자욱하다. 綾羅秀色藹縈靑

봄 강에 도화 물결[18] 한창 막 불어나니 春江正漲桃花水

고깃배 저어가서 침정(枕丁)[19]을 그물질 하리. 欲棹漁舟網枕丁

오산 차천로가 차운한 시는 이렇다.

한 밤중에 힘 있는 사람이 있어서 誰知半夜有力者

한조각 청산 감춰 지고 온 줄 뉘라 알리. 負此藏山一片靑

자라 등에 화려한 난간 낼 수 있거니 鼈背可能榮楯出

쓸데없이 찡찡대며 녹나무 벨 필요 없네.[20] 樟裁不必浪登丁

---

17 조희일(1575~1638): 본관은 임천(林川), 자는 이숙(怡叔), 호가 죽음(竹陰), 다른 호는 팔봉
(八峯)이다. 문집 『죽음집(竹陰集)』 『경사질의(經史質疑)』[10]여 책이 있다.

18 도화 물결: 복사꽃이 피는 봄날이 되면 얼음이 녹고 비가 내려 불어난 하천의 물을 말한다.

19 침정(枕丁): 물고기의 머리뼈, 즉 물고기를 가리킨다. 『이아(爾雅)』 「석어(釋魚)」에서 "물고기
머리뼈는 정(丁), 물고기 내장은 을(乙), 물고기 꼬리는 병(丙)이라 한다〔魚枕謂之丁, 魚腸謂之
乙, 魚尾謂之丙〕"라고 했다.

제호(霽湖) 양경우(梁慶遇)[21]가 차운한 시는 이렇다.

능라도가 남아서 강 가운데 섬이 되니	綾羅留作江心島
무산(巫山)의 반쪽 청산 갈라서 뗀 것일세.	割却巫山半面靑
생각건대 그때에 우레비 쏟아질 때	想得當年雷雨裏
거령이 포정(庖丁)[22]처럼 솜씨를 부린 걸세.	巨靈揮手似庖丁

취흘(醉吃) 유숙(柳潚)[23]이 차운한 시는 이렇다.

성천 땅 옛 물건을 기성에서 얻어서	成都舊物箕城得
십리의 능라도가 만고에 푸르구나.	十里綾羅萬古靑
신선 구역 본래부터 지경 구분 없나니	仙區本是無壃界
한번 취해 올라보아 놓인 대로 맡겨두세.	一醉登臨任所丁

---

20 쓸데없이 … 필요 없네: 한유(韓愈)와 맹교(孟郊)가 지은 「성남연구(城南聯句)」 중 "뽕나무 변하여 홀연 황폐해지고, 녹나무 자르느라 함부로 쩡쩡 소리 내네〔桑變忽蕪蔓, 樟栽浪登丁.〕"에서 따온 표현으로 보인다. 한유 지음, 이영주·임도연 역해, 『(완역) 한유시전집』 하(下), 역락, 2019, 608쪽.

21 양경우(1568~1638): 본관은 남원(南原)이며, 자는 자점(子漸), 호가 제호·점역재(點易齋) 등이다. 문집 『제호집(霽湖集)』이 있다.

22 포정(庖丁): 백정으로, 『장자(莊子)』 「양생주(養生主)」에 소고기를 해체하는 솜씨가 신기에 가까웠던 백정의 일화가 나온다.

23 유숙(1564~1636): 본관은 고흥(高興), 자는 연숙(淵叔), 호가 취흘이다. 1597년(선조 30) 정시문과(庭試文科)에 병과로 급제, 대사간·부제학 등을 역임했다. 문집 『취흘집(醉吃集)』이 있다.

신좌모의 솜씨

담인(澹人) 신좌모(申佐模)[1]의 시는 풍부하고 아름답고 풍부하고 웅장해서 우뚝하게 작가로 꼽는다. 하지만 중간중간 공령체가 뒤섞여 자못 빛이 바랜다. 그의 「연미정(燕尾亭)」[2] 시[3]는 이렇다.

연미정 그대로 남아 있어서	燕尾亭猶在
올라가 호방한 노래 부른다.	登臨發浩歌
백주에 오랑캐 군대 들어와	白晝胡兵入
청산에 귀신 불이 많기도 하다.	靑山鬼火多
타고난 험준함 이와 같아도	天險有如此
사람 꾀 어찌해 볼 수 없다네.	人謀無奈何
푸른 물결 천고에 한을 품어서	滄流千古恨[4]

---

1 신좌모(1799~1877): 본관은 평산(平山)이며, 자는 좌인(左人), 호가 담인이다. 1835년(헌종 1) 증광문과(增廣文科)에 급제하여, 대사성·이조판서 등을 역임했다. 문집 『담인집(澹人集)』이 있다.

2 연미정(燕尾亭): 강화도 강화읍 월곶진(月串鎭)에 있는 정자이다. 갑곶나루 위에 있는데, 작은 산 아래에서 바닷물이 두 갈래로 나뉘어 흐르기 때문에 '연미', 즉 제비 꼬리라 이름하였다고 한다.

3 「연미정」 시: 『담인집』 권4에 같은 제목으로 실려 있다.

4 千古恨: 『담인집』에는 "恨千古"로 되어 있다.

저물녘 바람에 물결이 인다.   日暮風揚波

「촉석루에서 신청천의 시운에 차운하다」5는 이렇다.

진양성 아래로 큰 강이 흘러가니   晉陽城下大江流

눈 닿는 곳 무성하게 방초 욱은 물가로다.   極目萋萋芳草洲

견사와 보장6이 유래가 무거우니   繭絲保障由來重

원숭이 학 벌레 모래7 지난날을 근심하네.   猿鶴虫沙過去愁

백전(百戰)의 산하에 광야만 남았는데   百戰山河餘曠野

1만 집 안개비에 또 높은 누각일세.   萬家烟雨又高樓

우리들 다행히 일없는 때 태어나   吾輩幸生無事日

그림 배에 풍악 울려 한가롭게 노니누나.   畫船簫皷作閒遊

말하는 자가 "차운한 시가 원운보다 낫다"라고 하였다. 하지만 기구 (起句)와 함련(頷聯)은 원작자가 차운한 사람에게 미치지 못하였고, 경 련(頸聯)과 결구(結句)는 차운한 사람이 원작자에 미치지 못하였다.

---

5 「촉석루에서 … 차운하다」: 『담인집』 권8에 수록된 「촉석루 현판의 시에 차운하다(矗石樓次板上韻)」이다.

6 견사와 보장: 가혹한 정치와 너그러운 정치. 견사는 누에고치에서 실을 뽑듯 세금을 계속 징 수하는 것, 보장은 백성을 안정시켜 나라를 지키는 울타리가 되게 하는 것을 말한다. 춘추시 대 진(晉)나라 대부 조간자(趙簡子)가 가신 윤탁(尹鐸)에게 진양(晉陽) 땅을 채읍으로 주자, 윤탁이 견사로 할지 보장으로 할지 물어본 일이 있다.

7 원숭이 학 벌레 모래: 전장에서 죽은 장수와 군사들을 말한다. 갈홍(葛洪)의 『포박자(抱朴 子)』에 "주 목왕(周穆王)이 남정(南征)하자 온 군대가 모두 변화하여 장수들은 원숭이나 학이 되었고, 병사들은 벌레나 모래가 되었다(周穆王南征, 一軍皆化, 君子爲猿爲鶴, 小人爲蟲爲沙)" 라고 하였다.

107

정현덕의 호방한 시격

우전(雨田) 정현덕(鄭顯德)[1]은 시격이 풍부하고 넉넉하면서도 호방하고 굳세어서 근대의 섬세하고 경박한 태도를 벗어던졌다. 일찍이 동래부사로 나가[2] 군대를 사열하고, 저물어 돌아와 이렇게 읊조렸다.

몸에 작은 군복에 가을바람 불어오고	西風吹拂小戎衣
음산(陰山)의 밤 횃불에 범을 쏘아 돌아오네.	夜火陰山射虎歸
흰 머리의 서생은 몸이 더욱 건장해서	白首書生身更健
각궁은 달과 같고 말은 나는 것만 같네.	角弓如月馬如飛

그의 「해운대」 시는 이렇다.

만 리 바다 펼쳐져 한 빛깔로 흐르는데	萬里平鋪一色流
조선 땅 끝난 곳에 해운대가 떠있누나.	朝鮮地盡此臺浮

---

1 정현덕(1810~1883): 본관은 초계(草溪)이고, 자는 백순(伯純), 호가 우전이다. 1850년(철종 1) 증광문과(增廣文科)에 병과로 급제하여 오위 부사과(五衛副司果), 이조참의, 형조참판 등을 역임했다.

2 일찍이 동래부사로 나가: 정현덕은 1867년(고종 4)부터 1874년(고종 11)까지 약 7년간 동래 부사로 있었다.

강회(江淮)와 하한(河漢) 쯤은 물로 치기 어려우니	江淮河漢難爲水
남북과 동서 모두 모래톱 뵈지 않네.	南北東西不見洲
적국의 청산은 대마도서 생겨나고	敵國靑山生馬島
충신의 짧은 비석 거북 머리 떨어졌네.	忠臣短碣落龜頭
봉래산 신선은 소식조차 없는데	蓬萊仙子無消息
슬프다 인간 세상 백발의 가을일세.	怊悵人間白髮秋

그의 「영남루」[3] 시는 이렇다.

서풍에 사람이 영남루에 기댔자니	西風人倚嶺南樓
물나라 푸른 산은 흩어져 못 거두네.	水國靑山散不收
달 밝은 이 밤에 만호에선 생가(笙歌) 소리	萬戶笙歌[4]明月夜
흰 구름 가을 맞아 강엔 온통 어부 피리.	一江漁笛白雲秋
노승의 절집에선 성근 종소리 늦고	老僧院裏疎鍾晩
열녀사(烈女祠)[5] 앞에는 낙엽만 나부끼네.	烈女[6]祠前落葉流
눈 가득 갈대꽃이 30리에 펼쳐지니	滿眼蘆花三十里

---

3 영남루: 경상도 밀양(密陽) 내일동(內一洞)에 있는 누각. 고려 공민왕(恭愍王) 때 김주(金湊)
가 세웠으며, 화재로 소실되었다가 조선 현종(顯宗) 때 복원되었다.

4 笙歌:『삼천리』제12권 제9호에 실린 「嶺南樓 와 阿娘閣, 雪寃詩 一篇을 採輯하며」에는 "砧聲"
으로 되어 있다.

5 열녀사(烈女祠): 경상남도 밀양시 내일동에 있는 아랑각(阿娘閣)을 가리킨다. 죽음으로써 처
녀의 정절을 지킨 아랑(阿娘)을 기리는 것으로 조선 명종 때 세워진 것이라 전해진다. 밀양 남
천강 옆 영남루 바로 아래 대나무숲 속에 있다.

6 『삼천리』제12권 제9호에 실린 「嶺南樓 와 阿娘閣, 雪寃詩 一篇을 採輯하며」에는 "岸"으로 되어
있다.

무수한 기러기 떼 긴 모래톱 내려앉네.　　　　　　　雁鴻無數下長洲

산구(散句)는 이렇다.

바람 좋아 수양버들 가녀린 잎 절로 나고　　　　　風好垂楊纖自葉
봄 깊자 고목은 말랐어도 꽃 피우네.　　　　　　　春深古木瘦能花

나무 붉은 외론 마을 삽살개 짖어대고　　　　　　紅樹孤村猦也吠
초록 연못 날 개이자 제비가 나는구나.　　　　　綠潭晴日燕子飛

모두 명구이다.

계원담총

❋

원문

桂苑談叢

1

余贈韓蓮塘英錫序云: "詩者所以歌詠性情也, 得其正者爲善耳. 遣事貴切, 屬對貴穩, 錘字貴老, 結響貴高. 而摠歸於血脈動盪, 首尾渾成. 近來詩有二弊, 平敍易于逕遂, 雕鏤失之佻巧. 全篇中只爭一聯警拔, 取靑媲白, 有句無章, 所以去古日遠."

2

詩之大有關於風敎者, 何也? 心有所感, 則發於咏歎, 辭氣忠厚惻怛, 言之者無罪, 聞之者足爲鑑戒故耳. 近世詩人, 深得此旨者, 其惟李山雲亮淵乎. 安城郡民, 偶得一蟹, 以爲貴物, 供官廚作饌, 太守嘗而甘之, 記于官簿. 後有尹安邑者, 以爲此郡多産蟹, 責納每戶一蟹. 然安邑原不産蟹, 民無以應求, 以鷄代蟹, 遂爲常例. 山雲過安邑, 感而賦曰: '太守賦一蟹, 未足爲民瘼.[1] 一蟹化一鷄, 萬鷄凋八域. 苟然充王廚, 耕牛吾不惜.' 辭氣忠厚, 韻響高古, 讀之自爾動人. 後有廉訪使巡到安邑, 偶見此詩, 大有所感動, 嚴命釐革, 此獘遂息. 詩之關于風化如此.

3

山雲咏啄木鳥曰: '啄木休啄木, 古木餘半腹. 風雨寧不畏, 木摧爾無屋.' 蓋譏戚畹之誤國也. 又板橋詩曰: '有人橋上來, 俯臨橋下水. 浮生笑語間, 流水去無已.' 皆典雅淵深, 可以諷詠.

4

金剛山奇峭怪幻, 萬像俱備, 令人璀璨奪目, 眞天下之壯觀也. 古今文豪詩人, 皆願一見, 各以詩文, 寫其眞像者, 指不勝摟, 而可傳者實少, 豈其爲山之奇氣所奪而然耶. 記文則當首推金農岩, 至於詩, 如'雪立亭亭千萬峰, 海雲開出玉芙蓉', '衆峰悄欲響, 鍾動正陽樓', '虛白無長夜, 玲瓏有夕陽', '五夜虛明長欲曙, 四時搖落易爲秋', '雪立亭亭千萬峰, 海雲開出玉芙蓉', '衆峰峭欲響, 鍾動正陽樓', '虛白無長夜, 玲瓏有夕陽', '五夜虛明長欲曙, 四時搖落易爲秋', 諸句皆模寫實景, 儘佳作. 然皆不及李凌壺麟祥之'萬瀨爭涵明月寫, 千峯欲化霽雲飛'句之高奇飄逸, 形容入神.

---

1 民瘼:『계원담총』에는 "瘼民"으로 되어 있으나『임연당별집』에 따라 바로잡았다.

5

國朝詩家, 男子則以朴挹翠闇爲稱首, 婦人則推蘭雪軒許氏爲第一. 蓋朴脫口成章, 不施彫鏤, 氣格渾然天成, 許淸麗飄逸, 惺惺如仙, 無半點烟火口氣. 朴似杜陵, 許似靑蓮, 俱爲詩家上乘. 然朴以二十六歲遇禍死, 許以二十七歲病歿, 俱不逾三十而殀. 若天假之年, 其成就豈可量也? 今各擧其一二首, 以見其豹斑. 朴之永保亭詩曰: '地如撲撲將飛翼, 樓似搖搖不繫篷. 北望雲山欲何極, 南來襟帶此爲雄. 海氛作霧因成雨, 浪勢飜天自起風.[2] 暝裏如聞烏相叫, 坐間渾覺境俱空.' 雄渾圓暢, 可使老杜歛衽. 許之閨怨二絶曰: '錦葉羅衣積淚痕, 一年芳草怨王孫. 瑤琴彈罷江南曲, 雨打梨花晝掩門', '月樓秋盡玉屛空, 霜打蘆洲下暮鴻. 瑤瑟一彈人不見, 藕花零落野塘中.' 脫灑淸麗, 可與謫仙洞庭湖詩相頡頏.

6

崔簡易豈, 非徒文章冠當時, 詩律亦矯健有致, 得黃陳句法. 豈穆陵諸子所能及也? 但當時風氣專尙唐格, 故鮮有知崔詩者. 然螭蚓相雜, 焉能及點鐵成金之手也? 其登望京樓詩曰: '淸秋目力試樓雄, 昨夜纔收塞雨濛. 八角勢飛遙野外, 五層陰結半空中. 烏鴉一道衝寒日, 砧杵千家響晩風. 東憶故國西念路, 此時臨眺摠情同.' 雄渾矯健, 正如强弩穿札, 勁勢未已, 未知穆陵諸子中有此一班氣魄者, 果有幾人耶?

7

李東岳安訥統軍亭詩曰: '六月龍灣積雨晴, 平明獨上統軍亭. 茫茫大野浮天氣, 曲曲長江裂地形. 宇宙百年人似蟻, 山河萬里局如萍. 忽看歸鶴西飛去, 疑是遼東舊姓丁.' 世人稱以壯瀾, 膾炙古今. 以余所見, 其頸聯及結句全不收住, 有開無合, 不成章法. 正如蕩子冶女, 徒侈其外, 而叩其中, 無可取也. 崔簡易遼陽城詩曰: '城上高樓勢若騫, 危梯一踏一驚魂. 遙空自盡無山地, 淡靄多生有樹村. 北極長安知客路, 東風上巳憶鄕園. 閒愁萬疊抛難得, 料理斜陽酒一樽.' 其命意神逸, 體格嚴正, 比諸東岳詩, 孰優孰劣, 觀者當自知之.

8

余閱農巖雜著云: "李奎報詩, 擅名東方久矣. 前輩諸公, 亦皆推爲不可及. 蓋其

---

2 北望雲山欲何極 … 浪勢飜天自起風:『계원담총』에는 함련(頷聯)과 경련(頸聯)의 순서가 뒤바뀌어 있으나 문집에 따라 바로잡았다.

材力捷敏, 蓄積富博, 一時莫及. 又能自造言語, 不蹈襲前人以爲工, 亦可謂有詩人之才矣. 然其學識卑陋, 氣象庸下, 格卑而調雜, 語瑣而意煩, 無一語道得清明灑落, 高古宏潤意思. 其所沾沾自喜, 以爲不經人道語者, 羽卿所謂下劣詩魔, 入其肺腑者也." 乃列舉其詩之最不佳者數句, 以爲不過村學童百聯鈔句語耳. 其下又取朴挹翠詩之最佳者數句, 作對比曰: "如李奎報集中, 那得有一語似此?" 以余觀於二詩, 蓋白雲氣壯, 挹翠韻高, 白雲俊逸, 挹翠卓邁, 白雲多創新, 挹翠多老熟, 各自成一大家, 未易定王盧前後也. 然如白雲詩'點雲欺落日, 狠石捍狂瀾.', '密葉翳花春後在, 薄雲漏日雨中明.'等句, 工妙清警, 求之挹翠集中, 亦不可多得.

9

白沙李相國, 詩格雄贍豪壯, 不失大家地步, 而爲勳業所掩, 世不稱其詩. 題單于夜宴圖詩曰: '陰山獵罷月蒼蒼, 鐵騎千羣夜踏霜. 帳裏胡笳三兩拍, 樽前起舞左賢王.' 酷似唐家. 後謫北靑, 路過咸興, 方伯某爲解其憫, 設饌款待. 使老妓侑酒密約曰: "汝能使李相公悲泣, 則予千金." 妓演百般悲歌哀曲, 欲試其泣, 而白沙少不動容. 妓乃誦諸葛亮出師表一遍. 白沙汪然出涕, 乃作詩曰: '咸關老妓髮如絲, 醉後狂歌二出師. 讀到鞠躬盡瘁句, 逐臣有淚兩行垂.' 其精忠憂國之心, 發於聲詩者如此.

10

朴灌圃弘美, 詩賦諸篇, 沖澹雅馴, 不屑屑以鏤金錯采爲工, 讀之醺醺有餘味. 其鷄林懷古詩曰: '鷄林遺事渺難憑, 極目蕭條感廢興. 流水一千年舊國, 寒烟四十八王陵. 瞻星臺古飢烏集, 半月城空野鹿登. 漠漠平郊秋草合, 斷橋孤渡夕陽僧.' 通篇雄渾, 爲鷄林懷古近律之冠. 但結句氣像, 過於酸楚, 其後孫之孤子, 詩人之詩讖.

11

唐宋麗韓詩人咏昭君者甚多, 雖格有高下, 句有工拙, 然不顧國家之大計, 只寫昭君之怨恨, 故其意思如出一轍, 詩人之昧於政見如此. 王安石獨異衆選曰: "漢恩自淺胡恩深, 人生樂在貴知心." 羅大經評此句曰: "苟不相知, 臣可以叛其君, 妻可以棄其夫乎." 朱子亦評以悖理傷道云. 李鵝溪竊取安石之意, 咏昭君二絶曰: '三千粉黛鎖重門, 咫尺無由拜至尊. 不是當年投異域, 漢宮誰識有昭君.', '世間恩愛元無定, 未必羶城是異鄉. 何似深宮伴孤月, 一生難得近君王.' 此二首可使明妃解憫. 然詩者心之聲也, 何如是作反常語耶? 李山雲有一絶曰: '一毫利於漢, 萬死妾不辭. 却羞故宮伴, 呼我作閼氏.' 起句寫眷眷忠愛之情, 結句現凄凄哀怨之思, 公私兩盡, 體裁具備, 可以壓倒今古之咏昭君者. 余亦有二絶曰: '昭君遠嫁泣紅粧, 千載琵琶枉斷腸. 若使萬軍齊解甲, 漢宮何惜一嬪嬙.', '銷禍未形籌最奇, 莫言鉛墨誤蛾眉, 漢甥世世來臣服, 已兆毛生染筆時.' 此前人所未及道者, 觀者以爲如何. 後聞崧陽耆舊集曺寧耐臣俊詩有: '枉殺毛延壽, 丹靑筆有神. 陰山消削後, 政見畵中人.' 一篇同余詩之意, 深幸古人先獲我心也.

12

南雨村尙敎, 詩格淸麗飄逸, 近世詩人, 罕有倫比. 其所著詩文甚多, 而其子鍾三, 以西敎得罪, 籍其家, 故世無傳焉, 殊可恨也. 其所詠柳絮八咏, 膾炙人口, 同時詩家如申紫霞 緯, 韓蕉硯 培永, 申小霞 命準, 姜對山 溍, 李半畝 人圭, 尹學丹 致瓛, 趙荷裳 雲卿, 皆和其詩, 世稱柳絮八家. 然俱不及雨村原詩也. 今錄其全詩于下: '無意多情去復回, 驂驔節序暗中催. 風流尙憶張郎少, 題品曾經謝女才. 簾外斜陽薰碧草, 江南雨候近黃梅. 病餘春望渾成纈, 又送閒愁滿眼來', '低回一霎點人衣, 又被風欺失所依. 似有宿緣蛛胃住, 劇多情緖燕捎歸. 密來趁逐誰相惜, 誤落黏泥事已非. 故樹空含無限恨, 烟絲款款欲隨飛.', '颺似遊絲滾似塵, 晴天黯黯正愁人. 莫言白雪無同調, 也有浮萍托後身. 九陌重城空悵望, 餘紅剩翠各傷神. 風情不比閒花草, 抵死顚狂送一春', '已經沾露宿庭苔, 特地牽風拂酒杯. 黏落仰蜂眞懊惱, 團飛群蝶共徘徊. 歌臺舞榭悠揚過, 旅恨閨情領略來. 芳草一川依舊綠, 年年腸斷賀方回.', '非色非香一種春, 盡情飛舞自風神. 南來吉貝眞驚座, 秋後蘆花謾效顰. 暫借胚胎終羽化, 强求形質是毛倫. 山中十友誰評定, 可笑憐紅愛綠人.' '慣向人間管別離, 爲何輕薄又辭枝. 爲何輕薄又辭枝. 榮枯聚散應無奈, 上下東西未可期. 香夢已驚風陣陣, 惡緣生怕雨絲絲. 花癡獨有閒惆悵, 不見開時見落時.', '懺盡狂心竟寂寥, 捨他根蒂任逍遙. 眠魂已覺終如夢, 舞態雖輕不是腰. 忙卽因緣閒卽性, 來誰勾引去誰招, 縱令頃刻風吹返, 萬綠難尋舊着條.', '算來吾與汝相宜, 撩亂情緖漫浪詩. 驛路西城千樹直, 酒家南陀一行垂. 正當送日如年處, 又是看花似霧時. 獨立閒階無個事, 向空捉得向空吹.' 茂亭鄭丈嘗曰: "古今之咏柳絮者何限. 然當推雨村爲第一." 誠然.

13

李益齋齊賢咏柳絮曰: '晴日欲迷深院落, 春波不動小池塘.', 申紫霞緯詩曰: '纖腰却怕春風3熱, 漸4脫綿衣此一時.' 趙秋齋秀三詩曰: '黃金散盡餘輕薄, 皓首歸來又別離.' 李則神穎, 申則俊逸, 趙則豪放, 各極其妙.

14

詩家最忌剽竊, 而古人往往有此弊, 豈其意思不謀而同耶. 申紫霞之浿江別詩起句, '急管催觴離思多, 不成沈醉不成歌.' 語意與金節齋宗瑞之'送客江頭別恨多, 管絃凄斷不成歌.'相似. 崔簡易之古木詩結句, '苔蘚作花蘿作葉, 還知造物未全捐.' 語意與金梅月堂時習之'春至無心天亦惜, 敎藤爲葉蘚爲花.'相似. 若以詩之造詣論, 則紫霞勝於節齋, 簡易優於梅月. 然亦不免剽竊之譏, 信乎其作詩之難也.

15

申紫霞嘗云: "古今人詩有不謀而同者. 余燕行時, 會寧嶺得一句曰: '天垂繚白縈靑外, 秋入砂丹點漆中.' 自以爲佳. 後閱放翁集, 有曰: '天垂繚白縈靑外, 人在駭紅忿綠中.' 此二句皆用柳柳州山水記語, 余則取材於柳州與杜陵耳. 後人必曰剽竊, 而余實偶然不謀而同也. 附識于詩後, 自喜詩境之或能到古人."云. 庚戌秋, 余亦過遼東, 有詩曰: '苜蓿秋肥胡馬健, 旌旗夜動戍樓寒.' 自以爲得雋語. 後誦此詩於鄭鈍山寅書, 鄭曰: "趙子昂詩, 有'苜蓿秋高戎馬健, 江湖日短白鷗寒.'之句, 君詩無乃蹈襲於此邪?" 余遜謝. 然余亦實未見趙詩, 而意思暗合也. 夫對境寫情, 今古同感, 故往往有符合處, 亦不必以此深譏也.

16

前輩咏雁, 因之興感, 以寓自家意思者多. 如李松谷瑞雨睡雁圖詩曰: '明沙如雪月如霜, 獨倚蘆花一睡長. 雲侶不須煩喚促, 後飛猶得到衡陽.' 金農巖昌協咏田中群雁詩曰: '萬里隨陽鴈, 先霜發北邊. 含蘆愁遠道, 啄穗下寒田. 顧影頻疑網, 聞聲誤怯弦, 冥冥九霄意, 終被稻梁牽.' 姜秋琴瑋聞雁詩曰: '區區豈爲稻梁計, 春北秋南奈爾何. 只愛天空如意濶, 在泥日少在雲多.' 松谷寓遭迍難進之意, 農巖見憂讒畏譏之志, 俱不免拘牽俗累, 至於秋琴, 高翔遐擧, 獨往獨來, 其翛然出塵之想, 槪可見矣.

17

鄭松江澈, 平生風流逸宕, 有謝安東山之趣. 及其沒, 權石洲韠, 過其墓, 感而作一絶曰: '空山落木雨蕭蕭, 相國風流此寂寥. 怊悵一盃難更進, 昔年歌曲卽今朝.' 嗚咽悲壯, 如聞變徵之聲, 儘傑作. 然以余所見, 首一句, 寫景物凄慘, 而用力太

---

3 風: 『계원담총』에는 "雲"으로 되어 있다. 『경수당전고』를 따랐다.

4 漸: 『계원담총』에는 "解"으로 되어 있다. 『경수당전고』를 따랐다.

過. 第二句以下, 不過記實, 而不能副首句之氣魄, 直强弩之末耳, 不如先記實而寫後景, 結有千斤筆力之爲愈也. 若換以'昔年歌曲卽今朝, 相國風流此寂寥. 惆恨一盃難更進, 空山落木雨蕭蕭.' 則似當尤佳. 妄陳愚見, 以俟後之大方家論定.

18

評古人詩有五難. 一曰古今風調之變遷也. 二曰作者之性格各異也. 三曰所處之情境萬別也. 四曰古人寓意深隱處, 後人無由看破也. 五曰取捨之主見不同也. 有此五難, 而率爾下筆斷案, 非僭則妄, 可不戒哉? '長城一面溶溶水, 大野東頭點點山.' 兩句, 高麗金壯元黃元登浮碧樓所作也. 思竭不能成篇, 痛哭下樓. 世謂平壤之勝, 此兩句盡之, 千載更不添一句者. 獨朴燕巖趾源謂: "非佳句. 溶溶, 非大江之勢, 東頭點點之山, 遠不過四十里耳, 烏得稱大野哉?" 余按辭林溶溶註'水盛貌.' 凡景象之深廣者, 皆謂之溶溶. 白居易詩云: '渭水綠溶溶', 則大同江何獨不用溶溶字乎? 且大野云者, 非有百里千里之一定界限, 則凡平蕪闊遠處, 皆可隨意用之耳, 平壤東頭用大野二字, 有何不可. 金滄江澤榮又評此句曰: "自古詩之佳品, 多在於虛實相配. 如黃元此詩, 兩句皆實, 全無活趣, 其何足爲工哉." 羣矢叢集, 幾於體無完膚, 何若是鉤棘吹覓之酷耶? 凡詩之佳處, 在於名詞上下, 用動字形容字點掇得好耳. '吳楚東南坼, 乾坤日夜浮'之句, 其精神在於坼浮二動字, 故爲岳樓傑句. '梨花院落溶溶月, 柳絮池塘淡淡風'之句, 用溶溶, 淡淡二形容詞點掇得好, 故稱爲妙品. 黃元之詩, 與此詩同一格調, 何獨以無活趣譏之耶? 噫! 作者自苦, 評者異見, 不亦惑歟?

19

淸陰金文正公尙憲, 詩格高雅秀朗, 大爲中國人所敬服. 明天啓中. 奉使入明時, 遼薊梗塞, 路由登州. 鄒平張忠定華東延登館之于家, 刻淸陰詩一卷, 公于世. 淸詩人王漁洋士禛, 論詩絕句三十二首, 上自魏晉, 下逮明淸. 極選古今詩律名家, 各賦一絕, 以歎美之. 其第二十九首曰: '淡雲微雨小姑祠, 菊秀蘭衰八月時. 記得朝鮮使臣語, 果然東國解聲詩.' 列之于中國歷代詩家之中, 由是淸陰詩名振天下, 何其盛哉. 然東國詩文之佳品, 可齒於中國大家之林者, 奚獨淸陰一人哉? 但未刊行於中國, 故漁洋特未之遍觀耳. 第漁洋所取淸陰詩, 與原本淡雲輕雨, 佳菊秀蘭, 少有不同, 豈漁洋畧加竄改, 以潤色之耶?

20

國朝人物之盛, 以安東金氏爲稱首, 自淸陰以後, 文章勳業, 代不乏人. 至金夢窩昌集, 尤極昌大, 兄弟六人, 皆有遺集. 夢窩嘗語人曰: "吾文有佳作, 人必曰: '借手于二弟昌協.' 吾詩有妙品, 人必曰: '借手于三弟昌翕.' 吾不可以作詩若文矣." 蓋誇其當時詩文名手, 盡在自家門中也. 仁顯王后之喪, 臣僚各製進挽詞, 一車盈矣. 首相南藥泉九萬, 檢閱諸挽詞時, 因山將發, 萬機叢挫, 未暇察詞意之良否, 只觀作者姓名而過之. 至夢窩詩, 傍有一宰曰: "此必是其弟昌翕之代作也." 藥泉特察視之, 其第二首云: '宋有仁宗聖, 瑤華事愧今. 巽非虧地道, 復乃見天心. 玉瓚光初薦, 黃裳儼再臨. 晴空俄落月, 桂殿結長陰.' 藥泉歎曰: "作者, 自有其人, 眞絶調也." 三淵詩之見重於人如此.

21

金三淵昌翕, 經屢世慘禍, 不欲仕進, 常着弊笠粗布, 優遊於佳山秀水之間, 嘯咏自適, 故其詩品, 高遐曠古, 自成東國一大家. 嘗遊驪江淸心樓, 適有詩人數十, 列坐樓上, 設酒饌相酬, 吟哦之聲琅然. 三淵直入座曰: "快倒樽, 沾我渴喉." 以觀諸人動靜, 皆曰: "約束甚嚴, 非作詩者, 不敢染指." 三淵曰: "吾雖不解聲律, 敢請示以原韻." 諸人有輕蔑色, 佯應曰: "諾." 三淵卽下席口呼曰: '擊汰梨湖山四低, 黃驪遠勢草萋萋. 婆娑城影淸樓北, 神勒鐘聲白塔西. 積石波侵[5]神馬迹, 二陵春入子規啼. 翠翁牧老空文藻, 如此風光不共携.' 諸人大驚曰: "子非子益耶?" 子益, 三淵字也. 三淵曰: "不須問姓名." 卽下樓渡江而去. 諸人相顧憮然, 蓋因結句含譏誚意也. 或云, 三淵之渡江也, 朗吟此詩, 有自得之意. 同舟一野老在傍, 問曰: "君詩云何? 爲我一誦." 三淵滿心欣快, 爲誦一遍. 野老曰: "君詩頷聯, 不過方輿誌, 全無靈動底意思, 甚不佳, 改之可也." 三淵大驚, 問其姓名, 野老曰: "不道自家姓名者, 何以問人姓名爲?" 卽下舟, 不顧而去, 三淵憮然良久.

22

柳於于夢寅文章氣節伏一代, 視當世文豪詩人若無有也. 其少許者, 唯崔簡易一人而已. 李月沙廷龜辭文衡, 薦於于自代. 於于謂月沙曰: "近歲飢, 羣兒爭餠而歸, 就察之鼻液糊矣. 某處江湖, 閑無事, 前年讀左氏, 今年誦杜詩, 以此相守, 饒餘生足矣. 老物豈可與小兒爭糊液之餠乎?" 遂不就. 其驕亢如此. 嘗奉使中國, 過萬柳庄, 留古詩一篇而去. 及還, 庄主已刻板懸楣, 籠以碧紗. 其詩之見重於華人若此. 仕光海朝, 爲亞銓. 及仁廟改玉, 於于盡室入西山 在楊州. 而居焉, 以示不事二君之意. 遊寶蓋山, 題寺壁曰: '七十老孀婦, 單居守空壼. 慣誦女史

---

5 侵: 『계원담총』에는 "沈"으로 되어 있으나, 『삼연집』에 따라 바로잡았다.

詩, 頗知姙娠訓, 傍人勸之嫁, 善男顏如槿. 白首作春容, 寧不愧脂粉.' 其命意堅貞, 氣韻高古, 可謂千年絶調. 後有勳臣誣告, 謀復舊君, 被逮. 將赴推鞫廳, 使妓銀介侑酒, 作詩曰: '滿城冠蓋擁春遊, 玉手停盃咏柏舟. 壯士忽持長劍起, 醉中當斫老奸頭.' 有峻嚴難犯底氣像. 過襄陽道中, 有詩曰: '貧女鳴梭淚滿腮, 寒衣初欲爲郎裁. 今朝裂與催租吏, 一吏纔歸一吏來.' 爲官者當寫一通, 揭于壁上.

23

詩可以招禍, 亦可以弭禍, 豈時有利不利, 命有幸不幸耶? 隋薛道衡作'空樑落燕泥'句, 煬帝欲奪之, 不應, 遂殺之. 唐劉廷芝作悲白頭翁詩, 其舅宋之問, 欲冒爲己作, 不與, 以土囊壓殺之. 高麗鄭知常作'琳宮梵語罷, 天色淨琉璃'之句, 金富軾欲之, 不與, 遂猜而殺之. 李陶隱崇仁作嗚呼島詩, 爲鄭道傳所猜, 竟被陷害. 本朝權石洲韠作'宮柳青青鶯亂飛'句, 爲光海主所惡, 拷掠死. 李醉松義作苽不苦詩, 爲當路所惡, 終身坎坷. 其例甚多, 不能枚擧, 此皆以詩招禍者也, 可不戒哉? 申紫霞緯滿月臺詩: '大業三韓一統來, 子孫付托奈非才. 宮闈震盪家兵入, 呪唄凄淸佛國開. 唐鎭勳名多跋扈, 晉安尊位寄悲哀. 繁華往跡無尋處, 滿月臺前生綠苔.' 其第五句, 明指太祖專擅, 設有倖人執此譸張, 則紫霞不其殆哉? 其免禍幸耳.

24

丁茶山若鏞, 謫康津十有九年, 自分必死. 時金竹里履喬, 與茶山有舊, 亦竄南徼, 比其賜還, 訪茶山于謫所, 執手泫然, 臨別謂茶山曰: "君無一言贈我乎?" 茶山遂取竹里所持扇, 題一律以贈之曰: '驛亭秋雨送人遲, 絶域相尋更有誰. 班子登仙那可望, 李陵歸漢竟無期. 尙思酉舍揮毫日, 忍說庚年墜釼時. 苦[6]竹數叢殘月曉, 故園回首淚垂垂.' 竹里還京, 袖扇訪其族楓皐金祖淳. 時楓皐方秉政, 見竹里所持扇詩, 南望愀然, 促駕入闕上奏, 卽蒙宥還. 詩之於弭禍有偉力, 又如此.

25

李凝齋喜之, 判書師命子也. 少有詩才, 尤長於七絶, 爲當時作家所歎賞. 景宗壬寅, 以續永貞行被刑死. 其所作世不多傳, 人皆惜之. 其江上雜詩曰: '門外春江綠染衣, 乘流一棹自忘歸. 白鷗未必閒如我, 盡日窺魚傍釣磯.', '水舍雞鳴夜向晨, 柳梢風動月橫津. 漁歌[7]只在江南北, 一色蘆花不見人.' 皆雅潔可愛.

---

6 苦: 『계원담총』에는 "枯"로 되어 있으나 『여유당전서』에 따라 바로잡았다.

26

李灘隱霆以皇室懿親, 詩書畵俱入神, 世稱三絶. 其姪龜村德溫, 亦以詩文鳴于
世. 俱翩翩佳公子也. 同時詩人李蓀谷達數遊其門, 多有唱酬. 灘隱江上詩曰:
'水碧廣陵津, 花紅廣陵樹. 行人十里程, 日暮蒼山雨.' 龜村和云: '遠天漏夕暉,
極浦迷烟樹. 一蓑江上翁, 暝立孤舟雨.' 蓀谷和云: '宿鷺下秋沙, 晚蟬鳴江樹.
驅舟白蘋風, 夢落西潭雨.' 蓋灘隱寫江上春景, 龜村寫江上雨景, 蓀谷寫江上秋
景. 各極其趣. 後金柏谷得臣次其韻曰: '落日下平沙, 宿禽投遠樹. 歸人晚騎驢,
更惱前山雨.' 此詩結句, 與灘隱詩同一意思, 而灘隱不用惱字而惱之情自見, 畢
竟柏谷讓一頭也.[8]

27

壬辰之亂, 大駕次龍灣, 前有鴨江, 後有勁敵. 君臣上下, 皆蒼遑失措, 莫知攸爲.
李五峰好閔作詩曰: '干戈誰着老萊衣, 萬事人間意漸微. 地勢已從蘭子盡, 行人
不見漢陽歸. 天心錯漠臨江水, 廟算凄涼對夕暉. 聞道南兵近乘勝, 幾時三捷復王
畿.' 慷慨悲壯, 深得興觀群怨之旨. 而五六句尤爲名言, 雖使子美當之, 何以加
此? 當時扈駕諸臣見此詩, 莫不垂淚者, 良有以也.

28[9]

金東園貴榮, 宣祖朝應製咏新雁, 七步而成, 遂居魁, 其詩曰: '霜落秋江鏡面開,
羣飛天末等閒廻. 隨陽不是求梁去, 遵渚應知避繳來. 紅樹暮雲聲斷續, 碧波寒
月影徘徊. 歸時莫近長安夜, 萬戶淸砧爲爾催.' 通篇渾成, 可見其才情豊艶.

29

尹白湖鑴天才奇偉. 尤邃於經學, 凡讀書講義不蹈襲古人. 斷案而創見劈解, 多
發前所未發, 破陋儒偏私之見, 開自由硏究之路. 若其說得行于世, 則我東學問,
豈至腐敗糜亂如近日者哉. 不幸爲盲從朱學者所陷, 竟被刑戮, 此學界至慘禍
也, 後人之至不幸也, 可勝慟哉. 其陋巷詩曰: '明哲[10]衣冠士子身, 簞瓢陋巷不

---

7 歌:『계원담총』에는 "家"로 되어 있으나 『청비록』에 따라 바로잡았다.

8 後金柏谷得臣 … 一頭也: 이 부분은 상단에 작은 글씨로 되어 있는데, 본문과 이어지는 내용이
므로 본문으로 포함시켰다.

9 이 칙은 본래 29칙 중간에 덧대여져 있다. 따로 빼서 28칙으로 만들었다.

10 哲:『계원담총』에는 "着"으로 되어 있으나 문집에 따라 바로잡았다.

嫌貧. 雲開萬國同看月, 花發千家共得春. 邵子唫中多氣像, 濂溪醉裏樂天眞. 從來大隱皆城市, 何必投竿寂寞濱.' 其安貧樂道之志, 翛然可想.

30

姜雪峰栢年, 詩文俱佳, 可傳者多. 嘗出宰谷山. 李白洲明漢, 以勳戚亦能詩文, 時爲海伯. 當歲除夕, 會管下各邑倅于宣化堂, 作除夕詩. 雪峰亦預焉, 其頸聯曰: '非關來歲無今夜, 自是人情惜去年.' 白洲見之, 吟詠數回, 大加稱賞. 其後屢有唱酬, 交誼益密. 及白洲移節江原也, 請于朝, 移雪峰于淮陽, 爲其地近而易接也. 朱墨之暇, 約觀金剛山, 道中, 雪峰有詩云: '百里無人響, 山空但鳥啼. 逢僧問前路, 僧去路還迷.' 白洲擊節稱賞曰: "吾當爲公作指路僧." 盖示其薦引之意也. 後雪峰賴其力, 顯于朝.

31

吳西坡道一, 才藝逸宕, 甫弱冠, 詩名大噪. 其酒戶甚寬飮, 可五六斗. 嘗醉臥輦路不省, 肅廟駕臨, 鼾睡如雷. 肅廟命扶起下敎曰: "爾才可大用, 何沈酗自暴若是耶? 自今竊宜戒飮." 西坡感恩銘心, 絶不飮酒. 後以騎判, 立直內兵曹, 忽有宣醞之命, 蓋古例也. 西坡卽口呼曰: '三年銘鏤戒常存, 縱對黃花不對樽. 宮醞特宣西省月, 此身醒醉摠君恩.' 夫戒飮者惜之也, 宣醞者寵之也. 臣之於君荷殊眷若此, 其盡瘁死國之心, 豈有不油然而生者哉? 詩亦有情有味有體色, 深可觀. 他如'霜嚴僮指直, 氷滑馬蹄危.', '崖擎高棟懸疑墜, 水抱層欄漾欲浮.', 皆工妙淸峻, 直逼淸之隨園.

32

世有不傳其姓名, 而傳其詩者, 大率鄙俚膚淺, 無足可取. 然如旋苦詩'鄉夢悠揚鳴暗水, 羈愁歷亂耿寒星.', 曉行詩'霜如雨下雁何去, 月在天涯鷄不休.'等句, 無限蒼凉, 無限感慨, 可使老杜斂衽, 豈迂儒曲士自鳴不平者, 所能彷彿哉? 惜乎, 未知其誰所作也. 金滄江澤榮, 送寧齋燕行詩曰: '四面星辰鷄動野, 一江風雪馬登舟.' 雖是佳品, 然已落第二層矣.

33

鄭林塘惟吉, 禀性重厚恬淡, 人罕見其喜怒. 雖致位卿相, 諄諄然如野翁村老. 詩亦樂易敦厚, 絶無礙滯意思. 其賜祭棘城詩曰: '聖朝枯骨亦沾恩, 香火年年降塞垣. 祭罷上壇風雨定, 白雲如海滿前村.' 夢賚亭春帖詩曰: '白髮先朝老判書, 閑忙隨分且安居. 漁翁報道春江暖, 未到花時薦鱖魚.' 想見其廊廟淸華氣像.
嘗帶騎判在家, 門卒戒嚴, 無人攔入者. 時値秋日, 門庭如水. 公無與對話, 觀四
壁圖書, 得一句曰: '圖書壁靜秋蕭瑟', 未得其對, 滿室彷徨, 唫詠不掇. 有一守門
卒請曰: "相公作何詩乎?" 公奇之曰: "汝能解詩否?" 對曰: "粗解." 公誦所得句
曰: "苦無對." 門卒有間奏曰: "以'棨戟門嚴晝寂寥'作對似好, 未審鈞鑑若何? 蓋
取杜詩'令嚴夜寂寥'之意也." 林塘大驚曰: "爾能起予." 遂取而成篇. 後林塘薦
門卒爲軍官, 果稱職.

34

申靑泉維翰, 詩才豪壯, 往往有驚人語, 然其學力不能充其才, 故格律或失於麤
卑, 此其欠也. 其蠶石樓詩云: '晉陽城外水東流, 叢竹[11]芳蘭綠映[12]洲. 天地報
君三壯士, 江山留客一高樓, 歌屛日照[13]潛蛟舞. 劍幕霜侵宿鷺愁, 南望斗邊無
戰氣, 將壇筇竛半春遊.' 其曉發果川詩云: '荒城殘角響天風, 明發駸駸馬首東.
深巷鷄鳴孤月黑, 遠林人語一燈紅. 身隨驛使梅花色, 夢入淮山桂樹叢. 今夜瓊樓
寒幾許, 黯然回首五雲中.' 觀此二首, 豪與麤相半. 其豪可及也, 其麤不可及也.

35

國朝置湖堂於龍山, 選文臣子侄中年少聰俊者, 賜暇讀書, 人比之登瀛. 肅宗朝,
蔡希庵彭胤, 以湖洲裕後之從孫, 與其選時, 上賜宴湖堂, 希庵卽席賦詩曰: '洋
洋仙樂下天扉, 童歲龍鍾[14]荷盛私. 平生不識君王面, 一夢尋常繞玉墀.' 肅廟御
覽卽命召對下敎曰: "爾不識吾面, 特擧顔仰視." 希庵感恩無地. 後被聖眷, 官至
禮判典文衡. 蓋國家之以詩取人, 本非良籌. 況此詩, 語凡而格卑, 別無可取. 何
至特蒙獎發, 若是之隆耶?

36

自古詩文之出於至情者, 其感動神人之力, 往往有不可思議處. 端廟遜于寧越,
翌年禍作. 此天理之至變, 人道之至酷也. 其後郡守之涖越邑者, 多暴死. 死者七
人. 世傳爲凶地. 中宗辛丑, 朴駱村忠元起廢爲守. 卽具奠物祭之, 自是無事. 其

---

11 竹: 『계원담총』에는 "菊"으로 되어 있으나 『청천집』에 따라 바로잡았다.

12 綠映: 『계원담총』에는 "映綠"으로 되어 있으나 『청천집』에 따라 바로잡았다.

13 照: 『계원담총』에는 "暖"으로 되어 있으나 『청천집』에 따라 바로잡았다.

14 龍鍾: 『계원담총』에는 "微臣"으로 되어 있으나 『희암집』에 따라 바로잡았다.

文曰: '王室之胄, 幼冲之辟. 適丁否運, 遜于外邑, 一片青山, 萬古孤魂. 庶幾降臨, 式歆苾芬.' 其文慷慨, 嗚咽聲淚俱下. 端廟在天之靈, 豈不感動於冥冥之中耶? 肅廟戊寅縣監申奎疏出, 而端廟復位之議定矣. 其疏一節曰: '時移事往, 丘壠已平. 蓬蒿蕪沒, 狐兔蹢躅. 春風杜宇, 幾入騷人之句, 寒食麥飯, 空吞野老之聲.' 肅廟覽之惻然下敎曰: "申奎之疏, 展讀未半, 感傷之懷, 自切于中." 諸臣亦相顧涕洟. 定議舉縟儀, 蓋至文之感人固如此. 李訥隱光庭越中懷古詩第二首梅竹樓云: '梅竹高樓已無處, 當時想應臨江磧. 樓中明月惱美人, 夜夜樓中橫玉笛. 千山子規一時啼, 一聲二聲愁欲絶. 美人一去樓亦廢, 江月如霜江水咽. 女郞休唱樓上詞, 臨風一聽頭如雪.' 此詩氣韻高古, 音調悽惋, 讀之自爾泫然, 詩之感人又如此. 又曹西州夏望越陵詩云: '從古越中三讓地, 至今江上九疑山.' 詞極悲愴刺骨.[15]

37

癸酉歲余謁思陵 端廟壼位定順王后陵. 有詩曰: '定順陵前落日時, 我來蹢躅問憑誰. 翟儀顚頓神龍遠, 圻土凄凉石獸危. 千古何人非下淚, 一山無樹不東枝. 至今淨院經過路, 地老天荒嶽瀆悲.' 語雖不工, 足令觀者興感.

38

李參奉匡呂, 詩格奇峭警悟, 別具一體, 以開紫霞門逕, 此以變調而雄者也. 其輓英廟第三首曰: '宵駕紛儀衛, 萬人唯哭聲. 閭閻遺子女, 城闕若平生. 過廟遲遲躇, 臨門冉冉旋. 絳紗千柄燭, 風淚曉縱橫.' 眞絶調也. 其咏梅詩曰: '滿戶影交修竹枝, 夜分南閣月生時. 此身定與香全化, 嗅逼梅花寂不知.' 入正祖睿覽, 深加獎歎, 取梅花數盆置燕寢曰: "予平生不好梅花, 今觀此詩, 愛梅之興, 自復不淺." 卽命內閣印行李參奉集, 由是李參奉詩膾炙人口. 此與孝廟命畫金柏谷龍湖亭詩景, 上禁屛愛翫相類, 俱曠世之盛典也. 詩人之知遇若此, 死亦何憾.

39

李虞裳湘藻, 一名彦瑱, 天下奇才也. 以其出於賤微, 故世無知者. 嘗隸象譯, 隨使行至日本, 始以文章大鳴. 所至其名釋貴人, 爭進繡箋花軸, 堆床塡案, 而故命難題强韻以困之. 虞裳輒倉卒口占, 應對如流, 未嘗壅滯. 觀者環立, 皆嘖嘖稱

---

15 李訥隱光庭越 … 詞極悲愴刺骨: 상단에 작은 글씨로 되어 있는데, 본문과 이어지는 내용이므로 본문에 포함시켰다.

歎曰:"先生眞國士無雙也." 其海覽篇曰:'坤輿內萬國, 碁置而星列. 于越之魋結, 竺乾之祝髮. 齊魯之縫掖, 胡貊之氈毯. 或文明魚雅, 或兜離侏休. 群分而類聚, 遍土皆是物. 日本之爲邦, 波壑所蕩瀁. 其藪則榑木, 其次則賓日. 女紅則文繡, 土宜則橙橘. 魚之恠章擧, 木之奇蘇鐵. 其鎭山芳甸, 勾陳配厥秩. 南北春秋異, 東西晝夜別. 中央類覆敦, 嵌空龍漢雪. 蔽牛之鉅材, 抵鵲之美質. 丹砂與金錫, 皆往往山出. 大坂大都會, 環寶海藏竭. 奇香爇龍涎, 寶石堆雅骨. 牙象口中脫, 角犀頭上截. 波斯胡目眩, 浙江市色奪. 環海地中海, 中涵萬象活. 鼇背帆幔張, 鰌尾旌旗綴. 堆壘蠣粘房, 鳳晶龜次窟. 忽變珊瑚海, 煜耀陰火烈. 忽變紺碧海, 霞雲衆色設. 忽變水銀海, 星宿萬顆撤. 忽變大染局, 綾羅爛千匹. 忽變大鎔鑄, 五金光迸發. 龍子劈天飛, 千霆萬電戛. 髮鱄馬甲柱, 秘怪恣怳惚. 其民裸而冠, 外螯中則蝎. 遇事則欀沸, 謀人則鼠黠. 苟利則蟻射, 小拂則豕突. 婦女事戲謔, 童子設機括, 背先而淫鬼, 嗜殺而佞佛. 書未離鳥疣, 詩未離鴃舌. 牝牡類麀鹿, 友朋同魚鱉. 言語之鳥嚶, 象譯亦未悉. 草木之瓌奇, 羅含焚其秩. 百泉之源滙, 酈生瓮底蠛. 水族之弗若, 思及閎圖說. 刀劍之款識, 貞白續再筆. 地毬之同異, 海島之甲乙. 西泰利瑪竇, 線織而刃割. 鄙夫陳此詩, 辭俚意甚實. 善隣有大謨, 羈縻和勿失.' 觀此詩, 可知其蓄積富博, 眼孔宏豁, 如胡賈藏肆, 火齊木難, 觸目炫燿, 可不謂之華國之大手耶? 他如過勝本海詩, 舟中臥念梅南老師言詩, 皆汪洋滂霈, 奪人神氣. 及還過, 所次皆已梓印. 虞裳聞而怒曰:"儈夫氣人." 已而歎曰:"吾其久於世哉?" 因泣下數行. 年二十七病且死, 悉焚其稿曰:"誰復知者?" 其志可悲也. 後人蒐葺餘燼, 編松穆館集, 傳于世.

40

李惠寰用休, 挽虞裳曰:'五色非常鳥, 來集屋之脊. 衆人爭來看, 驚起忽無跡.', 其二曰:'無故得千金, 其家必有災. 矧此稀世寶, 焉能久假哉.' 其三曰:'渺然一迂夫, 死覺人數減. 豈非關世道, 人多如雨點.' 其四曰:'其人膽如瓠, 其人眼如月. 其人腕有鬼, 其人筆有舌.' 其五曰:'他人以子傳, 虞裳不以子. 血氣有時盡, 名聲無窮已.' 其六曰:'靈悟英慧者, 黃泉豈能錮. 三尺新墳上, 定生聰明樹.' 朴燕巖趾源, 又爲虞裳作傳, 公于世. 噫! 以虞裳之翩翩奇才, 坎畸落魄, 卒至妙齡, 飲恨而死, 不亦可哀也哉? 身歿之後, 挽用惠寰之奇詩, 傳得燕巖之奇文, 之才也, 之挽也, 之傳也, 可稱三奇. 泉臺之下, 虞裳可以瞑目矣.

41

世之作詩者, 率多濫用古典, 費神於叶韻, 爭巧於對偶, 沾沾然自眩其能. 使後之觀者, 茫然不知其作者之性情, 爲何而興感, 爲何而咏歎. 其於詩之本旨, 不亦徑庭矣乎.

李惠寰用休, 善寫目前實景. 雖尋常俚語巷說, 入其鑪韛, 則便陶鎔爲典雅, 可謂詩家之上乘. 其田家詩曰: '婦坐搯兒頭, 翁偏掃牛圈. 庭堆田螺殼, 廚遺野蒜本.' 其民山詩曰: '遠山暮色來, 前路行人少. 村機[16]猶織聲, 西窓有餘照.' 寫村家景物如畫. 其題美人戲嬰圖曰: '玉指尖頭擧示之, 銅錢兩个貫靑絲. 買飴[17]買餠隨兒願, 更勿啼呼[18]惱阿嬭.'[19] 曲盡阿嬰情態.

42

朴燕巖趾源, 文章錯綜變化, 能正能奇, 能雅能俗, 能平能險, 能剛能柔, 千態萬象, 隨意牢籠, 無不活動, 龍蛇虎豹, 變現而出沒, 風雨雲雷, 交發而幷至, 令人應接不暇, 直東國五千年第一大家也. 然性不好詩, 與人酬唱者絶罕, 雖或有應副之作, 亦不留巾箱, 傳者甚少, 人以爲恨. 然或見其流傳世間者, 則勁健古雅, 決非尋常操觚者, 所敢望其藩籬. 豈所謂不鳴則已, 鳴將驚人者非耶? 試擧其一二首, 俾嘗其一臠. 遼野曉行詩曰: '遼野何時盡, 一旬不見山. 曉星飛馬首, 朝日出田間.' 弼雲臺看杏花詩曰: '斜陽倏斂魂, 上明下幽靜. 花下千萬人, 衣鬚各自境.' 又曉行詩曰: '一鵲孤宿蓺[20]黍柄, 月明露白田水[21]鳴. 樹下小屋圓如石, 屋頭匏花明如星.' 其意境入神, 俱是畫不得處. 其叢石亭觀日出長句, 汪洋浩瀚, 令人發望洋之歎. 澹園八咏, 篇篇皆古.

43

本朝規模, 齷齪偏狹, 苟有出於門地卑下者, 雖絶俗之姿, 超倫之才, 輒爲世道所抑, 不能展其所抱, 卒至窮畸, 飮恨而死, 國之衰亡, 良以此也. 此燕巖氏所以發憤而作兩班傳也, 又發憤而作許生傳也, 又發憤而作虎叱文也. 百藝皆然, 況於詩乎? 今特擧其卑賤者之詩, 就質於世之公眼者.

李亶佃人役也, 才思淸警, 自號疋漢. 人問其意, 曰: "'疋'字卽'下''人'之合字也,

---

16 機: 『계원담총』에는 "婦"로 되어 있으나 『탄만집』에 따라 바로잡았다.

17 飴: 『계원담총』에는 "糖"으로 되어 있으나 문집에 따라 바로잡았다.

18 呼: 『계원담총』에는 "號"로 되어 있으나 문집에 따라 바로잡았다.

19 嬭: 『계원담총』에는 "孃"으로 되어 있으나 문집에 따라 바로잡았다.

20 蓺: 『계원담총』에는 "蔘"으로 되어 있으나 문집에 따라 바로잡았다.

21 田水: 『계원담총』에는 "水田"으로 되어 있으나 문집에 따라 바로잡았다.

'漢'卽賤奴之稱也, 以表吾不忘本色之志也." 當時無人過問, 而獨李惠寰愛其才, 手折碧桃花一枝以贈之. 及惠寰歿, 疋漢爲之挽曰: '飄然孤鶴翥淸霄, 園裏碧桃春寂寥. 縱有年年橋上月, 餘生那忍作元宵.' 惠寰以上元日歿故云. 關王廟詩曰: '古廟幽深白日寒, 儼然遺像漢衣冠. 當時未了中原事, 赤兔千年不解鞍.' 歇星樓詩曰: '三十蓬壺始壯遊, 萬千峰色此樓高. 陰陽鍊出皆寒骨, 風雨磨來遂白頭. 五夜虛明長欲曙, 四時寥落易爲秋. 秦家皇帝空多事, 錯遣男童泛海舟.'

44

鄭樵夫, 失其名, 呂參判東植之家奴也. (或云金道明家奴) 自幼穎慧, 主家子弟讀書, 從傍竊聽, 文藻大進, 遂成奇士. 然服勞主家甚勤, 每擔柴行賣易米, 供主家糧. 一日曉, 負薪到興仁門, 口吟一絶曰: '翰墨餘生老採樵, 雙肩秋色動蕭蕭. 西風吹入長安路, 曉到東城第二橋.' 其東湖詩曰: '東湖秋水碧於藍, 白鳥分明見兩三. 柔櫓一聲飛去盡, 夕陽山色滿空潭.' 又西施浣紗圖詩曰: '輕盈雪藕纖分色, 稠疊霞紋未作花. 不是鮫綃珠有淚, 也應蟬翼露凝華.' 主家知其學識卓越, 遂解放聽其自去. 鄭樵夫由是得與一時諸名士交遊.

45

觀鄭李兩詩, 氣格淸高, 音調和鬯, 皆可傳也. 試問士大夫家, 自許以名手哲匠, 能壓倒此詩者, 果有幾人耶? 又有崔龜谷奇男, 東陽尉宮奴也, 劉村隱希慶, 祭服匠也, 白大鵬, 典艦奴也. 皆能於詩, 多有名作, 然前輩已言之, 故不贅述. 公州通引, 失其名, 有詩曰: '灞滻半腰秋水淺, 蜻蜓萬背夕陽高.' 審齋亟稱之.[22]

46

金滄江澤榮曰: "吾東之詩, 以高麗李益齋爲宗. 而本朝宣仁之間, 繼而作者最盛. 有李五峰, 車五山, 白玉峯, 許夫人, 權石洲, 金淸陰, 鄭東溟諸家, 大抵皆主豐雄高華之趣. 自英廟以下, 則風氣一變. 如李惠寰錦帶父子, 李炯庵, 柳泠齋, 朴楚亭, 李薑山之倫, 或主奇詭, 或主尖新. 其一代昇降之跡, 方之古則, 猶盛晚唐焉. 惟紫霞申公之生, 直接薑山諸家之踵, 以蘇子瞻爲師, 旁出入于徐陵王摩詰陸務觀之間, 瑩瑩乎其悟徹也, 淼淼乎其馳突也. 使讀者目眩心醉, 如萬舞之方張, 五齊之方醴, 可謂具曠世之奇才, 窮一代之極變, 而翩翩乎其衰晚之大家者

---

22 公州通引 … 審齋亟稱之: 이 부분은 원래 상단에 작은 글씨로 적혀 있다. 본문과 이어지는 내용이므로 주석이 아닌 내용 추가로 보아 본문에 포함하였다.

矣." 又曰: "李益齋之詩, 以工妙淸峻, 萬像具備, 爲朝鮮三千年之第一大家, 是以正宗而雄者也. 申紫霞之詩, 神悟馳騁, 萬像具備, 爲吾韓五百年之第一大家, 是以變調而雄者也."

47

余按滄江於東人詩, 其平生推服, 惟益齋紫霞二公而已, 他皆不論. 然前輩取舍之眼目, 各自不同. 趙石澗云仡, 稱勝國詩十二家, 於益齋僅稱精纈而已. 至如白雲之雄贍, 牧隱之雅健, 尤傑然者也. 李容齋稱挹翠軒詩曰: "其詩出人意表, 自然成章, 不暇雕飾, 殆千古希音." 黃芝川持論甚倨, 談古今文藝, 少所推許. 目容齋爲太腴, 指蓀谷爲模擬, 湖陰蘇齋稍合作家. 然惟訥齋爲不可及. 許筠謂芝川近律百餘篇, 矜持勁悍, 森邃沉㴱, 實千年以來絕響. 覈其所點化, 蓋原於訥齋. 而出入於盧蘇齋鄭湖陰之間, 殆同其派而尤傑然者也. 崔猊山悉抹益齋詩卷, 只留紙被生寒佛燈暗一絕, 益齋大服, 以爲知音. 崔簡易最慢 佔畢齋詩文, 以爲竅透不高. 金農岩攻斥白雲詩云, 不過村學童百聯鈔句語, 獨推挹翠軒詩爲我東數千年第一正音. 金滄江最慢牧隱詩, 以爲俚俗不足取. 所見各異, 莫衷一是. 噫! 荊山之璞, 題玉題石, 有何關於本質哉. 但任觀者取舍之如何耳. 玆取紫霞東人論詩絕句二十四首, 附于下, 以備參考. 張谿谷維論東方詩人, 邇來文人才子中, 荷谷許篈之詩爲最云. 梁霽湖慶遇謂谿谷必有所見也.[23]

48

'放眼威儀覵漢官, 功高初祖始開山. 顧雲一部方輿誌, 爭及僧碁白日閑.'
顧雲題方輿圖曰: '崑崙東走五山碧, 星宿北流一水黃.' 朴小華寅亮, 高麗文宗時入宋, 過泗州龜山寺詩曰: '門前客棹洪波疾, 竹下僧碁白日閑.'
'虞趙諸公共漸摩, 蜀吳萬里壯經過. 文章爾雅陶鎔化, 功到于今儘覺多.'
李益齋入元與虞集·趙孟頫遊.
'長嘯牧翁倚風磴, 綠波添淚鄭知常. 雄豪艷逸難相下, 偉丈夫前窈窕娘'
李牧隱浮碧樓詩: '長嘯倚風磴, 山靑水自流.' 鄭司諫淇江別詩結句云: '大同江水何時盡, 別淚年年添綠波.'
'眞傳理學冠東方, 節義堂堂百世降. 不謂詞章兼卓犖, 雨聲板屋早梅窓.'

---

23 張谿谷維 … 谷必有所見也: 이 평은 『제호집(霽湖集)』의 「許篈有絶代詩才」에 나온 뒤로 『소화시평』 등에 인용되었다. 이 부분은 원래 상단에 작은 글씨로 적혀 있는데 본문에 이어지는 내용이므로 본문에 포함하였다.

圃隱奉使日本, 有詩云: '梅窓春色早, 板屋雨聲多.'

'齊名陳李有誰知, 片羽零金拾小詩. 密葉翳花雲漏日, 一江春雨碧絲絲.'

李白雲詩: '密葉翳花春後在, 薄雲漏日雨中明.' 陳澕詩: '漁店閉門人語少, 一江春雨碧絲絲.'

'四佳繁富孰窺藩, 閑鴨遊蜂寫景渾. 一種淸華廊廟氣, 白雲如海滿前村.'

徐四佳詩: '遊蜂飛不定, 閑鴨睡相依.' 鄭林塘賜祭棘城詩: '祭罷上壇雷雨定, 白雲如海滿前村.'

'新詩嚼徵復含商, 宮女琵琶殿角涼. 何物書生孫舜孝, 一身渾卧御袍香.'

成宗朝, 孫勿齋舜孝被召入侍. 上呼韻, 隨呼輒對. 上大喜, 命一宮女彈琵琶. 舜孝起舞因醉倒, 上以御衣覆之.

'第五橋頭楊柳斜, 瑤琴一曲玉人家. 細簾裴几和風日, 靑瑣詞臣落墨花.'

申三魁堂從濩嘗有所眄妓, 留詩曰: '第五橋頭楊柳斜, 晚來風日轉淸和. 細簾十二人如玉, 靑瑣詞臣信馬過.'

'石徑筇音宿鳥知, 白雲平壑月沉時. 淸修苦節無人及, 想見詩中絶俗姿.'

朴思菴淳, '醉睡山家覺後疑, 白雲平壑月沈時, 翛然獨出修林外, 石徑筇音宿鳥知.'

'萬竅風生鐵鳳翔, 孤撑宇宙格沈蒼. 佛天花雨羅時蓋, 又見駸駸入盛唐.'

金佔畢宗直詩: '上方鍾動驪龍舞, 萬竅風生鐵鳳翔.' 又仙槎寺詩: '鶴氄羅代蓋, 龍蹴佛天毬. 細雨僧縫衲, 寒江客棹舟.'

'虛白訥齋角奇健, 駱峯淸圜抗芝川. 中宣後進開天是, 徐四佳如四傑前.'

成虛白倪, 朴訥齋祥, 申駱峯光漢, 一號企齋, 黃芝川廷彧, 俱以詩鳴, 人稱四傑.

'膚淺爲詩東俗陋, 蘇齋簡易寡同儔. 現成脚跡徒遵奉, 不復深從裏許求.'

崔簡易云: "我東詩文, 大率膚淺, 未免俗陋." 簡易讀漢書五千遍, 更讀項籍傳一萬回. 盧蘇齋守愼, 讀論語杜詩二千回, 嘗曰: "我之詩若文, 最於論語中得力"云.

'學副眞才一代論, 容齋正覺入禪門. 海東亦有江西派, 老樹春陰抱翠軒.'

朴挹翠聞詩: '春陰欲雨鳥相語, 老樹無情風自哀.'

'才擅三唐崔白李, 沂源風調始冲庵. 後來深院孤舟句, 突過杏花微雨簾.'

金冲庵淨詩: '江南殘夢晝厭厭, 愁逐年芳日日添. 鶯燕不來春又暮, 杏花微雨下重簾.' 李蓀谷達詩: '病客孤舟明月在, 老僧深院落花多.'

崔孤竹慶昌, 白玉峰光勳, 李蓀谷達, 俱以詩鳴, 人稱三唐.

'江聲忽厲月孤懸, 早許湖陰壓卷篇. 實踐眞知金柏谷, 黃江一夜不成眠.'

鄭湖陰士龍詩: '山木俱鳴風乍起, 江聲忽厲月孤懸.' 金柏谷得臣宿黃江驛, 夜聞灘聲甚駛, 開戶視之, 落月孤懸矣. 因憧湖陰'江聲月懸'之句, 始知其寫景逼眞.

'萬里長城馬絶塵, 揮毫餘氣尙輪囷. 名心擬死眞堪笑, 自有文星上應人.'

光海癸丑, 日食奎分, 日者云: "當有一文士死." 許筠欲自死以當之, 李月沙恐厄在己, 攝神淸坐. 而已聞車五山死, 爲之憮然.

車五山天輅嘗自言: "貼紙於萬里長城, 使我走筆, 則城有盡, 而我詩不窮."云.

'白衣妙選稱從事, 何異將身到鳳池. 樂府至今傳絶唱, 松江歌曲石洲詩.'

權石洲詩名擅一世, 明使之來, 以白衣充從事. 宣廟命徵其詩稿入, 以備乙覽, 人皆榮之. 崔簡易贈詩曰: '聞說至尊徵稿入, 全勝身到鳳凰池.'

'天心錯莫臨江水, 廟筭凄凉對夕暉. 休說江郎才欲盡, 五峯麗墨一時稀.'

李五峯扈駕龍灣作詩云: "天心錯莫臨江水, 廟筭凄凉對夕暉." 見者莫不垂淚.

'閨媛亦忌勝名中, 蘭雪人間議異同. 紅墮芙蓉三九朶, 歸程笑指廣寒宮.'

蘭雪軒許氏, 夢中作詩, 有'芙蓉三九朶, 紅墮月霜寒', 果至二十七而歿. 許氏嘗作廣寒殿白玉樓上樑文.

'奚論骨力韻優優, 城枕寒江地易秋, 眞見人家有跨竈. 詩文[24]雙絶李東洲.'

李芝峯晬光及其子東州, 俱以詩鳴于世. 芝峯詩, '窓聞小雨天難曉, 城枕寒江地易秋.'

'論定波紋與繡針, 爭如自負比高岑. 雍門赤壁琴簫響, 難道滄洲不賞音.'

李東岳安訥與權石洲齊名. 嘗自比於高適岑參. 車雲輅滄洲評曰: "權詩如雍門琴聲, 忽然驚耳. 李詩如赤壁簫音, 不絶如縷."

'天下幾人學杜甫, 家家尸祝最東方. 時從批解窺斑得. 先數功臣李澤堂.'

澤堂著杜詩批解.

'淡雲微雨小姑祠, 菊秀蘭衰八月時. 心折漁洋談藝日, 而今華國屬之誰.'

金淸陰詩云: '淡雲微雨小姑祠, 菊秀蘭衰八月時.' 王漁洋見之稱賞云: "果然東國解聲詩."

'白首苦吟成進士, 微官不及右文時, 直將郊島爭寒瘦, 一段秋光欲染詩.'

成雙泉汝學詩: '雨意偏侵夢, 秋光欲染詩.'

按紫霞論東人詩, 上下千年之間, 縱橫辨論, 如老吏斷獄. 而最歸重於金佔畢齋, 自孝廟以後, 不復擧論, 則紫霞之微意, 可知已. 學者所宜深察也.

49

安順庵鼎福, 少從李星湖學, 學德俱高. 屢徵不起, 以講明道義爲己任. 其所著, 有下學指南·東史綱目等書, 爲世寶重. 詩亦敦厚閒雅, 想見其氣像. 其謾吟詩

---

24 文: 『계원담총』과 『경수당전고』에 모두 '人'으로 되어 있으나 『경수당전고』의 평에 '詩文俱備者李東洲'라 한 것과 신위의 『노하풍운(老霞風韻)』을 따라 바로잡았다.

曰: '山雨過來夕照遲, 瓜田鋤畢坐如箕. 兒童報道溪魚上, 又試經綸理釣絲.' 其夜坐詩曰: '溪聲穿亂木, 山氣擁孤村. 稚子依床睡, 巡丁隔巷喧. 黃卷長消寂, 青燈獨破昏. 東風何處至, 石室返梅魂.' 眞有德者之言.

50

任厄齋珽, 以詩鳴世, 爲人傳誦者多. 其玉署直中詩云: '瀛洲風雪正微茫, 綾被生寒覺夜長. 政院宣呼催夜對, 君王已御謹修堂.' 直寫禁中實事, 而見聖學不倦之意. 其望海亭詩云: '亭依城起壓滄流, 天地東南大塹幽. 渺渺秋毫分碣石, 蒼蒼一氣俯中洲. 了無紛翳當胸着, 秖有空明與目浮. 江漢祖宗定何所, 烟波暗結日邊愁.'

51

許烟客佖詩才淸警, 與李醉松義師齊名. 性嗜烟草, 故自號烟客. 其遊佛影寺詩曰: '落日疎鍾後, 高樓小雨前. 苦吟人易老, 安坐佛長年, 山色僧肩重. 泉聲馬足懸, 毒龍尊窟宅, 不敢唾深淵.'

52

李醉松義師, 詩才逸宕奔放, 蹠蠱一時, 但格調少欠高古, 豈一代風氣使然耶? 英廟嘗憂天旱, 有一相臣奏: "臣於今朝食苬不苦, 旱不甚." 上微哂曰: "卿之家人, 豈以苦苬進卿? 是不足驗." 醉松在野聞之, 感而賦詩曰: '食苬苬不苦, 旱乾非孔棘. 謬言山岳焦, 折木木有液. 謬言江河涸, 刲魚魚有血. 何用衆人目, 不如承相舌.' 相臣聞之大恨, 斥醉松不用. 噫! 彼相之卑諂狠戾, 上以欺君, 下以拒諫, 靦然無恥者, 固不足道. 然此詩語意太露, 易觸人怒, 殊失忠厚感人之旨. 醉松之終身坎坷不遇, 未必非自取也.

53

醉松失婢詩: '貧家二婢子, 乘夜走如猿. 賤者寧知義, 主人慙少恩. 桑麻行廢業, 水火坐須村. 穎士詩何似, 蒼頭矢守門.' 語甚忠厚惻怛, 深得風雅遺響. 他如'待客不來花自墜, 看雲欲盡鳥還高'之句, 思極神穎.

54

蔡樊巖濟恭, 爲人雄豪沈毅, 人不敢藐視. 爲正廟所眷愛, 位至首揆. 詩亦如其人, 不襲近代佻巧之風, 皆典重有法. 少時過人家, 庭有松障甚蔥鬱. 座客以此命題呼韻, 公卽席草呈曰: '翠黛連窓窈作林, 小風吹雨一庭陰. 縱成屈曲當前障, 不覺

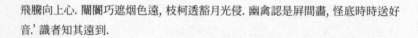

飛騰向上心. 闌闌巧遮烟色遠, 枝柯透豁月光侵. 幽禽認是屏間畫, 怪底時時送好
音.' 識者知其遠到.

55

丁海左範祖微時, 路過廣州, 避雨入村家. 主人以其生面, 不爲禮. 然雨不止, 日
且昏矣. 海左勢不得已, 止宿焉. 主人微哙含糊, 若有苦憫難就之色. 海左問曰:
"君何煩惱乃爾?" 曰: "吾有親友, 年今四十, 文章夙就, 然數奇, 無兄弟又無子,
只有偏母在堂, 尚不得一官, 而客死京師, 將歸葬廣州先塋. 時方暮春也, 吾欲
作一挽慰靈, 而一兩句中苦難盡寫其情境, 故久而未就." 海左曰: "吾試代作."
卽口占曰: '四十文章一布衣, 生無兄弟死無依. 旅櫬歸來慈母哭, 廣陵三月杏花
飛.' 主人大驚, 跪拜曰: "公非海左丁先生乎?" 厚禮甚恭. 盖此詩歷敘許多事實,
于二十八字之中, 辭理俱到, 無一毫斧鑿之痕, 而氣格渾然天成, 眞絕調也.

56

驪州李氏之門, 自少陵尙毅以後, 鴻儒哲匠繼世并出. 其奇才邃學, 求之東國諸
姓, 罕見其比倫, 何其盛哉. 梅山夏鎭, 少陵之孫. 青雲瀅, 剡溪潛, 星湖瀷, 俱梅
山之子. 惠寰用休, 梅山之孫. 貞山秉休, 剡溪之子. 錦帶家煥, 惠寰之子. 例軒矗
煥, 青雲之孫. 木齋森煥, 謙齋鳴煥, 俱貞山之子. 或以道學名, 或以文章鳴, 或
以禮學著, 或以經濟聞. 如入百花園中, 紅黃紫綠, 各擅一色, 燦爛相映, 可敬可
愛. 然本編所取, 只詩律而已. 今各擧其一二首, 以備參考.
梅山玉河館詩: '小窓風靜柳初眠, 耿耿銀河霽後天. 千里客迷孤舘夢, 三更月壓
萬家烟. 病懷蕭瑟彈長鋏, 王事驅馳已半年. 蠟燭伴人方下淚, 金筍何處一聲傳.'
青雲江邊卽事詩: '平沙渺渺望中開, 釣石臨洲不受苔. 遙見孤舟橫遠岸, 風吹人
語渡江來.' 剡溪伏闕口占詩: '孤雲不動日分明, 禁漏遲遲禁樹平. 九虎司門靈鎖
邃, 玉樓高處倘通誠.' 星湖海居防築詩: '鑿渠移浦築防潮, 鹹減禾生盡沃饒. 聚
落仍成居井井, 鉏耰何患莠驕驕. 誰敎山澤無遺利, 可見平蕪免浪拋. 碧海桑田
容易變, 良謀輸與訪葑蒭.' 惠寰詩前已論之, 然更取其咏史詩曰: '峽民譜海魚,
漢客畫吳笋. 指示本土人, 鮮不捧腹哂.' 其題西湖小隱壁詩曰: '欹側橫斜樹不
齊, 春來花發使人迷. 紅襟粉臆無名鳥, 飛上枝頭一兩啼.' 貞山伊山莊舍詩: '聚
落零星近海門, 幾家秋意鬧鷄豚. 寒溪屈曲通新逕, 老樹扶踈記舊村. 霜圃晚晴
芋抱子, 水田重綠稻生孫. 社中笑語紛紛醉, 風在林頭月在盆.' 錦帶練光亭詩:
'江樓四月已無花, 簾幕薰風燕子斜. 一色綠波連碧草, 不知別恨在誰家.', '仁聖
遺祠歲月多, 朝天舊石足悲歌. 大同門外長江水, 不見迴波見逝波.' 例軒贈人詩:

'纖醜迎春皆自得, 魚乘淸水鳥乘風. 羣黎陶鑄洪爐裏, 兩耀浮游積氣中. 自愛文章希隱豹, 已將心計托冥鴻. 回頭世外繁華事, 恰似玲瓏七寶籠.' 木齋折楊柳詩: '楊柳依依拂地垂, 爲君攀折兩三枝. 離情亦似風前葉, 搖蕩東西不自持.' 謙齋公山道中詩: '早發迷前路, 孤村隔水遙. 寒雲凝不散, 凍雪積難消. 病僕愁拚嶺, 瘦驢恸渡橋. 熊川何處是, 極目雁飄飄.'

57

姜豹庵世晃, 字光之, 詩文書畵俱佳, 人號八之. 何謂八之? 曰: "文之退之, 筆之羲之, 畵之凱之, 光之兼之." 時以爲名言. 其路上有見詩曰: '凌波羅襪去翩翩, 一入重門便杳然. 惟有多情殘雪在, 展痕留印短墻邊.' 其薊門烟樹詩曰: '從古奇觀說薊州, 曠原斜日暫停輈. 直疑桑海須臾改, 始信乾坤日夜浮. 短短菌芝生復滅, 童童旋蓋去還留. 人間幻景誰堪比, 曾記東溟蜃結樓.' 觀此二首, 可見其才情飄逸. 然學力不能充之, 故其成就, 僅止於才子之秀, 而終不入文章之閫域, 惜哉.

58

李牧谷箕鎭送人詩曰: '嶺樹沈沈海氣淒, 行人蓐食聽晨鷄. 多情獨有亭亭月, 千里隨君共向西.' 淸楚, 有酒祖澤堂風.

59

我東自黨論岐貳之後, 黨同伐異之見, 遂成痼癖, 吹毛覓疵, 不遺餘力. 至肅景之間, 尤慘酷極甚. 至於解釋經史, 或有一字半句, 異于古訓者, 輒目之爲亂賊, 群起而攻之, 內結政權, 外托尊朱, 束縛人精神, 至慘且酷. 故我東學問, 遂成枯體, 陳腐相因, 無半分自由研究之思想. 設有稱鴻碩者, 出於其間, 畏其氣燄, 不敢倡其新說, 而不過暗誦訓詁, 掇拾糟粕而止耳. 安見其創見劈解, 擴前未發者耶? 儒學已矣, 至於詩文亦然, 金農岩所謂'世之爲詩者, 方且樂習卑近, 因陋而襲陳, 未嘗一致其深思, 以發獨創之語, 其動乎天機也淺, 而興象不遠, 命乎事物者粗, 而描寫不眞'云者, 眞切中時病. 此職由於黨論錮人思想之流毒也.

60

至英正之間, 風氣一變, 除儒學以外學者, 稍知破舊習創新見, 文至於燕岩, 科學至於茶山, 詩至於四家, 可謂脫袪舊陋, 別開新逕. 然猶爲時輩所娼嫉, 或竄逐濱死, 或落拓不遇, 國之衰亡, 豈一旦一夕也哉. 今各擧四家詩于下, 以證其風氣之變.
四家云者李炯庵德懋, 柳泠齋得恭, 朴楚亭齊家, 李薑山書九是已. 宣仁以降, 詩人皆襲唐韻, 故多豊艶雄豪之調. 然古今風氣之變, 天運使然, 非人力所可奈何. 卽如唐一代有盛晚之別. 況世後千有餘載, 地距千有餘里, 爲詩者欲一一盡出於唐韻, 則勢所不行, 非模擬卽剽竊也. 烏能其歌詠自家性情者耶? 彼四家者深知此病, 故別具奇詭新穎之體, 而出入乎宋明淸之間, 各自成一家之言, 錚錚乎其衰季之善鳴者也.

61

李炯菴秋燈急雨詩曰: '涼宵顧影剔燈紅, 劍錄星經揷架充. 頓有扁舟浮海想, 秋齋忽泛雨聲中.' 其落想不凡. 其有感詩曰: '農丈人星曉映空, 煙霜衝冒稻陂東. 酸鹹已熟長貧日, 冷暖偏經久旅中. 親老那能辭鄙事, 才疎端合役微躬. 談非景略何所益, 姑把溫顔對社翁.' 婉轉悲壯, 可以咏歎. 其他奇警如'夕階霜響屐, 晨牖月窺衾.', 敻絶如'亂樹通寒夢, 孤雲托遠心.', 陰峭如'厓霜颯集蛇鳴戞, 嶺月橫飜虎氣癏.', 新穎如'頃刻花惟鳬外浪, 飛來峯是馬頭雲.', 工妙如'趁鞭彤葉回旋舞, 跳笠紺蟲的歷飛.' 淸麗如'烟纏澹蕩鋪新白, 月最嬋娟返舊團.' 諸句皆錘字鍊意, 力掃凡蹊, 別開異境, 晚宋晚明之間, 應據一席, 在四家中, 可推老手.

62

柳泠齋寄素玩亭居士詩曰: '東峯丙舍長蒿萊, 荒徑應須二仲開. 珍重秋山飛葉裏, 瘦黃犢背認吾來.' 又別後詩曰: '過眼逢場與別筵, 行人彈淚又秋天. 今宵練練西[25]堂月, 蟋蟀聲高似去年.' 淸妙入神. 其歲暮山中客詩曰: '東峰碧未已, 聞[26]日燕居情. 烟屋淡[27]詩意, 雨樓沈讀聲. 暗泉吹壤出, 微礎冒苔橫. 前路徘徊罷, 難逢一友生.' 鍊句極精. 其二十一都懷古雜絶, 篇篇皆雅健逼古. 他如'衣上多塵萱草怨, 詩中有淚竹枝哀.', '別來幾日非吳下, 和者無人又郢中.', '帆身半濕祖江雨, 幡脚全斜孫石風.' 諸句皆高妙飄逸, 可見其才氣縱橫, 而鍛鍊成奇, 足令觀者奪目. 至於登臨懷古, 尤多傑句. 淸李調元謂東國之文鳳者, 豈虛語也?

63

朴楚亭七律諸篇皆工. 夢得香山其鼻祖也. 其信宿李心溪鄕廬詩曰: '山中叢桂隱思君, 草澤胡爲鳥獸群. 遠水縱橫人獨去, 野田蕭瑟路微分. 午時墟落惟天籟, 卯[28]字柴門宛古文. 一笠亭陰聊共憩, 寥天杏杏潑孤雲.' 可見其胸次淸曠. 又'天地蕭蕭

---

25 西: 『계원담총』에는 "虗"로 되어 있으나 『영재집』에 따라 바로잡았다.

26 聞: 『계원담총』에는 "寒"으로 되어 있으나 『영재집』을 따랐다.

27 淡: 『계원담총』에는 "澹"으로 되어 있으나 『영재집』을 따랐다.

豺祭獸, 文章落落駏[29]依蛩.', '一杵初鳴霜始至, 百蟲皆作月西流.', '紅樹之中君獨住, 黃花也盡我誰歸.', '南國山川多雁影, 中宵風雨又鷄聲.', '豳風畫裏黃花老, 農丈星邊白露寒.', '多聲木葉流霜白, 未曙茅茨澹月寒.', '千里思朋須命駕, 萬人如海獨關扉.' 諸句皆淋漓悲壯, 如聞釰筑之聲, 想見其襟期磊落. 而但過於圓熟, 氣格少欠古雅耳. 頡頏四家, 未易定王盧前後也.

64

李薑山西岡口詩其一曰: '家近碧溪頭, 日夕溪風急. 脩林不逢人, 水田鷺影立.' 其二曰: '時向返照裏, 獨行青山外. 鳴蟬晚無數, 隔水飛清籟.' 其三曰: '讀書松根上, 卷中松子落. 支筇欲歸去, 半嶺雲氣白.' 篇篇皆古, 可追陶謝. 其望狎鷗亭詩曰: '危亭隱約枕湖雲, 無限晴沙眺望紛. 冽水風帆橫岸去, 廣陵烟樹隔江分. 青山眼冷皇華使, 芳草魂銷上黨君. 萬疊閒愁抛不盡, 輕波皺得碧羅紋.' 爽朗可詠. 他如'春深人去後, 花落夢飛初.', '細果垂欹壁, 幽花覆壞牆.', '竹梢來燕子, 匏背上蝸牛.', '樹韻凭虛冷, 溪光到底紅.', '澗戶蒼苔馴子鹿, 石田春雨種人蔘.' '籬角孤眷天色晚, 簾頭閒夢雨聲深.', '池荷沒骨徐郎墨, 野水分頭酈氏經.', '一天寒雨連南國, 兩地黃花憶故人.' 諸句皆古雅沖澹. 在四家中, 詩品最高.

65

金秋史正喜, 詩格怪奇勁悍, 或有譏其非正宗. 然近代之詩, 豈可專以正宗尺度之也. 其揚州道中詩曰: '霜晨搖落歎征衣, 極目平原秋草稀. 天地蕭蕭虛籟合, 山川歷歷數鴻歸. 淡煙喬木圍孤墅, 流水平沙易夕暉. 淮北江南何處是, 二分明月夢依依.' 酷似歸震川. 其村舍詩曰: '數朶鷄冠醬瓿東, 南瓜蔓碧上牛宮. 三家村裏徵花事, 開到戎葵一丈紅.' 他如'凉天晒腹星辰列, 煖𤇆澆胸竹石知', '恰受峰光多一屋, 平分花氣足三隣', 諸句品格自高.

66

李泊翁明五, 痛父死寃獄, 不出仕. 平生工於聲詩, 與秋史相善, 多有唱酬. 其次放翁詩曰: '東君老手已飄風, 未試林端着小紅. 定想經營非一日, 團花裁葉費奇功.' 思極精細. 其送李南霞之任龍灣詩曰: '梅花驛路雪飄零, 塞上離歌五馬停. 院燭無眠他夜漏, 海槎猶記去年星. 天寒朔氣龍堆黑, 野曠邊愁獵火青. 擬古登

---

28 卯: 『계원담총』에는 "亞"로 되어 있으나 『정유각집』에 따라 바로잡았다.

29 駏: 『계원담총』에는 "蚷"로 되어 있으나 『정유각집』에 따라 바로잡았다.

臨應作賦, 可能不醉統軍亭.'雖無警語, 亦不可謂非老鍊手也.

67

余不知鄭象觀爲何如人, 又不知其聲詩, 具何樣格調, 然觀其寡婦詩一絶, 傳誦于人者, 則有唐人風格, 定是作家. 其詩曰: '寡婦當秋夕, 青山盡日哭. 墓下黃粱熟, 同耕不同食.' 詞極凄惋.

68

李洛下學逵少有逸才. 年十八被召參奎章全韻校正之役, 恩眷甚重, 時人嫉之. 謫金海十九年而返, 不復留意於世, 唯以唫咏自適. 其夜宿西林寺詩曰: '榾柮無烟燈燼遲, 銀河樓閣夢參差. 夜來山木聲如雨, 正是初寒葉脫時.' 清警可愛.

69

李甘山黃中, 七歲能賦詩. 旣長專工於詩, 有晚唐風格. 金秋史正喜, 見而嘆曰: "此吾邦千年絶響也." 晚年不復作詩, 唯以修詩爲功. 作一錦囊貯詩草, 時時開囊, 朗吟以修之. 出則佩而行, 必令無一字不快, 故其神解警絶, 往往而見. 其春日憶別墅詩曰: '花發東溪樹, 餘香過院飄. 役蜂流白日, 鬪蝶上靑霄. 酒或千鍾少, 碁常一子饒. 向來輕擧地, 同見有韓韶.' 其善竹橋詩曰: '不踏此橋路, 誰知烈士情. 道中魂彷彿, 橋上血分明. 夕照圍平野, 春流向古城. 徒然石欄外, 役役衆人行.' 皆典雅可詠. 他如'酒甘分穉子, 詩好咏山妻', '草憐殘燒應還出, 潮恨長流更上來', '鬼火出壚還獨立, 棲烏落地更相尋', '小洞花遲雲黯黯, 空山水急月亭亭.' 諸句皆警悟入神.

70

正祖朝遣使中國, 李屐園晚秀爲上使, 洪澹寧義浩爲副使, 洪淵泉奭周爲行臺. 路過平壤, 三使俱登練光亭, 指柱聯而語曰: "此是高麗金黃元所作也. 只有'長城一面溶溶水, 大野東頭點點山'兩句, 而無成篇, 殊可恨也. 吾輩各以兩句聯之, 續成七律甚好." 遂取黃元詩寘爲起句, 屐園續頷聯曰: '萬戶樓臺天畔起, 四時歌吹月中還.' 澹寧續頸聯曰: '風烟不盡江湖上, 詩句長留宇宙間.' 淵泉結之曰: '黃鶴千年人已遠, 夕陽回棹白雲灣.' 蓋黃元當時思竭不能成篇者, 千載之後, 三使足成爲完璧, 大是美事. 然頷聯及頸聯意思平淡無氣力, 不能副首句之雄豪, 惟結句最有精神, 可見淵泉高人一頭地也.

71

趙秋齋秀三善竹橋詩曰: '波咽橋根幽草没, 先生於此乃成仁. 乾坤弊盡丹心在,
風雨磨來碧血新. 縱道武王扶義士, 未聞文相作遺民. 無情有恨荒碑濕, 不待龜
頭墮淚人.' 通篇渾成, 圓轉如轆轤, 而五六尤有體色, 深可觀.

72

李尚迪詩文, 俱入作家. 純祖朝命召入, 前席誦其舊作, 曰: "爾之文章, 近於中國
氣韻, 予庸嘉之." 尚迪受恩感激, 手輯所作詩文, 自署其首曰恩誦堂集, 蓋記恩
也. 其車中記夢詩曰: '坐擁貂裘小睡溫, 依依一夢訪家園. 雪晴溪館無人掃, 一
樹梅花鶴守門.' 一時傳誦, 以爲鶴守門先生.

73

姜古歡瑋奮發孤寒, 力學自樹. 有志於當世之務, 學成而無所售. 佗儾坎壈, 爲飢
寒所驅, 東西漂泊. 其幽峭之思, 勃鬱之氣, 一寓諸詩. 故其平生所作於詩爲多,
間或有落魄無聊之思, 率爾出口. 風格少欠雅潔. 然其縱橫奔放, 眼空一世者, 自
使觀者, 目眩心醉, 眞近代之詩傑也. 其贈摩訶衍僧詩曰: '阿彌陀佛非聾漢, 念念
彌陀奈爾何. 空山雨雪無人境, 驀地相逢是自家.' 非因詩悟道者, 那能道得此語.

74[30]

姜古懽瑋之入中國也, 手葺韓四客詩選, 就質於淸之吳鴻恩. 鴻恩逐句批評, 如
潘庭筠李調元之評柳琴所選四家詩古事也. 韓四客卽洪鍾山岐周, 鄭雲齋基雨,
李二堂重夏, 李寧齋建昌是已. 其年序官次雖不同, 而其澹於名利, 深於文字則
同. 各以其能鳴于一世, 今擧其一二首于下.

75

洪鍾山杜鵑晩開詩曰: '慳風澁雨勤花開, 春事愁人懶擧盃. 池上偶尋芳草去, 一枝
忽見出林來.' 會白園詩曰: '風情抵老未銷沈, 把臂芳辰此入林. 十載尋詩餘舊夢,
一樽留客共春心. 草痕漲綠連城遠, 花影分紅護徑深. 譫話非唯憐節物, 歸舟多在
漢之陰.' 散句: '桃花間白明斜照, 怪石嵌青帶宿嵐.', '陰塍雪留明似月, 春塘水活
綠於樽.', '涼砧殷地秋聲迥, 霜葉明樓夕照遲.', '嶺樹唧將殘月白, 市燈黤破暮烟

---

30 여기서부터 77칙까지가 원본에는 이 책의 93칙 다음에 달려 있다. 상단에 "이 아래로는 마땅히
강위(姜瑋)의 항목 아래 있어야 한다[此下當在姜瑋章下]"라는 교정 지시가 있어 수정하였다.

靑.', '細草縈靑一逕僻, 遠山通翠一樓高.', '頑雲橫截山腰去, 遠澗高懸屋角流.'

76

鄭雲齋暮春卽事詩曰: '樓雲山北日西時, 燕子來忙客去遲. 滿院落花春露重, 遊絲飛掛海棠枝.' 其惜春詩曰: '惜花無計住花時, 惆悵尋春到水湄. 數朶猶支風雨後, 秪緣開在最深枝.' 其花下小住詩曰: '此序那期與子同, 一筇初自萬山中. 簾紋細縐浮嵐翠, 花氣晴熏返照紅. 詩夢似烟迷舊境, 酒痕如雨散微風. 多憐近日傷春病, 賴得君來一半空.' 散句: '新開竹牖看山遠, 不補松籬納月踈.', '寒樹淡黃鴉背日, 斷橋翻白馬蹄霜.', '詩律如禪須定力, 名場似奕耐傍看.'

77

李二堂秋夜聽簫詩: '夜氣初晴積雨收, 高雲不動絳河流. 靜下碧踈淸不寐, 洞簫一曲水西樓.' 其碑峯詩: '削立雲間萬仞峰, 天梯石棧壯提封. 側身抱過危懸壁, 累足行攀倒掛松. 十里湖光淸灩灩, 五陵樹色翠重重. 誰知此頂荒碑在, 立意當年勝景鍾.' 碑在北漢僧伽寺後, 新羅眞興王北狩定界處. 散句: '江光天際盡, 野色樹頭平.' 詠菊詩: '暗徑艶承朝露白, 疎籬淡對夕陽紅.' 送人入燕詩: '黃楡野色遼雲逈, 畵角邊愁薊月高.' 李寧齋詩, 下更詳論, 姑畧之耳.

78[31]

呂荷亭圭亨, 天才卓越. 凡有所作, 雖難題強韻, 略不經意, 下筆立就. 愈進而愈不竭. 浩汗奔放, 如風檣陣馬之莫可追及, 可謂曠世之豪傑也. 然其用工也淺, 未嘗一致其深思, 而率意直遂, 故多有荒雜俚近之詞, 竟未能擴充其才, 惜哉! 其金剛山萬物相詩曰: '渴虹下飮天池六, 雌霓百千隨粥粥. 雷楔橫穿兩脚斷, 散墮空曠蟠大陸. 老龍春種珊瑚枝, 萌芽便抽尋丈尺. 半夜誰作汶篁移, 王愷石崇拾不得. 崑崙積風下披拂, 一時都化琅玕玉. 八萬四千微塵佛, 駕雲相逐疊無竭. 一玉山頭一蓮臺, 白毫放光萬輪月. 幾回瑤桃摧作薪, 大千世界多皆骨.' 此可謂大手筆, 而亦可見先生之本色也.

---

31 원본에는 이 칙이 102칙과 103칙 사이에 있다. 77칙 이중하 항목 바로 다음 상단에 "이 아래에 여하정의 시가 들어간다(此下呂荷亭詩)"라는 교정 표시가 있고, 이 칙 위에도 "이 글은 위사(韋史) 이근수(李根洙) 글의 앞에 넣어야 한다(此篇當在李韋史根洙之上)"는 지시가 있어 따라서 수정하였다.

79[32]

李葦史根洙, 一號秋水子, 嶺南之宜寧人也. 性骯髒負氣, 視當世無可意者. 或面斥人過, 不少假借, 以故禍作, 竟死于桁楊. 余素不識其面, 而嘗見其與漢師諸名碩, 唱酬分韻詩, 則傑鷔橫放, 想見其爲人. 其詩曰: '蘭以蕙族, 所貴同德. 不有良朋, 何攄我臆. 廣矣四海, 杳不可卽. 馬非不良, 車非不亟. 盈盈一鴨, 其外誰域. 若有相思, 不知不識. 廣桑之下, 踽我門閾, 東日滄溟,[33] 其何不戾. 高堂暮雪, 不復以黑. 彼邁邁者, 何時而息. 我心如月, 實勞悲惻. 腰間秋水, 照人悒怛. 維山有石, 截之則泐. 維海有鯨, 揮之則殛. 所以往哲, 不輕其直. 十年于袖, 徘徊路側. 其人如玉,[34] 招我上國, 中堂酒闌, 崢嶸歲色. 更鼓初落, 千金一刻. 長虹燭地, 示我摘[35]埴. 我袖維張, 我弁維仄. 疎林摵摵, 飛鳥斂翼. 有觸于中, 其來職職. 有還當守, 有別當憶. 皓首爲期, 此樂何極.' 通篇悲壯慷慨, 如與燕趙之士, 歌吟嘯號, 傍若無人. 眞儒中之俠也.

80

憲哲以降韓末, 氣數極否, 文藝亦隨而微焉, 惠寶所謂'豈非關世道'者, 此也. 獨李甯齋建昌, 金滄江澤榮, 不爲其囿, 同倡古文, 耿若長庚之垂彩. 蓋甯齋滄江, 同主王半山曾南豊. 而甯齋則出入于歐陽子, 故其文簡而精, 然豪健不及滄江. 滄江則出入乎歸震川, 故其文豪而健, 然簡精不及甯齋. 俱不失大家地步. 至於詩, 甯齋之淸邕, 似若少遜於滄江之雄健, 然各自成一格, 非尋常操觚者, 所敢望其藩籬也. 下擧兩家詩一二首. 甯齋過李忠武公墓詩曰: '元帥精忠四海知, 我來重讀墓前碑. 松濤十月聲威壯, 猶似開山破敵時.'
按本集其第三句以'西風一夜松濤冷'書之. 此必是編集者誤記也. 公以按廉使到牙山, 謁忠武公墓時, 適十月也, 故云'松濤十月聲威壯', 隱若助軍聲者, 下以猶似開山破敵時, 結之. 此句膾炙湖西文壇, 而今云'西風一夜松濤冷', 則氣勢萎弱, 與開山破賊, 無關, 此不過雕虫末技者之口氣而已. 何足爲壯也? 柳於于詩'東關五月寒威重, 狐白無功第一樓', 以東關五月之寒威, 反襯狐白之無功. 甯齋則以松濤十月之聲威, 興起破敵之有功. 此古人換骨法也. 作詩者不可不知也.

---

32 이 항목은 원본에는 이중하 항목과 이기 항목 사이에 있는데, 이중하 항목과 여하정 항목의 상단 교감 표시에 따라 위치를 수정하였다.

33 滄溟: 『계원담총』에는 "滄滄"으로 되어 있으나, 「추수자전」에 따라 바로잡았다.

34 玉: 『계원담총』에 月로 되어 있으나, 「추수자전」에 따라 바로잡았다.

35 摘: 『계원담총』에는 "摛"으로 되어 있으나, 「추수자전」에 따라 바로잡았다.

其東將臺晚眺詩曰: '萬歲樓前千仞岡, 我來臨眺一茫茫. 雲飛在下天常淨, 海坼無西日正長. 已喜昇平開錦繡, 還須法力護金湯. 禪狂劍俠知無分, 自折開花數客觴.' 讀之胸襟爽豁.

81

滄江南遊聞雁詩曰: '明河初灩別書堂, 錦水邊山驛路長. 鴻雁後飛過我去, 秋風秋雨滿江鄉.' 其舟發禮成江至杏州詩曰: '三峯蒼翠落篷頭, 漢口風煙一望收. 金浦人家紅樹暮, 杏州兵壘白雲秋. 船燈漸與疎星出, 砧杵遙將冷葉流. 唱徹離騷誰解聽, 龍吟雁嗷滿江愁.' 諸篇皆雄渾豪壯, 奪人神氣. 其平壤詩七律十五首, 富麗橫放, 爲西京諸詩之冠.

82

黃梅泉玹詩格雅勁緻密, 別具一體, 與審齋滄江友善, 多有唱酬. 其島村春曉詩曰: '烟霧濛濛水上村, 桃花天氣曉氤氳. 春江一面如絲雨, 不壞圓沙鷺坐痕.' 又江行詩曰: '漫漫野路荳花中, 樹樹漁村早柿紅. 頭白老翁如古畫, 手牽黃犢遡江風.' 寫得如許澹雅, 可作圖畫. 其題屛十絶見其罔僕之志, 而格調亦慷慨悲壯, 令人敬服. 五七言古詩, 錘字鍊意, 極其蒼勁, 在本朝詩家, 不可多得.

83

近日詩家, 當以滄江梅泉爲巨擘. 滄江之雄健, 或失於踈放, 梅泉之緻密, 或失於僻澀. 然一瑕之微, 焉能爲拱璧之累也. 滄江才氣發越處, 人莫能跂及, 晚年才衰氣竭, 其所作, 漸不逮少時. 梅泉用力苦心, 故晚年所作, 益臻工妙.

84

金晚悔學濟余同鄉人也, 能解聲詩. 少時, 流落湖南二十年, 困而歸. 余憫其窮, 聘爲塾師. 每與余娓娓道湖南時事, 甚悉云. 東匪之亂, 閔公種烈牧羅州, 其攻守方略得宜, 闔境賴安. 朱墨之暇, 設白日場. 試士有李奇男者, 年十六, 居魁. 閔公邀試士之入格者, 設宴饗之. 使妓彈琴以助樂, 妓困於春睡, 時誤拂絃. 閔公怒命拿下問罪, 一座悚然. 奇男從容進曰: "小生請以睡妓爲題賦詩, 代贖其罪." 閔公奇之曰: "諾." 奇男卽席製進曰: '佳娥暗被睡魔欺, 抱瑟中堂手語遲. 雨細風微江柳懶, 露凝烟重海棠歌. 秋波明滅雙星眼, 遠岫高低八字眉. 若使鉛厨移此境, 越宮不獨畫西施.' 閔公大加稱賞曰: "不圖幼年詩品至於斯也." 因厚遺紙筆及書冊曰: "益加勉勵, 當作將來之國士也." 後奇男年十九而殀, 閔公聞之, 憮然有間曰: "失一國寶."

85

尹于堂喜求, 近學紫霞, 遠祖東坡. 故其詩品卓犖勁悍, 徃徃出人意表, 雖有小疵, 人莫敢訾議. 丁卯春, 余以學事視察, 將渡日本, 閔又荷衡植, 會一時名士于珊碧樓, 各以詩文書畫, 粧成錦帖, 爲余贈行, 甚盛事也. 于堂詩曰: '滄東奇氣與年新, 一葦扶桑若比隣. 鯨浪好看初過日, 櫻花須及未開春. 佛梁度世心原苦, 禹域棲身夢幾頻. 莫以御風輕得意, 長亭無數眼穿人.' 通篇雄渾天成, 而結句尤奇健有致, 可傳不朽. 其純廟挽曰: "天意茫茫歸氣數, 人間惻惻有遺黎." 他人所做不得處.[36]

86[37]

車五山天輅, 詞藻敏富豪健. 落筆立就, 未嘗起草. 常大言曰: "寫我詩於萬里長城, 城有竟而我詩終不竭." 壬辰之役, 李如松北還, 宣廟特簡文臣五人, 令賦詩以贈行. 五山與其選, 一晝夜成七律一百首, 七排二百句以進. 辭理璨然, 同列爲之屏氣, 固一代間氣之才也. 但捷敏太甚, 故多平熟, 而少湛深, 此其欠也.
明使顧天峻之東來也, 月沙爲儐相, 東岳南郭鶴谷爲從事, 石洲五峰霽湖爲製述官. 南窓石峰以筆從五峰, 西坰爲迎慰使, 極一時之選. 時簡易適僑居箕城, 時人謂文星聚關西云. 後諸公皆貴顯, 獨五山困於下僚, 潦倒歷落之思, 寓於咏嘆者多. 其用龍灣舊韻呈月沙詩曰: '紅蓮幕下是何人, 醉擁笙歌吐錦茵. 撫跡十年搔白首, 至今猶作夢中春.' 又爲假兵曹郎題壁云: '休將熱鬧較酸寒, 一枕黃粱宦興闌. 天上豈無眞列宿, 人間還有假郎官. 愁看鸂鷘頻當署, 笑把蛟龍獨自彈. 作此平生長寂寞, 烟江開却舊釣竿.' 其落魄無聊之氣, 見于詞章者如此.

87

車滄洲雲輅, 五山之弟也. 富贍不及迺兄, 而精纖過之. 嘗自言曰: "吾兄之詩, 如雜穀幷皮五萬石, 余詩如精鑿米一百石, 皆玉質流膩耳." 其東屯八咏歧灘春雨云: '竹竿裊靑莎, 纖鱗共呑吐. 遙峰一點雲, 已落春溪雨.' 浮山秋月云: '霜輕葉未枯, 夜靜風初歇. 玉琴爲誰彈, 空山對明月.' 楊花夕照云: '楊花雪欲漫, 桃花紅

---

36 이 뒤로 다음과 같은 항목이 이어지나, 낙장이 있어 자세한 내용을 알 수 없다. "往歲余與秋航趙君奎洙, 同入秘苑時, 秋七月初旬也. 宙合樓 …"
37 이 앞에 서경덕의 시가 있는데 낙장이 있어 자세한 내용을 알 수 없다. "… 直欲朝連夜, 勝會應難後繼今. 數局枯棋談笑裏, 不知雲日已西沈."

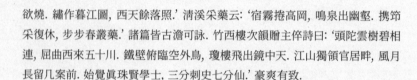

欲燒. 繡作暮江圖, 西天餘落照.' 清溪采藥云:'宿霧捲高岡, 鳴泉出幽壑. 携笻采復休, 步步春叢藥.' 諸篇皆古澹可詠. 竹西樓次韻贈主倅詩曰:'頭陀雲樹碧相連, 屈曲西來五十川. 鐵壁俯臨空外鳥, 瓊樓飛出鏡中天. 江山獨領官居畔, 風月長留几案前. 始覺眞珠賢學士, 三分刺史七分仙.' 豪爽有致.

88

曺寧耐臣俊, 一號無悶翁. 少時讀尚書三千遍, 更讀堯典數萬回, 自是文藻大進, 鳴一時. 其咏昭君詩曰:'枉殺毛延壽, 丹靑筆有神. 陰山消削後, 政見畫中人.' 此前人所未道者也, 五山批曰:"千古昭君當返魂." 其閨怨詩曰:'金風凋碧葉, 玉淚銷紅頰. 瘦削只緣君, 君歸應棄妾.' 氣格老蒼, 有鮑謝遺響, 而但'應棄妾'三字, 語意太露, 無婉諷餘韻, 爲可欠耳. 唐人詩:'陌頭楊柳枝, 已被春風吹. 妾心正斷絶, 郎意那得知.' 一篇悽婉沈鬱, 讀之自爾動人. 詩到此境, 可謂上乘.

89

林松岳昌澤, 少博學, 好爲佶倔奇古之辭, 嘗以詩謁金三淵, 三淵一見, 推爲作者, 由是名震京師, 然貧甚又早歿, 未能充其才, 惜哉. 其所著海東樂府諸篇, 往往有追跡漢魏之氣. 其檀君祠曰:'中國有聖人, 海東有神人. 蒼蒼太白山, 鬱鬱檀木春. 金麟一去兮不復返, 至今遺廟湄江瀕.' 其狂僧詞(梅月堂)曰:'維梅淡淡寒雪灑, 維月皓皓秋江濯. 仁叟已委質, 謹甫猶食祿. 問爾一山僧, 自若胡爲哉. 橫擔烏藤入空虛, 海上淸風首陽來.'

90

韓在濂, 字霽園, 有神才. 入京師居西門外, 開藕華堂, 貯書種荷. 自號心遠子, 從李德懋·李家煥·柳得恭·申緯諸詩人, 唱和相上下. 其順天燕子樓詩曰:'溝水東西碧玉流, 七分明月古徐州. 酒醒今夜知何處, 腸斷城南燕子樓.' 其立春日有懷水亭故事詩曰:'讀史樓中跡已陳, 箋香墨色向誰新. 一爲漢上銷魂別, 四見江南極目春. 政坐越吟傷故事, 聊因荊俗記佳辰. 邯鄲學步休相笑, 我是華亭硯北人.'

91

朴天游文逵, 自少聰慧絶倫. 讀書過目不忘, 暗誦古人詩, 至累萬篇. 工於近體, 尤善集古人句, 時人無不歎其富博. 其南至月金陵道中詩曰:'北陸氣轉肅, 西崦日初入. 征馬步不前, 歸鳥飛相及. 冉冉趨長途, 迢迢去鄕邑. 關山眼中來, 霰雪衣上集. 尙子方外賞, 楊生路歧泣. 昔賢良已矣   , 矯首空竚立.' 其次友石春睡

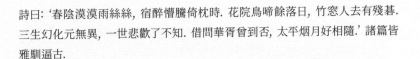

詩曰: '春陰漠漠雨絲絲, 宿醉憒騰倚枕時. 花院鳥啼餘落日, 竹窓人去有殘碁. 三生幻化元無異, 一世悲歡了不知. 借問華胥曾到否, 太平烟月好相隨.' 諸篇皆雅馴逼古.

92

同時有白愚南膺絢, 白兼齋岐鎭, 俱以詩鳴. 愚南九齋碑詩曰: '道轍東方倡指南, 崧山晴日廓煙嵐. 誠明揭額先濂洛, 羅濟移風在笑談. 桃李成空興浩歎, 門庭有地尚追諳. 荒林白石潺湲水, 舊是堂前月一潭.' 兼齋箕城別曲二首曰: '江流不斷淚漣漣, 又是春殘軟浪天. 冠盖無情催早發, 雞鳴風雨更何年.', '從古垂楊不甚舒, 斜陽點點露寒烏. 長堤可是陽和少, 盡爲行人別淚枯.'

93

自古詩人之咏瀑沛者甚多, 然以李白之'海風吹不斷, 江月照還空'兩句, 爲千古絶響, 而其他用力愈苦, 去眞愈遠, 蓋瀑之爲狀, 迅激奇幻, 難於形容故也. 如朴淵瀑沛, 以奇勝聞, 然古今賦咏者, 未有能像其彷彿, 唯申紫霞詩爲第一. '俯棧盤盤下, 顧瞻所歷懸. 巖飛山拔地, 溪立瀑垂天. 空樂自生聽, 衆喧殊寂然. 方知昨宿處, 愁絶白雲巔.' 雄渾豪壯, 詢朴淵千古絶調. 然其第三句旣云溪立, 又下瀑垂字, 語意重複, 是其疵也. 他如車五山之'晴虹倒掛潭心黑, 白練斜飛石骨靑.' 語雖壯, 晴虹白練, 亦陳語, 何新? 金滄江之'狂風吹壁裂, 明月墮天飛.' 意雖奇, 吹壁裂三字, 欲巧而反拙, 終不免瑕疵. 信乎其形容逼眞之難也.

94

李海鶴沂湖南之求禮人也. 性倜儻不羈. 蒿目時艱, 欲以隻手扶其顚, 爲當路所惡, 竄逐瀕死. 未展所抱而歿, 識者爲之歎惜. 其感懷詩曰: '旅食終南歲月長, 春來倍覺減容光. 山禽自有驚人語, 野草終無媚俗香. 曹吏帖來催出客, 家兒書到勸歸鄕. 生平悔讀岐扁字, 可惜囊中未試方.' 讀此詩, 可見其爲人之氣像磊落. 湖南近日詩人, 世以梅泉海鶴并稱. 然海鶴留心世務, 不欲以詩傳, 故人罕見其作, 惜哉.

95

李蘭谷建芳, 鄭茂亭萬朝, 兩老師詩文, 俱爲現時宗匠, 尤致力於獎拔後進. 故世之論文字事者, 必就質於二公. 文星凋落之餘, 幸免寂寥者, 賴有此耳. 蘭谷題芙蓉樓會心帖曰: '蕭瑟寒江泛觵枝, 秋風吹動碧琉璃. 手中一尺竹如意, 又到西臺落木時. 西園載酒値新晴, 白露蒼葭念友生. 萬里江南秋色遍, 也應愁殺庾蘭成. 漢上風流屬揚挖, 休將淸淚落悲笳. 老夫惆悵無仙分, 獨向簧簹感歲華.' 挽金滄江詩曰: '故人韻色夢猶驚, 誰遣靈芝殿上行. 破屋鼕啼山月翳, 孤墳孫跪野花明. 駝街塵暗悲箕域, 狼岫雲生有護聲. 少日肩隨今白髮, 只將衰淚漫雲纓.' 諸篇皆蒼勁可詠.

96

鄭茂亭泣玞南荒, 途過仁川, 曾所宦游處也. 其感懷詩曰: '劒戟叢中鬼作鄰, 天風吹我出城闉. 傷心去國離鄕日, 極目殘山剩水春. 芳草煖消鴻爪雪, 落花輕點馬蹄塵. 明朝不作東君餞, 此日風光入歲新.' 其七夕詩曰: '此生無計脫纏綿, 終古逢場卽別筵. 造化知應爲戲劇, 禪家空自說因緣. 慇懃牛女惟今夕, 惆悵鷄人易曉天. 一例神仙與塵土, 有情誰得不相牽.' 其漢江舟中觀樂詩曰: '隴山卅載樂芳塵, 拋却歌衫與縞巾. 悔煞琴操輕祝髮, 如今老嫁重商人.', '江湖落魄李龜年, 劫後相逢兩茫然. 太乙池荒無覓處, 秋河影落秘重泉.', '雪月模糊雨點斜, 珠燈千顆印江波.', '哀絃急管休相惱, 歡極生悲奈若何.' 諸篇皆宛轉有致, 可見其老練手也.

97

鄭葵園丙朝, 茂亭之弟也. 詩格勁悍沉邁, 往往驚人. 甯齋嘗云: "詩骨珊珊欲過兄." 其見推許如此. 小憩彌勒寺詩曰: '東郭靑山自眼明, 僧房路熟屨隨輕. 村容界暝春餘寂, 林翠零虛磬外淸. 豈有因果參佛座, 了無解脫失塵纓. 犂然放鑷觀音想, 鐘打闍梨第一聲.' 其矗石樓詩曰: '晉陽城勢遏江流, 金碧崔嵬影半洲. 鏡水搖蕩千頃月, 天雲呼吸八窓樓. 殉魂招返家家淚, 戰史繙吟字字愁. 歷遍東南佳麗跡, 始登矗石壯吾遊.' 其書庫前觀海棠詩曰: '景陽宮女詫紅粧, 忽擲菱花避海棠. 直此繁華能絶世, 恐人偏妬卻韜香. 玉砌春明絳雪堆, 珊枝猶惻凍仍摧. 金彈不向流鶯擲, 直怕花零一片來. 風彈小雨撲羅幃, 猩血屛高冷不知. 汗點臙脂通臉冶, 斷腸春色睡楊妃. 娘嬛仙閣望玲瓏, 面面芸窓照字紅. 十二碧欄斜轉處, 一時齊掛絳紗籠. 不愁名漏少陵法, 梅友離騷尙見知. 別遣丹靑眞境得, 老翁頭雪戲嬰兒.'

98

趙見山秉健詩, 專主袁隨園, 故往往失之纖巧. 然其照物興象模寫逼眞, 自成淸奇尖新之體, 亦談詩者之所不棄也. 其霧中曉行詩曰: '曉行迷野霧, 天宅一何昏. 信馬尋前路, 聞鷄知遠村. 髩寒秋後氣, 衣潤雨餘痕. 陰翳那能久, 扶桑出日暾.' 其秋夕途中詩曰: '眞面溪山應接忙, 蕎花一色野田香. 紅蜻蜓與黃蛺蝶, 恣戲秋

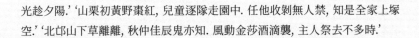

光趁夕陽.' 山栗初黃野棗紅, 兒童逐隊走園中. 任他收剝無人禁, 知是全家上塚空.' '北邙山下草離離, 秋仲佳辰鬼亦知. 風動金莎酒滴襲, 主人祭去不多時.'

99

余於交遊中, 最傾心相許者, 惟朴稼軒豐緒金東江甯漢李恥齋範世(惟朴稼軒豐緒, 金東江甯漢, 李恥齋範世), 三人耳. 之數子, 非但詩文爲現時巨擘, 人品亦高. 若當皇路淸夷之時, 必能笙鏞黼黻, 以鳴國家之盛. 而今坎坷歷落, 爲窮者之詩, 自鳴其不平, 殊可恨也. 下各擧其詩若干篇.

100

稼軒訪余于淸涼山僑寓有詩曰: '十年城市厭囂塵, 一曲淸涼卜築新. 雨浥桃花愁妨客, 烟晴楊柳喜逢人. 胸澆磈礧酒爲命, 筆掃腐陳書等身. 昨過樊川今到此, 韶光撩我暢唫神.' 其蓉湖泛舟詩曰: '郊行半日又江行, 天際空明一葦橫. 帆外山晴低樹影, 櫓頭風定穩波聲. 鷺群飛割中流去, 魚隊吹分細浪成. 取醉歸來烟渚泊, 滿篷新月更關情.' 題靑鶴洞詩曰: '洞僻千年鶴骨淸, 疎松生籟爽堪聽. 晴雷噴沫瀑流壯, 璞玉孕精山勢靈. 濯纓滄浪歌有志, 觴泛曲水醉無醒. 夕陽回首還惆愴, 何處滁翁舊廢亭. 舊有醉翁亭, 今廢.

101

東江樊里雜絶曰: '牧豎負靑蒭, 前驅一黃犢. 暝雀已棲林, 烟生山下屋.' 其山居詩曰: '門前流水綠如紗, 槐柳陰濃一兩家. 山逈人稀山日永, 有時雀啅野裳花.' 江村晚起詩曰: '疎簾風動日遲遲, 正是江房睡起時. 門外垂楊無數綠, 不知鶯語在何枝.' 題靈隱寺曰: '雙樹城邊一逕橫, 僧樓咫尺大江平. 珠龕半濕魚龍氣, 金磬時和雁鶩聲. 仁貴行營秋草沒, 文周舊國暮雲生. 熊津楊柳依依綠, 夕照漁歌動客情.'

102

恥齋寄稼軒詩曰: '烏兎忽忽疾如飛, 又是朱櫻暎槿扉. 靑瑣夢迷朝退步, 綠蓑身隱野裝衣. 判知世事稱心少, 漸覺親朋寄信稀. 古道訂交期皓首, 微君吾復與誰歸.' 平壤牧丹峰詩曰: '擅勝箕城最此臺, 天敎一朶牧丹開. 日臨萬瓦魚鱗動, 潮送千帆雁翅來. 古墨雲空堪灑淚, 荒墳香歇漫澆盃. 英雄兒女俱塵土, 長嘯西風更快哉.' 扶餘落花岩詩曰: '波咽山嚬宛訴寃, 孤巖尙記落花痕. 月明環珮疑聞響, 草綠羅裙欲返魂. 永度來生祈佛力, 輕拼一死蒼君恩. 休憐玉骨埋魚腹, 也有芳名百世傳.'

103

朴東愚治亨, 關西之宣川人也. 生有異才, 十二歲已能屬文, 詞藻或彧動人. 年
十六, 入京師, 遍遊於南圭齋尹杍溪金經臺朴桓齋之門, 無不傾心稱詡, 由是華
名大噪于世. 不幸二十二歲而殀, 殊可恨也. 其詩學王漁洋, 故淸而不刻, 澹而不
泊, 務以神韻爲宗, 皆渢渢可詠也. 其書懷寄人詩曰: '君家稻田好, 縈紆傍江浦.
曉起思田盧, 昨夜三峰雨.' 又曰: '可使書爲巢, 不可酒爲池. 有田莫荒穢, 豆落空
爲箕.' 又曰: '客心看芳草, 日日逐愁綠. 探之何所思, 幽人在山曲.' 又曰: '夏景何
冲澹, 我心聊復和. 常恐別離中, 流光東逝波.' 諸篇皆有古意. 其楊柳詞曰: '烟
姿雨態暮春時, 苦恨東風喚起遲. 恰似美人深院裏, 睡餘雲鬢散靑絲. 紅樓日日
綠毿毿, 幾度樓前送別驂. 唱盡新詞人不見, 澹然疎雨夢江南.' 淸爽響亮, 善學
漁洋句法.

104

近來詩僧絶無, 惟秋琴弟子普潤詩爲佳. 其恭愍王陵曰: '蜀莫山川喚奈何, 二陵
秋樹夕陽多. 絶憐翁仲無肺肝, 不向西風哭逝波.' 滿月臺曰: '御溝黃葉動蕭蕭,
洴澼衣明第二橋. 惆悵君王行處草, 秋來盡入野人樵.'

105

俗傳, 成川巫山西面, 有一小山, 爲大水所漂失, 浮泊於平壤城外, 所謂綾羅島
是已, 遂爲千古奇談. 李少陵尙毅, 宰成川時, 欲收復舊物. 而箕城小尹朴叔夜曄
(號菊窓), 有若不釋然者, 少陵嘗譏其不廉. 其後少陵菊窓, 皆離所守地, 巫山浿
水, 已作前塵夢境. 相會于海右, 兩無嫌猜. 少陵仍賦一絶, 以解之, 當時諸名流,
皆和之, 亦是奇事. 少陵詩曰: '巨靈夜半持山去, 虧却成都一點靑. 主人有意尋圖
籍, 却訴天公責六丁.' 崔簡易岦次曰: '連城完璧猶輕重, 乾沒誰爭數里靑. 肯讓
江頭一老圃, 春來叱犢付時丁.' 許蛟山筠次云: '天役夸娥擘峽靈, 浮來蒼巘點空
靑. 連城還璧知無路, 已覩崩巒壓五丁.' 李市潛再榮次云: '雷雨何年役百靈, 巫
山西畔割全靑. 却將浿水添奇勝, 永向箕城鎭戊丁.' 李蓀谷達次云: '爲向巫山三
峽水, 何年漂却數峯靑. 若使浮來還鑿去, 袖椎能發響丁丁.' 柳西坰根次云: '巫
山浿水誰輕重, 鼇背浮來不改靑. 莫向成都前後尹, 遼陽白鶴姓爲丁.' 申象村欽次
云: '休分巫峽與箕城, 要看江心一抹靑. 好趁春波理歸楫, 月中搖蕩共漁丁.' 趙
竹隱希逸次云: '雲浪漂山到此停, 綾羅秀色藹縈靑. 春江正漲桃花水, 欲棹漁舟
網枕丁.' 車五山天輅次云: '誰知半夜有力者, 負此藏山一片靑. 鼇背可能榮楯出,
樟裁不必浪登丁.' 梁霽湖慶遇次云: '綾羅留作江心島, 割却巫山半面靑. 想得當

年雷雨裏, 巨靈揮手似庖丁.' 柳醉吃瀟次云: '成都舊物箕城得, 十里綾羅萬古靑.
仙區本是無壃界, 一醉登臨任所丁.'

106
申澹人佐模詩, 富麗豊雄, 優入作家. 然間雜功令禮, 頗爲減色. 其燕尾亭詩曰:
'燕尾亭猶在, 登臨發浩歌. 白晝胡兵入, 靑山鬼火多. 天險有如此, 人謀無奈何.
滄流千古恨, 日暮風揚波.' 蟲石樓次申靑泉韻: '晉陽城下大江流, 極目萋萋芳草
洲. 繭絲保障由來重, 猿鶴虫沙過去愁. 百戰山河餘曠野, 萬家烟雨又高樓. 吾輩
幸生無事日, 畫船簫皷作閒遊.' 說者謂: "次韻勝於原韻." 然起句及頷聯, 作者不
及述者, 頸聯及結句, 述者不及作者也.

107
鄭雨田顯德, 詩格豊贍豪健, 脫却近代纖巧儇佻之態. 嘗出宰東萊府閱兵, 暮歸
口占曰: '西風吹拂小戎衣, 夜火陰山射虎歸. 白首書生身更健, 角弓如月馬如飛.'
其海雲臺詩曰: '萬里平鋪一色流, 朝鮮地盡此臺浮. 江淮河漢難爲水, 南北東西
不見洲. 敵國靑山生馬島, 忠臣短碣落龜頭. 蓬萊仙子無消息, 怊悵人間白髮秋.'
其嶺南樓詩曰: '西風人倚嶺南樓, 水國靑山散不收. 萬戶笙歌明月夜, 一江漁笛
白雲秋. 老僧院裏疎鍾晩, 烈女祠前落葉流. 滿眼蘆花三十里, 雁鴻無數下長洲.'
散句: '風好垂楊纖自葉, 春深古木瘦能花.', '紅樹孤村猨也吠, 綠潭晴日燕子飛.'
皆名句也.

찾아보기

* 인명만 정리했다.
* 호, 자, 시호, 별칭 등은 [ ] 안에 적어 이름과 함께 표기했으며, 국왕의 존호들은 [ ] 안에 국호를 적어 서로 구분했다.
* 서설에 나오는 인명은 한글로만 적었다.

자

〈지은이·옮긴이〉

지은이

이승규(李昇圭, 1882~1954)

일제 강점기 한학자이자 교육자다. 본관은 전주(全州), 자(字)는 윤약(允若), 호(號)는 창동(滄東), 간암(艮菴) 또는 남곡(藍谷)이다. 어려서부터 부친 이사욱(李思彧)에게 한학을 배웠으며 성균관에서 수학했다. 초기 국권 회복과 독립운동에 헌신하다가, 신문기자, 교육자로 활동하였다. 신문 지면에 조선 한시와 시화를 소개하는 글을 여러 편 연재하였고, 조선어연구회 설립에 참여하여 한글 연구와 수호에 힘썼다. 보성고보 교사로 있으면서 일제 강점기 한문 교과서의 기준이 되는 교재를 만들고, 휘문학교에서 25년간 교편을 잡는 등 교육자로서도 뚜렷한 족적을 남겼다. 시화로『계원담총』외에『동양시학원류(東洋詩學源流)』가 있으며, 신문에 연재한 시화로『계산시화(桂山詩話)』등 3종이 있다. 시집『간암만록(艮庵謾錄)』이 남아 있다.

옮긴이

정민

한양대학교 국어국문학과 교수.『한시 미학 산책』,『다산의 재발견』,『서학, 조선을 관통하다』등의 저서와『상두지』,『눌암기략』,『송담유록』,『호저집』,『칠극』등이 역서가 있다.

강진선

한양대학교 국어국문학과 박사과정 수료. 한국고전번역원 고전번역교육원 연수과정을 졸업했다.『화암수록』,『상두지』,『호저집』등을 공역했다.

고파(高波)

한양대학교 국어국문학과 박사과정 재학. 한국문학번역원 번역아카데미 야간과정(신규 15기, 심화 16기)를 이수했다.

김성현

한양대학교 국어국문학과 석사과정 수료. 한국고전번역원 고전번역교육원 연수과정에 재학 중이다.

민선홍

한양대학교 국어국문학과 박사과정 수료. 한국고전번역원 고전번역교육원 연수과정을 졸업했다. 『금오신화』, 『화암수록』, 『호저집』 등을 공역했다.

왕연(王娟)

한양대학교 국어국문학과 박사과정 수료. 『호저집』을 공역했으며, 논문으로 「18~19세기 조선 지식인의 壽蘇會 수용과 전파」 등이 있다.

유동훈

국립목포대학교 국제차문화학과 협동과정 박사학위 취득. 국립목포대학교 국제차문화산업연구소 연구원, 격월간 『차인』 편집장. 논저에 『한국의 다서』(공저)와 『조선 음다풍속의 재발견』 등이 있다.

이패선(李珮瑄)

한양대학교 국어국문학과 박사과정 수료. 『상두지』, 『호저집』 등을 공역했다. 논문으로 「『망촉련집』 연구」, 「淸朝文人과 나눈 박제가의 편지 자료 검토」 등이 있다.

조자성(趙紫星)

한양대학교 국어국문학과 석사과정 수료.

최한영

한양대학교 국어국문학과 박사과정 수료. 한국고전번역원 고전번역교육원 연수과정을 졸업했다. 『화암수록』, 『상두지』, 『호저집』 등을 공역했다.

시화총서 • 여덟 번째

계원담총
충후한 기운과 고상한 울림

1판 1쇄 인쇄 2024년 2월 25일
1판 1쇄 발행 2024년 2월 28일

지 은 이 이승규
옮 긴 이 정민·최한영·왕연 외
펴 낸 이 유지범
책임편집 현상철
편   집 신철호·구남희
마 케 팅 박정수·김지현

펴 낸 곳 성균관대학교출판부
등   록 1975년 5월 21일 제1975-9호
주   소 03063 서울특별시 종로구 성균관로 25-2
전   화 02) 760-1253~4
팩   스 02) 762-7452
홈페이지 http://press.skku.edu

ⓒ 2024, 정민·최한영·왕연 외
ISBN 979-11-5550-623-3 93810

값 26,000원